元華文創
卓越文庫 EB015

女子
有行

汪順平 著

《紅樓夢》的閨閣、遊歷敘事與「海上」新意涵

自 序

　　究竟何時開始與《紅樓夢》結下不解之緣的呢？確切的時間我也記不清了，約莫是在國小五、六年級的時候吧。猶記得在某個無法成眠的夜晚，我偶然按開電視機，在只有三台的輪番切換下我瞥見了華視正在播出古裝劇——《紅樓夢》。才小學的我壓根兒不曉得《紅樓夢》是甚麼，只記得一眼望見張玉嬿飾演的林黛玉時便驚為天人——沒錯，張玉嬿可是那時的我的偶像——劇中的她倔強卻又柔弱、好勝卻又自卑的形象深得我心，自此開始就算每每看到睡著、一醒來發現已經在播片尾曲了，我還是每個星期的這天晚上，都一定要熬夜準時收看。

　　也許就在這個時候，埋下了我與《紅樓夢》的情緣吧。

　　自小父親就時常添購課外讀物給我和妹妹閱讀，舉凡古今中外、詩詞曲賦、偉人傳記、《史記》、《資治通鑑》等，但就是不買「小說」，大抵是因為小說自古便屬於「小道」、是不入流的，所以從未出現在我們的書單上。到了國中，零用錢開始有了餘裕，於是我便忍不住好奇心，瞞著父親，偷偷地到書店搬了幾本《三國演義》、《西遊記》、《紅樓夢》、《儒林外史》等中國經典名著藏在衣櫃中，等到假日時再悄悄地拿出來；有時父親會來查房，甫聽到腳步聲我便趕緊把大部頭的《史記》或是《資治通鑑》取出，隨便翻開一面並壓在《紅樓夢》上頭，深怕父親會發覺我偷買這些「禁書」。

　　這時的我也壓根兒沒想過，自己之後會走上研究《紅樓夢》這條路。

　　隨著年紀漸長，看《紅樓夢》也不再著重在男女主角彼此的情感糾葛，而開始察覺小說裏頭其他情節的鋪陳和其他角色的故事，於是在書店閒晃時，目光會開始檢索有關《紅樓夢》的相關研究專著。那時也不曉得誰是專家學者、誰是業餘愛好，反正看了書名喜歡的，就付了書錢揣在懷中帶

回家仔細閱讀了。

經過了這段時日的浸潤，到了大學畢業，我便興起要繼續攻讀研究所的念頭——而且將目標放在中央大學：因為有紅學研究室、有臺灣首屈一指的紅學專家康來新教授。

在康老師門下學習，我才得以真正一窺紅學的浩瀚；因為康老師因材施教、與時俱進的教導方式，故我時時惕勵自己：對於學問不僅要多方求索，也要心存包容。

「仰之彌高，鑽之彌堅；瞻之在前，忽焉在後。夫子循循然善誘人，博我以文，約我以禮。欲罷不能，既竭吾才，如有所立卓爾。雖欲從之，末由也已。」（《論語·子罕》）在中央幾年的學習當中，每每覺得自己好像追上了康老師一些，但老師正如其名「來新」般，「苟日新，日日新，又日新」，稍一不注意，老師就飛躍到了一個更高、更寬廣的境界，讓人敬佩不已。也或許正因如此，我便想繼續往上攻讀博士班、繼續在老師門下學習，希冀自己能在紅學的領域中更上一層樓。

這本書的催生，有很多原因，一方面是因為自己熱愛旅遊，常常一個人或邀約三五好友，喬好時間便出發了。在旅遊的過程中不僅會拍攝照片留下自己的足跡紀錄，也會遍嘗當地的食物、遊覽著名風景，並試圖去理解對方與自己相同或相異的甚麼。而在某次與康老師分享我的旅遊經歷時，老師突如其來看著我的臉，對我說：「既然妳這麼喜歡旅遊，何不將《紅樓夢》與妳的興趣結合，去討論書中那些女孩子的出遊活動呢？」

老師的一席話醍醐灌頂，在此之前我完全沒想過論文寫作竟還可以與自己的興趣相關；且或許因為我身為女性的緣故，便覺得書中的那些女性與我好像也產生了一部份的鏈結。此外，《紅樓夢》又是一部女性腳色眾多、是為女性發聲的文學作品，我便開始產生疑問：所謂的「遊」是甚麼？《紅樓夢》中有哪些「遊」的行為？而女性的「遊」與男性的有甚麼樣的區別？又，曹雪芹身為一個男性文人，他如何描寫筆下的女性活動？這些女性腳色之「遊」，又會帶出甚麼樣的文本意義／時代意義？

　　於是我從《詩經》開始爬梳，歷經魏晉六朝、唐、宋、元、明、清，從中找出現實社會中男性／女性的「遊」紀錄，並試圖梳理這些「遊」意義，之後再回到《紅樓夢》文本，廓清《紅樓夢》中女性腳色的「遊」類別。而最為重要的是，找出「遊」對於她們短暫的生命所塑造出的各種不同意涵，以及曹雪芹書寫女性、紀錄女性、救贖女性的不凡。

　　回到日常，在寫作論文之餘，除了孜孜矻矻地學習外，中央大學康門／非康門的學長姐、學弟妹與同儕們，在一同研討學問的同時也一起出遊，彼此共同分享喜怒哀樂，對我來說就像另一個家一樣溫暖；以及吉毅學長、啟峰學長主持的紅學研究室文學理論讀書會，帶領我一窺文學理論專書的堂奧，並理解每種理論它們產生的背景、派別的異同與運用在解析文本時可能遇到的困難與不契合；還有力堅老師、家煌老師、康珮老師在我撰寫論文時提供的資料與更多的意見和討論，幫助我在碰上瓶頸時能夠茅塞頓開，讓我能夠有繼續寫下去的動力。

　　此書能夠付梓也有賴元華文創蔡佩玲總經理與陳欣欣編輯，不厭其煩地與我魚雁往返與細心校訂，討論並給予出版事宜的相關建議，謹此敬申謝忱。

　　最後，謹以此書敬獻
　　已在天國微笑的母親、年邁的父親，以及恩師康來新教授。

汪順平

書於中央大學國際學舍
2018 年 9 月 6 日　初秋雨後

目 次

第一章　前　言
「女性之遊」於《紅樓夢》之意涵

一、行旅與書寫

　　在廖炳惠：《關鍵詞 200：文學與批評研究的通用詞匯編》中，其詞條「旅行（travel）」之定義為：「跨越空間與時間的運動，以及與離開家園相關的經驗書寫。」[1]

　　「旅」在傳統中國字義上的解釋有「出行的、在外作客的」，若將這字與英文相對照來看，意思也相近於「trip」、「journey」、「travel」、「traveler」，與旅遊、出遊相關。

　　而「行旅」則被解釋為：「遠行的人、往來的旅客」。

　　合併以上，所謂的「出行」、「行旅」、「旅遊」，泛指為「出外的」，是一種「跨越空間與時間」的運動，而不一定限定於為了發自「玩樂」而向外移動的行為，凡是跨越了空間，便可稱之為「行」、「旅」、「遊」。

　　「遊」對於中國人的意義，據龔鵬程在其《游的精神文化史論》中所分類，具有三種主要形態：一是優游，代表寬鬆和豫的生活方式。二是藉著出遊，擺脫土地居處的束縛，以及心理憂煩的糾纏，宣洩自己的煩鬱。

---

[1] 廖炳惠：《關鍵詞 200：文學與批評研究的通用詞匯編》（南京：江蘇教育出版社，2006 年），頁254。

三是具有更積極的作用，以優游為一種人所追求的生活方式，有價值意義，如以優游來達致逍遙的人生境界。這種為尋求宣洩、解放的目的，心理學家榮格（Carl G. Jung）認為這是一種人類共通且無法反抗的心理因素使然，是一種人類的「集體潛意識」（Collective unconscious，又稱集體無意識）。凡是人處在壓抑、閉塞之環境中，則真實的旅遊或夢中的旅遊，一樣均可提供人超越現況的解放感。即「旅遊」象徵著人要透過這種超越性的行動來達到解放，在行動中重新體驗生活，重新觀察世界，獲得新的生命感受、新的體悟，獲得了生命轉化的意義[2]。

當「遊」從行動藉由書面成為了一種文體，便形成了所謂的「記遊文學」、「遊記」。紀遊文學的濫觴，可以屈原的〈涉江〉、〈哀郢〉作為代表。而以遊歷作為敘事框架的遊記，是「離開家園相關的經驗書寫」，更是一種兼具歷史記憶和地理想像的文學樣式。在明代以前的「遊」的體驗與文學，如孔子、屈原，他們是為了求道或行道，將「遊」作為理想獲得或使目的實踐、達到的過程，「旅遊」本身只是一種過程和手段；司馬遷著《史記》前的博覽眾物，目的不在於遊賞遊觀，而是藉此博古、證聞、廣其閱歷，為史家的記錄史實作完整客觀的準備；古詩十九首與魏晉詩歌中雖不乏山水文學，但隋唐之後文人士子的貶謫與游宦的感受，更加強了《楚辭》以來傷遊子、嘆飄泊的傳統；唐詩宋詞中，「遊」的行動更是為了突顯文人懷鄉、思歸、念遠方遊子、傷自己身世飄零的種種感懷，而非山水遊賞之樂及逍遙遠舉的態度。遊記文學在柳宗元《永州八記》才略成氣候，但《永州八記》的借景抒發也是要一吐作者胸中的塊壘，「遊」的記述只是映襯作者內心的配角、一種輔助，而無法真正提升到客觀遊賞、自己能創造自我價值的地位[3]。

但在明代的遊記小品文中，「遊」成為文人生活的主體，故山水記遊小

---

[2] 參見龔鵬程：《游的精神文化史論》（石家莊：河北教育出版社，2001 年），頁 60、149、176。
[3] 同前註，頁 244。

品文成為了明代文學的主軸，且「遊」也從作者的內心抒發中解放出來，從自我心境中不得已的、異常的、感傷的狀態，轉變成對外在新世界的好奇的探索；從一種較為主觀的美感追尋斟酌，到客觀外在自然景色的紀實書寫；從一種從「遊」來實現人生價值的附屬，變成遊本身就是價值的提升[4]。「若『遊』是一種空間移動的過程，那麼明代文人之『遊』，除了閒賞山水的雅興、書懷寫志的寄託外，更是一種自我與外在世界相接的重新『看見』，『發現』自己所處空間的人文義涵。」[5]

遊記與小說結合之後，「遊」的行動本身之於人能提供尋求宣洩以及獲得體悟的功能，例如陳平原在《二十世紀中國小說史　第一卷(1897-1916)》一書中提到：

> 作家是以政論筆法作小說，以實現人物的啟悟作為小說的主要目的，並在人物的啟悟中寄寓作者所要表達的生活理想。……關鍵是作者把人物或真或假「啟悟」與其遊歷牢牢拴在一起，強調新環境的刺激與其思想變化的直接聯繫。[6]

> 一部份作家開始借助「啟悟主題」與「旅行者」的奇妙組合，謀求長篇小說結構的整體感。[7]

---

4 【明】袁中道之《東遊記．中冊，卷十三》：「其勢有不能久居者，家累逼迫，外緣倥傯，俗客溷擾，了無閒時，以此欲離家遠遊。一者吳越山水，可以滌浣俗腸。二者良朋勝友，上之以學問相印證，次之以晤言消永日。」【明】袁中道撰，錢伯城點校：《珂雪齋集．卷十三》（上海：上海古籍出版社，1989 年），頁 563-564。

5 范宜如：〈華夏邊緣的觀察視域：王士性《廣志繹》的異文化敘述與地理想像〉，《國文學報》第 42 期（2007 年 10 月），頁 121-151。

6 陳平原：《二十世紀中國小說史　第一卷（1897-1916）》（北京：北京大學出版社，1989 年），頁 277。

7 同前註，頁 280。

如龔鵬程所說，「正是這些在旅遊中所經歷到的神聖經驗，帶給人解脫感、自在感，覺得世俗的桎梏羈絆都為之鬆弛——因為具有宗教的解脫意義，故也獲得了世俗的解放。」[8]

二、「她」者的履跡：女性遊歷的實記與演說

當她也外出旅行時，她手中拿的是甚麼地圖？當她或別人也把她的旅行經驗記載下來時，她採用甚麼言談敘事方式？[9]

在古典文獻中，以往我們已反覆高度關注了男性的旅遊行為；對於「女性」的旅遊行為，我們該如何去看待？女性的旅遊與男性的有何不同？

若就先秦時期典籍《詩經・國風》[10]爬梳出有關於女性外出旅遊的類別，大致上可分為1、出遊、男女相會；2、迎娶、出嫁、歸寧；3、分離、休棄；4、因思念而外出登高；5、採集、勞動等類，尤又以第二類為最大宗，也正是與男性最為不同的部分。

除了《詩經》外，有關中國女性旅遊的記載，可以再溯源到宋玉寫巫山神女之遊[11]，這些都是早期女性從事「遊」活動的重要形象。

在秦漢、六朝時期的女性出遊，除了其中有一嚴肅意味的被迫性地、亂離地所造成的移動，如昭君出塞、文姬歸漢外，另外也有自主性地以「游

---

[8] 龔鵬程：《游的精神文化史論》，頁 177。

[9] 胡錦媛：〈繞著地球跑——當代台灣旅行文學〉，《幼獅文藝》第 516 期（1996 年 12 月），頁 52。

[10] 因《詩經・國風》較能反映出廣大民間風俗中的普遍特色，故以此為取材標的，

[11] 宋玉：〈高唐賦〉：「妾在巫山之陽，高丘之阻，旦為朝雲，暮為行雨。」見【南朝梁】昭明太子撰：《文選》（臺北：藝文印書館，1967 年），頁 270。

春」、「踏春」為主要的旅遊形式,其後這種踏青活動在唐代相當興盛,更有許多女性創作旅遊詩歌傳世,這些詩歌如實呈現了唐代女性的階層性旅遊,上至武則天的帝王巡遊、宮廷婦女的隨駕出遊、和番公主的婚遊出行、士大夫妻女的隨夫隨父宦遊;下至民間女子參與民俗節慶、宗教祭祀活動的本地遊覽,以至於青樓歌伎、方外婦女的自由行走。

除此之外還有一些四處販賣貨物的女行商,如《北夢瑣言》中記載的女商荊十三娘、元和年間的謝小娥等。唐代女性在不同階層都存在著一定形式的出遊活動,並且相當多的出遊紀錄都以女性自身留下的詩歌得到了可貴的遺存。

到了明清時期,尤其是明中葉以後,旅遊風氣盛極一時,許多大城市像是北京、南京、蘇州、杭州附近,都發展出許多風景區。官宦士人婦女在持家之餘也常至名勝古蹟出遊取樂。不但在歲時節日常可見到她們的身影,與民間信仰有關的廟會節慶、宗教進香她們也積極參與。許多有名的士女也創作出不少的旅遊詩歌以及遊記,留下了她們的寫作記錄:或因亂離而感傷,或因遠嫁而思鄉,或因隨宦行遊、與友人相偕出遊等留下許多的遊覽抒發。

隨後在清代中葉的《紅樓夢》,其中也呈現出不少有關於女性「移動」的現象,諸如甄英蓮於開篇第一回即遭人口販子擄走,遠離家園;第三回林黛玉離開揚州,入賈府依親;第四回薛寶釵也因為薛蟠和自己將入宮待選的緣故入了賈府;賈元春嫁至深宮內苑;妙玉為調養身體故帶髮修行、輾轉移動,後跟著師父北上被王夫人請至賈家;鄉村野姥劉姥姥在大觀園內的多次遊歷;十二女戲為了元春的省親而由姑蘇買入賈府;薛寶琴隨著擔任皇商的父親四處賞玩;真真國女兒更是跨越了海洋的距離得以一覽東方世界……這些在《紅樓夢》內出現的重要女性角色,其各式各樣的移動行為,不僅一方面繼承、逃脫不出自古以來女性造成可能移動的各項動機,另一方面更特出了女性可以藉由跨洋、跨國而覽閱觀看,這特點是曹雪芹撰作《紅樓夢》的獨到眼光。

三、游於藝／憶

　　子曰：「志於道，據於德，依於仁，游於藝。」（《論語・述而第七》）所謂「藝」指的是禮、樂、射、御、書、數之六藝，在習藝的過程之中如魚之游泳，怡然自得，是成才進德的媒介。

　　現今對「藝」的解釋有才能、技術、文章等，在文章中、技術內優游自如，如同休閒時的怡然自得，此「藝」便也可解釋為休閒活動之中的娛樂創作行為。

　　人在忙碌之餘需要休閒來緩衝，拋去俗物的紛囂，讓身心得以放鬆。在傳統中國，男性可以自主地外出遊歷，並為自己的遊歷寫下紀錄；漢代之後陰陽尊卑思想的盛行，「在家從父，出嫁從夫，夫死從子」的教條使得女性成為男性的附庸，女性的聲音也在男性當道的社會下被隱藏與借用，這種情況加重了綑綁在婦女身上的枷鎖，她們不能隨意拋頭露面，況且時代風氣又崇尚「女子無才便是德」的標竿，女性在這樣的壓迫之下，其自我意識便越來越難以表現。

　　但時至明末清初時期，女子讀書成為一種時尚風氣，家長開始鼓勵自己的女兒念書，認為有益於「閨教」，但目的仍不脫為了嫁出去的家庭以及將來的丈夫、孩子[12]。不過也不能否認，因為這樣的風氣，開啟了女子讀書的端點，製造了女子投身於創作的契機。

　　女子因為可以開始從家中出走，又可以開始讀書，於是藉著文學的名目於休暇閒刻時參與了明代以來蓬勃興起的文學結社活動。例如嘉靖十三年（1534）的百歲會，參與者除了文人雅士，還有許多名妓的加入；萬曆

12　「於婦職餘閒，瀏覽墳索，諷習篇章，也因以多識故典，大啟性靈，則於治家相夫課子，皆非無助。」【清】陳兆倫：《紫竹山房詩文集》卷二，乾隆刻本。

三十二年（1604）的金陵大社，集結了海內名士過百人與秦淮名妓四十餘人參加盛會；另，在崇禎七年（1634）張岱、祁彪佳等人在山陰舉辦蕺山亭大會，也吸引了各方彥俊以及許多女性的參與[13]。在這些文學結社中，文人在會中展現文才、度作新曲之際，女性歌者則為了表演和娛樂「度腔歌之」，女性由此唱和途徑進入文人的文學生活，後來便慢慢演變為女子可以成為詩社中的重要角色或成員，之後更發展為女子自行成立女子參與的詩社。行有餘力（既看得懂書又會寫作）的女性，在參與詩社的過程中不免也開始嶄露自己的文采，通過「寫作」行為，女性得以在作品中發揮自己身為女性的獨有意識，雖然其中不免還是帶有模擬男性口吻的手法，但藉由中國男性抒情傳統的手法創作詩歌，也是一種自我人格的發揮，漸漸地，女性也可以將自己的感受和內心壓抑的情緒藉由寫作逐漸浮現出來。且在詩社中女性彼此之間詩文的往返，女性不僅承繼了男性菁英文人的抒情詩歌傳統，也在此傳統中加入了不少女性特有的思考模式和對身為「女性」這種被禁錮的身分的抵抗。以明清閨秀作家所創作的彈詞為例，她們在彈詞中將女性角色塑造為可以上京考試、可以出將入相、可以為國征戰的女強人人物，有別於以往這樣的題材中幾以男性為主要角色的偏向——她們以書中的女強人角色為自己發聲，通過寫作實現自己內在對理想的想望與追求。這些女性的加入創作，使得晚明之後的文學社會迸射出絢爛亮麗的光芒。

　　除了參與文人的結社雅集、自我創作以外，女性也有其他的休閒活動，正如在《紅樓夢》中出現過的放風箏、烤鹿肉、螃蟹會、猜燈謎等，由《紅樓夢》的故事情節我們可以想像那些個女孩子活潑天真地在戶外從事休閒活動，展現她們的青春與愉悅的心情，也一如陳穎靈所述：「女人的休閒是很重要的，也許是生理、心理的需要。適當的放鬆更有利於工作事業，更

---

[13] 此文獻參考何宗美：〈士女雅集與文學風流──中晚明「女子預社」現象及其影響〉，收入陳洪，喬以鋼等著：《中國古代文學與文化的性別審視》（天津：南開大學出版社，2009年），頁175。

能發揮自身價值。」[14]、「在對女性的研究中，休閒的生活也是女性的必需，特別是有傑出文學才華的女性來說更是必不可少的一種生活追求。」[15]在休閒生活中的完全放鬆，能夠激發女性的靈感和激盪活力，更可以在女性彼此的賞玩與結社活動內了解女性友道有別於男性的展現。

在《紅樓夢》中，集結了女性出遊以及休閒活動的場所便是那座為了元妃省親而建造的大觀園。對此園余英時先生寫道：

> 大觀園是一個把女兒們和外面世界隔絕的一所園子，希望女兒們
> 在裡面，過無憂無慮的逍遙日子，以免染上男子們的齷齪氣味。
> 最好女兒們永遠保持她們的青春，不要嫁出去。大觀園在這意義
> 上說來，可以說是保護女兒們的堡壘，只存在理想中，並沒有現
> 實的依據。[16]

大觀園內集結的女性們來源不一，她們來自四面八方，前往大觀園（賈府）的緣由動機也都不盡相同。由這些女性進入大觀園的契機來看，此園可說是一個專收容坎坷命運女性的溫暖搖籃，讓她們得以拋卻過去悲哀且無法逃脫的既定命運，能在這隔絕於外的保護罩內盡情地按照著自己想要的生活方式、盡情地放肆自己的喜怒哀樂。賈寶玉身為大觀園中唯一的男性，以穿眼的通靈寶玉（照相機）來紀錄女性的生活（美好的與痛苦的），為中國女性可能有的所有面向都將之記錄下來並加以呈現。在園中她們的生活，以抒情精神撫慰了飄零無助的殘酷現實，因此園是屬於女性專有的桃花源，是女性得以施展長才、回歸本質的烏托邦；它讓中國的敘事傳統（說故事）以及抒情傳統（創作詩詞等）在此迸發出火花，使得離散與游

---

[14] 陳穎靈：〈論古代「才女」、「文學才女」的文化學意義〉，收入魏國英，王春梅主編：《中國文化與女性》（香港：香港萬海語言出版社，2003年），頁372。

[15] 同前註，頁375。

[16] 余英時：《紅樓夢的兩個世界》（臺北：聯經出版社，1979年），頁43。

藝之間能夠相互辯證，讓《紅樓夢》展現了更深廣的面向。

不過再美好的桃花源、烏托邦，終究只是想像中的幻夢，終究只是虛幻的中繼站，是攀附在理想上卻搖搖欲墜的虛幻。當大觀園被抄檢，外在現實的殘酷勢力進入，使得大觀園的本質被揭露：它終究無法永遠給予女性們強力的庇護，無法讓她們隔離殘酷的現實，女性一接觸到現實，便使得女性的美好生活被破壞、被迫不得不面對外在的世界，並回歸到自身的命運：嫁人、遠行或死亡。

曹雪芹雖身為男性，但其《紅樓夢》一書確確實實是為了廣大的女性群體而寫，周汝昌於《曹雪芹傳：文采風流第一人》提到：

> 好花，即如美人，花之不幸，正如女兒之可傷，女兒命薄，風雨摧殘，轉眼凋謝，與花無異，此已大可傷懷。送春、餞別花神，花尚有司花之神女，而女兒如花，卻連一位司花之神亦無，這一可憐可惜，又倍於「東風無力百花殘」了！然則女兒為何獨無管領群芳萬豔的美麗之神？似當有之，尚未知之。……
>
> 既如此，我何不為眾女兒也立一仙境，其中亦有諸司，亦有簿冊，記載其各種命途遭遇？假使我有財有力，真的蓋造出如此一座女神廟，豈不比東嶽廟「陰曹」大有意味？塑畫群芳，可以愛賞，可以憑弔，可以吟寫，可以歌哭。……
>
> 此時，他真是百端交集，萬感中來，心中年來積存的一些世人難解的「乖僻」的異想癡情，一時都湧上心來，糾結在一處：……脂粉英雄、千紅一哭、芒種餞花、為女兒之神立廟、為「十二釵」寫照，……
>
> 沒有斗室的幽繫，也許這些念頭永遠得不到梳理與集結，這些「心許久之」的構想，卻一一地實現在他後來寫出的《石頭記》中。[17]

---

[17] 周汝昌著：《曹雪芹傳：文采風流第一人》（臺北：黎明文化，2002 年），頁 252-253。

　　周汝昌以曹雪芹之生辰在芒種節前後，又與送花神的習俗和雪芹生來
獨有悲感傷懷的情態作連結，將曹雪芹願為眾多女子撰寫系譜的動機作了
鋪陳——以女子無花神的感慨，遂有後來《紅樓夢》中專管女性命運譜牒
之太虛幻境與掌司天下女子的警幻仙子；又感嘆於古來總是男性的英雄有
人為之頌詠立傳，那女性呢？故在《紅樓夢》的撰寫過程中，他不僅設身
處地地為女性著想、為女性發聲，更對長久以來位於男性附庸的不幸女性
的命運作了最強大的控訴與悲嘆。如莫礪鋒在其〈論《紅樓夢》詩詞的女
性意識〉內所說：「男女兩性之間並沒有不可踰越的鴻溝，他們完全可能互
相理解、互相關懷，並達到心靈上的真正溝通。」[18]

---

[18] 莫礪鋒：《論〈紅樓夢〉詩詞的女性意識》，《明清小說研究》，2001 年第 2 期。

第二章　身世的轉捩

《紅樓夢》女性的出離與歸返

一、引言：女性──被觀看的「他者」

（一）當女性被觀看

在中國古文傳統中，「婦」與「女」屬於兩種不同認知範疇[1]，傳統中國的文字紀錄也沒有「女性」(women)此一專有名稱及所表之身分屬性；高彥頤(Dorothy Ko)於《閨塾師：明末清初江南的才女文化》一書中文版序中認為，在古文的語境之中，「婦女」實可泛稱「婦＋女」，既涵蓋「出嫁的女人」，也包括在家的未嫁女子[2]。筆者對於中國「婦女」一詞，實贊同高氏之說法；也同高氏之操作方式，因本文使用之分析方法為現代思維，且為了行文方便，故仍以現代使用之廣義「女性」一詞稱呼文中所提之泛稱婦女。但若專指已出嫁之女性，則以「婦女」為稱。

對於「觀看」，約翰・伯格(John Berger, 1926-)於《觀看的方式》(*Ways*

---

[1] 如：「夫在家為女，出嫁為婦，生子為母。」出於【清】陳弘謀輯：《教女遺規・序》，收於《續修四庫全書》編纂委員會：《續修四庫全書》第 951 冊，子部，儒家類（上海：上海古籍出版社，1995 年），頁 63。

[2] 〔美〕高彥頤（Dorothy Ko）：《閨塾師：明末清初江南的才女文化》中文版序（南京：江蘇人民出版社，2005 年）。

of Seeing)中寫道：

> 我們注視的從來不只是事物本身；我們注視的永遠是事物與我們
> 之間的關係。我們的視線不斷搜尋、不斷移動、不斷在它的周圍
> 抓住些什麼，不斷建構出當下呈現在我們眼前的景象。[3]

當「觀看」作為一種接觸和認識事物的方式，觀看者與事物本身便不自覺陷入了一種主動與被動的關係——事物被凝視(gaze)，而觀看者描摹事物；觀看者富有權力，能夠對其所見賦予自我詮釋，並標明及決定彼此之間的關係。「觀看」極有可能因為自我的主觀意識，以及其他先驗知識的成見，而對事物有了不可規避的非客觀詮解，因此，對於同一件事物，不同的人所專注的焦點也會有所差異。

在中國的歷史紀錄及文學書寫當中，生理上屬之「男性」者多擔任觀看以及書寫紀錄的角色，父系社會體制建立後，「女性」成為次要的、排外的、邊緣的、附屬於男性之下的地位身分，成為男性眼中的「他者」(the other)。此一「他者」身分，在二元對立（男性／女性）的不平等關係中，暗示了女性處於邊緣、屬下、低級、被壓迫、被排擠的狀況；女性在各種歷史與現實的原因被邊緣化、被「凝視」，被男性所歸納、定義與批判，並隨之失去話語權，產生自卑感[4]。於是，女性成為了男性觀看的對象，甚而被男性規範、賦予意義，在男性眼中表現自己或真實或為迎合而裝扮的女性姿態，或為了滿足男性想像而被借用的另一種取譬形象。

但女性也並非開天闢地即被注定成為「他者」身分而存在，如西蒙娜·德·波伏娃(Simone de Beauvoir, 1908-1986)在《第二性》中認為，所謂的「女性」與女性的生物學構造無關，而是一種文化建構：「一個人之為女人，

---

[3] 〔英〕約翰·伯格(John Berger)著，吳莉君譯：《觀看的方式》(*Ways of Seeing*)（臺北：麥田出版，2010年11月二版五刷），頁11。

[4] 參自張劍：〈西方文論關鍵詞·他者〉，《外國文學》，2011年第1期(2011年1月)，頁118-127。

與其說是『天生的』，不如說是『形成』的。沒有任何生理上，心理上，或經濟上的定命，能決斷女人在社會中的地位；而是人類文化之整體，產生出這居間於男性與無性中的所謂『女性』。」男性的自我意識總是「以他自己為主而論女人」，視女性為他者[5]。「生來就是女人」是區分性別男／女的「生理性別」(sex)，而「變成女人」則是一種「社會性別」(gender)，是文化建構下的產物。《女性百科全書》即言：「社會性別是一種文化建構：男、女在角色、行為、腦力和情感方面的區別，是通過一個社會發展而形成的。」[6]瓊・斯科特(joan.w.scott)定義：「社會性別是基於所謂兩性差異之上的社會關係的一個構成因素；社會性別是凸顯權力關係的基本方法。」[7]此一權力關係之定位在父系社會之周朝律典《禮記》中即已明確表態：「婦人，從人者也，幼從父兄，嫁從夫，夫死從子。」(《禮記・郊特牲》)

雖說在儒家倫理體系之中，女性乍看之下是被完全隱沒化的、無聲化的，20世紀的婦女史學者在其論著對女性之討論也往往認為女性是全然被壓迫的、抱以同情的，不免有種施捨憐憫的眼光[8]。但這些婦女史對中國婦女地位之闡釋與建構仍是以男性眼光作為取捨標準，近來國外研究婦女史之女性學者對以往論見已有打破趨勢，如高彥頤(Dorothy Ko)與曼素恩(Susan Mann)，以女性為本位出發，討論淹沒在中國的男性論述中潛藏的女性聲音與心理，試圖抽絲剝繭討論在男性建構的權力關係下女性的個性與主觀性，女性如何以自身的特點優游於以男性為主體的文化中，既不違反男性為女性打造之外在規範，又能保有能讓自己獲得意義、安慰與尊嚴

---

[5] 〔法〕西蒙娜・德・波伏娃(Simone de Beauvoir)著，歐陽子譯：《第二性　第一卷：形成期》〈第一章　童年〉(臺北：志文出版社，1992年)，頁6。

[6] 轉引自〔美〕高彥頤(Dorothy Ko)：《閨塾師：明末清初江南的才女文化》緒論，頁5。

[7] 同前註，頁5-6。

[8] 如陳東原：《中國婦女生活史》(臺北：臺灣商務印書館，1965年)。

的自由生活空間[9]。因這些國外學者的努力，使現今對於中國婦女的研究擺脫以往仍以男性目光居高臨下，再一次將女性打落「卑弱」歷史地位的詮解方式，而能真正以女性角度穿梭於男性文化的綱目之下，找出女性自身主體的生存緯線。

暫且除卻現今對於女性的研究突破，若回到傳統男性的歷史文化書寫當中，可知中國古代女性自出生後，十五歲便進行「及笄」[10]儀式，代表人生已由懵懂無知的幼孩轉至成人階段，及了笄，便可以為其取字進行婚配[11]。從出生、及笄到出嫁生子，是中國古代女性基本且無可逃脫的人生歷程，在這樣的生命階段中，「三從」[12]便成為禮教社會內約束女性的最大力量，使得她們甫一落地，便生活在男性的掌握與目光之下；縱然有展現自我的機會，也難以擺脫男性的觀看與價值判斷。

(二) 女性地位的提升

女性除了在人生歷程中被賦予依附於男性的生存條件外，在文學作品中，《詩經》的比興抒情，以及屈子「香草美人」的憂騷傳統影響了千古以來的失意文人創作[13]，以柔婉、哀怨、幽離淒苦等女性腔調特質作為自己

---

[9] 如〔美〕高彥頤(Dorothy Ko)：《閨塾師：明末清初江南的才女文化》（江蘇：江蘇人民出版社，2005 年）、《纏足：「金蓮崇拜」盛極而衰的轉變》（臺北：左岸文化，2007 年）；〔美〕曼素恩(Susan Mann)：《蘭閨寶錄：晚明至盛清時的中國婦女》（臺北：左岸文化，2005 年）。

[10] 《禮記・內則》：「十有五年而笄，二十而嫁；有故，二十三年而嫁。」【漢】鄭玄注，【唐】孔穎達疏，《十三經注疏》整理委員會整理：《禮記正義》（北京：北京大學出版社，2000 年），頁 1014。

[11] 《儀禮・士昏禮》：「女子許嫁，笄而醴之，稱字。」【漢】鄭玄注，【唐】賈公彥疏，《十三經注疏》整理委員會整理：《儀禮注疏》（北京：北京大學出版社，2000 年），頁 109。

[12] 《儀禮・喪服》：「婦人有三從之義，無專用之道，故未嫁從父，既嫁從夫，夫死從子。故父者，子之天也。夫者，妻之天也。」同前註，頁 671。

[13] 陳洪：〈揣摩與體驗──金聖歎奇異的易性寫作論析〉：「嚴格意義上的『易性寫作』，應認定自屈原開始。屈原的〈湘君〉為祭祀時的歌詞，作者以女神的口氣，抒寫等待夫君的複雜情感。從此，男性作者借歌詠香草美人抒發自己政治上的失意，成為了一種近乎於『母題』的現

失志於君主、國家的抒發，此種替代女性或是借女性身分來發言的創作態
度可謂是一種「男子作閨音」[14]的表現；對女性而言，這也是一種被男性
寄託意義的想像，是以男性的觀看目光來安置女性應具備的特徵以及該有
的位置。在男性執筆的文化傳統之中，女性似乎不脫此兩種表現身分的方
式。

　　到了明代，士人將女性的身分明言予以特出，甚至認為女子有更勝於
男子之處，如明末謝肇淛(1567-1624)之《五雜組》：

> 謝希孟少豪俊，在臨安狎娼，陸氏象山責之曰：「士君子乃朝夕與
> 賤娼女居，獨不愧於名教乎？」希孟但敬謝而已。他日，復為娼
> 造鴛鴦樓，象山聞之，又以為言。希孟曰：「非特建樓，且為作記。」
> 象山喜其文，不覺曰：「樓記云何？」即口占首句云：「自遜、抗、
> 機、雲之死，而天地英靈之氣不鍾於男子，而鍾於婦人。」象山
> 知其侮己，默然。[15]

　　藉謝希孟對陸象山之語，認為自魏晉人物以降，英靈之氣已由男子轉
向為不受正統思想操弄、不受權力利祿腐蝕的女子了。此故事在明末廣為
流傳，於馮夢龍(1574-1646)的《古今譚概》、蔣一葵(生卒年不詳。字仲舒，
號石原，明代江蘇武進人，萬曆二十二年(1594)甲午科舉人)之《堯山堂外
紀》等均有記載。

　　對謝希孟語廣為發揮的，還有明崇禎元年刊印的《古今女史》二十卷。

　　象。」收入陳洪，喬以鋼等著：《中國古代文學與文化的性別審視》（天津：南開大學出版社，
　　2009 年），頁 123。

[14]【清】田同之：《西圃詞說・詩詞之辨》：「若詞則男子而作閨音，其寫景也，忽發離別之悲。
　　詠物也，全寫棄捐之恨。無其事，有其情，令讀者魂絕色飛，所謂情生於文也。」收於唐圭璋
　　編：《詞話叢編》（臺北：廣文書局，1970 年），頁 1479-1480。

[15]【明】謝肇淛，《五雜組・卷十六・事部四》（上海：上海古籍出版社，2013 年），頁 305。

其中，趙世杰序云：「降是而隋唐以迄近代，登之木，付之剞劂，而後授墨，
詩文於是遂偏於四海，軒轅之使，又或為之甄錄，海內靈秀，或不鍾男子
而鍾女人，其稱靈秀者何？蓋美其詩文乃其人也。」[16]崇禎五年，《續玉臺
文苑》葛徵奇(?-1645)序云：「非以天地靈秀之氣，不鍾於男子，若得宇宙
文字之場，應屬乎婦人。」[17]又明末清初《紅蕉集》自序中云：「抗、遜、
機、雲沒，而乾坤清淑之氣，不鍾於男子，而鍾婦人。」[18]等等，均可以
看出「天地之靈氣鍾於女子」的想法，已配合著時代風尚逐漸瀰漫開來。

　　在小說創作之中，也多有視女性為天地靈秀之氣之所鍾、優於男子的
說法，如明代白話小說《醒世恆言·卷十一·蘇小妹三難新郎》：「有等聰
明的女子，一般過目成誦，不教而能。吟詩與李杜爭強，作賦與班馬鬥勝，
這都是山川秀氣，偶然不鍾於男子而鍾於女。」[19]清初署名天花才子的《快
心編》第二集第九回〈奉勢利公子役幫閒　探因由花婆談艷質〉中云：「今
夫天地間女子，生而奇秀明媚，乃山川靈氣所鍾。」[20]清初天花藏主人《平
山冷燕》第八回〈爭禮論才驚宰相　代題應旨動佳人〉：「至若班姬之管，
千古流香；謝女之吟，一時擅美。此又閨閣之天生，而添香奩之色者也。
此蓋山川之秀氣獨鍾，天上之星精下降。」[21]題鶴市主人編次之《醒風流》
第五回〈哭窮途遁跡灌園　得樂地權時作僕〉：「佳人乃天地山川秀氣所種
（鍾），有十分姿色，十分聰明，更有十分風流。十分姿色者，謂之美人；
十分聰明者，謂之才女；十分風流者，為之情種。人都說三者之中，有一

---

[16] 【明】趙世杰選輯：《古今女史·序》，收於胡文楷編著：《歷代婦女著作考（增訂本）》（上
　　海：上海古籍出版社，1985年），附錄二，頁889。

[17] 【明】江元祚編：《續玉臺文苑》，【明】葛徵奇：〈序〉，收於同前註，頁887。

[18] 【清】鄒瀏編：《紅蕉集·序》，收於同前註，頁897。

[19] 【明】馮夢龍編，顧學頡校注：《醒世恆言》（臺北：里仁書局，1991年），頁217。

[20] 【清】天花才子編輯：《快心編》，收入《古本小說集成》編委會編：《古本小說集成》（上
　　海：上海古籍出版社，1994年），頁422。

[21] 【清】天花藏主人編次：《平山冷燕》（臺北：三民書局，1998年），頁115。

不具，便不謂之佳人。」[22]（括號、粗體為筆者自加）此處之「情種」二字，更可與《紅樓夢》第二回賈雨村言之「情痴情種」呼應。

有了這些前人對女性的高度評價之後，回到《紅樓夢》第二回賈雨村闡述氣生人論，便說到：

> 所餘之秀氣，漫無所歸，遂為甘露、為和風，洽然溉及四海。彼殘忍乖僻之邪氣，不能蕩溢於光天化日之中，遂凝結充塞於深溝大壑之內，偶因風蕩，或被雲催，略有搖動感發之意，一絲半縷誤而泄出者，偶值靈秀之氣適過，正不容邪，邪復妒正，兩不相下，亦如風水雷電，地中既遇，既不能消，又不能讓，必至搏擊掀發後始盡。故其氣亦必賦人，發洩一盡始散。使男女偶秉此氣而生者，在上則不能成仁人君子，下亦不能為大兇大惡。置之於萬萬人中，其聰俊靈秀之氣，則在萬萬人之上；其乖僻邪謬不近人情之態，又在萬萬人之下。若生於公侯富貴之家，則為**情痴情種**；若生於詩書清貧之族，則為逸士高人；縱再偶生於薄祚寒門，斷不能為走卒健僕，甘遭庸人驅制駕馭，必為奇優名倡。如前代之許由、陶潛、阮籍、嵇康、劉伶、王謝二族，顧虎頭、陳後主、唐明皇、宋徽宗、劉庭芝、溫飛卿、米南宮、石曼卿、柳耆卿、秦少游，近日之倪雲林、唐伯虎、祝枝山，再如李龜年、黃幡綽、敬新磨、卓文君、紅拂、薛濤、崔鶯、朝雲之流，此皆易地則同之人也。（粗體為筆者自加）

在這段分析內，卓文君、紅拂、薛濤、崔鶯、朝雲榜上有名，也是聰俊靈秀之氣所生，代表其歷史地位並不亞於鬚眉男子；曹雪芹(1751?-1763?)

[22] 題【明末清初】鶴市主人編次：《醒風流》，收於劉世德、陳慶浩、石昌渝主編：《古本小說叢刊》第三十二輯第五冊（北京：中華書局，1991年），頁2098-2099。

又借主角賈寶玉之口，說出「女兒是水作的骨肉，男人是泥作的骨肉。我見了女兒，我便清爽；見了男子，便覺濁臭逼人。」（第二回）此等對「女兒」的尊重，甄寶玉也有「這女兒兩個字，極尊貴、極清淨的，比那阿彌陀佛、元始天尊的這兩個寶號還更尊榮無對的呢！你們這濁口臭舌，萬不可唐突了這兩個字，要緊。但凡要說時，必須先用清水香茶漱了口才可；設若失錯，便要鑿牙穿腮等事。」（第二回）的態度。

除了對女兒的尊重，曹雪芹更藉賈寶玉說出未嫁／出嫁女性的截然不同，加以特出未嫁女性的可愛與可貴，如第五十九回春燕言：「怨不得寶玉說：『女孩兒未出嫁，是顆無價之寶珠；出了嫁，不知怎麼就變出許多的不好的毛病來，雖是顆珠子，卻沒有光彩寶色，是顆死珠了；再老了，更變的不是珠子，竟是魚眼睛了。分明一個人，怎麼變出三樣來？』這話雖是混話，倒也有些不差。」第七十七回司棋被幾個媳婦帶出大觀園時，寶玉指著走遠的媳婦們恨道：「奇怪，奇怪，怎麼這些人只一嫁了漢子，染了男人的氣味，就這樣混賬起來，比男人更可殺了！」當守園門的婆子聽了，問寶玉道：「這樣說，凡女兒個個是好的了，女人個個是壞的了？」寶玉更回答：「不錯，不錯！」將這些已出嫁的婦女比為死珠子、魚眼睛，甚至比男人還可殺，真可謂是唾棄殆盡的了，但經過這幾段的文字排列，可發現寶玉並非針對全天下所有出嫁的婦女而有此番話語，寶玉所痛恨的，是那些同樣生為女性，卻仗著權勢，欺壓同身為女性的女兒們的媳婦之所作所為。寶玉認為她們因「染上了男人的氣味」而有這些動作，隱含對相對柔弱的女性來說，男性更是背後施以欺壓的權力來源。

《紅樓夢》不僅對那些染上男子氣味的媳婦有所貶抑，更甚於對男性本身也抱持著極度的反感，如第二十回說寶玉：「自幼姊妹叢中長大，親姊妹有元春、探春，伯叔的有迎春、惜春，親戚中又有史湘雲、林黛玉、薛寶釵等諸人。他便料定，原來天生人為萬物之靈，凡山川日月之精秀，只鍾於女兒，鬚眉男子不過是些渣滓濁沫而已。因有這個呆念在心，把一切男子都看成混沌濁物，可有可無。」第五十八回寶玉聽了芳官轉述藕官的

呆話時，慨然說道：「天既生這樣人，又何用我這鬚眉濁物玷辱世界。」《紅樓夢》對女性的三層論述——對「女兒」的重視、對「未嫁女性」的憐惜、對鬚眉男子的厭棄，可謂將女性的身分地位遠遠提高至萬物之上了。曹雪芹以一男子身分，摒棄成見，不僅承繼了前人對女性的重視，更突破自漢末董仲舒以來「三綱說」所造成的男尊女卑之儒家倫理傳統。

(三) 為閨閣昭傳：女性在史傳文學中的位置

中國所謂之正史——二十五史中，自范曄(398-445)《後漢書》起，除《三國志》、《宋書》、《南齊書》、《梁書》、《陳書》、《北齊書、《周書》、《南史》、《舊五代史》、《新五代史》外，其他各史均立有〈列女傳〉。而所有二十五史中，均列有皇后、后妃、妃嬪等傳記，這些得以列入正史傳記之女性，所屬身分均是上層階級。不僅只為了上層階級女性，還為其他身分女子立傳之傳統，始自西漢的劉向(77B.C.-6B.C.)。「列女」，有「諸位女子」之意。劉向寫作《列女傳》之主要宗旨，欲藉由這些女子的言行紀錄，達到「戒天子」、「戒天下婦女」的目的，他在傳中將女性分為母儀、賢明、仁智、貞順、節義、辯通、孽嬖等七類，善／惡二元對立，用以褒善貶惡，但這些被列為「善類」的女性，並非是因為個人自身的特質和利益而入傳，她們之所以會被選入青史，是因犧牲了自己的利益而成就男性的利益，這些女子均非以自己一人的行為而受褒揚，是以作為輔弼男性、達到男性的福祉追求為依歸。

至於《後漢書》之後將女性列傳的正史典籍，選擇得以留名的女性條件不外乎是以「婦節」[23]、「閨範」[24]、「貞烈」[25]為評判標準，女性能作、

---

[23] 如《新唐書‧卷 205‧列傳第 130‧列女》前言云：「女子之行，於親也孝，婦也節，母也義而慈，止矣。中古以前，書所載后、妃、夫人事，天下化之。後彤史職廢，婦訓、姆則不及於家，故賢女可紀者千載間寥寥相望。唐興，風化陶粹且數百年，而閨閣令姓窈窕淑女，至臨大難，守禮節，白刃不能移，與哲人烈士爭不朽名，寒如霜雪，亦可貴矣。今采獲尤顯行者著之篇，以緒正父、子、夫夫、婦婦之懿云。」見楊家駱主編：《新校本新唐書附索引》（臺北：鼎文書局，1992 年），頁 5816。

應恪守的本分僅僅是「存於織紝組紃、酒漿醯醢而已」（《隋書·列女傳》），隨著朝代的更迭，評判女性的標準也漸由「婦德」更轉向「貞烈」，竟要以「殺身成仁」、「堅守貞操」才能被歷史紀錄。但《遼史·列女傳》又云：「男女居室，人之大倫。與其得烈女，不若得賢女。天下而有烈女之名，非幸也。」認為女性偏激且片面地追求貞烈不是一件值得稱頌的幸事，且對第一位被列傳的陳氏彰顯其「涉通經義，凡覽詩賦，輒能誦，尤好吟詠，時以女秀才名之」的個人文藝特質，但這些也僅是簡略的身家背景介紹，她會入傳的原因終究還是因為「孝舅姑，閨門和睦，親黨推重。有六子，陳氏親教以經。後二子抱樸、抱質皆以賢，位宰相。統和十二年卒。睿智皇后聞之，嗟悼，贈魯國夫人，刻石以表其行。及遷，遣使以祭。論者謂貞靜柔順，婦道母儀始終無慊云」（《遼史·列女傳》）的婦德表現。

這些得以名留青史的女性，不是位居上層階級的皇后妃嬪、保有傳統婦德卻沒有名姓的出嫁婦女，就是夫死守寡或遇難求死節的未嫁女性、抑或是被罵以臭名的殃國禍水，這些例子在浩漫的歷史中僅是特例，僅是為了男性的損益存在而存在。在這些傳統史傳所呈現的女性生命中，「天真爛漫的童年與少女時代，或者子孫成就、坐享清福的『老封君』時代等等，不但未曾得到傳者的注目，甚至還需要刻意壓低排除，以免抵消了那為夫家、為子女犧牲一切的偉大母親的畫面效果。」[26]

---

24 如《晉書九十六·列傳第六十六·烈女》前言：「至若恭姜誓節，孟母求仁，華率傅而經齊，樊授規而霸楚，讖文伯於奉劍，讓子發於分菽，少君之從約禮，孟光之符隱志，既昭婦則，且擅母儀。子政緝之於前，元凱編之於後，具宣閨範，有裨陰訓。」【唐】房喬（玄齡）撰：《晉書》（臺北：臺灣商務印書館，2010年），頁684。

25 如《隋書·卷八十·列傳第四十五·列女》前言：「婦人之德，雖在於溫柔，立節垂名，咸資於貞烈。溫柔，仁之本也；烈，義之資也。非溫柔無以成其仁，非貞烈無以顯其義。是以詩書所記，風俗所在，圖像丹青，流聲竹素，莫不守約以居正，殺身以成仁者也。」【唐】魏徵、令狐德棻撰：《隋書》（北京：中華書局，2002年），頁1797。

26 Ping-chen Hsiung,"Constructed Emotions: The Bond Between Mothers and Sons", *Late Imperial China* 15.1(1994.6):106，轉引自胡曉真著：《才女徹夜未眠——近代中國女性敘事文學的興起》（臺北：麥田出版，城邦文化發行，2003年）頁89。

除了這些國家官方所寫定的正史傳記之外，可喜的是地方政府的地方志較為「人性化」地選擇了有個人特質的女性入傳。因為印刷文化產業的發達，各縣市政府為了凸顯自身的地方特色，加上十六世紀以來頌揚女子才學風氣的興盛，於是地方志往往便以地方上的才女賢媛作為廣告商標。就算箇中原因不免也有地方官藉以拓展聲望的功利目的，但無可否認的這些才女們也因此目的得到歷史注視，也由此可見國家（美德）／地方（才氣）彼此的較勁拉鋸[27]。

(四) 曹雪芹為女性作傳的突破

《紅樓夢》第五回中，曹雪芹以賈寶玉之眼，呈現了太虛幻境殿內的各司圖書館：「痴情司」、「結怨司」、「朝啼司」、「夜怨司」、「春感司」、「秋悲司」，經由警幻仙姑之口可以得知這些司所貯藏之書籍皆是「普天之下所有的女子過去未來的簿冊」（第五回），由此可見曹雪芹欲將全天下女性編列於冊，實有為女性入史作傳之意；而由各司的名稱可以明白，曹雪芹揀選入傳女性的條件，非以國家典籍、史傳傳統之男性眼光加諸在女性上之貞烈賢德，而是以一悲劇性的角度概括全天下這些被男性主觀權力所規範、壓迫，無法獲得和男性相等的全然自由的悲苦女性。在一概略式的瀏覽之後，曹雪芹又以賈寶玉之腳步帶領讀者進入了「薄命司」，之所以特著

---

[27] 高彥頤觀察到，「在地方志和文人學士的作品中，有無數的女性傳記和頌文，它們提供了大量博學的學者、有才幹的管理者、情緒高昂的旅行者及予人深刻印象個性的證據。」〔美〕高彥頤(Dorothy Ko)：《閨塾師：明末清初江南的才女文化》，頁 10-11。

對地方志有此一現象出現的原因，她也指出：「16 世紀以來，各級行政單位的各類地方志激增——大部分是重要的縣，但也有府、省和地區，部分原因是將它們印刷出來變得更便宜和更方便了。地方名流承擔這項工作的欲望和在政府官員監管下的開銷，都是由通過頌揚其所在地而使公有特性具體化這樣一個由來已久的願望所引起的。……在江南地區的方志裡，單獨因文學突出的女性，也開始被顯著描繪。（筆者自注：例如陸聖姬和桑貞白）」，「與公領域對美德倡導步伐加快的同時，地方史對女性才華的推移，也隨著時間的推移而變得更加成型和平常。清早期，女詩人經常被置於更常見的稱謂『賢媛』下，在杭州府的縣志中，它則是以獨立的類別出現的。……19 世紀，在她們的數量和複雜性不斷增長時，擅寫詩的女性開始被以更直接的名字『才女』相稱。」同上述氏著：《閨塾師：明末清初江南的才女文化》，頁 131。

重在「薄命司」上，不僅是向讀者告知《紅樓夢》一書中重要女性角色的命運結果，更為了強調「薄命」二字——明清以前即已出現「才多妨命」、「才厚福薄」的說法[28]，葉紹袁(1589-1648)對其女早逝以及袁枚(1716－1797)對妹妹們及女弟的命運，也有「自古紅顏多薄命」的感慨；在胡曉真之〈文學與性別——明清時代婦女文學〉一文中，提到日本學者合山究(Gohyama Kiwamu, 1942-)在其氏著《明清時代の女性と文學》指出明清文人對薄命才女有特別的關注與投射，胡曉真認為「既然提到『薄命』，那麼不止是作品，才女之造化命運更須注目，因此，傳記便扮演重要的角色，更何況，中國文人認為詩文乃情志之自然呈現，也相信文字具有永恆的能力，因此，書寫本身便是一種追求永恆的方式。」[29]

可以說，曹雪芹以一圖書館貯藏書寫簿冊的方式，為普天之下所有女性終歸一死的命運作紀錄，且以此擴大涵蓋了世間萬物無論榮衰皆須成空的最終依歸；又因書寫本身即含有得以不朽的能力[30]，故曹雪芹希冀以為

---

[28] 如【唐】李商隱(813-858)〈有感〉：「中路因循我所長，古來才命兩相妨。」朱鶴齡箋注：《李義山詩集》卷上（香港：中華書局，1982 年），頁 76 上。

【清初】天花主人編：《雲仙笑・拙書生禮門登高第》：「盡說多才儂第一，第一多才，卻是終身疾。」（瀋陽：春風文藝出版社，1983 年），第一冊，頁 1。

葉紹袁(1589-1648)認為自己妻、女早殤，皆因「有才」：「甚矣才之累人！今宛君與兩女未必才，才未必工，何致招殃造物，致忌彼蒼？」【明末】葉紹袁：《午夢堂全集》，收入《中國文學珍本叢書》（上海：貝葉山房，1936 年），〈序〉，頁 4。

商景蘭(1602-1676)：「女之天不天於天，而天於多才。」【明末】商景蘭：〈琴樓遺稿序〉，見王秀琴：《歷代名媛文苑簡編》（上海：商務印書館，1947 年），頁 20。

袁枚之孫女袁嘉(1793?-1853)亦有「才能妨命」語：「謝家道韞綺羅芳，石火光中證佛因。人可勝天傳本誤，才能妨命信原真。」【清】袁嘉：《湘痕閣詩稿・卷下・題汪晼芬夫人秋江送別圖即次原韻》（《隨園全集》本），收於肖亞男主編：《清代閨秀集叢刊》第二十七冊（北京：國家圖書館出版社，2014 年），頁 263。

[29] 轉引自胡曉真：〈文學與性別——明清時代婦女文學〉，收入李貞德主編：《中國史新論　性別史分冊》（臺北：中央研究院、聯經出版，2009 年），頁 354。

[30] 《左傳・襄公二十四年》記魯國大夫叔孫豹之言：「豹聞之：『大上有立德，其次有立功，其次有立言。』雖久不廢，此之謂不朽。」見楊伯峻撰：《春秋左傳注》第二冊（臺北：漢京文

女性作傳此一行動，達到作者自云：「念及當日所有之女子，一一細考較去，覺其行止見識，皆出於我之上。何我堂堂鬚眉，誠不若彼裙釵哉？……然閨閣中本自歷歷有人，萬不可因我之不肖，自護己短，一併使其泯滅也。……何妨用假語村言，敷演出一段故事來，亦可**使閨閣昭傳**，復可悅世之目。」（第一回，粗體為筆者自加）使諸多形形色色之女子在書寫中得以永恆保存。

二、紅樓夢的閨閣新意涵

（一）說文解字：所謂「閨閣」

「閨」在《說文解字》中的解釋為「特立之戶，上圜下方，有侶圭。從門圭，圭亦聲。」段玉裁(1735-1815)註解為「〔特立之戶〕釋宮曰：宮中之門謂之閨。其小者謂之閨。〔上圜下方有侶圭。從門圭〕會意。」[31]

「閣」則是「所以止扉也。」[32]《爾雅》郝懿行(1757-1825)疏：「『杗長者謂之閣』，此閣以長木為之，各施於門扇兩旁以止其走扇。」[33]

在許慎（約 58-147）的釋字中，「閨」代表的是特別設立的一道門，《爾雅·釋宮》則更加明確地指出宮內的小門謂之「閨」。但這個在宮中特立的小門是為何而設？又因何而設？

化，1987 年），頁 1088；曹丕：「蓋文章經國之大業，不朽之盛事。」見【明】張溥輯評，宋效永校點：《三曹集》（長沙：岳麓書社，1992 年），頁 178-179。

[31]【東漢】許慎撰，【清】段玉裁注，【民國】魯實先正補：《說文解字注》（臺北：黎明文化，1988 年），十二篇上，頁 593。

[32] 同前註，頁 596。

[33]【清】郝懿行：《爾雅義疏·卷中之一·釋宮第五》，收於安作璋主編：《郝懿行集》（濟南：齊魯書社，2010 年），頁 3223。

在《晏子春秋》中,「閨」有了內室之意[34],齊景公為了想要方便召見晏子(嬰,?-500B.C.),於是問晏嬰若在宮內為他設立一個內室以便召見可乎?景公此言表示了「閨」作為居室有其特立且隱密之處,不無一絲曖昧的氣氛。在枚乘(?-140B.C.)的〈七發〉中,「閨」作為貴人之子的居所,表其身分階級的特殊與權貴,是不能隨意公開露面的。

「閣」在《說文解字》的釋義中不是現今的「居室」之意,而是一種長條的木頭,類似於現在所說的「門閂」,是為了可以將門闔起,有止人通過的用途。後來引申之,因門上有了門閂可以將門闔起,內外無法互通有無,便可以有「庋物」之意,如《說文解字·注》:「內則所云天子諸侯大夫士之閣,漢時天祿石渠閣皆所以閣書籍皆是也。閣字之義如此。故凡止而不行皆得謂之閣。」有了門閂,室內便可以貯物,於是由原本的長條木頭便可以擴義引申為一被作為貯藏的隔絕場所,於是有了後來的樓閣、夾室之意[35]。

「閨閣」二字的合用,在《史記》中可見,是作為「內室」之意[36];到了唐詩之中,便有了特指女子臥室的解釋[37]。

「閨」與「閣」本意均與門有關,而女性與門之間具體且直接的關係,

---

[34] 《晏子春秋·內篇雜下第六·景公欲為晏子築室於宮內晏子稱是以遠之而辭第二十三》:「景公謂晏子曰:『寡人欲朝夕見,為夫子築室于閨內可乎?』」李新城、陳婷珠譯注:《晏子春秋譯注》(上海:上海三聯書店,2014 年),頁 300;

【漢】枚乘〈七發〉:「今夫貴人之子,必宮居而閨處。」收於【南朝梁】蕭統編,【唐】李善注:《文選》卷三十四(臺北:文津出版社,1987 年),頁 1560。

[35] 如《淮南子·主術訓》:「高臺層榭,接屋連閣,非不麗也。」劉康德撰:《淮南子直解》(上海:復旦大學出版社,2001 年),頁 435;【明】謝肇淛《五雜組·卷三·地部一》:「閣,夾室也,以板為之,亦樓觀之通名也」、「閨即門也,故金門亦謂金閨,處子謂之閨女,以其處門內也」,頁 55、56。

[36] 《史記·汲鄭列傳》:「黯多病,臥閨閤內不出。」〔日〕瀧川龜太郎:《史記會注考證·卷一百二十·汲鄭列傳第六十》(臺北:大安出版社,2011 年),頁 5。

[37] 【唐】喬知之詩:「君家閨閣不曾難,好將歌舞借人看。」收入【唐】孟棨撰:《本事詩·情感第一》,收於【五代】王仁裕等撰,丁如明等校點:《開元天寶遺事(外七種)》(上海:上海古籍出版社,2012 年),頁 91。

可由儒家經典之中探見，如《儀禮‧士昏禮》云：「（婿）見主婦，主婦闔扉，立於其內。」鄭玄(127-200)解「闔扉」：「闔扉者，婦人無外事。扉，左扉。」李如圭(1479-1547)再釋為：「左扉，東扉也。〈士喪禮〉：『卜葬日，闔東扉，主婦立於其內。』《春秋傳》曰：『婦人送迎不出門，見兄弟不逾閾。』」[38]從以上所見，此「扉」應指的是廳堂內室之門而非外院之門，「閾」則是內室之檻限。婦人不出門、不逾閾，正是女性被儒家禮教規範要求之「正位乎內」[39]的「無外事」表現。

在出土材料中，以宋代墓葬布局中的位置關係為例，位於內室後壁有一假門，此假門實際上是借指由外廳通往內院的「中門」。墓葬中常有「婦人啟門」的圖像，此婦人隱現於中門之後，無疑是居處於被中門所隔絕住的內院之內，終日活動於其中[40]。北宋中期的司馬光(1019-1086)，在其《書儀‧居家雜儀》中，強調了婦人被隔絕於內的禮制規範：

> 男治外事，女治內事。男子晝無故不處私室，婦人無故不窺中門．
> 有故出中門，必擁蔽其面（如蓋頭、面帽之類）。
> 男子夜行以燭，男僕非有繕修，及有大故（大故謂水火盜賊之類），
> 亦必以袖遮其面。女僕無故不出中門（蓋小婢亦然），有故出中門，
> 亦必擁蔽其面。[41]

所謂蓋頭，周輝（12 世紀）於《清波雜志‧別志》中，提及：「婦女

---

[38] 【宋】李如圭：《儀禮集釋（一）‧卷二‧士昏禮》，見王雲五主編：《叢書集成初編》（臺北：商務印書館，1985 年），頁 67。

[39] 《易‧家人》象傳：「女正位乎內，男正位乎外。」郭建勳注譯，黃俊郎校閱：《新譯易經讀本》（臺北：三民書局，1999 年），頁 289。

[40] 此段參見鄧小南：〈出土材料與唐宋女性研究〉，收入李貞德主編：《中國史新論 性別史分冊》，頁 325。

[41] 【宋】司馬光：《司馬氏書儀‧卷之四‧婚儀下‧居家雜儀》，收於王雲五主編：《叢書集成初編》，頁 43。

步通衢，以方幅紫羅障蔽半身，俗謂為蓋頭，蓋唐帷帽之制也。」[42]蓋頭雖有可以擋風、防塵之用途[43]，但在此最重要的目的還是為了嚴守「男女有別，不親授受」的禮儀規範，不至於讓閨秀女子的面貌在男性眼中暴露無遺。

在朱文一〈院的本質及文化內涵的追問〉一文中，對於「閨」字的定義，所感受到的正是一種封閉而自囿的氛圍。「宮」、「閨」、「閣」、「室」等生活空間，均是中國傳統建築中具有最強封閉性的建築單元，也是女性被約範的棲身處所[44]。

於是乎，從「閨」、「閣」在字義以及文化上的推演來看，已從無分性別的「門」、「閂閂」，到實有所指稱的「內居之室」，加上儒家對「內」、「外」所屬身分的明確規範後，「閨閣」已自然而然成為女性理所當然的居所，甚至成為「女性」的代名指稱了[45]。

(二) 閨閣名媛之移動

但中國女性真如這些典籍及文人作品所記載，是「大門不出，二門不邁」的嗎？

在《詩經》眾多的詩篇之中，可以得見先秦時期不乏有女性得以自主移動的現象紀錄；在秦漢、六朝時期的女性出遊，除了其中有一嚴肅意味的被迫性地、亂離地所造成的移動，如昭君出塞、文姬歸漢外，另外也有

---

[42] 【宋】周煇：《清波雜志·別志·卷二》，收入《景印文淵閣四庫全書》（臺北：臺灣商務印書館，1983 年），第 1039 冊，頁 105。

[43] 參見鴻齋：〈辨中國古代女子蔽面的風俗〉，《中央日報·文物周刊》70 期(1948 年 1 月 21 日)，版七。

[44] 朱文一：〈院的本質及文化內涵的追問〉，收錄於季鐵男主編：《建築現象學導論》（臺北：桂冠圖書公司，1992 年），頁 294-296。

[45] 【宋】袁裒、周煇撰，尚成、秦克校點：《楓窗小牘　清波雜志》卷上：「汴京閨閣粧抹凡數變。」（上海：上海古籍出版社，2012 年），頁 10；【清】富察敦崇編：《燕京歲時記·玫瑰花芍藥花》：「玫瑰，其色紫潤，甜香可人，閨閣多愛之。」（臺北：廣文書局，1969 年），頁 61。

自主性地以「游春」、「踏春」為主要的旅遊形式，其後這種踏青活動在唐代相當興盛，更有許多女性創作旅遊詩歌傳世，這些詩歌如實呈現了唐代女性的階層性旅遊，上至武則天的帝王巡遊、宮廷女的隨駕出遊、和番公主的婚遊出行、士大夫妻女的隨夫隨父宦遊；下至民間女子參與民俗節慶、宗教祭祀活動的本地遊覽，以至於青樓歌伎、方外婦女的自由行走。

　　除此之外還有一些四處販賣貨物的女行商，如《北夢瑣言》中記載的女商荊十三娘、元和年間的謝小娥等[46]。唐代女性在不同階層都存在著一定形式的出遊活動，並且相當多的出遊都以女性自身留下的詩歌得到了可貴的遺存。

　　以往被認為因程朱理學思想抬頭，社會地位逐漸由開放傾向於封閉的宋代女性，於閨閣之外其實也有其活躍的一面。從宋朝以後，纏足風氣逐步地成為時尚[47]，過去對纏足女性總有先驗性的錯覺，認為她們因纏足而致殘，給予人行動不便、鎮日禁閉繡帷，被困於閨閣之內的認知；但近年來研究宋代女性的學者從社會經濟以及繪本呈現的角度，發現宋代對於女性的行為規範雖然嚴謹，但並不至於使當時的閨秀女子完全地閉鎖於閨閣之中不得外出[48]。在宋代的文人作品及畫作中，也多有女性得以自由外出

---

[46] 謝小娥為「估客女」，曾隨同父、夫往來於江湖，進行某種商業販賣活動。此段參酌自孫軍輝：〈唐代女商人略考〉，《歷史教學（高校版）》，2007 年第五期，總第 527 期，頁 21-23。

[47] 對於纏足的起源，【宋】張邦基（生卒年不詳，約十二世紀時在世）於《墨莊漫錄》開宗明義說道：「婦人之纏足，起於近世，前世書傳，皆無所自。」強調纏足肇端不會早於十二世紀；另高世瑜指出，纏足風氣的興起，原為五代時期宮廷舞者（傳為窅娘）的一種審美觀念，且在南宋時期演變成一種為限制女性行為而訂立的準則。見高氏：〈纏足再議〉，《史學月刊》第二期（1999 年），頁 20-24、111。

[48] 「宋代的社會經濟結構早已不同於『女正位乎內』理念所源出的三代。經由科考出身的新興官僚群，或許未必都出身孤寒，但其中的確有不少人崛起於庶民之家。在他們一心向學，尚未發跡之前，他們的母親或妻子往往為了支持家庭經濟而不得不在『外』周旋。」見劉靜貞：〈性別與文本——在宋人筆下尋找女性〉，收入李貞德主編：《中國史新論　性別史分冊》，頁 271。

　　劉芳如從宋代繪本，看出宋代閨閣仕女的生活：「（宋人〈浣月圖〉）與（宋人）〈繡櫳曉鏡〉、（南宋人）〈招涼仕女〉相通的是，這三件作品的背景，均屬於佈置典雅，富貴人家的院落；

的描繪，如孟元老（生卒年不詳，約 12 世紀前半）《東京孟華錄》（1146 序）卷之六，記載：「正月一日，……向晚，貴家婦女縱賞關（觀）賭，入場觀看，入市店飲宴，慣習成風，不相笑訝。至寒食冬至三日亦如此。」[49] 在北宋末張擇端（約 1085-1145）所繪之〈清明上河圖〉圖卷中段，可看見有婦人懷抱幼子，佇立於店肆前購物，以及乘轎行經市街的情景[50]。

到了明清時期，尤其是明中葉以後，旅遊風氣盛極一時，許多大城市像是北京、南京、蘇州、杭州附近，都發展出許多風景區。官宦士人婦女在持家之餘也常進行到名勝古蹟出遊取樂的的活動。不但在歲時節日常可見到她們的身影，與民間信仰有關的廟會節慶、宗教進香她們也積極參與[51]。如張岱(1597-1679)在其《陶庵夢憶》中的描繪，呈現了有明一代繁華富庶的景況，總體而言是概論式、集體式的一種畫面上的如實展示；是歡愉的、喧鬧的集體共構的樂遊氣氛。在這些歡慶的場合中，不乏女性出現的身影，張岱所記錄的不僅是有明一代女性參與公共節慶的踴躍，更揭示了明代的城市與名勝景點的開放度，是得以容納各種不同階級的百姓所共同生活並擁有的。

而畫中的窈窕女郎，也都有女仕跟隨陪伴。凡此，在在反映了宋代的高貴仕女，大部分過的是閒適的生活，她們難得在大庭廣眾中露面，通常只帶著隨從的女仕，在自家的園圃中活動。」劉芳如：《從繪本與文本的參照——探索宋代幾項女性議題》（臺北：文史哲出版社，2005 年），頁 20。

[49] 【宋】孟元老撰，伊永文箋注：《東京夢華錄箋注》卷之六，下冊（北京：中華書局，2009 年），頁 514。

[50] 圖載楊建峰主編：《中國人物畫全集》（北京：外文出版社，2011 年），頁 130。

[51] 參見巫仁恕：《游道——明清旅遊文化·第一章·大眾遊觀活動的盛行》（臺北：三民書局，2010 年）。

(三) 曹雪芹書寫下的女性移動與空間轉化

1. 女媧神話的衍異

在《紅樓夢》第一回，即開天闢地使用了「女媧補天」[52]神話，敷衍出頑石成為通靈寶玉，因緣下凡歷經變幻、遍看世間女子的一段故事。

女媧為了補天，煉出三萬六千五百零一塊石頭，最後用了三萬六千五百塊，單單剩下一塊未用。這塊被棄置的頑石，「因見眾石俱得補天，獨自己無材不堪入選，遂自怨自嘆，日夜悲號慚愧。」（第一回）引起了它對於自己陷於「餘剩」處境的悲涼。後偶因一僧一道路經，說了些玄幻凡塵之事，讓頑石之心有了熾動，此一熾動也正是它變形轉身，由無用轉為有用的癥結點。

此塊頑石在中國的傳說中，似可與「三生石」的由來作為互文。

互文性(intertextuality)一詞，在克里斯蒂瓦(Julia Kristeva，1941-)的《多元邏輯》(*Polylogue*)以及里法特爾(Michael Riffaterre，1924-2006)《詩的符號學》(*Semiotucs of Poetry*)中，加以發展了巴赫金(M.M. Bakhtin，1895-1975)有關「複調」(poliphony)和「接觸域」(zone of contact)的理論，認為「文本會利用交互指涉的方式，將前人的文本加以模仿、降格、諷刺和改寫，利用文本交織和互相引用、互文書寫，提出新的文本、書寫策略與世界觀。」[53]

另一個則是互為正文性(intertextuality)的提出。「互為正文性指出了正文之意義解讀必須與其他正文互相參照，因而突破了單一正文的僵固界

---

[52]「女媧補天」的傳說，最早為西漢劉安的《淮南子‧覽冥訓》：「往古之時，四極廢，九州裂，天不兼覆，地不周載；火爁炎而不滅，水浩洋而不息；猛獸食顓民，鷙鳥攫老弱。於是女媧煉五色石以補蒼天，斷鼇足以立四極，殺黑龍以濟冀州，積蘆灰以止淫水。蒼天補，四極正，淫水涸，冀州平。狡蟲死，顓民生。」劉康德撰：《淮南子直解》，頁289。

[53] 廖炳惠：《關鍵詞200：文學與批評研究的通用詞匯編》（南京：江蘇教育出版社，2006年），頁137。

線,甚至質疑了正文的概念:因為互為正文性指出了意義之生產與消費在各種正文之間流轉;正文不再是一個獨立自存的固定單位,其界線難以確定。此外,由於意義的解讀不再能夠侷限於單一正文裡,甚且意義之解讀所需參照的其他正文,也沒有確定的數目或止境,這便暗示了『意義不穩定與不確定性』的問題。」[54]

曹雪芹將「三生石」作為《紅樓夢》宿命因緣的故事互文,除了隱含有佛家的輪迴轉世觀之外,更為此石彰顯其具有現代性(modernity)紀錄觀點的象徵。

三生石,相傳是女媧在補天之後,用泥造人,而在造人的同時,每造一人取一粒沙作為計量,久之,這些沙便凝聚成為一塊頑石,女媧將其立於西天之靈河畔。

經過不知幾許歲月,此塊靈河畔的石頭吸收了日月精華,靈性漸通,石上生出兩條神紋,將自身分隔成三段。女媧見其似有吞噬天地之意,便用法力封住,封它為「三生石」,以神紋區分的三段命名為「前世」、「今生」、「來世」;又為了能更束縛其魔性,便將它置於鬼門關忘川河邊,掌管三世因緣之輪迴。

曹雪芹化用此段傳說,在第一回敘述主角前世的神話故事時,便把林黛玉的前身──絳珠草的所在地座落為「西方靈河岸上三生石畔」,此時的頑石仍是以石頭的狀態存在著;而賈寶玉前身──赤瑕宮的神瑛侍者作為施露恩人,與絳珠草在石下結成宿緣,遂發展為人世間寶黛情誼的命定開端。頑石與神瑛侍者二分[55],如此才能作為這段因緣的見證,因此侍者與仙草一事,「勾出多少風流冤家來陪他們去了結此案」,如此大規模的下凡

---

[54] 王志弘:〈文化概念的探討 空間之文化分析的理論架構〉,收入氏著:《流動、空間與社會 王志弘 1991-1997 論文選》(臺北:田園城市文化,1998 年),頁 66。

[55] 《紅樓夢大辭典‧神瑛侍者》:「新校本依脂本,神瑛侍者下凡為賈寶玉;所夾帶的石頭,入世變成通靈寶玉。在程本和原人文通行本中,『石頭』變成了『神瑛侍者』,下凡即為賈寶玉,因而是三位一體的。兩者有差別。」見馮其庸、李希凡主編:《紅樓夢大辭典》,〈神瑛侍者〉條(北京:文化藝術出版社,1991 年),頁 697-698。

遊歷便擴大為整個《紅樓夢》故事的先驗前提，而作者更不忘此頑石原本的神通：掌管三世因緣，藉由巧妙的轉化，由一僧一道將碩大的石頭登時變成可佩可拿的寶玉，跟著神瑛下凡，成為立足於賈寶玉身上的觀察點，並紀錄了這些風流冤家以賈府為中心所發展成的一段陳跡故事，最後由空空道人抄閱回來、曹雪芹的批閱增刪，方使這一整個的「家庭閨閣瑣事」，得以流傳。

曹雪芹以女媧此一神話中的女性英雄故事作為肇端，除了彰顯作者自云一段中「使閨閣昭傳」的全書要旨，突顯女性不讓鬚眉的重要性之外，更因此煉石補天最後的「棄石」符碼，表徵了「無用之用」[56]的「大用」——棄石一躍成為「蒙茫茫大士、渺渺真人攜入紅塵，歷經離合悲歡炎涼世態」（第一回）、「親睹親聞這幾個女子」（第一回）的觀看媒介，成為可佩可拿、上頭穿眼[57]的「照相機」[58]；成為在塵世中窺看女性，為女子寫傳的紀錄載體。如此，女媧身為女性的移動行為（出閨閣），便有了另一層的

---

[56] 《莊子‧人間世》：「人皆知有用之用，而莫知無用之用也。」【清】王先謙：《莊子集解》（臺北：文津出版社，1988 年），頁 45。

[57] 第三回，黛玉道：「究竟那玉不知是怎麼個來歷？上面還有字跡？」襲人道：「連一家子也不知來歷，上頭還有現成的眼兒。」

[58] 在此引述「穿眼」一說，受啟於康來新提出通靈寶玉具有「天生有眼」的「現代錄像機」之物用實錄功能概念：不僅可照相，還可儲存紀錄錄像並於日後放映出來。康來新以此主題發表演講多次，在此徵引康來新主講：〈「天生有眼」：試論通靈寶玉的科／技想像及其真／假辨證〉，臺北政治大學主辦：「百年論學：中國古典文藝思潮研讀會」，第六十三次研讀會，政治大學百年樓中文系會議室(O309)，2011 年 6 月 11 日。

此外，張愛玲於〈四詳紅樓夢——改寫與遺稿〉也提出通靈寶玉具有照相紀錄功能：「石頭掛在寶玉頸項上觀察紀錄一切，像現代遊客的袖珍照相機，使人想起依修伍德的名著『我是個照相機』——拍成金像獎歌舞片『Cabaret』。」見氏著：《紅樓夢魘》（臺北：皇冠雜誌社，1980 年），頁 318。

另見蔡義江：〈石頭的職能與甄、賈寶玉——有關結構藝術的一章〉：「這塊石頭在賈寶玉身上，就像現代人利用科學成就，為獲取情報而特制的、能夠用偽裝形式安置在人或動物身上的一架微型的自動攝影機。……石頭是通靈寶玉……有著超人的功能，這就是曹雪芹的小說之所以能夠兼有第一人稱和第三人稱兩種敘述方法所長的關鍵。」見《追蹤石頭：蔡義江論紅樓夢》（北京：文化藝術出版社，2006 年），頁 199-200。

詮解——女媧本為了蒼生補天，成為女性英雄的象徵；之後神力分化，賦予頑石作為觀看、紀錄眾女性的一個媒介。「人的意識活動是主動自覺進行的，是有目的、有計劃進行的。」[59]人之所以會「行動」，有其原因與動機，女媧的移動目的，昭然若揭。

女性的移動使得自我身世有其或大或小的轉變，而「無用」頑石觀看女性、紀錄女性，不僅成就自己，有了用處，也使眾多女性因其得以傳承後世。賈寶玉生時口中含有通靈寶玉，在賈府眾姊妹中又身為絳洞花主、諸豔之冠、閨閣良友等身分，所以能入太虛幻境盡見一切女子的無常命運。曹雪芹藉由賈寶玉這一移動身分，戴著穿眼的寶玉照相機，在女性之間遊走，穿梭於這幾個「或情或痴，或小才微善，亦無班姑、蔡女之德能」的異樣女子之間，紀錄她們幸或不幸的遭遇與身世，為她們寫作傳記，表彰這些女子可親可愛的個性特質、突顯其或樂或悲的生命情調，這是中國自傳傳統中所要特出的焦點與目的[60]。

於此，《紅樓夢》以神話傳說之互文作為故事肇端，並加以轉化，使頑石無用／有用的意義隨之有了新的詮釋，成為一超然客體的觀看者；這些女性更因為女媧之舉，不致被隱形而得以傳承，得以在以男性為主導權的歷史洪流中佔有一席之地，達到作者自云：「念及當日所有之女子，一一細考較去，覺其行止見識，皆出於我之上。何我堂堂鬚眉，誠不若彼裙釵哉？……然閨閣中本自歷歷有人，萬不可因我之不肖，自護己短，一併使其泯滅也。……何妨用假語村言，敷演出一段故事來，亦可**使閨閣昭傳**，**復可悅世之目**」（粗體為筆者自加）的旨歸。

---

[59] 葉奕乾：《普通心理學》（上海：華東師範大學出版社，2004 年），頁 87。

[60] 「傳記所傳的並非是生命的全部，而是在某種目的論的考慮下，以某個特定的角度，經過記憶的重組，將此一生命經過篩選整理後的某些層面傳述給其他人——尤其是子孫後輩。在中國的自傳傳統中，甚至生平事跡都不見得是傳述的重點，被傳人的個性特質、生命情調等等靜態描寫往往才是焦點所在。」胡曉真著：《才女徹夜未眠——近代中國女性敘事文學的興起》，頁 88。

2. 大觀園的空間譬指

觀，原意為諦視也[61]；《小雅・采綠》中「薄言觀者」之「觀」有多的意思，為引伸義。其他如《詩・鄭風・溱洧》的「女曰觀乎」以及南朝鮑照之《擬古》其五：「伊昔不治業，倦遊觀五都。」中的「觀」，均有遊覽的意思。在遊覽中觀看，可遍覽、可定位於某個特定的對象，仔細賞觀，故在南宋辛棄疾《沁園春・帶湖新居將成》詞：「要小舟行釣，先應種柳；疏籬護竹，莫礙觀梅。」中的「觀」，便有針對特定對象所給予的玩賞、觀評態度了。

《紅樓夢》中的大觀園，賈妃以「銜山抱水建來精，多少工夫築始成！天上人間諸景備，芳園應錫大觀名。」（第十八回）為其定名，不外乎此園因省親而建，其規模必定盛大壯觀；又因園中建築、植栽、陳設等這些美好的事物齊備繁多，可供遍覽、賞玩，故賜予「大觀」之名並不為過。

中國古典園林的發想由來甚早，由秦漢的皇家宮苑園林為其開端，後歷經魏晉南北朝、唐宋的變遷，園林也逐漸由位居上層階級的皇室園林朝向士大夫文人擴散，其類別漸趨多樣，如名勝寺觀、第宅建築等，都成為了中國園林的獨特色徵。

到了明代，尤其是中晚期，手工業與商業的蓬勃發展，帶來了社會的繁榮。許多因為商業而興起的市鎮此起彼落，交通也隨之有了更為快速便利的建設，隨著交通以及市鎮伴隨而來的休閒遊覽，成為明朝的一大社會風氣。對山水的徜徉、對鄉間田野的嚮往，使得士人紛紛投入建造居家園林的風潮中，以便能隨時追求這些山林情趣，如袁宏道(1568-1610)〈瓶史

---

[61] 觀：「諦視也。案諦之視也。穀粱傳曰。常事曰視。非常曰觀。凡以我諦視物曰觀。使人得以諦視我亦曰觀。猶之以我見人，使人見我皆曰視。……小雅采綠傳曰。觀，多也。此亦引伸之義。物多而後可觀。故曰觀，多也。猶灌木之為藜木也。」【東漢】許慎撰，【清】段玉裁注：《新添古音說文解字注》（臺北：洪葉文化，1999年），頁412。

序〉:「夫幽人韻士,屏絕聲色,其嗜好不得不鍾於山水花竹。」[62]如文震亨(1585-1645)《長物志》沈春澤序:「挹古今清華美妙之氣於耳目之前,供我呼吸;羅天地瑣雜碎細之物於几席之上,聽我指揮;挾日用寒不可衣、饑不可食之器,尊踰拱璧,享輕千金,以寄我之慷慨不平:非有真韻、真才與真情以勝之,其調弗同也。」[63]文人將自己對生活的情趣、對個人的人格展現以及對生命的感懷和抒發,均寄託於園林山水與園林建築擺設之中,物我之間的共感與合一,是自莊子以降的最高藝術以及心靈境界之追求。《紅樓夢》中的大觀園,雖因此脈絡應運而生,但此園最初是別有目的而建,與明代文人之建造動機略有不同。

大觀園原作為賈妃省親用途設立,因元春的身分而讓此園有別於一般文人的居家園林。元春身為皇宮中人,又是皇帝身邊之妃,其用物體制定也隸屬於皇家規模,故大觀園在建造之初即含涉有皇家苑囿之影。雖在賈妃眼中看來「奢華過費」、「過分之極」,但也無可否認為了要配合貴妃身分,大觀園其實已摻入了許多皇室規格的想像。

但大觀園並不是只有省親、供眾人遊賞等用途。歷來討論大觀園的學者,都視其為一個「桃花源」、「烏托邦」[64]。烏托邦(utopia)和人類的夢境、幻想有極大的關係,是一人類心目中的理想世界,這世界往往和現實社會成為對照,一如在《莊子・逍遙遊》中的「無何有之鄉」,是一可以盡情展現自我、無所拘束的夢想國度。

---

[62] 【明】袁宏道撰,【明】陳眉公重訂:《瓶史・瓶花引》,收於《續修四庫全書》第1116冊,子部,譜錄類,頁625。

[63] 【明】文震亨、屠隆撰,陳劍點校:《長物志 考槃餘事》(杭州:浙江人民美術出版社,2011年),頁21。

[64] 宋淇〈論大觀園〉:「大觀園本身代表著一種理想」,《明報月刊》81期(1972年9月),頁4。
余英時:《紅樓夢的兩個世界》(臺北:聯經出版社,1979年),頁43。二知道人《紅樓夢說夢》:「雪芹所記大觀園,恍然一五柳先生所記之『桃花源』也。其中林壑田池,於榮府中別有一天地,自寶玉牽裙釵來此,怡然自樂,直欲與外人間隔矣。」見一粟編:《古典文學研究資料彙編・紅樓夢卷》(北京:中華書局,1963年),頁86。

　　曹雪芹於《紅樓夢》中塑造此一大觀園，無非是要指向另一個空間的
「太虛幻境」，一是仙界，一是人間，兩相對比之下有其象徵意義，而賈寶
玉為其見證。當元春以皇妃的身分踏入此園時，其「天上人間諸景備」一
語以及「大觀」的賜名，不僅給了讀者想像此園的富麗堂皇，也揭示了《紅
樓夢》中的種種主要情節皆與此園有關。除此之外，此「觀」不僅可以觀
自然山水景物（所以有含涉大江南北的植栽與各種不同的建築風格）[65]，
更可觀天下人間世事（在裡頭活動的女孩子們各有其身世遭遇，可作為天
下眾女子類型的依憑），作者的目的即在此。

　　為了營造這個集眾女於一園的桃花源，首先第五回在太虛幻境中以寶
玉之眼「欽點」出那些將來要入住此園的部冊名單；後以人間元春的省親
事件而讓此園得以完成；再以貴妃的官方權力公然讓女性入住後花園，讓
金釵們可以堂而皇之地占據這個為她們所打造的樂園空間。而太虛幻境中
的收藏部冊，也正合於大觀園中的容納眾女，是作者欲以小窺大的深層隱
喻。

　　大觀園有其開放性／閉鎖性。其開放性在於：除了未嫁的千金閨閣，
其他身分階級的女性也可入內，如為低階層戲子身分的梨香院諸女官，抑
或被戲謔為「母蝗蟲」的平民百姓劉姥姥；而其閉鎖性在於：此園除了寶
玉之外，其他男性一律不准入住（年幼的賈蘭除外），正如作者借寶玉之口
言：「男人是泥作的骨肉」，為「鬚眉濁物」，見了男子便覺「濁臭逼人」，
會污染整個女性得以獨立存在的空間。摒絕了最主要的污濁男性因素後，
方可預設此園為一個純然乾淨，供乾淨芳香女兒在內居處游賞的主要前提。

　　因為此園與外在世界的隔離，使得女性在其中得以保有一定程度的私

---

[65] 如嚴明所言：「豐富的生活經歷，對造園藝術的深刻造詣，使得曹雪芹筆下的這座大觀園既顯
示了北方園林的富麗宏闊，又富有南方園林的幽深曲折。這一融會南北園林之妙的特點不僅體
現在大觀園的規模、結構、佈局、園林建築等方面，還反映在園中花草林木的佈局上：像蘅蕪
院裡的異草，其中有一部分未必就能在北京生長；瀟湘館的翠竹萬竿，在北京亦屬罕見；櫳翠
庵的數十株紅梅映雪而開，在江南不足為奇，但卻是北方的肅殺嚴冬中是決不可能有的境界。」
見氏著：《紅樓夢與清代女性文化》（臺北：洪葉文化，2003年），頁348。

密性，讓身體和心靈都可以有較為自由的舒展和發揮。如胡曉真所述：「由
於花園與正房屋舍有所區隔，因此暗示對俗世義務的疏離，甚至可以變成
女性追求超越經驗的神秘空間。花園承載了如此豐富的文化意涵，既可象
徵女性生命的極度幽閉，也可刺激女性心靈的無限奔馳。」[66]女性從閨房
走出，游移於位處內／外交界的花園，可以從中得到精神上的解放與啟蒙，
以及增進自我的認知意識。如湯顯祖(1550-1616)劇作《牡丹亭》中的主角
杜麗娘，因丫鬟春香的偶然提議[67]，踏出了禮教規定女子「大門不出，二
門不邁」的訓範，在後花園中體驗到了從未有過的人生體驗[68]，開啟她對
世界的想像，也因此達成了生理與心理的成長，邁向生命的另一個階段。

在大觀園中活動的女性也是如此。比如眾女可以自在地在園中盡情玩
耍、可以大膽馳騁自己的才氣與技藝；可以生啖鹿肉，更可以大方顯露自
己的情緒，無須受到現實世界的拘束而壓抑，儼然是一專屬女性的華胥之
國。

大觀園是為一女性的烏托邦——此園因女性而建立，後成為女性居處
及進行游藝活動的主要場所，此園之隱晦含意不言而喻。

但也正因此園位處理想／現實、內／外的交界，曹雪芹雖極力為女性
打造了一個這樣的理想國度，但無可避免它仍有其幻滅的可能。

生命的有限對比時間的無限，使得園林最後終究定走向荒滅，人事有
限的努力終究敵不過時間進程的無情推演，《紅樓夢》第七十六回的中秋賞
月便已為大觀園最終走向淒清寂寞的道路展開序幕。除了時間的客觀因素
之外，另外造成樂園幻滅的導因還有主觀的權力關係。

---

[66] 胡曉真著：《才女徹夜未眠——近代中國女性敘事文學的興起》，頁 180。

[67] 《牡丹亭·第九齣·肅苑》：「（春香）進言：『小姐讀書困悶，怎生消遣則箇？』小姐一會
沈吟，邅巡而起。便問道：『春香，你教我怎生消遣那？』俺便應道：『小姐，也沒箇甚法兒，
後花園走走罷。』」【明】湯顯祖原著，徐朔方、楊笑梅校注：《牡丹亭》（臺北：里仁書局，
1999 年），頁 53。

[68] 《牡丹亭·第十齣·驚夢》，同前註出版項。

在實質空間的層面，空間乃權力與知識等論述轉化成為實際權力關係之處。空間在現代的權力技術中，扮演了關鍵部分，權力透過空間的構築與使用而運作，權力的歷史亦即空間的歷史，從地緣政治的偉大策略到住居處所的小戰術皆是。[69]

大觀園原為了保護女孩而設立，但在《紅樓夢》本文中，我們仍可以看到處處有權力干涉運作的軌跡。如第五十七回邢岫煙道出自己窘迫的情況：

姑媽打發人和我說，一個月用不了二兩銀子，叫我省一兩給爹媽送出去，要使什麼，橫豎有二姐姐的東西，能著些兒搭著就使了。姐姐想，二姐姐也是個老實人，也不大留心。我使她的東西，她雖不說什麼，她那些媽媽、丫頭，哪一個是省事的，哪一個是嘴裏不尖的？我雖在那屋裏，卻不敢很使她們，過三天五天，我倒得拿出些錢來給他們打酒買點心吃才好。因此，一月二兩銀子還不夠使，如今又去了一兩。前兒我悄悄的把綿衣服叫人當了幾吊錢盤纏。」

又如第五十八回婆子們和女官之間的爭執、抄撿大觀園後晴雯的屈死（第七十八回），這些均是在權力宰制關係下被無情犧牲的弱勢女性最終所要面臨的不幸命運。

除了權力的壓制之外，大觀園還有在建立之初即已悄然滲入的污穢：

先令匠人拆寧府會芳園牆垣樓閣，直接入榮府東大院中。榮府東

---

[69] 此為傅柯(Michel Foucault，1926-1984)後期關於空間概念中的第二層次。轉引自王志弘著：《流動、空間與社會　王志弘 1991-1997 論文選》，頁 9。

> 邊所有下人一帶群房盡已拆去。當日寧、榮二宅,雖有一小巷界
> 斷不通,然這小巷亦係私地,並非官道,故可以連屬。會芳園本
> 是從北角牆下引來一股活水,今亦無煩再引。其山石樹木雖不敷
> 用,賈赦住的乃是榮府舊園,其中竹樹山石以及亭榭欄杆等物,
> 皆可挪就前來。如此兩處又甚近,湊來一處,省得許多財力,縱
> 亦不敷,所添亦有限。全虧一個老明公號山子野者,一一籌畫起
> 造。(第十六回)

「肇因實在寧」,大觀園自建立之初就不斷地以各種方式與寧府相連,
連可以洗淨萬物之水也都因為從寧府引來而有了混濁不堪的隱喻。除此之
外,對於大觀園的勘察,一開始也是藉由男人們的足跡與眼光進入這日後
將成為女兒們樂園的境地,種種因素交織之下,大觀園隱然含有終究會被
外頭男性權力世界所汙染、介入的骯髒墮落成分。

> 這樣的無力,與其說是一種理想的不徹底,倒不如說是更深刻地
> 揭示了現實的結果,而這種將理想放回到現實中加以邏輯展開的
> 舉措,顯示了《紅樓夢》所以偉大的根基所在。[70]

如詹丹所言,大觀園身為一女性的烏托邦,是曹雪芹用以成全他保護
眾孤弱及未出嫁女性的理想世界,雖然在時間、空間上女性看似得到了更
為自由的生活,但回到現實層面來看,其悲劇因素——階級權力的壓迫仍
存在於這個樂園;再加上此園在建立之初即已染上了不乾淨的來源,正隨
著時日一點一滴地啄蝕這天真爛漫、看似全然美好的保護罩,在現實的被
揭示之下,最終證成了大觀園終究不是一個能擺脫一切苦難悲痛的無何有
之鄉。

---

[70] 詹丹:《重讀紅樓夢》(臺北:秀威資訊,2008 年),頁 40。

三、薄命司：紅樓金釵的離散行移

（一）女子有行

　　對於空間的移動，王瓊玲於《空間與文化場域：空間移動之文化詮釋》一書的導讀中有其闡釋：「至於『空間移動』這個概念，則包含幾個可以深入思考的面向，即：移動的主體為何？移動的方式為何？移動的基本性質與條件為何？移動的限制和影響是如何？而移動所造成的意義，又為何？」[71]此段的思考面向，也是筆者於《紅樓夢》中女性移動的意義，所欲探討的問題。

　　在移動的字彙中，「行」為較常見的一字。甲骨文將「行」解為「道路」[72]；《說文解字》則將「行」字解釋為：行，「人之步趨也。从彳行。凡行之屬皆从行。」[73]若將步趨不限定為用「腳」作為移動工具，則可知人只要有所移動，都可以稱之為「行」。

　　《詩經·國風》中，對於女性移動的詩篇也多內有「行」字的篇什[74]。其中之「行」有多種解釋：〈邶風·谷風〉有「行道遲遲」句，「行」解為「行走」；〈鄘風·載馳〉中，「女子善懷，亦各有行。」解為「道理、主張」，

---

[71] 王瓊玲：〈導論：空間移動之文化詮釋〉。見黃應貴、王瓊玲：《空間與文化場域：空間移動之文化詮釋》（臺北：國家圖書館，2009 年），頁 1。

[72] 羅振玉曰：行「象四達之衢，人所行也。」見徐中舒主編：《甲骨文字典》（四川：四川辭書出版社，1990 年），頁 182 。

[73] 【東漢】許慎撰，【清】段玉裁注，【民國】魯實先正補：《說文解字注》，頁 78。

[74] 如〈鄘風·蝃蝀〉：「女子有行，遠父母兄弟。……女子有行，遠兄弟父母。」、〈衛風·竹竿〉：「女子有行，遠兄弟父母。」、〈邶風·谷風〉：「行道遲遲，中心有違。」、〈邶風·泉水〉：「女子有行，遠父母兄弟。」、〈鄘風·載馳〉：「女子善懷，亦各有行。」、〈齊風·載驅〉：「汶水湯湯，行人彭彭。……汶水滔滔，行人儦儦。」、〈魏風·十畝之間〉：「行，與子還兮！……行，與子逝兮！」

音杭；〈齊風‧載驅〉：「汶水湯湯，行人彭彭。魯道有蕩，齊子翱翔。汶水滔滔，行人儦儦。」之「行人」解為「行路之人」；〈魏風‧十畝之間〉：「十畝之間兮，桑者閑閑兮！行，與子還兮！十畝之外兮，桑者泄泄兮！行，與子逝兮！」解為行趨義[75]。

在〈鄘風‧蝃蝀〉、〈衛風‧竹竿〉、〈邶風‧泉水〉中，都出現了「女子有行」句[76]，此「行」鄭玄箋解為：「行，道也，婦人生而有適人之道。」孔穎達疏為：「女子生則必當嫁，亦性自然矣。」[77]；「女子有行」四字在箋疏中解為「婦人生而有適人之道」[78]，此「適人之道」之「行」為甲骨文本義「道路」之引申。但筆者認為似可解釋成「朝著一定的目的或方向」、「依附」、「走向、歸向」等詮解。女子適人，意謂著女子成人，習得「為婦之道」後，最終總是得朝著嫁人的目的、朝著夫家的方向而去，並依附、走向、歸向另一個家庭。在現今的研究論文及文學作品中，也多有以「女子有行」四字作為題名的例子[79]。現今將「女子有行」的意義擴大，不僅只限定於女子出嫁，凡是女性出行、出遊，皆可稱之為「女子有行」，「行」字在此又可解為「步趨」義了。此義更凸顯出「女子有行」中「女子」在行趨中的特定性別身分及視角。

---

[75] 可參照李添富：〈《詩經》中「行」字音義試探〉，《語言論集》，2009 年 9 月。

[76] 「女子有行，遠父母兄弟（兄弟父母）。」此句式一連在三首詩中出現，很可能是當時形容女子出嫁的陳語，故多用之。

[77] 見於【清】阮元校刻：《十三經注疏》（臺北：藝文印書館，1997 年），頁 122。

[78] 【唐】孔穎達疏為：「女子生則必當嫁，亦性自然矣。」其義亦有「婦人生而有適人之道」意。

[79] 研討會論文有：鍾慧玲：〈女子有行，遠父母兄弟——清代女作家思歸詩的探討〉，收入淡江大學中國文學系：《中國女性書寫——國際學術研討會論文集》（臺北：臺灣學生書局，1999 年）。此「行」從原本的出嫁反面立說，著重在女子因出嫁而離開原生家庭後，所欲思歸之心態。故在此之「女子有行，遠父母兄弟」為表示造成女子賦思歸詩之原因。碩博士研究論文有黃恩慈：《女子有行——論施叔青、鍾文音女遊書寫中的旅行結構》（臺南：成功大學台灣文學研究所碩士論文，2007 年）；林韻文：《九０年代以降台灣女性旅行書寫的自我建構與空間》（臺南：成功大學中國文學研究所博士論文，2010 年）第四章第三節——女子有行：女／母性的風景凝視；小說文本則有虹影：《女子有行》（臺北：爾雅出版，1997 年）。

　　但女子之「行」，一定都是主動且愉悅的嗎？

　　縱觀由男性主導的歷史書寫上那些得以留名青史的女性，大多均處於一種被迫地、流離地移動之「行」，在世變動亂之際，似乎唯有於離亂中保有其婦德、貞潔之女性，才有被紀錄為列／烈女的價值。

　　早在先秦《詩經·國風》中的〈鄘風·載馳〉[80]篇裡頭，可以看見許穆夫人為了援救祖國衛國，一路疲於奔命、不惜違背禮教規範。儘管最後夫人之行是否成功多有猜測，但許穆夫人如此自主拯救國難的舉動，讓後來的劉向將之列入《列女傳》[81]；晉朝的顧愷之更將她繪入《列女圖卷》，讓她成為了中國古代最早的智勇雙全女英雄典範。

　　另一位著名的巾幗英雄，便是文本中代父從軍的木蘭。「木蘭」此女的真實性多有臆說[82]，但由南北朝敘事詩〈木蘭辭〉的內容看來，為抵禦北

---

[80] 〈毛詩序〉云：「〈載馳〉，許穆夫人作也。閔其宗國顛覆，自傷不能救也。衛懿公為狄人所滅，國人分散，露於漕邑。許穆夫人閔衛之亡，傷許之小，力不能救，思歸唁其兄，又義不得，故賦是詩也。」見於【清】阮元校刻：《十三經注疏》，頁122。

[81] 【西漢】劉向，鄭曉霞、林佳鬱編：《列女傳彙編》（北京：新華書店，2007年），頁170-141。

[82] 祖沖之《述異記》、李充《獨異志》都提到木蘭姓花。一說木蘭本姝朱。清康熙年間的《黃陂縣志·李貞女傳》記載：「吾邑有木蘭山上祀女像，相傳為古代父從軍之女子，在軍中十餘年人不知其為巾幗也，其貞烈如此。或謂為邑人，或曰非也。」【清】金國鈞纂：《湖北省黃陂縣志稿》，據民國十二年鉛印本影印（臺北：成文出版社，1975年），頁96。

焦竑在其《焦氏筆乘·卷三·我朝兩木蘭》中也說：「木蘭，朱氏女子，代父從征……今黃州黃陂縣北七十里，即隋木蘭縣，有木蘭山、將軍冢、忠烈廟，足以補《樂府題解》之缺。」收入《孔子文化大全》編輯部編輯：《焦氏筆乘》（山東：山東友誼書社，1991年），頁207。又有木蘭姓魏的說法，一說木蘭姓韓。

《河南通志·卷67·列女上》：「隋木蘭，宋州人，姓魏氏。恭帝時發兵禦戎，木蘭有智勇，代父出征，有功而還。……鄉人為之立廟。」【清】田文鏡、王士俊等監修，【清】孫灝、顧棟高等編纂：《河南通志》，收於《景印文淵閣四庫全書》史部第296冊，總第538冊，地理類（臺北：臺灣商務印書館，1983年），頁197。

焦循：《劇說·卷五》：「將軍魏氏，本處子，名木蘭。……歷年一紀，交鋒十有八戰，策勳十二轉。天子喜其功勇，授以尚書。隆寵不赴，懇奏省親。擁兵還譙，造父室，釋戎服，復閨妝，舉皆驚駭。咸謂自有生民以來，蓋未見也。以異事聞于朝。召復赴闕，欲納宮中，將軍曰：臣無媿君禮制。以死誓拒之。勢力迫加，遂自盡。所以追贈有孝烈之諡也。」【清】焦循：《劇說》（臺北：廣文書局，1970年），頁103。

方外敵入侵，木蘭在徵召之中代替年邁的父親，以女扮男裝的身分替父出征。在戰事瀕臨的社會動亂之中，木蘭以主動但不得已的心態選擇出行，其中必然有諸多擔憂顧慮並可能會遭受到不必要的危險，但木蘭此舉為女性揭示了另一種出走的可能——置換為男性。在外表上雖用一種「假」身分作為矇騙手段，但這樣的方式不僅為層層閉鎖的禮教規範解套，且在變換性別的過程中更可用此「假」身分作出「真」自我的能力顯現，達到打破「女性＝柔弱」的既有成見枷鎖，顯示出女性可以不輸給男性，甚至可以擁有等同男性能力的積極想望，如學者所述：「扮裝是跨越僵固之性別界線的行動，質疑了性別範疇的穩定性，並且在扮裝的行為中，滑脫了固著主體位置的控制企圖，而可以不斷游移，找尋有利的陣地。」[83]但可惜且無力的是，迫於時代對女性的束縛以及壓力，要實現自我的理想及能力還是僅能用扮裝為男人的方式去完成，一旦脫離了用以實現的場所（對木蘭來說是戰場），回到原先所生活的社會時，仍須繼續受到時代所施加的種種定則，回歸到「真」身分，對於過去曾經達成的「假」性理想只能緬懷。

時間往後來到漢朝，在匈奴、吐蕃等外敵的環伺窺探下，朝廷多採取和親政策來維持兩造之間的和平共處[84]。除了漢武帝時以宗室女為公主的身分下嫁匈奴的劉細君、劉解憂外，最為著名的便是以宮女身分和親匈奴的王昭君。

昭君出塞的原因有多種版本，於《漢書》[85]、《後漢書》[86]、《世說新語》

---

[83] 王志弘：〈女性主義與後現代主義的地理學鏈結　重要文獻之評介〉，收入氏著：《流動、空間與社會　王志弘 1991-1997 論文選》，頁 52-53。

[84] 西漢和親之舉始於漢高祖劉邦。見《漢書‧卷 43‧酈陸朱劉叔孫傳第十三》：「天下初定，士卒罷於兵革，未可以武服也。冒頓……未可以仁義說也。獨可以計久遠子孫為臣耳，……陛下誠能以適長公主妻冒頓，厚奉遺之，彼知漢女送厚，蠻夷必慕，以為閼氏，生子必為太子，代單于。……冒頓在，固為子婿；死，外孫為單于。豈曾聞（外）孫敢與大父亢禮哉？可毋以以漸臣也。」【漢】班固撰，【唐】顏師古注：《漢書》（北京：中華書局，1987 年），頁 2122。

[85] 《漢書‧卷九》：「春正月，匈奴虖韓邪單于來朝。詔曰：『匈奴郅支單于背叛禮義，既伏其辜，呼韓邪單于不忘恩德，鄉慕禮義，復修朝賀之禮，願保塞傳之無窮，邊垂長無兵革之事。

[87]、《西京雜記》[88]等多有著述。昭君一人獨自嫁與外邦,其悲感自身命運及面對遠離家鄉的苦楚可想而知,但後人極少去注意昭君自身的心情轉折以及自我對命運的感受,而將焦點多放在她對漢王朝的貢獻——讓胡漢之間維持了六十年的和平,而此也是她出行的最大且最終意義。

　　袁枚隨園女弟子其一之席佩蘭(1760-1829後),以同樣身為女性的身分為昭君的出塞給出一個不同的觀察角度:

　　　丹青失意竄殊鄉,朔雪邊風減玉光。
　　　塞外琵琶宮裡舞,一般辛苦為君王。[89]

其改元為竟寧,賜單于待招掖庭王檣為閼氏。」」同前註,頁297;《漢書‧卷九十四下》:「竟寧元年,單于復入朝,禮賜如初,加衣服錦帛絮,皆倍於黃龍時。單于自言願婿漢氏以自親。元帝以後宮良家子王牆字昭君賜單于。單于驩喜,上書願保塞上谷以西至敦煌,傳之無窮,請罷邊備塞吏卒,以休天子人民。」同前註,頁3803。

[86] 《後漢書‧卷八十九‧南匈奴列傳第七十九》:「昭君字嬙,南郡人也。初,元帝時,以良家子選入掖庭。時呼韓邪來朝,帝勅以宮女五人賜之。昭君入宮數歲,不得見御,積悲怨,乃請掖庭令求行。呼韓邪臨辭大會,帝召五女以示之。昭君豐容靚飾,光明漢宮,顧景裴回,竦動左右。帝見大驚,意欲留之,而難於失信,遂與匈奴。生二子。及呼韓邪死,其前閼氏子代立,欲妻之,昭君上書求歸,成帝勅令從胡俗,遂復為後單于閼氏焉。」【南朝宋】范曄撰,【唐】李賢等注:《後漢書》(北京:中華書局,1987年),頁2941。

[87] 《世說新語‧賢媛第十九》:「漢元帝宮人既多,乃令畫工圖之,欲有呼者,輒披圖招之。其中常者,皆行貨賂。王明君姿容甚麗,志不苟求,工遂毀為其狀。後匈奴來和,求美女於漢帝,帝以明君充行。既召,見而惜之,但名字已去,不欲中改,於是遂行。」余嘉錫:《世說新語箋疏》(北京:中華書局,2007年),頁553-554。

[88] 《西京雜記‧卷二》:「元帝後宮既多,不得常見,乃使畫工圖形,案圖召幸之。諸宮人皆賂畫工,多者十萬,少者亦不減五萬。獨王嬙不肯,遂不得見。匈奴入朝,求美人為閼氏,於是上案圖以昭君行。及去,召見,貌為後宮第一,善應對,舉止閑雅。帝悔之,而名籍已定,帝重信於外國,故不復更人。乃窮案其事,畫工皆棄市,籍其家,資皆巨萬。畫工有杜陵毛延壽,為人形,醜好老少必得其真。安陵陳敞,新豐劉白、龔寬,並工為牛馬飛鳥眾勢,人形好醜不逮延壽。下杜陽望亦善畫,尤善布色。樊育亦善布色。同日棄市。京師畫工於是差稀。」【晉】葛洪著,成林、程章燦譯注:《西京雜記》(臺北:臺灣古籍出版社,1997年),頁51-52。

[89] 席佩蘭:《題美人冊子‧王嬙》,收於【清】席佩蘭撰:《長真閣集七卷,詩餘一卷》(民國九年(1920年)掃葉山房石印本),卷二,頁7b。

按照席佩蘭之見，最後兩句透露出若歷史有翻轉的可能，無論昭君最後的命運是得以被賞識而留在漢皇宮，或是一如既定的輪迴仍被送往外蕃和親，都是權力統治者手中的一枚棋子，都是為了上層階級的當權者所服務，沒有僅屬於個人的價值與地位。席佩蘭以女性的角度對昭君的命運有了深一層的體認和詮解，在慨歎中更透露出時代中女性被無情的大勢力操弄的悲哀。

另一個被時代以及命運擺弄的女子，也是為人所熟知的蔡文姬（琰）[90]。蔡琰(177?-239?)一生歷經了顛沛流離與多次改嫁，雖身為文學家蔡邕之女，但父親的名望並沒有讓她得到庇護，在動亂的時代背景之下，文姬和父親同樣經歷了遭難輾轉的不幸命運。

蔡琰先適名門之子衛仲道，後在董卓(?-192)亂政之下被其部將所擄，又於東漢興平二年(195)流落匈奴，嫁與南匈奴左賢王。在亂事平定後的建安十二年(207)，曹操(155-220)因同情蔡琰之遭遇，便用重金將其贖回，另適同鄉陳留董祀，此段被贖回的過程便是後來著名的「文姬歸漢」故事。

蔡琰有作品《胡笳十八拍》傳世，敘述她一生因社會動盪不安而輾轉顛沛的不幸遭遇，且拍拍充斥著她無語問蒼天的憤恨心情與斷腸愁緒，深切地表達出一個頻遭離亂求安定於不得的女性心情，如第一拍中的「天不仁兮降亂離，地不仁兮使我逢此時。干戈日尋兮道路危，民卒流亡兮共哀悲。」[91]便是結合了漢末的世變紛亂表述了自己生於此季的無奈。第二拍「戎羯逼我兮為室家，將我行兮向天涯。雲山萬重兮歸路遐，疾風千里兮揚塵沙。」描述了自己被迫離亂的過程，遠離故鄉來到如同另一個世界般的異地，其惶然不安、憂愁恐懼的心情可想而知。而第十六拍「今別子兮

---

[90] 【南朝宋】范曄《後漢書·卷八十四列女傳第七十四·董祀妻》：「曹操素與邕善，痛其無嗣，乃遣使者以金璧贖之，而重嫁於祀……時公卿名士及遠方使驛坐者滿堂，操謂賓客曰：『蔡伯喈女在外，今為諸君見之。』及文姬進，蓬首徒行，叩頭請罪，音辭清辯，旨甚酸哀，眾皆為改容」，頁 2800。

[91] 收於【宋】陳仁子輯：《文選補遺·卷三十四》，《景印文淵閣四庫全書》集部 548 冊（臺北：臺灣商務印書館，1986 年），頁 550-552。

歸故鄉，舊怨平兮新怨長。泣血仰頭兮訴蒼蒼，生我兮獨罹此殃。」表現出雖然得以重歸故里是一件值得欣喜的事，但已與匈奴育有孩子的她在異地已然得到了作為母親的一種歸屬感，但造化弄人使得她不得不捨棄已在外邦建立起的「家鄉」而回到原本生長的漢人「家鄉」，兩種空間帶給她的不僅是種族血統正朔上的選擇，更是母子連心之親情與故舊父兄之鄉情這兩種情感上的撕裂，最後文姬選擇遵循規束著她的大傳統，忍痛拋下子嗣回歸故里，這無疑也是在大時代及權力主導之下所被迫作出的選擇。

就算到了唐代，地位崇高並封為貴妃的楊玉環(719-756) 也逃離不了女性離難薄命的命運。

楊玉環十歲喪父，被叔父楊玄璬收養，於十六歲時（開元 21 年，西元 733 年）嫁給唐玄宗(685-762)之子壽王李瑁。開元 24 年(736)玄宗之妃武惠妃逝世，有人以楊玉環「姿質天挺，宜充掖廷」而為玄宗進言[92]，於是楊玉環便由壽王妃轉為原為舅的玄宗之妃。

天寶十四年(755) 安史之亂起，十五年(756)安祿山(703-757)發動了馬嵬坡之變，打破原本安樂無虞的太平時代，楊貴妃與唐明皇的命運也有了天翻地覆的轉變。身為一國之君的玄宗不敵六軍將楊貴妃視為「禍國紅顏」，欲除之而後快的勸諫，於是賜死楊貴妃於馬嵬坡上佛堂前的梨樹下，一代紅顏從此香消玉殞。

對於此事，當時以及後來的文人也多有作品以述，如唐杜甫(712-770)之〈哀江頭〉:「明眸皓齒今何在？血污遊魂歸不得。清渭東流劍閣深，去住彼此無消息。人生有情淚霑臆，江水江花豈終極？」[93]唐末鄭畋(825-883)的〈馬嵬坡〉:「玄宗回馬楊妃死，雲雨難忘日月新。終是聖明天子事，景

---

[92] 《新唐書・卷 76・列傳第一・后妃上》:「開元二十四年，武惠妃薨，後廷無當帝意者。或言妃姿質天挺，宜充掖廷，遂召內禁中，異之，即為自出妃意者，丐籍女官，號『太真』，更為壽王聘韋昭訓女，而太真得幸。善歌舞，邃曉音律，且智算警穎，迎意輒悟。帝大悅，遂專房宴，宮中號『娘子』，儀體與皇后等。天寶初，進冊貴妃」，頁 3493。

[93] 【唐】杜甫著，楊倫箋:《杜詩鏡銓》卷之三（臺北:天工書局，1988 年），頁 123。

陽宮井又何人？」[94]以及最著名之唐白居易(772-846)之〈長恨歌〉。後代有唐陳鴻（生卒年不詳）《長恨歌傳》、元白樸(1226-?)《唐明皇秋夜梧桐雨》（即《梧桐雨》）、及清洪昇(1645-1704)之《長生殿》等，均以唐明皇與楊貴妃事為發揮。

梨諧音為離，貴妃縊於梨樹下也是遭逢離亂的象徵，在政治動亂與權力鬥爭下，就算是千金之軀，女性也逃不過男性的凝視與評價，尤其是在歷來有自的「禍水」論述下，位居君王側的后妃便只有為男性服務的責任與義務，男歡女愛的情感與賢德輔政的婦德之間注定要作出抉擇，有時也非女性一人所能決定，兩者皆會有所犧牲。貴妃與唐皇重情，在歷史的必然與教訓中得到的是禍水誤國的結局，貴妃的流離雖然於青史上代表的是以男性為主的正統政治論述中的一個汙點，但是於抒情和敘事作品中卻成為感染力更強、更能傳播久遠的熱點故事，貴妃之行有此兩種截然劃分，更能使人體認到在男性凝視的時代下女性無法自主的無奈與傷感。

在宋室南渡之際，見證橫跨南北宋的局勢更迭者便是才女詞人李清照(1084-1155)。李清照生於北宋，父親李格非進士出身，官至禮部員外郎，是當時極有名氣的作家，母親王氏系出名門，由於家庭的影響，自幼能詩善詞，故清照可說是一位身處千金閨閣的優秀才女型人物。李清照於十八歲時與太學生趙明誠(1081-1129)成婚，婚後夫妻二人過著人人稱羨的神仙眷侶般的才子佳人生活，且二人均以收藏書籍、書畫古器和金石文物為癖好，遂有《金石錄》（李清照為其作序）的保存流傳。

靖康丙午年(1127)，北方金族南下攻破汴京，俘虜了徽宗、欽宗二帝，為歷史上著名的「靖康之難」。在社會的動盪下李清照夫婦也隨著流民流落江南，四處飄零，且夫妻二人的收藏也隨著逃難的過程中逐漸喪失殆盡，此無疑是身為愛好收藏者的極大痛心之處。一波未平一波又起，建炎三年(1129)，趙明誠在奔赴建康之前，對李清照處理剩下的文物留下安排叮嚀：

---

[94]【清】王士禎選輯：《唐人萬首絕句選》（臺北：藝文印書館，1981年），頁259。

「從眾。必不得已，先棄輜重，次衣被，次書冊卷軸，次古器，獨所謂宋器者，可自負抱，與身俱存亡，勿忘之。」[95]之後便離開了她；同年八月趙明誠即因病（瘧疾加上痢疾）而遽然逝世，留下李清照一人獨自面對紛亂的世局與茫然未知的未來。

李清照逃難的路線，大抵是隨著宋高宗(趙構，1107-1187)逃亡的路線而走[96]，宋高宗一路從建康逃往越州、明州、奉化、寧海、臺州，更漂泊到海上，以及過海到溫州，李清照追尋著皇帝的腳步，也許是試圖想藉由皇權正統的政治力量來尋求庇蔭，但不但沒有得到庇護，反而在那時人心惶惶的局勢下宋室反而回過頭來質疑趙明誠之名聲，李清照只好違背了趙明誠對她的要求——與身俱存亡，而選擇將這些器物投送給朝廷，以拯救丈夫的名譽。在這段逃難的歷程中，李清照不但喪失親人，經歷到家破人亡的痛苦，還不斷輾轉流離異鄉，隨身攜帶的那些充滿著過去美好回憶的文物也跟著路程和時間逐漸離她而去；除了自身的顛沛痛苦外，又親眼目睹了亂世之下山河破碎、百姓離亂的殘酷事實，如其名作〈聲聲慢·秋情〉便是於南渡之後所作：

尋尋覓覓，冷冷清清，淒淒慘慘戚戚。乍煖還寒時候，最難將息。
三杯兩盞淡酒，怎敵他曉來風急！鴈過也，正傷心，卻是舊時相

---

[95] 【宋】李清照〈跋〉，見【宋】趙明誠撰：《金石錄》，收於《四部叢刊續編》史部（臺北：臺灣商務印書館，1976年），頁8639-8641。

[96] 「李清照一個孤寡婦人，緊跟著懦弱的宋王朝皇帝的後撤路線，眼巴巴地追尋著國君遠去的方向一路向南，自己雇船、求人、投靠親友，苦苦地堅持著。她有一個想法就是這些文物在戰火中靠她個人實在難以保全，希望追上去能送給朝廷。但是她始終沒能追上皇帝。而不幸的是，在這期間，她寄存在洪州的兩萬卷書，兩千卷金石拓片被南侵的金兵焚掠一空，到越州時隨身帶著的五箱文物又被賊人破牆盜走。李清照望著龍旗龍舟消失於茫茫大海中，感到無限的失望。國家者國土、國君、百姓。今國土被金人占去一半，國君抱頭鼠竄，百姓四處流離。國已不國，君已不君。李清照的身心在歷史的油鍋裏忍受著痛苦的煎熬。」引自田涯：《這個世界還有愛嗎？——那些才子佳人的愛恨情愁》，〈此情無計可消除——李清照〉（臺北：秀威資訊，2009年），頁128。

識。　滿地黃花堆積，憔悴損，如今有誰堪摘？守著牕兒，獨自
怎生得黑！梧桐更兼細雨，到黃昏點點滴滴。這次第，怎一箇愁
字了得！

　　李清照南渡後不僅失去了愛情，更體驗到國破家亡後的流離與悲哀，
這首詞即反映出她獨自面對亂世時所無法排解的愁苦與淒清。眼看著昔日
夫妻共同收藏的文物器具隨動亂而飄零遺失，附著在器物上的過去回憶也
隨著這些物品的佚失而散落各處。李清照為《金石錄》寫跋，不僅藉由書
寫，追憶自身與趙明誠過去收藏的美好時光，也為國朝歷史的轉折和自己
的顛沛流離留下紀錄，最後她以「然有有必有無，有聚必有散，乃理之常。
人亾弓，人得之，又胡足道。所以區區記其終始者，亦欲為後世好古博雅
者之戒云」[97]作結，表面上雖是勸戒後世的學者與收藏家，要體認到愛而
不捨的危險，但更揭示了陷於收藏癖好的結果是不論結果的，更顯現出於
勸戒背後那逃離不了的回憶與無法忘懷的傷痛。

　　宋末金兵南侵，梁紅玉(1102-1135)與丈夫——宋末名將韓世忠
(1089-1151)共同抗金，為歷史上著名的女英雄。

　　梁紅玉於史書中不見其名，僅稱梁氏；而明張四維所寫傳奇《雙烈記》
[98]，才為其取了小字為紅玉，後人遂以梁紅玉稱。梁紅玉生於宋末兵荒馬
亂之際，隨著家人避亂流離到京口（今鎮江），後淪落為營妓，在此結識並
嫁與韓世忠、其後共同對抗金人。

　　梁紅玉事蹟可見於宋李心傳《建炎以來繫年要錄》（以下簡稱《要錄》）
[99]、《宋史‧韓世忠傳》[100]以及《續資治通鑒》[101]等史書，而《建炎以來繫

---

[97] 【宋】李清照〈跋〉，見【宋】趙明誠撰：《金石錄》，收於《四部叢刊續編》史部，頁 8641。

[98] 【明】張四維：《雙烈記‧第三齣‧引狹》：「奴家梁氏，小字紅玉。」收於【明】毛晉編：
《六十種曲》（北京：中華書局，1990 年），頁 9。

[99] 梁紅玉事蹟可見於【宋】李心傳：《建炎以來繫年要錄》（北京：中華書局，1985 年）。

年要錄》有六處提及，主要包括三件戰事：

（一）傳詔平叛（見《要錄》卷 21）。

建炎 3 年（1129）3 月，苗傅、劉正彥發動叛亂，扣留梁紅玉母子為人質，梁假意向苗稱可讓韓世忠歸降，實際上是讓韓世忠進兵前來平叛，事後紅玉被封護國夫人。

（二）黃天盪之戰（見《要錄》卷 32）。

此戰役發生在建炎四年（1130）三月，但《要錄》僅有四個字：「親執桴鼓」。

（三）夫妻二人共守楚州（《要錄》卷 87）。

紹興 5 年（1135）3 月，「時山陽殘斃之餘，世忠披荊棘、立軍府，與士同力役。其夫人梁氏親織薄為屋。將士有臨敵怯懦者，世忠遺以巾幗，設樂，大燕會，俾為婦人粧而恥之。軍壘既成，世忠乃撫集流散，通商惠工，遂為重鎮。」後來韓世忠與梁紅玉於山陽地區抗擊金兵數次，皆勝。後八月丁卯僅以「淮東宣撫使韓世忠妻秦國夫人梁氏卒，詔賜銀帛五百匹兩」一段話（《要錄》卷 92），結束了她兵馬倥傯的短暫一生。

梁紅玉以戎馬生涯的形象深植人心，多次輔佐韓世忠對抗金兵，最後也是在戰爭中亡故，她以一介女子的身分，直搗「戰場」此一彰顯男性特徵及由男性所主導的典型空間，藉由在戰場上進行的殺敵行為，一反女性於世變的流離失所中只能被動性地尋求庇護、被男性勢力宰制的不能自主，而能夠與男性並駕齊驅，面對外來勢力可以第一線並主動性地採取抵禦，證明女性並不只僅能以「弱者」的身分自居，更可以衝破禮教，在國家的危急存亡之際能夠貢獻身為國之一份子的力量實現救國行動。不過雖然梁紅玉有此不讓鬚眉的巾幗之舉，但歷史上給予之地位仍是以「夫人」此一明顯女性化特徵的封號賜之，且不似其他馳騁沙場、得以列位青史的

---

100 《宋史‧卷 364‧列傳第 123‧韓世忠》，見【元】脫脫等撰，王雲五主編：《宋史》（臺北：臺灣商務印書館，2010 年）。

101 【宋】李燾撰：《續資治通鑑》（臺南：莊嚴文化，1996 年）。

男性能夠擁有自己的本傳，而是依附於其丈夫韓世忠的傳記內。在史書的眼光中，梁紅玉仍無法跳脫主觀文化上對女性的認知與定位，仍視其為附庸男性下的一名「奇女子」，無法作為一獨立的存在。

相較於梁紅玉，明末著名女將秦良玉(1574-1648)則是歷史上唯一一位列傳《二十五史》，且直接進入國家編制系統的女將軍。

秦良玉出生於四川忠州，是一名苗族女子，《明史‧卷270‧列傳158‧秦良玉》曰：「良玉為人饒膽智，善騎射，兼通詞翰，儀度嫻雅。而馭下嚴峻，每行軍發令，戎伍肅然。所部號『白桿兵』，為遠近所憚。」[102]可見良玉實為一智勇並舉、文武雙全的奇女子。

在《明史》中，記載良玉第一件戰事為從征播州，為朝廷平定反叛的生苗部落。後在萬曆四十四年(1616)，因努爾哈赤在遼寧建立「大金」政權，威脅明末邊境的安寧，明朝廷向全國徵召軍隊，良玉聞訊也立即北上救援，在對抗遼軍的過程中，良玉的兄弟秦邦屏、秦民屏先後戰死。崇禎三年(1630)，皇太極攻陷遵化、永平，遷安、灤州四城，良玉奉詔勤王，最後得勝收復四城。崇禎帝(1628-1644)「莊烈帝優詔褒美，召見平臺，賜良玉綵幣羊酒，賦四詩旌其功」[103]，這次戰役過後，良玉便從京師返蜀，不再進行援剿之事，而專處理蜀地之賊。崇禎七年(1634)，流賊張獻忠的農民軍攻陷夔州（今重慶奉節），又進圍太平，秦良玉親自帶兵進擊，張獻忠軍隊退走，解除了太平之危。

崇禎十七年(1644)，張獻忠又率農民軍進犯夔州，秦良玉率兵抵抗，但敵我眾寡懸殊，此次戰役落敗，張獻忠因此在蜀地建立「大西」政權，

---

[102] 【清】張廷玉等撰，國防研究院明史編纂委員會：《明史》（臺北：國防研究院，1962年），頁3041。

[103] 「學就西川八陣圖，鴛鴦袖裡握兵符。由來巾幗甘心受，何必將軍是丈夫。
西蜀征袍自剪成，桃花馬上請長纓。世間多少奇男子，誰肯沙場萬里行。
露宿飢餐誓不辭，飲將鮮血帶臙脂。凱歌馬上清吟曲，不是昭君出塞時。
憑將箕帚掃妖奴，一派歡聲動地呼。試看他年麟閣上，丹青先畫美人圖。」
見【明】王世德：《崇禎遺錄》（北京：北京出版社，2000年）。

秦良玉以及石柱一地的百姓誓死不降，一直到後來張獻忠敗亡，石柱一地都在秦良玉的統率之下，張獻忠及其部將一步也無法跨過雷池。最後，秦良玉「以壽終」。

《明史》對秦良玉其人，有極高評價：「秦良玉一土舍婦人，提兵裹糧，崎嶇轉鬥，其急公赴義，有足多者。彼仗鉞臨戎，縮朒觀望者，視此能無愧乎！」[104]後世文人也嘗就其事蹟，寫作詩詞來讚頌她，如清代詞人錢枚之《金縷曲》：

> 明季西川禍，自秦中飛來天狗，毒流兵火。石硅天生奇女子，賊膽聞風先墮，早料理夔巫平妥。應念軍門無將略，念家山只怕荊襄破。妄男耳，妾之可。　蠻中遺像誰傳播。想沙場弓刀列隊，指揮高座。一領錦袍殷戰血，襯得雲鬟婀娜。更飛馬桃花一朵，展卷英姿添颯爽，論題名媿殺寧南左。軍國恨，尚眉鎖。[105]

清末另一女英雄秋瑾，也以女性的角度來寫詩褒揚：

> 莫重男兒薄女兒，平臺詩句賜娥眉。吾儕得此添生色，始信英雄亦有雌。[106]

秦良玉以一女性的身分，公然進入男性體制並得以流傳青史，並親自得到朝廷的賞賜和賜詩，可謂是連男性都難以達到的殊榮。「戰場」是她得以「發跡變泰」和實現理想的空間，且四川苗族此一地域種族，似乎是她得以擺脫儒家加諸在婦女身上的種種制式規範的途徑，使她能夠較中原婦

---

[104] 【清】張廷玉等撰，國防研究院明史編纂委員會：《明史》，頁 3043。

[105] 見【清】梁紹壬：《兩般秋雨盦隨筆‧卷一‧秦良玉詞》（臺北：臺灣商務印書館，1976 年），頁 3。

[106] 【清】秋瑾：《秋瑾集》，〈題芝龕記〉（上海：上海古籍出版社，1985 年），頁 55。

女有更多的機會去達成自我。但這樣的例子畢竟少有，秦良玉的勤王行為
也可視為列／烈女傳中那些恪守婦德、彰顯貞潔的女性，對國家忠肝義膽，
為君主力抗逆敵，也因如此她才有名列正史的機會。「書寫」畢竟有其背後
的主觀意識，操控著筆下那些所能夠被紀錄的人物，這些奇女子們自然也
不能例外。

明末湯顯祖(1550-1616)所作《牡丹亭》，是基於明代話本小說《杜麗
娘慕色還魂》的故事基礎發展而來。劇作背景設定在南宋，而故事情節涉
及到金兵南侵、淮揚陷戰的歷史背景，事件地點包括嶺南、南安、揚州、
臨安等地，疆域幾乎擴展到整個南宋的勢力範圍，而戲劇主人公杜麗娘的
父親杜寶，為南安太守，加深了整部作品「南方」的地域象徵。

古時南安大抵為現今的江西、福建一帶，相較於中原地區較晚開發，
因偏安一隅故能於世變紛亂之際維持相對穩定的政局，「南疆安定」，故南
北朝在此置郡時即以「南安」命名。

《牡丹亭》將故事背景設定為南宋南安，並營造了金兵入侵、人民離
亂的慘象，使原本僅重於才子佳人之間私情的話本小說提升為有政治歷史
背景的宏大敘事，視點也由原本只著重在杜家小姐的生死游移拉高到整個
受外族侵略的大歷史空間，家愁結合國愁，在杜家的家破人亡、流離星散
可窺見整個大時代下百姓流離失所的慘況與悲痛。

如第四十六齣〈折寇〉：

我杜寶自到淮揚，即遭兵亂。孤城一片，困此重圍。只索調度兵
糧，飛揚金鼓。生還無日，死守由天。潛坐敵樓之中，追想靖康
而後。中原一望，萬事傷心。

【玉桂枝】（外）問天何意：有三光不辨華夷，把腥羶吹換人間，
這望中原做了黃沙片地？（惱介）猛沖冠怒起，猛沖冠怒起，是

誰弄的，江山如是？（歎介）中原已矣，關河困，心事違。也則願
保揚州，濟淮水。[107]

在第二十齣〈鬧殤〉中，杜寶因為溜金王李全的兵侵淮揚，故朝廷緊
急下聖旨將杜寶陞職為淮揚安撫使。兵戈四起，自武將士大夫的眼光來看，
可以得見知識份子面對江河破敗的不勝唏噓。

【月兒高】（老旦、貼行路上）江北生兵亂，江南走多半。不載香
車穩，跋的鞋輕斷。夫主兵權，望天涯生死如何判。前呼後擁，
一箇春香伴。鳳髻消除，打不上揚州籇。上岸了到臨安。趁黃昏
黑影林巒，生忙察的難投館。（貼）且喜到臨安了。（老旦）咳，萬
死一逃生，得到臨安府。俺女娘無處投，長路多孤苦。

此為第四十八齣〈遇母〉，描寫杜老夫人甄氏和丫環春香逃難的過程。
在戰亂之中，千金之軀與草屨布衣一律平等，為了尋求安全之地，一路上
的顛沛流離在所難免。由甄氏和春香的逃難過程，可以看見世變之中流離
道路的難女形象，沒有力量反抗的婦人只能不斷地進行逃亡，不斷面對千
鈞一髮的生死瞬間。

女主人公杜麗娘更是經歷了多重空間的流離變換。麗娘為情離魂，不
但流離於現實的人世空間與虛幻的鬼魂空間，實中有虛虛中含實，使人互
文唐代陳玄祐（約西元 779 年前後在世）之《離魂記》；在離魂之中，麗娘
又遭逢時代的變亂，在真／假、軀體／魂魄間輾轉游移，為的只是成全自
己對「情」的想望。

萬曆戊戌秋清遠道人之《牡丹亭題詞》曰：

---

[107]【明】湯顯祖原著，徐朔方、楊笑梅校注：《牡丹亭》，頁 282-285。

> 天下女子有情，寧有如杜麗娘者乎！夢其人即病，病即彌連，至
> 手畫形容，傳於世而後死。死三年矣，復能溟莫中求得其所夢者
> 而生。如麗娘者，乃可謂之有情人耳。情不知所起，一往而深。
> 生者可以死，死可以生。生而不可與死，死而不可復生者，皆非
> 情之至也。夢中之情，何必非真？[108]

　　《牡丹亭》以「情」字為主軸，由主角杜麗娘體現，由閨房至花園，踏出了文化規範所制限的界線上重要的一步，在「後花園」此一空間中達到情感和精神上的解放與啟蒙；在虛／實空間的交錯之間，杜麗娘藉由徘徊於夢境與現實，在生死兩端移轉與流動，使得她超脫了禮教束縛，有了身為女性的自我認知意識，更能自由地追尋自己想要的愛情，並解決了在現實世界中可能遭受到的阻礙、衝突與不遂，突破了有限的空間格局達到無限的情感追求，也更證實了於亂世中唯有真正的情感能夠跨越時空並得以維繫人與人之間的交往互動。

　　《紅樓夢》作者筆下的諸多女性角色，雖然有諸多面向，但其實是趨近於杜麗娘這樣的文本性格。曹雪芹並非要創造像許穆夫人、木蘭、梁紅玉和秦良玉等這樣為家為國奮力援救抗敵的巾幗女性，也非如昭君般要以出塞這樣的大犧牲來成就兩國之間的和平，他以另一種不同於史書偏頗正統男性本位觀點的眼光來作抉擇，讓書中各個年歲不一、階級不同的女孩子們結合了蔡琰、李清照的流離感以及楊貴妃的薄命，加上崇尚天然與追尋情感自由的杜麗娘，化為各種形形色色、天然率真的女兒們，在書中上演著一齣齣僅屬於自己的故事傳記。但儘管這些女兒如何向讀者恣肆地展現她們的青春與直率，一條「自古紅顏多薄命」的緯線仍將她們貫串，揭示全書終究是一場反映人生如夢似幻的悲劇。

　　「誠如學者所論，解讀一個故事必先了解情節發展所根據的文化傳

統，而任何行動都牽涉具有公眾意義的『象徵』。」[109]從空間地域的變遷上來分析女性於其中的生發意義，訴說著女兒們故事的《紅樓夢》，其內的十二金釵[110]基本上都經歷了因移動而造成空間置換、達到自身生命因而流轉的過程。金釵們紛紛由各地不約而同齊聚大觀園（或是廣泛地說賈府），其原因或是因婚嫁、或因投親、或因身分及其他理由歷經了各種不同經驗的移動行為，而這些行為又帶給她們不同程度上的心靈成長以及生命里程碑的轉換，每一個角色這樣的成長與轉換其實都是人類社會底下的一個縮影，這些縮影從一部小說中得以突顯，成為歷史或社會文化公眾意義下的「象徵」。

　　「人生如寄」，而女子的命運更如寄，在第二十八回黛玉的一句「我們不過是草木之人」反映出女性共同的恐懼和不得不面對的命運：青春生命的短暫，一如草木。同回寶玉、薛蟠等人行酒令，也訴說了女性的共同悲哀：「女兒悲，將來終身指靠誰？」此句從錦香院的妓女雲兒口中說出，更能顯現位處下層階級的女性內心的集體潛意識，於此，流離薄命似乎已成為身為女性的「在劫難逃」。曹雪芹感嘆這些薄命流離的孤苦女性，不忍她們隨著時光流逝而默默湮滅，故惟有從事「書寫」紀錄，才得以將其保存，才能以另一種方式超越時空而得到永續。

(二) 香菱：流離薄命女之表徵

　　「流離」，可指「流轉離散之人」。如宋葉適(1150-1223)《國子監主簿周公墓誌銘》：「內藏諸庫，儲積豐衍，今流離滿道，若量出賑救，此亦民

---

[109] 參見 Paul Ricoeur, *Time and Narrative*, Volume 1, Kathleen MaLaughlin and David Pellauer trans. (Chicago: University of Chicago Press,1984),57。轉引自胡曉真：《才女徹夜未眠──近代中國女性敘事文學的興起》，頁363註10。

[110] 此「十二金釵」不僅只指涉位居權貴的閨閣重點人物，更含涉了薛寶琴、邢岫煙、晴雯、齡官、芳官等副冊、又副冊人物。

財也。」[111]清王闓運(1833-1916)《陳景雍傳》:「縣瘠苦僻陋,又殘破,流離滿塗。」[112]從以上二例,可以看到在政治社會不安定的情況下,人民只能流離於道途,陷入一種居無定所、等待救援的困境。

西方有詞「離散」,同樣含涉此種境況。離散(diaspora)來自希臘詞diasperien,dia 是「跨越」,sperien 意指「散播種子」。修昔底德(Thucydides,460BC?-400BC?)在其《伯羅奔尼撒戰爭史》(*Peloponnesian War*)中,描寫了伊琴納島在公元前 459 年被雅典攻陷後,島民被驅逐到城郊外流浪的情況;另一個例子則是古代遭巴比倫(Babylon)帝國逐出故土的耶路撒冷(Jerusalem,公元前 586 年),流亡至希臘的猶太民族。自此「流浪猶太人」的意象便與「離散」成為一種特定族群的印記與創傷[113]。

而學者林鎮山則對「離散」一詞作了四種清楚的界分:(一)「離散」diaspora 明指:人類個體╱群體的背井離鄉、流離星散,或又記述人心的向背、乖違;(二)「離散」diaspora 人士,必對原鄉存有鮮明的記憶,或與原鄉保持聯繫;(三)於「離散」diaspora 的「飄零人」而言,永難割捨的故土家園永遠是有如母子連臍,而原鄉故園則是閃現永恆的記憶;(四)飄零的「離散」diaspora 人士,擁抱著不止一個以上的歷史、一個以上的時空、以及一個以上的過去與現在,還歸屬於此間與他地,又背負著遠離原鄉社會的痛苦,成為異地的圈外人,而淹沒在無法克服的記憶裡,苦嚐失去與別離[114]。《紅樓夢》中處於「流轉離散之人」狀態的女性角色們,雖未必盡符合四種界分於一身,但以定義較寬泛的第一種類別來看,仍可視作為一「離散」之人。

---

[111] 【宋】葉適:〈國子監主簿周公墓誌銘〉,《水心集‧水心先生文集》卷十九前集,四部叢刊景明刻黑口本。

[112] 【清】王闓運:〈陳景雍傳〉,《湘綺樓全集‧文集》卷五,清光緒刻本。

[113] 廖炳惠:《關鍵詞 200:文學與批評研究的通用詞彙編》,頁 71-72。

[114] 引自林鎮山:《離散‧家園‧敘述:當代台灣小說論述》(臺北:前衛出版社,2006 年),頁 16。

　　原名甄英蓮的香菱於全書中，為一顯著的「流轉離散之人」，於童稚時代即被糊裡糊塗帶離開家鄉的她，長大後被人口販子鬻賣，還捲入了一場官司之中成為被權力者宰制掌控的無力承受者，後雖歸給薛蟠，並得以進入賈府，得到在大觀園此一女性樂園中與眾姊妹過著一段優游自在愜意生活的機會，但好景不常，夏金桂的嫁進賈家毀壞了香菱美好的生命青春，最後應「根並荷花一莖香，平生遭際實堪傷。自從兩地生孤木，致使香魂返故鄉。」（第五回太虛幻境判詞）的命運而香消玉殞。

　　以「人類個體／群體的背井離鄉、流離星散」狀態來定義離散的廣泛意義，並將之圭臬於《紅樓夢》中的諸多女性，可看出這些角色多屬離散之人。除了前述之香菱外，十二金釵正冊、副冊、又副冊中，幾乎都曾或即將經歷背井離鄉之命運歷程，而在第十八回更是藉由元春省親這一事故，帶出了一大批離鄉背井的十二女官、尼姑、道姑來，可見當時人口買賣的社會風氣以及這些位於下層階級的百姓對權力制度的無力抵制。

　　香菱於第一回出場，有其總括全書的重要意義。如周思源即認為香菱有帶動重要人物出場的作用[115]：第一回甄士隱和賈雨村以兩條重疊的線路出現，以「真事隱去」和「假語村言」的敘事手法揭開書旨；首先以甄士隱之住處──「當日地陷東南，這東南一隅有處曰姑蘇，有城曰閶門者，最是紅塵中一二等富貴風流之地。」（第一回）為全書點明空間意識，且又暗合前述石頭所欲投身之地：「昌明隆盛之邦、詩禮簪纓之族、花柳繁華地、溫柔富貴鄉」，表述此書的故事背景空間與南方息息相關，為一重要的地域空間。至於賈雨村，因得了甄士隱的幫助得以進京赴試，中舉後回娶了甄夫人的丫環嬌杏，後又因緣際會成了林如海小女──林黛玉之業師，並同黛玉一同入京結識賈府中人，因而得到了金陵應天府官缺而走馬上任。

　　甄士隱這條路線看似隱沒了，但由他的女兒──甄英蓮為父親延續下去，且由原本著點在男性知識份子的出處問題上大幅轉了角度關心至女性

---

[115] 周思源：《周思源正解金陵十二釵‧為何香菱最應憐》（北京：中華書局，2006年），頁136。

方面，也是全書所著重的薄命女子的問題。第一回的故事至中段，英蓮即以一個失蹤人口的身分悄然隱匿於故事的發展之中，與丫環嬌杏恰成了「真應憐」與「真僥倖」的命運對比，也正往前推溯證成甄士隱與賈雨村之間的對比：一個家破又失去親人，最後飄然頓去的失意人士與一位常有貴人相助，得以在宦海浮沉的得志儒生，也另是一種屬於男性知識份子評價下的「真應憐」與「真僥倖」。甄英蓮於此以「真應憐」之符號象徵並概括了全天下薄命女性的應憐命運，如甲戌本脂評曰：「二字仍從蓮上起來，蓋英蓮者應憐也，香菱者亦相憐之意。此是改名之英蓮也。」也正如周思源所述：

> 值得注意的是，曹雪芹把香菱放在了金陵十二釵副冊之首，這必有道理，不會僅僅因為她是妾的緣故……金陵十二釵正冊之首是黛玉和寶釵，又副冊之首是晴雯和襲人，都是曹雪芹最喜愛的少女，在她們身上寄託著某些理想或表達了某種遺憾，她們在小說中占有重要地位。香菱自然也不會例外。[116]

以「憐」字貫串全書，儘管香菱在之後的章回中雖有對她加以描寫的重要場合，但總體出場的機會不多，不過背負著這名字的重擔確實有其重要意義。

第四回香菱以一個輾轉變賣的身分出現在公案之中，面對三方勢力——馮淵、薛蟠與以賈雨村為代表的官方勢力——的拉扯之下她只能無力地被規選在勝利的一方，因為階級身分的懸殊使得個人的自由情志無法左右局勢發展，最後只能憑靠著官方的定奪來決定她流離旅程的終結與去處。因此一案，香菱的出現又帶動了薛家的出現以及另一位重要女性角色——薛寶釵的進場，自此整個故事的發展即以賈府為一重心開始呈輻射狀

---

[116] 同前註，頁 135。

擴展，香菱的戲分也在此暫且告一段落[117]。

在全書百廿回中，香菱是第一個以「流離薄命」姿態上場的女性。香菱名字的流變與身世命運的流離共同顯示她對於自己生命無法自主的被動選擇。

在身世命運的流離上，第一回藉由癩頭僧人的四句詞：「慣養嬌生笑你癡，菱花空對雪澌澌。好防佳節元宵後，便是煙消火滅時。」預示了香菱一生輾轉的歷程。原為閨閣千金的甄英蓮，在一次的元宵佳節出遊中以幼兒的姿態在霍啟（禍起）手上被迫離開親人與家鄉，開始經歷地域的遷徙與身分階級的移轉。「菱花」和「雪澌澌」也預告英蓮名字的改換與最終導向徒然的歸宿。由第四回「這一種拐子單管偷拐五六歲的兒女，養在一個僻靜之處，到十一二歲，度其容貌，帶至他鄉轉賣。」一段門子的話，可知英蓮大抵是成為了明清時期販賣「瘦馬」行業下的犧牲品。

明清時期有一種專以販賣「瘦馬」的行業，從事這項工作的人先從貧苦家庭出身、面容姣好的女孩子挑選出資買回調教，教之各項才藝，等她們長大後再賣給有錢的人作妾，或落入青樓。於明謝肇淛之《五雜組・人部四》有所記載：「（維揚）女子多美麗……揚人習以此為奇貨，市販各處童女，加意裝束，教以書、算、琴、棋之屬，以徵厚直，謂之『瘦馬』。」[118]另在明王士性：《廣志繹・卷二》也云：「廣陵蓄姬妾家，俗稱養瘦馬，多謂取他人子女而鞠育之，然不啻己生也。」[119]明末張岱在其《陶庵夢憶》內也呈現了這樣的行為和風氣，說明瘦馬們被牙婆、買客們當成商品展示、銷售的經過[120]。《紅樓夢》內以英蓮為例，反映了其來有自的販賣人口行

---

[117] 如【清】青山仙農所言：「馮死而薛逃，並為玉釧聚首之由，一部中之大關鍵也。故是書以英蓮起，以英蓮結焉。」見氏著：《紅樓夢廣義・卷上》（上海：中西書局，1932年），頁9。

[118] 見【明】謝肇淛：《五雜組・卷八》。

[119] 見【明】王士性撰，呂景琳點校：《廣志繹・卷二》（北京：中華書局，1981年），頁28。

[120] 見【明】張岱：《陶庵夢憶・揚州瘦馬》，收於張岱、冒辟疆、蔣坦、陳裴之：《陶庵夢憶、影梅菴憶語、秋燈瑣憶、香畹樓憶語》（臺北：新文豐出版公司，1982年），頁46。

業，表達出這些於童蒙無知時期就已經歷飄零的瘦馬群體的不幸；再方面，連英蓮這樣擁有身分階級地位的閨秀總不免遭逢這種難以預料的變故，何況那些更多位於下層階級，一出生就註定要面對被作為物品變賣的窮苦百姓？作者即是藉英蓮這樣的個案顯現對於被時代巨網羅致之下，處於被動受制的女性的同情；另一方面，全書更是以英蓮的遷移帶出其他女性角色不同性質的移動，也以被迫的流離狀態對比其後女性可以選擇自主移動的遊歷，證實了在新舊時代的交替之下，女性對於移動的機會和方式可以有更多的選擇。

對於名字的流變，由英蓮→香菱→秋菱的更迭，周思源之詮解為：

> 菱雖然也是水生植物，卻並不扎根於泥，暗示香菱已經失去父母。……荷花是多年生草本植物，而菱為一年生草本植物。所以當英蓮變成香菱後，就意味著這個女孩生命力的短暫。……薛蟠娶了夏金桂之後，「香菱」被迫改成了「秋菱」。菱為夏末秋初開花，秋季結實，一年的生命週期就結束了。所以香菱改名秋菱，意謂著她的生命將比原來要結束得更早。[121]

周思源以植物的生長習性，為香菱此人的名姓與命運的轉折作了客觀事實上的有力證實，使得字詞上的涵義與生命階段的變化和走向有了更加貼合的比譬。

而在名字的諧音上，雖脂批云英蓮取其應憐意，而香菱即相憐意，但菱實可也擬為「零」，取飄零、零落意，夏金桂將香菱改為秋菱，更增添了「悲哉秋之為氣也」（宋玉〈九辯〉）的蕭條寥落感，意味著香菱這樣一個可愛美好的女性生命進入秋期，即將面臨凋零落敗的命運。

香菱於幼時即已被迫離開家鄉，對於兒時的記憶一概不知，第七回周

---

[121] 周思源：《周思源正解金陵十二釵》，頁 139。

瑞家的送宮花，問香菱：「你幾歲投身到這裏？」又問：「你父母今在何處？今年十幾歲了？本處是哪裏人？」但香菱聽問後，都只能搖頭說：「不記得了。」雖然遭逢著如此坎坷的人生，但她的性格仍保有如蓮般純淨天然的本質，不因為生命的轉折而有一丁點扭曲，如康來新所述：「令人驚喜的是：無論外界加諸香菱身上的磨難是如何的險惡，香菱卻恆守她純潔溫和的性情。」[122]、「香菱則純係渾融的天真，毫無心機如流水一樣自然地就博得了人們的喜愛。其實像孤女這一類型人的個性，不是孤高冷僻地過了份，就是人情練達、世故而持重，曹雪芹在塑造香菱時，卻拋擲了這兩種典型，也可以看出曹雪芹多少是帶著鍾愛與憐惜的心情刻劃這個可愛的人物。」[123]

甲戌本第一回眉批云：「看他所寫開卷之第一個女子便用此二語以定終身，則知托言寓意之旨。誰謂獨寄興於一情字耶？」以甄英蓮一生不幸遭際的預示概括封建時代女性的悲劇[124]，不僅代表了十二金釵，也代表了全天下薄命女的悲劇命運。

(三) 人性到神性的身世轉捩

1. 林黛玉

(1) 難女形象

林黛玉因母親去世、賈母迎接而離開家鄉維揚來到京師的賈府，最後入住大觀園直至仙逝，無一不是處在流離的狀態中；就算得以在瀟湘館中有了棲身之所，但心靈的流離記憶直到生命的最後一刻仍揮之不去。

在空間的變換上，首先黛玉跨足的地域便是從家鄉維揚至神京賈府。《紅樓夢》第三回描述林黛玉「棄舟登岸」，此岸不僅實指了從江南到京城

---

[122] 康來新：《石頭渡海──紅樓夢散論》（臺北：漢光文化，1985 年），頁 41。

[123] 同前註，頁 42。

[124] 朱淡文：《紅樓夢研究》（臺北：貫雅文化，2002 年），頁 30。

賈府所居的交通路線，更隱隱透露出黛玉前身為「西方靈河岸上三生石畔」的絳珠草一株。絳珠草在岸上得神瑛使者終日灌溉；如今化為人形便要登岸尋找轉世後的寶玉還淚以報，林黛玉歷經了空間上從仙界到凡界、身分上由無情草木→有意識之仙→有情凡人的變遷過程，是為了完成前生命定的果報，「於是百花仙子先必須把自己投到時間之流裏去，然後才洗禮而為一個真正的人。」[125]

草木無情，得先要化為凡塵中的有情之物，才可能有報恩的情況存在，於是絳珠草先是化為女體，在體內蘊積了一股纏綿不盡之意後，方得要去到有情世界才得以實現心願。

林黛玉以一個孤女的身分入府（先是在第二回描述到她失去了母親；又在第十四回揭示她失去了父親），自始至終便是「一人來，一人走，孑然一身。」[126]她代表的是整個中國文化中一部份女性的挫折與恐懼。從歷史上可資考據的王昭君、蔡琰，無一不是在政治妥協和世變離亂下的犧牲品；明清之際也有許多身陷流離的難女們，紛紛拾筆記錄下自己回憶過去、悲歎自身薄命的文學著作[127]。

文本中多有林黛玉懷著流離心態、自傷身世的敘述，如第二十六回被不知情的晴雯拒之門外：「雖說是舅母家如同自己家一樣，到底是客邊。」以及第三十五回黛玉站在花蔭之下，旁觀著眾人前去怡紅院關心寶玉笞撻之傷，不覺想起《西廂記》之語句來自嘆：

一進院門，只見滿地下竹影參差，苔痕濃淡，不覺又想起《西廂記》中所云「幽僻處可有人行，點蒼苔白露泠泠」二句來，因暗

---

[125] 樂蘅軍：〈蓬萊詭戲──論「鏡花緣」的世界觀〉，《古典小說散論》（臺北：大安出版社，2004年），頁195。

[126] 余國藩：《重讀石頭記》（臺北：麥田出版，2004年），頁146。

[127] 參見[美]李惠儀(Wai-yee Li)：〈明清之際流離道路的難女形象〉，「空間移動之文化詮釋國際學術研討會」會議論文（臺北：國家圖書館漢學研究中心主辦，2008年3月26-28日）。

暗的嘆道：「雙文，雙文，誠為命薄人矣！然你雖命薄，尚有孀母弱弟；今日林黛玉之命薄，一併連孀母弱弟俱無。古人云『佳人薄命』，然我又非佳人，何命薄勝於雙文哉！」

對於自己孤苦無依、煢然一身的處境，她也無時無刻不戰戰兢兢：

請大夫，熬藥，人參、肉桂，已經鬧了個天翻地覆，這會子我又興出新文來，熬什麼燕窩粥，老太太、太太、鳳姐姐這三個人便沒話說，那些底下的婆子、丫頭們，未免不嫌我太多事了。你看這裏這些人，因見老太太多疼了寶玉和鳳丫頭兩個，他們尚虎視眈眈，背地裏言三語四的，何況於我？況我又不是他們這裏正經主子，原是無依無靠投奔了來的，他們已經多嫌著我了。如今我還不知進退，何苦叫他們咒我？（第四十五回）

第六十七回，在收到了寶釵轉交薛蟠從江南帶來的土物時，不免又勾起了她離鄉背井的流離記憶：

惟有林黛玉她見江南家鄉之物，反自觸物傷情，因想起她父母來了。便對著這些東西，揮淚自嘆，暗想：「我乃江南之人，父母雙亡，又無兄弟，只身一人，可憐寄居外祖母家中，而且又多疾病，除外祖母以及舅母、姐妹看問外，哪裏還有一個姓林的親人來看望看望，給我帶些土物來，使我送送人，粧粧臉面也好。可見人若無至親骨肉手足，是最寂寞，極冷清，極寒苦，沒趣味的。」想到這裏，不覺就大傷起心來了。

在林黛玉的潛意識中，她因為身體病弱以及無家可歸需寄人籬下、家人俱無的孤苦心情而產生自悲感，儘管她的文藝才華居諸芳之冠，但這樣

的優越感只是更加深了她「終究是客邊」的離散心情，在這樣的優越與自悲的交錯影響之下，逐漸形成了她人格中的感傷基調[128]。

(2) 自我實現空間的確立

林黛玉自第三回「棄舟登岸」，其動機不僅是為了投靠賈府，也正是償還前世淚債的因緣。黛玉棄舟，可知她從維揚起身到京都，搭的交通工具為舟船。黛玉前世為生長在靈河畔的絳珠仙草，在岸邊生長時得到了神瑛使者的呵護灌溉，結下一段需下凡還淚的因緣；今世化為人形，上岸尋找神瑛侍者投胎轉世之賈寶玉，實是這段因果的前後呼應。「水」與黛玉息息相關，不僅是灌溉前世的泉源、寶黛得以晤面的媒介，更是她還「淚」的成分組成；另一種則是代表了清淨女兒的象徵。

中國自隋煬帝開闢了京杭大運河後，此運河便一直成為了南北水陸交通的重要來往管道，運河北起北京，南至杭州，聯合了廣通渠、通濟渠、山陽瀆、永濟渠和江南河等渠道，以長安、洛陽為中心樞紐，向東南和東北輻射，流經天津、河北、山東、江蘇和浙江四省一市，貫穿海河、黃河、淮河、長江和錢塘江五大水系，加強了國家的統一以及促進南北經濟文化的交流。據鄧雲鄉的查考，故事中的黛玉由維揚動身，應是搭著船航行京杭大運河，花費了約兩個月的時間後到達賈府所在的京都。第四十八回香菱學詩時，提到「我們那年上京來，那日下晚便灣住船，岸上又沒有人，只有幾棵樹，遠遠的幾家人家作晚飯，那個煙竟是碧青，連雲直上。」的情況，可以得知由南方要前往北部的京都，以船舶作為交通工具的狀況是極為普遍的。

「在時空中移動，乃是移動我們的身體。這種牽涉了移動身體的經驗，是生活的主要經驗，移動過程正是我們認識世界和參與社會的過程。」[129]

---

[128] 關於林黛玉的性格分析，可參見歐麗娟：〈林黛玉立體論——「變／正」、「我／群」的性格轉化〉，收入氏著：《〈紅樓夢〉人物立體論》（臺北：里仁書局，2006 年）。

[129] 王志弘：〈速度的性政治 穿越移動能力的性別區分〉，收入氏著：《流動、空間與社會 王志弘 1991-1997 論文選》，頁 229。

黛玉的一生可說是從賈府開始。她搭著船離開家鄉，有了移動身體的經驗，尤其在第三回詳細地描述了她的所聞所見，是黛玉認識一個截然不同的世界的開始。面對如此一個龐大的家族，林黛玉小心翼翼地察言觀色，「見了這裏許多事情不合家中之式，不得不隨的，少不得一一的改過來，因而接了茶。早有人又捧過漱盂來，黛玉也照樣漱了口。然後盥手畢，又捧上茶來，方是吃的茶。」（第三回）她小小年紀便了解到她即將在這裡生活，即將參與這個家族的種種，尤其是遇到了賈寶玉以及眾多的姊妹們之後，才有了將此作為「家」的一種可能。

「『家』同時具備了神聖與歸屬感，是人的存有與意義凝聚的主要空間中心，亦是真正屬於『我』的地方，是人所以存有的根基所在。」[130]在此定義的「家」空間，筆者認為可以指涉有形的地理空間以及無形的心靈空間。

在有形的地理空間上，自大觀園瀟湘館為黛玉居處的確立，方有她自我存有意義的形成。大觀園本身即含有「太虛幻境」「人間化」、「現實化」的基礎，且「瀟湘」更使用了古代神話中，湘水之神、舜帝之妃——娥皇、女英的典故。於此的互為正文性(intertextuality)將二妃泣血染竹的形象映射在黛玉身上，不僅對於空間形象上有了明確的景觀描述（瀟湘館種竹），對於林黛玉的人物形象也具有強化的作用（啼哭、泣血）。二妃因深於情而染血綠竹，也正如黛玉在情榜上的定位：「情情」，作為她一生命運的詮解。

在無形的心靈空間中，賈寶玉無疑是林黛玉確立心靈的「家」空間的重要人物。寶玉與黛玉之間對彼此互相依附的歸屬感，正如同回到神瑛侍者與絳珠仙草前世所歸屬的地方；他們共有相同的病——不得歸鄉、內心始終產生隔絕感的鄉愁，故寶玉對黛玉說：「只怕你的病好了，我的病才能好呢。」（三十二回）又如第三回黛玉入府，寶黛初見時，一個想：「好生

---

[130] 參考潘朝陽：〈空間地方觀與「大地具現」暨「經典訴說」的宗教性詮釋〉，《中國文哲研究通訊》第 10 卷第 3 期（2000 年 9 月），頁 179。

奇怪！倒像在那裏見過的一般，何等眼熟到如此！」一個說：「這個妹妹我曾見過的」、「雖然未曾見過她，然我看著面善，心裏就算是舊相識，今日只作**遠別重逢**，未為不可。」（粗體為筆者自加）正似《牡丹亭·第十齣·驚夢》：「是**那處曾相見，相看儼然**，早難道這**好處相逢無一言**？」[131]（粗體為筆者自加）之互文，黛玉之移動是為了和寶玉相逢，以寶玉為媒介，在他身上找回得以回歸前世仙鄉的方法。

兩位主角的相處模式，於二知道人(1762-1835 後)的《紅樓夢說夢》中可見其緣由：

> 人見寶、黛之情意纏綿，或以黛玉為金釵之冠。不知寶、黛之所以鍾情者，無非同眠同食，兩小無猜，至於成人，愈加親密。[132]

他們「從小兒一處長大，脾氣性情都彼此知道的了」（五十七回）。從第三回的初見面開始，文本中便經常可見他們彼此之間相處的種種心領神會的情形[133]。

若只有雙方從小一塊長大的兩小無猜狀態，還不足以支撐雙方互為歸屬的心靈根柢。寶玉之所以會認定黛玉，不僅是才華上的傾慕，更是因為林黛玉從不以仕途經濟的腐儒話語來規勸他[134]，「惟黛玉不阻其清興，不

---

[131] 【明】湯顯祖原著，徐朔方、楊笑梅校注：《牡丹亭》，頁 61。

[132] 【清】二知道人（蔡家琬）《紅樓夢說夢》，收入一粟編：《古典文學研究資料彙編　紅樓夢卷》〈卷三·二知道人·紅樓夢說夢〉，頁 101。

[133] 如第三十四回：「這裏林黛玉體貼出手帕子的意思來，不覺神魂馳蕩：寶玉這番苦心，能領會我這番苦意，又令我可喜；我這番苦意，不知將來如何，又令我可悲；忽然好好的送兩塊舊帕子來，若不是領會深意，單看了這帕子，又令我可笑；再想令人私相傳遞與我，又可懼；我自己每每好哭，想來也無味，又令我可愧。」

[134] 如第三十六回：「眾人見他如此瘋癲，也都不向他說這些正經話了。獨有林黛玉自幼不曾勸他去立身揚名等話，所以深敬黛玉。」第三十二回：「林姑娘從來說過這些混帳話不曾？若他也說過這些混帳話，我早和他生分了。」

望其成名,此寶玉所以引為知己也」[135]。

　　「現實生活空間中不能實現返鄉的希望,因為空間的限定與拘束,即是社會文化、身分地位、距離場景等的原因,不能回歸故鄉時常產生心理糾葛,便引起『心理移動空間』的現象。『心理移動空間』是沒有實際上的空間移動過程,透過具體人事物進行心理上移轉到另外一個空間的現象。雖然現實情況中遭遇了困難,而不能回去家園,但藉以具體的事物喚起對故鄉的記憶與深厚的經驗感受,並以懷舊的『想像移動空間』現象為基礎,造成強烈盼望歸鄉,不斷補充、強化鄉情生活的『心理移動空間』系統。」[136]林黛玉在現實情況中無法達成「返鄉」的冀望,於是便逐漸並試圖由心靈上去達成。在第六十七回,黛玉藉著薛蟠從江南帶來的土物喚起對故鄉的記憶與經驗感受,藉以撫慰自我在異鄉中不斷湧現的思鄉情結;因為在有形地理空間地域返鄉上的無法實現,在無形的心靈空間中便藉由前世「同鄉」的賈寶玉身上尋求返鄉機制,以解鄉愁。

　　但儘管賈寶玉與林黛玉互為知己,以一種深具「現代性」的交往——夥伴式婚姻的方式[137]來相濡以沫,彼此也在對方身上找到了「回鄉」渴望的一種可能實現方法,一定程度上彌補了自身內心所深蘊的「欠缺」心態,但隨著年齡的增長、週遭外在因素的阻礙,如金玉良緣的隱憂[138],增加了林黛玉多疑不安的惶然不定情緒,增加了她內心自入賈府以來便無從消解的漂泊感,「如此看來,卻都是求近之心,反弄成疏遠之意。如此之話,皆

---

[135] 【清】二知道人(蔡家琬)《紅樓夢說夢》,頁90。

[136] 金明求:《虛實空間的移轉與流動——宋元話本小說的空間探討》(臺北:大安出版社,2004年),頁118-119。

[137] 見〔美〕高彥頤(Dorothy Ko)著,李志生譯:《閨塾師:明末清初江南的才女文化》,頁191。

[138] 如第二十九回:「那林黛玉心裏想著:『你心裏自然有我,雖有「金玉相對」之說,你豈是重這邪說不重我的。我便時常提這「金玉」,你只管了然自若無聞,方見得是待我重,而毫無此心了。如何我只一提「金玉」的事,你就著急,可知你心裏時時有「金玉」,見我一提,你又怕我多心,故意著急,安心哄我。』」

他二人素習所存私心,也難備述。」(二十九回)以致於到最後「心靈返鄉」
的願望終究無法如實地達成,又如張錯所云:「所謂漂泊,並不限於地域或
個人的行止,實也包含了『心情』。多年來宛如花葉飄零,在流浪的歲月裡,
多少都能隨遇而安;但長久漂泊的心情,卻來自一顆懷有高度警覺而又脆
弱的心。」[139]黛玉自幼喪母,在本應天真無憂的童年即喪失了本有父母悉
心呵護的權利;隨後離家,脫離了自小生長熟悉的家園,來到人生地不熟
的賈府作為她日後成長的開端;不久又喪父,使她唯一一位在故園得以羈
絆的親人都拋她而去,僅留她一人獨自在「終歸是異鄉」的賈家這個大家
庭中,懷著警覺而又小心翼翼的情緒面對這龐大又錯綜複雜的人情世界。
空間帶來的疏離感以及心靈的無法融會交通,使得黛玉自始至終仍舊處於
「趨近故鄉」的一種流離狀態,慽恨以終。

(3)由孤女至女神的形象轉變

在十二金釵內,黛玉的生日富有極重要的意義。林黛玉的生日為農曆
二月十二日,這天是花朝節,為百花之生日。舊時習俗中,夏曆的二月十
五日為百花生日,故稱此日為「花朝節」;辭書上也有初二日、十二日之說。
《御製佩文齋廣群芳譜·卷第二·天時譜二 二月》引《誠齋詩話》云:「東
京二月十二日曰花朝,為撲蝶會。」[140]又引《翰墨記》:「洛陽風俗,以二
月二日為花朝節。士庶遊玩,又為挑菜節。」[141]兩者文獻雖日期不一致,
但均有二月有花朝節一日的記載。

上文已有言述,將女子比喻為花,在《詩經》中即可見其端緒,大觀
園為眾女所居之處,換句話說即是供給眾花所生長的國度;黛玉於花朝之
期所生,作者即賦予她為百花之首、佑百花之生的意義象徵,故在時間(生
日)的安排上,黛玉的形象具有庇護天下如花女性的使命所在。

---

[139] 張錯:《漂泊者·新序》(臺北:爾雅出版,1986年),頁11-13。

[140] 【清】汪灝等撰:《廣群芳譜》(臺北:新文豐出版公司,1980年),頁260。

[141] 同前註。

除了生在花朝外，林黛玉在《紅樓夢》中最著名的便是她的哭泣以及「葬花」行為。「葬花」此舉不是曹雪芹所獨創，在馮夢龍(1574-1646)《醒世恆言》第四卷〈灌園叟晚逢仙女〉一篇中即有先例，此篇描寫花農秋先養花護花、賞花葬花的癡情舉動[142]。

黛玉葬花在書中出現兩次，一次在第二十三回，另一次則在第二十七回。

> 寶玉一回頭，卻是林黛玉來了，肩上擔著花鋤，鋤上挂著花囊，手內拿著花帚。寶玉笑道：「好，好，來罷！把這個花掃起來，撂在那水裏。我才撂了好些在那裏呢。」黛玉道：「撂在水裏不好。你看這裏的水乾淨，只一流出去，有人家的地方髒的臭的混倒，仍舊把花遭塌了。那畸角上我有一個花塚，如今把它掃了，裝在這絹袋裏，**拿土埋上，日久不過隨土化了，豈不乾淨**。」（第二十三回，粗體為筆者自加。）

這一回的葬花為之後二十七回的另一次葬花做了伏筆。寶黛在此回藉由葬花行為，以《西廂記》曲文互相明著取笑對方，暗著卻隱含了對對方的無限情意；待寶玉去後，又聆聽了梨香院正在演習戲文的唱詞，不免想起「流水落花春去也，天上人間」之詞，不僅嶄露了自己的情思，其實更帶有時光荏苒、青春易逝的無力之感。這樣的感觸到了第二十七回更加明白。

在第二十七回，黛玉因前一天夜晚被不知情的晴雯拒之怡紅院外，一夜傷心失寐以致於第二天四月二十六日的芒種餞花會起來遲了，又因躲著寶玉，於是便一人自行至花塚餞花。

第二次的葬花結合了第一次的感觸，再加上一場誤會，使得自己自傷

---

[142]【明】馮夢龍編，顧學頡校注：《醒世恆言·灌園叟晚逢仙女》（臺北：光復書局，1998年）。

身世的情緒更加明顯。「儂今葬花人笑痴，他年葬儂知是誰」、「一朝春盡紅顏老，花落人亡兩不知」，〈葬花吟〉不僅是林黛玉作為傷春愁思、悲嘆自身孤苦無依的一種宣洩，更可將此種一人之宣洩擴大為廣大女性命運的一種哀惋，是為眾多薄命如花般的女性所奏的安魂曲，如康來新所言：「惜花不過是自憐，而自憐的引伸，不過是作者藉特殊靈慧、草木前身的黛玉，來哀悼所有如花少女的悲運。」[143]「質本潔來還潔去」除了是自己託生在這世上的願望，也是藉由葬花舉動表明希望眾女兒能永遠保持乾淨清潔，不被外面骯髒的世界所污染，於是葬花塚便成了大觀園中一個不可或缺的地理位置存在[144]。

「大觀園是一個把女兒們和外面世界隔絕的一所園子，希望女兒們在裡面，過無憂無慮的消遙日子，以免染上男子的齷齪氣味。最好女兒們永遠保持她們的青春，不要嫁出去。大觀園在這一意義上說來，可以說是保護女兒們的堡壘，只存在於理想中，並沒有現實的依據。」[145]大觀園是天上太虛幻境的凡界實設[146]，是一個專屬於女兒們居住的世界。賈寶玉因身有通靈寶玉，且又對女孩子們愛護甚佳、體貼照顧，故也持有「特權」成為「諸豔之冠」入住大觀園，作為旁觀女性身世命運的主要見證。

但大觀園是真正潔淨，不沾染一絲外在現實世界骯髒的嗎？諷刺的是，大觀園自起建之初便已經不乾淨了。

---

[143] 康來新：《石頭渡海——〈紅樓夢〉散論》（臺北：漢光文化事業，1985年），頁180。

[144] 己卯本第十八回脂批345：「余則為若許筆墨，卻只因一個葬花塚。」；第二十七回回前總批，庚辰脂批605：「〈葬花吟〉是大觀園諸豔之歸源小引，故用在踐花日諸豔畢集之期。」見〔法〕陳慶浩編著：《新編石頭記脂硯齋評語輯校　增訂本》（北京：中國友誼公司出版，1987年），頁317、491。葬花塚不僅實指黛玉葬花的所在，更由脂批得知此「葬花塚」更是擴大影射了葬諸金釵的大觀園。

[145] 宋淇：〈論大觀園〉，《明報月刊》81期（1972年9月），頁4。

[146] 庚辰第十六回夾批335：「大觀園係玉兄與十二釵太虛玄鏡，豈不（可）草索（率）？」見〔法〕陳慶浩編著：《新編石頭記脂硯齋評語輯校　增訂本》，頁282。

先令匠人拆寧府會芳園牆垣樓閣，直接入榮府東大院中。榮府東
邊所有下人一帶群房盡已拆去。當日寧、榮二宅，雖有一小巷界
斷不通，然這小巷亦係私地，並非官道，故可以連屬。會芳園本
是從北角牆下引來一股活水，今亦無煩再引。其山石樹木雖不敷
用，賈赦住的乃是榮府舊園，其中竹樹山石以及亭榭欄杆等物，
皆可挪就前來。如此兩處又甚近，湊來一處，省得許多財力，縱
亦不敷，所添亦有限。全虧一個老明公號山子野者，一一籌畫起
造。（第十六回）

「肇因實在寧」，大觀園自建立之初就不斷地以各種方式與寧府相連，
連可以洗淨萬物之水也都因為從寧府引來而有了混濁不堪的隱喻。除此之
外，對於大觀園的勘察，一開始也是藉由男人們的足跡與眼光進入這日後
將成為女兒們樂園的境地，種種因素交織之下，大觀園隱然含有終究會被
外頭世界所汙染的骯髒墮落因子。故於花朝之時所生、以眾芳代表之姿為
象徵的林黛玉才寧願讓落花被土掩埋了，也不願它們隨波逐流，被髒汙所
染。又因水逝者如斯，花落水流不流痕跡，也就無法留下任何能夠被記憶
的紀錄；但土是固著，將花葬在土中便產生有意圖被記憶的象徵。因為有
了這樣的信念，以花朝之時所賦予的時間上的庇護性來隔絕地理空間上逐
漸浸染的污穢，黛玉葬花行為便賦予了神聖性與救贖性的潔淨意識，而林
黛玉也從一介孤女轉化為諸豔守護女神的形象存在。

在晚清的《老殘遊記》中，劉鶚(1857-1909)於〈自敘〉內將哭泣現象
提升為一種人品與靈性：

其間人品之高下，以其哭泣之多寡為衡，蓋哭泣者，靈性之現象
也，有一分靈性即有一分哭泣，而際遇之順逆不與焉。[147]

[147] 【清】劉鶚著，嚴薇青校點：〈自敘〉，《插圖本古典小說書系　繪圖本老殘遊記》（濟南：
齊魯書社，2002年），頁1。

劉鶚又將哭泣分成兩類：

靈性生感情，感情生哭泣。哭泣計有兩類：一為有力類，一為無
力類。癡兒呆女，失果則啼，遺簪亦泣，此為無力類之哭泣。城
崩杞婦之哭，竹染湘妃之淚，此為有力類之哭泣也。有力類之哭
泣又分兩種：以哭泣為哭泣者，其力尚弱；不以哭泣為哭泣者，
其力甚勁，其行乃彌遠也。[148]

　　雖然哭泣與人品之高低不必然劃上等號，但將哭泣視為一種靈性的現
象，的確是一很好的註解。林黛玉為一靈性之人，她的哭泣不僅是為了還
淚，也是無力哭泣與有力哭泣的結合：她的無力哭泣是因為雖為自身或眾
多飄零女性的命運悲泣，但也僅止於悲泣，無法有更積極一層的化解舉動；
但她此種無力的哭泣卻也是時代上的有力哭泣，「吾人生今之時，有身世之
感情，有家國之感情，有社會之感情，有種教之感情。其感情愈深者，其
哭泣愈痛。」[149]她藉由哭泣，將廣大女子不得申訴的不幸身世之痛宣洩出
來讓世人得知，將個人生命結合時代處境，更擴大為哀嘆世間萬物的終須
幻滅，這是一種有力之宣告表現。

　　儘管林黛玉作為守護女神，但仍身為凡人的自己終究不敵時間與空間
在現實中的無情消磨與轉換，「葬花有一種象徵主義的意味：林黛玉從花謝
花飛的畫面中預感到青春生命的必將飄落，而哭吟葬花之詩，故葬花也是
大觀園少女們悲劇命運的一種詩化預寫。」[150]「冷月葬花魂」（七十六回
湘黛聯詩，黛玉語），林黛玉的葬花行為終究只能為薄命女性的殞落做出預
先性的心靈救贖，待自己的生命幻滅、大觀園中諸芳落盡之時，其保護罩

---

[148] 同前註。

[149] 同前註。

[150] 俞曉紅：《王國維〈紅樓夢評論〉箋說》（北京：中華書局，2004 年），頁 149-150。

隨即因而瓦解，最後也只能無能為力地任由時代巨輪無情地輾過。但曹雪芹在此將黛玉的此番形象以及悲歎的詩作用筆墨書寫下來，於此便不再只是無力空幻的書空咄咄，因為有了不朽的書寫而具備流傳紀錄、供世人閱覽的保存功能。

2. 薛寶釵

（1）寶釵的移動意義

薛寶釵本為金陵人氏，因「近因今上崇詩尚禮，徵採才能，降不世出之隆恩，除聘選妃嬪外，凡世宦名家之女，皆親名達部，以備選為公主、郡主入學陪侍，充為才人、贊善之職。」（第四回）以及種種其他原因，而有機會離開家鄉前往位於京都的賈府。

薛家本借榮府的梨香院居住，後大觀園建成，寶釵便應元春之命遷進大觀園中的蘅蕪院，這兩處院落對於寶釵來說均有重大的兩種移動意義。先就蘅蕪院分析，在第十七回賈政帶著寶玉以及眾清客入園檢視、遊賞並題名時，對於此院的最初評價是：「此處這所房子，無味得很。」隨後踏入園內，看到的景觀是「忽迎面突出插天的大玲瓏山石來，四面群繞各式石塊，竟把裏面所有房屋悉皆遮住，而且一株花木也無。只見許多異草：或有牽藤的，或有引蔓的，或垂山巔，或穿石隙，甚至垂簷繞柱，縈砌盤階，或如翠帶飄颻，或如金繩盤屈，或實若丹砂，或花如金桂，味芬氣馥，非花香之可比。」而這些不知名的花草，後由寶玉為之一一識別點名：「這些之中也有藤蘿薜荔；那香的是杜若蘅蕪，那一種大約是茝蘭，這一種大約是清葛，那一種是金簦草，這一種是玉蕗藤，紅的自然是紫芸，綠的定是青芷。」蘅蕪院中的香草，自〈離騷〉以來便賦予了「君子賢人」的比喻[151]，此院的空間環境因這些香草而充斥了儒家傳統禮教典範的氛圍，也正合乎寶釵因賢德才能而待選入宮中陪侍的身分；而後起詩社時，寶釵也以李紈

---

[151] 王逸注〈離騷〉云：「蕙、茝，皆香草，以喻賢者。」又曰：「『眾芳』，喻群賢。」參【宋】洪興祖：《楚辭補注・離騷經章句第一》（臺北：長安出版社，1984年），頁7。

替她所封的「蘅蕪君」作為自己的名號（三十七回），同為固守禮教的李紈為寶釵取名，兩人的性格與同樣服膺於婦德束縛的自我要求也互為呼應。脂評云：「寶卿待人接物，不疏不親，不遠不近，可厭之人，亦未見冷淡之態，形諸聲色；可喜之人，亦未見醴蜜之情，形諸聲色。」此段批語正可與賈政所說的「無味得很」相互參看；鳳姐對於寶釵的評價是「不干己事不張口，一問搖頭三不知」（五十五回），正如李紈的個性是「問事不知，說事不管」（六十五回），兩人均是後天教養人文化成下的母儀賢德典範產物，正如歐麗娟所言：「曹雪芹將屈原貞一不移而清潔自守之志節，與孔子極高明而道中庸之智慧兼融並鑄於寶釵一身。」[152]而蘅蕪院與稻香村同樣阻絕外部的空間阻隔，正代表了她們以後天的受規律的習性壓抑了本生的天然質性，以至於她們終究與其他如黛玉、湘雲等在大觀園中盡情展現其率真本性的清淨女兒們隔著一道無法突破的禮教幃幕。

但其實寶釵自遷入大觀園後，因遇見得以與自身互相參看如黛玉類之「她者」，使她的本性在清淨的園中也不自覺地一點一滴地展露出來，如二十七回中忘情地撲蝶、四十二回對黛玉說的一席話[153]，都可以看出其實寶釵與黛玉在先天本質上都具淘氣率真的天然之性[154]，只是黛玉自幼喪母再加上早早就離開家園投奔賈家，而使她的本真純性還能夠予以保留；寶釵則是因為小時後天大人的管束、備選為才人的條件和壓力，使得她受限於傳統社會對女性的重重制約，被迫放棄任性自然的率真品性，進入只應養身修性、紡績針黹的「女子無才便是德」的鑄模之中。

(2) 冷香丸的庇祐功能

---

152 歐麗娟：《紅樓夢人物立體論》，頁 227。

153 寶釵：「你當我是誰，我也是個淘氣的。從小七八歲上也夠個人纏的。我們家也算是個讀書人家，祖父手裏也極愛藏書。先時人口多，姊妹弟兄也在一處，都怕看正經書。弟兄們也有愛詩的，也有愛詞的，諸如這些《西廂》《琵琶》以及《元人百種》，無所不有。他們是偷偷的背著我們看，我們卻也偷偷的背著他們看。後來大人知道了，打的打，罵的罵，燒的燒，才丟開了。」

154 歐麗娟：《紅樓夢人物立體論》，頁 194。

　　在大觀園這樣一個庇護女性的清淨空間內，黛玉與寶釵雖互為自然／禮教的她者，但其實兩人共有身為護衛眾女的女神使命所在——黛玉以眼淚和葬花等自然感性的成分先驗性地為眾女哀悼；寶釵則是以冷香丸此一藥方理性地預示了普天之下眾女性的命運所歸，但無論是寶釵的遵從禮教或是黛玉的自然率真都脫離不了女性薄命與不幸流離的宿命，在時代無情地驅使之下她們也只能藉由作者曹雪芹的筆墨而試圖為這些名不見經傳的女性留下並實現得以被後人記憶的想望。

　　於《紅樓夢》第七回，跟隨著送宮花的周瑞家的腳步及目光，得知寶釵自小便被一種先天熱毒所引起的無名之症所擾，需得用禿頭和尚引來的海上方作治療才得以紓解：

> 「要春天開的白牡丹花蕊十二兩，夏天開的白荷花蕊十二兩，秋天的白芙蓉花蕊十二兩，冬天開的白梅花蕊十二兩。將這四樣花蕊，於次年春分這日晒乾，和在末藥一處，一齊研好。又要兩水這日的雨水十二錢，……」周瑞家的忙道：「噯喲！這樣說來，這就得一二年的工夫。倘或這日雨水竟不下雨水，又怎處呢？」寶釵笑道：「所以了，那裏有這樣可巧的雨，便沒雨也只好再等罷了。白露這日的露水十二錢，霜降這日的霜十二錢，小雪這日的雪十二錢。把這四樣水調勻，和了藥，再加蜂蜜十二錢，白糖十二錢，丸了龍眼大的丸子，盛在舊磁罐內，埋在花根底下。若發了病時，拿出來吃一丸，用十二分黃柏煎湯送下。」

　　寶釵轉述禿頭和尚的話說這是一道「海上方」、「異香異氣的，不知是那裏弄了來的」，此「海上」讓人不免想起大觀園初建時，那來自海外女兒國所種植的海棠花；而「不知是那裏弄了來的」一句底下脂批有云：「卿不知從『哪裡弄來』，余則深知是從放春山採來，以灌愁海水和成，煩廣寒玉

兔搗碎，在太虛幻境空靈殿上炮製配合者也。」[155]正文與脂批的前後呼應，可知此一「冷香丸」藥方實與太虛幻境以及大觀園，甚或全天下女兒的命運休戚相關。

冷香丸結合了空間的移轉以及時間的流動，緊密聯繫了天下女性的純真本質與命運的波折：以春夏秋冬四時中所生的白色花蕊為底，又以四種節氣中所凝的雨露霜雪為配，「十二」又正喻十二釵[156]，由此可證冷香丸之本質乃全天下清淨女兒所共有的自然純潔本性之喻；蜂蜜和白糖可喻為女兒們所共存的對自身未來的一種美好的期待與想像。但諷刺的是，此一美好純淨的藥引竟要以苦澀之黃柏湯搭配服下，此黃柏湯便是表徵了外在現實社會中清淨女兒們所無法避免逃脫的處境之苦，是女性在成長過程中所必須共同面對的苦痛；而冷香丸所要壓制住的「熱毒」，便是自古以來在傳統社會中不斷流傳承襲、身為女性所必得服膺的僵滯化的禮教遺毒。

當寶釵未發病時，這些純淨的冷香藥丸們便可以以乾淨之軀安然地埋藏在梨花樹下，梨＝離，也就等於由外流離移動至此的金釵們能夠得到大觀園中唯一乾淨之土的保護與庇祐，並得以安身立命保全其身。冷香丸不僅可比為清淨女兒的純潔本質，也可喻為一乾淨國度的大觀園的另一象徵；寶釵自身所帶來的熱毒，則可喻為外在的現實世界，對這些女兒們施予桎梏的禮儀規範。冷香丸無法治癒熱毒引發的病症，只能壓抑，等於從另一個角度證明了大觀園終究保護、拯救不了女兒們，她們終會被外在世界所染，而此一事實由第一個抽象牙花名簽子，得到牡丹「豔冠群芳」的寶釵所證成。

寶釵被後天的婦德禮教所規束，其賢德又得以作為在此社會風氣下的眾女典範，使得她站在一個至高點去冷眼旁觀這些女孩子們的運命所歸，如她的花簽「任是無情也動人」，其冷香之「冷」也代表了她「冷眼看眾香

---

155 甲戌本第七回批語，見〔法〕陳慶浩編著：《新編石頭記脂硯齋評語輯校 增訂本》，頁 160。

156 十二暗喻十二金釵們。甲戌本第七回夾批：「凡用『十二』字樣，皆照應十二釵。」同前註。

（女）」的使命態度；而由她道出冷香丸繁複困難、需天時地利的製造方法，
更是顯示了在時間流動下女性仍難以脫離禮教束縛的現況。

四、不出嫁便出家：紅樓女之「女子有行」

（一）出嫁

　　《禮記‧禮運》云：「男有分，女有歸。」[157]使女性均有其歸宿，為
大同世界中的一環；中國古代女性的生命歷程中，最重要且涉及跨時間、
跨地域的移動便是出嫁，這樣的一種女子之行，更含涉有心靈成長的跨度。
於先秦典籍《詩經》之〈鄘風‧蝃蝀〉、〈衛風‧竹竿〉、〈邶風‧泉水〉中，
都出現了「女子有行」這樣一種隱括女性移動的句子[158]，「行」若讀為四
聲，名詞，則此「行」鄭玄箋解為：「行，道也，婦人生而有適人之道。」
孔穎達疏為：「女子生則必當嫁，亦性自然矣。」[159]「女子有行」四字在
箋疏中便解為「婦人生而有適人之道」[160]，此「適人之道」之「行」為甲
骨文本義「道路」之引申。但筆者認為「行」應也可讀為二聲，動詞，解
釋成「朝著一定的目的或方向」、「依附」、「走向、歸向」等詮解。女子適
人，意謂著女子成人並習得「為婦之道」後，最終總是得朝著嫁人的目的、
朝著夫家的方向而去，依附、走向、歸向另一個家庭。

　　在十二金釵內，前八十回中明確寫到已嫁作人婦的有元春（第二回）、

---

[157]　《十三經注疏》整理委員會整理：《禮記正義‧卷二十一‧禮運第九》，頁 769。

[158]　「女子有行，遠父母兄弟（兄弟父母）。」此句式一連在三首詩中出現，很可能是當時形容
　　　女子出嫁的陳語，故多用之。

[159]　見於【清】阮元校刻：《十三經注疏》，頁 122。

[160]　孔穎達疏為：「女子生則必當嫁，亦性自然矣。」其義亦有「婦人生而有適人之道」意。引
　　　書同前註。

王熙鳳（第二回，第三回明確）、李紈（第二回，第四回明確）及迎春（第七十九回）。

1. 元春

元春為典型宮妃女性悲劇之類型，由《紅樓夢》第二回冷子興之口，得知元春是因「賢孝才德，選入宮作女史去了。」在清代，嫁入皇宮不比一般百姓女子的婚嫁，是不得歸寧的，如《國朝宮史‧卷八典禮四‧宮規》所載：「內庭等位父母年老奉　特旨許入宮會親者，或一年或數月，許本生父母入宮，家下婦女不許隨入，其餘外戚一槩不許入宮。」[161]內庭為宮禁之內，是皇帝、后妃及其幼年子女生活居住的場所，元春晉封為鳳藻宮尚書，加封賢德妃，自是內庭之屬，被作者打破本無法出宮歸寧禁令的她僅能在大觀園與宮廷這兩個空間內移動，為的便是突顯賈府烈火烹油般的極度富貴奢華以及大觀園之於賈府的重要性。

大觀園因元春的歸寧而起，因元春為宮廷中人，其省親園林空間的設立必定也得須符合皇室規格，故讀者在書中所看到的大觀園全貌才如此盛麗輝煌；但富麗堂皇的背後，卻是家產即將散盡的窘境：「外面的架子雖未甚倒，內囊卻也盡上來了。」（第二回）第五十三回賈蓉：「頭一年省親，連蓋花園子，你算算那一注共花了多少，就知道了。再兩年，再省一回親，只怕就精窮了。」以及賈珍：「他們莊家老實人，外明不知裏暗的事。黃柏木作磬槌子──外頭體面裏頭苦。」之語，更是顯示了賈府在省親一事過後的徒留其表，外盛內弱之間的拉鋸沒有因為元春的封妃而得到舒緩，反而更加深了賈家的敗亡。一如二十二回元春自作的燈謎：「能使妖魔膽盡摧，身如束帛氣如雷。一聲震得人方恐，回首相看已化灰」，賈家的盛極一時不過是正點燃絢放的璀璨爆竹，一旦燃盡便只剩下毫無用處的灰燼，一切歸於殘敗與荒落。

此外，元春以一宮廷中人至高無上的權力象徵，命府中的姊姊妹妹們

---

[161] 見《景印摛藻堂四庫全書薈要》史部第 116 冊，法制類（臺北：世界書局，1986 年），頁 145。

入園居住，並設立了入園條件，摒棄一切可能危害此園的因素，以其尊貴和不可侵犯忤逆的權威護衛保障了女兒們在其中的一切生活，為大觀園賦予了女兒樂園的空間意識。元春的移動使得大觀園此一樂園空間得以成立，又因權力關係使得寶玉連同諸多姊妹們移入大觀園，儼然是一位領導女性和支配控管女性的女神，如脂硯齋所云：「大觀園原係十二釵栖止之所，然工程浩大，故借元春之名而起，再用元春之命以安諸豔，不見一絲扭捏。」[162]因為元春，使得大觀園具備了三種意蘊：象徵著處子純潔的喜悅與詩情的優美、宗教化的屬於青春少女的「天仙福地」、以及少女們在遭受「女子有行，遠父母兄弟」貶謫前的逍遙樂土，成為「超自然的神聖仙境的象徵」。[163]

但也正如元春的燈謎所云，賈府終究會面臨「樹倒猢猻散」的敗落結局，縱使身為女性的元春階級權力如何龐大，也無法全然保護大觀園不受侵擾、不受時間的介入而永恆地保護這些青春的兒女們；賈府因元春而擁有了外表看似光鮮亮麗的富貴，但內部卻抵不過男性權力的掌管、破壞，以及時勢的擺弄，和歷史教訓中盛極而衰的必然，以至於賈府遭受了由內部腐蝕至外的摧殘，終究導向殘破與寥落。

2. 迎春

第七十九回，賈赦主張將迎春聘給了孫紹祖。對於孫家，賈政是十分厭惡的：「雖是世交，當年不過是彼祖希慕榮、寧之勢，有不能了結之事，才拜在門下的，並非詩禮名族之裔。」（第二回）果不其然賈政其來有據的擔憂成了真，在第八十回末迎春即訴說她遭受了夫家不合理的對待：

迎春方哭哭啼啼的，在王夫人房中訴委曲，說孫紹祖「一味好色，

---

[162] 庚辰本第二十三回眉批，[法]陳慶浩：《新編石頭記脂硯齋評語輯校》，頁451。

[163] 柯慶明：〈論紅樓夢的喜劇意識〉，《境界的再生》（臺北：幼獅文化事業公司，1985年），頁387-388。

好賭酗酒，家中所有的媳婦、丫頭，將及淫遍。略勸過兩三次，
便罵我是『醋汁子老婆撡出來的』。又說老爺曾收著他五千銀子，
不該使了他的。如今他來要了兩三次不得，他便指著我的臉，說
道：『你別和我充夫人娘子！你老子使了我五千銀子，把你準折買
給我的。好不好打一頓，撡在下房裏睡去。當日有你爺爺在時，
希圖上我們的富貴，趕著相與的。論理，我和你父親是一輩，如
今強壓我的頭，晚了一輩，不該作了這門親，倒沒的叫人看著趕
勢利似的。』」一行說，一行哭得嗚嗚咽咽，連王夫人並眾姊妹無
不落淚。

由這段語句可以看出，迎春身為一閨閣千金，卻被賈赦以五千銀子當
作貨品賣給了孫家，這樣以利益交換為目的的婚姻根本無法有幸福的保
障；迎春遭遇亦可與香菱作為互照：香菱自小賣給了薛蟠，自薛蟠迎娶了
夏金桂後，香菱便遭受了種種不合理的對待。恰巧迎春之出嫁與迫害香菱
的元兇——夏金桂之入都安排在同章回之中，在一出一入之間可看出迎春
與香菱同樣所嫁非人的悲哀。面對這樣的處境，香菱「自此以後，果跟隨
寶釵去了，把前面路徑，竟一心斷絕。雖然如此，終不免對月傷悲，挑燈
自嘆。」（八十回）與第七十九回在和寶玉討論夏金桂時的興高采烈，成了
相當大的反差，寶玉那時的冷笑：「雖如此說，但只我聽這話，不知怎麼，
倒替你耽心慮後呢。」竟也成了對香菱命運的一種預示，也正導向了「根
並荷花一莖香，平生遭際實堪傷。自從兩地生孤木，致使香魂返故鄉。」
（第五回香菱判詞）的薄命結局；迎春則是隱隱對自己不幸的命運產生預
感，說道：「乍乍的離了姊妹們，只是眠思夢想；二則還記掛著我的屋子，
還得在園裏舊房子裏住得三五天，死也甘心了。不知下次還可能得住不得
住了呢！」（八十回）若按照第五回迎春之判詞：「子係中山狼，得志便猖
狂。金閨花柳質，一載赴黃粱。」來看，迎春嫁入孫家後應一年之內便會
香消玉殞。

對這樣家暴的案例,《大清律例》卷二十八之〈妻妾毆夫〉條,其中提到了對於「夫毆妻」的判處:

> 凡妻毆夫者,但毆即坐,杖一百。夫願離者,聽。須夫自告乃坐。至折傷以上,各驗其傷之重、輕,加凡鬥傷三等;至篤疾者,絞決;死者,斬決;故殺者,凌遲處死。兼魘魅蠱毒在內○若妾毆夫及正妻者,又各加妻毆夫罪一等;加者,加入於死。但絞不斬,於家長則決,於妻則監候,若篤疾者、死者、故殺者,仍與妻毆夫罪同○**其夫毆妻非折傷,勿論。至折傷以上,減凡人二等。須妻自告,乃坐。**先行審問,夫婦如願離異者,斷罪離異。不願離異者,驗所傷應坐之罪收贖。仍聽完聚。至死者,絞監候。故殺,亦絞。毆傷妾至折傷以上,減毆傷妻二等。至死者,杖一百,徒三年。妻毆傷妾與夫毆妻,罪同。亦須妾自告,乃坐。過失殺者,各勿論。蓋謂其一則分尊可原,一則情親當矜也,須得過失實情,不實仍各坐本律○夫過失殺其妻、妾及正妻過失殺其妾者,各勿論。若妻、妾過失殺其夫,妾過失殺正妻,當用比律。過失殺句,不可通承上二條言○若毆妻之父母者,但毆即坐。杖六十,徒一年;折傷以上,各加凡鬥傷罪二等;至篤疾者,絞監候;死者,斬監候;故殺者,亦斬。[164](粗體為筆者自加)

由律文可以看出,對於夫毆妻與妻毆夫之間的判處是極為不公平的,除非將妻毆打至折傷,否則法律一概不追究,身為嫁出去的女性在社會輿論以及對家庭倫理、「三綱五常」教條的服膺之下,為了維持家族成員彼此之間的和樂氣氛,通常僅能選擇隱忍服從的態度,一如香菱和迎春,以至

---

[164]【清】三泰:《大清律例》卷二十八〈刑律門毆下 妻妾毆夫律文〉,收於馬建石、楊育棠主編:《大清律例通考校注》(北京:中國政法大學出版社,1992年),頁845。

於到最後她們只能默默順從自己的命運，終招致薄命的結局。庚辰本脂評云：「此迎春一生遭際，惜不得其夫何。」[165]不僅迎春不得其夫，香菱也是如此：迎春直接受制於暴虐的孫紹祖，香菱雖直接被夏金桂所虐，但屈從於夏金桂婦威的薛蟠，也成了迫害香菱的間接加害者。

作者於第七十九、八十回明寫香菱在夏金桂凌虐下的遭遇，暗喻迎春在孫家看不見的景況，一明一暗、一來一往相互昭顯呼應，透露出在法律的無情偏袒背後，在夫家受家暴婦女的真實處境，由此顯現整個社會的不公與公權力的壓迫。如第二十二回迎春作的算盤燈謎：「天運人功理不窮，有功無運也難逢。因何鎮日紛紛亂？只為陰陽數不同。」此處之陰陽可借為男女，自古以來男女之間的不平等便是遭致紛亂的來源，如恩格斯(Friedrich Engels,1820-1895)所言：「在歷史上出現的最初的階級對立，是同個體婚制下的夫妻間的對抗的發展同時發生的；而最初的階級壓迫，是同男性對女性的奴役同時發生的。」[166]女性薄命一方面固然有先驗性不可逆的宿命因素，但面對整個時代與社會空間無可推翻的禁錮束縛之下，或許這更是引發並製造弱勢群體不得不面臨不幸結局的龐大因素。

3. 王熙鳳、李紈

第五十四回，正值正月十五日賈府過新年的景況，婆子帶了兩個說書的女先生進來，作為賈府過元宵的餘興節目，並引發了賈母對千篇一律的佳人才子故事的一段評論，其中女先兒說了一則《鳳求鸞》故事，恰好碰著了璉二奶奶王熙鳳的名諱：

> 女先兒道：「這書上乃說殘唐之時，有一位鄉紳，本是金陵人氏，
> 名喚王忠，曾做過兩朝宰輔。如今告老還家，膝下只有一位公子，

---

[165] 見〔法〕陳慶浩編著：《新編石頭記脂硯齋評語輯校　增訂本》，頁424。

[166] 〔德〕恩格斯(Friedrich Von Engels)著，谷風出版社編輯部譯：《家庭、私有制和國家的起源》（臺北：谷風出版社，1989年），頁69。

名喚王熙鳳。」

王熙鳳在此以「男性」的身分出現於女先兒的故事中，用一種性別身分倒錯的模式來反面襯托出她在賈府中的權力地位。在清代旗人的家庭生活內，由於男子長年在外做事，於是家中事務多由婦女操持，這些婦女精明能幹，對於家務事有自己的意見，勇於做主，於清代成書的《紅樓夢》中，王熙鳳無疑是此類精明婦女的代表。

王熙鳳人格以及精明手腕的養成，可從她小時的身世經歷得以探知，在第三回由黛玉入府的事件，牽連出其母賈敏向她形塑對賈府中人的回憶，勾勒起她對王熙鳳的初步想像：

黛玉雖不識，也曾聽見母親說過，大舅賈赦之子賈璉，娶的就是二舅母王氏之內姪女，自幼假充男兒教養的，學名叫王熙鳳。

這個「自幼假充男兒教養」的經歷，王昆侖認為是她具有處人處事的優越才能的原因[167]，因她的扮裝為男性，使她得以較一般閨秀女性有更多接觸到外在世界的機會，增廣豐富其閱歷，奠定她日後持家掌權的基礎。成長後的王熙鳳嫁至賈家成為賈璉的夫人後，其擁有掌管家中大小事務的優越才能以及足以凌越在男性之上的威勢便逐漸顯現出來，如第二回冷子興所言：「若問那赦公，也有二子：長名賈璉，今已二十來往了，親上作親，娶的就是政老爹夫人王氏之內姪女，今已娶了二年。這位璉爺身上，現捐的是個同知，也是不肯讀書，於世路上好機變言談去的。所以如今只在乃叔政老爺家住著，幫著料理些家務。誰知自娶了他令夫人之後，倒上下無

---

[167] 「她幼小時又曾穿著男裝，當作男孩子教養，因此她比普通閨秀能更廣泛接觸各種各樣的生活，見聞豐富，多具有處人處事的才能。嫁到賈府作了孫少奶奶，既是王夫人的內姪女，又被派充榮府管理家務。她能居於優越的地位，也由於她在統治階層中確有出眾的才能。」王昆侖：《紅樓夢人物論》（臺北：里仁書局，1982年），頁136。

一人不稱頌他夫人的，璉爺倒退了一射之地。說模樣又極標致，言談又極爽利，心機又極深細，**竟是個男人萬不及一的。**」第六回周瑞家的對劉姥姥云：「這位鳳姑娘年紀雖小，行事卻比世人都大呢。如今出挑得美人一樣的模樣兒，少說些有一萬個心眼子。再要賭口齒，**十個會說話的男人也說她不過。**」（粗體為筆者自加）

王熙鳳的治家本領到了第十三回的協理寧國府一事，更可以看出她鉅細靡遺治理整個大家族的手腕展現；發展至第十五回弄權鐵檻寺及第十六回弄得張李兩家人財兩空，更是可以得知她為了謀財毋論人命的無情表現。作者對於此時的王熙鳳，描寫的是她「你是素日知道我的，從來不信什麼是陰司地獄報應的，憑是什麼事，我說要行就行。」（十五回）的狂傲態度，以及事成後「鳳姐膽識愈壯，以後有了這樣的事，便恣意的作為起來」的變本加厲，這些都成為她後來命運坎坷的故事伏筆，印證了她的判詞所云：「凡鳥偏從末世來，都知愛慕此生才。一從二令三人木，哭向金陵事更哀。」的不幸結局。

> 一段收拾過阿鳳心機膽量，真與雨村是對亂世之奸雄。後文不必細寫其事，則知其平生之作為。回首時無怪乎其慘痛之態，使天下痴心人同來一警，或可期共入于恬然自得之鄉矣。[168]

甲戌本第十六回之脂評將王熙鳳與賈雨村並舉，一方面除了稱許她確有不輸給男性的膽量見識外，另一方面也諷刺了她為贏得錢財與權勢的不擇手段，王熙鳳第十五、十六回的弄權鐵檻寺與賈雨村第四回的葫蘆案同出一轍，都是為了利益關係而犧牲人命；但作者也藉由這兩個人物與這兩案，證成了馮淵對香菱、以及金哥與長安守備公子這兩對兒女之癡情，正如賈雨村所云：「這正是夢幻情緣，恰遇一對薄命兒女。」（第四回）真情

---

[168] 見〔法〕陳慶浩編著：《新編石頭記脂硯齋評語輯校 增訂本》，頁 268-269。

摯性因權勢的打壓而屢遭劫難，但也因為這些劫難才更顯出情之不朽的光輝[169]。

王熙鳳除了歷經出嫁後的空間轉換，在地理空間的轉換同時也經歷了身分（女兒→媳婦）和性別意識的移轉。一則《鳳求鸞》故事使得王熙鳳脫去了僅存活於才子佳人舞文弄墨、名不符實的男性疲軟姿態，一躍成為雖不具有男身，卻握有類同男性權力和地位的女強人，在家務人事繁雜如戰場的賈府空間中遊刃有餘，並為了利益毫不留情，此也是一種「女扮男裝」之身分的流轉展現。「透過『女扮男裝』的轉換過程，突破性別身分的限制，才能成就理想中的模樣。」[170]

美國後結構女性主義哲學家巴特勒(Judith Butler,1956-)認為：「扮裝的女人想要有陽性特質，以便以男人身分和男人們進行公共對話。」[171]而英國女性主義作家伍爾夫(Virginia Woolf,1882-1941)在其著作《奧蘭多》(*Orlando*)中寫道：「儘管性別不同，但它們混雜在一起。在每一個人身上都發生由一個性別到另一個性別的擺動，而且經常地僅僅是服裝使人保持了女性或男性的外表，而在服裝下面的性別與在上面所表現的恰恰相反。」[172]王熙鳳的男性特質從她幼時外表上的男性扮裝發端，先以外表的混淆作為「成為男性」的第一步；在成長的過程中此特質逐漸內化為潛在的才能，而到了嫁作人婦後更得以有了全面的發揮，此時外表的扮裝已不再是「作為男性」的媒介，因為實質上她所擁有的勢力和位階已經類同於男性了。

---

[169] 脂批云：「幼兒小女之死，得情之正氣，又為痴貪輩一針疚。鳳姐惡跡多端，莫大於此件者——受贓婚以致人命。」見〔法〕陳慶浩編著：《新編石頭記脂硯齋評語輯校 增訂本》，頁267。

[170] 蔡宜蓉：《明末清初「女扮男裝」故事研究》（桃園中壢：元智大學中國語文學系研究所碩士論文，2009年），頁14。

[171] 〔美〕朱迪斯‧巴特勒(Judith Butler)著，林郁庭譯：《性／別惑亂：女性主義與身分顛覆》(*Gender Trouble: Feminism and the Subversion of Identity*)（苗栗：桂冠圖書股份有限公司，2008年），頁83。

[172] 〔英〕弗吉尼亞‧伍爾夫(Virginia Woolf)著，韋虹、昱樂譯：《奧蘭多》（哈爾濱，哈爾濱出版社，1994年），頁118。

但一句「凡鳥偏從末世來」（粗體為筆者自加）的判詞揭露了王熙鳳終究不為時所用的悲哀，因為瀕臨末世，再如何力挽狂瀾終究無濟於事，徒添枉然，脂粉英雄縱有萬般才能，也無法避免地發出時不我與的喟嘆。

相較於王熙鳳的扮裝、試圖轉換成男性身分的大鳴大放，李紈則是恪守本分地成為了傳統三從四德的服膺者。李紈自小便接受著傳統婦女的規範成長：

> 這李氏亦係金陵名宦之女，父名李守中，曾為國子監祭酒，族中男女無有不誦詩讀書者。至李守中繼承以來，便說「女子無才便有德」，故生李氏時，便不十分令其讀書，只不過將些《女四書》、《列女傳》、《賢媛集》等三四種書，使他認得幾個字，記得前朝這幾個賢女便罷了；卻只以紡績井臼為要，因取名為李紈，字宮裁。因此，這李紈雖青春喪偶，居家處膏粱錦繡之中，竟如槁木死灰一般，一概無見無聞，惟知侍親養子，外則陪侍小姑等針黹誦讀而已。（第四回）

《紅樓夢》作者對於故事人物的命名，都具有一番巧思在裡頭，且對於人物的性格和命運都起著重大的意義和作用。如清人洪秋蕃云：「《紅樓》妙處，又莫如命名之初。他書姓名皆隨筆雜湊，間有一二有意義者，非失之淺率，即不能周詳，豈若《紅樓》一姓一名皆具精意，惟囫圇讀之，則不覺耳。」[173]清人周春亦云：「看《紅樓夢》有不可缺者二，就二者之中，通官話京腔尚易，諳文獻典故猶難。倘十二釵冊、十三燈謎、中秋即景聯句，及一切從姓氏上著想處，全不理會，非但辜負作者之苦心，且何以異於市井之看小說者乎？」[174]荷人米克‧巴爾(1946-)之《敘述學：敘事理論

---

[173] 【清】洪秋蕃：《紅樓夢抉隱》，收入一粟編：《古典文學研究資料彙編‧紅樓夢卷》，卷3，頁238。

[174] 【清】周春：《閱紅樓夢隨筆》，一粟編：《古典文學研究資料彙編‧紅樓夢卷》，頁67。

導論》(*Narratology: Introduction to the Theory of Narrative*),也認為名字之於人物,是確定其身分地位以及聯繫起其他重要相關特徵的主要媒介:「當人物被賦予名字時,這就不僅確定其性別(作為一條規則),而且還有其社會地位、籍貫,以及其他更多的東西。名字也可以是有目的的(motivated),可以與人物的某些特徵發生聯繫。」[175]李紈之「紈」為白色細絹,後用來形容婦女的美質白皙細潔,如紈素之質,如南朝宋鮑照〈蕪城賦〉:「蕙心紈質,玉貌絳唇。」唐陳鴻《長恨歌傳》附《麗情集》:「嗚呼!蕙心紈質,天生之愛;不得已而死於尺組之下。」至清人袁枚的《隨園詩話》,亦用紈質來比喻婦女美好的品格與質性:「紈質由來兼點慧,傳神豈待秋波媚。」李紈又字宮裁,便與其名形成了重複呼應的作用,強調其美好的婦女品格以及以紡績針黹為重的生活型態。

　　另一方面,李紈嫁與賈珠,生下一子賈蘭後便守寡,其名「紈」便體證了她淡泊且清白無欲的寡婦生活;其父之名又為「守中」,更是為這個自出生以來就被父權而禁錮其生活的女兒再套上一層禮教的枷鎖,使得她竟成了「如槁木死灰一般,一概無見無聞。」故脂批云:「妙,蓋云人能以理自守,安得為情所陷哉。」[176]父女一脈相承的血緣關係,加上依循傳統禮教原則的命名緣由,最後再加乘賈珠早逝而迫使她不得不接受的寡婦生活,三道掙脫不了的鎖重重將李紈深錮於其中,一層又一層反覆在她身上刻劃出一種完全幽蔽隔絕的存在處境,使得她的人物特質單調穿鑿而乏味[177],無怪乎寶玉對稻香村的評價為:「此處置一田莊,分明見得**人力穿鑿扭捏**而成。遠無鄰村,近不負郭,背山山無脈,臨水水無源,高無隱寺之

---

[175] 〔荷〕米克‧巴爾(Mieke Bal)著,譚君強譯,萬千校:《敘述學:敘事理論導論》(*Narratology: Introduction to the Theory of Narrative*)(北京:中國社會科學出版社,1995年),頁95。

[176] 甲戌本第四回夾批,見〔法〕陳慶浩編著:《新編石頭記脂硯齋評語輯校　增訂本》,頁92。

[177] 歐麗娟:「透過父女一脈相承的血緣關係,以及同歸於傳統禮教原則的命名原理,在她身上所聯繫的特徵,即是出自『以理自守』之家——一種恪遵傳統禮教的出身背景,以及身處『閨中』——一種幽蔽隔絕的存在處境,還有埋首於『理紈素』——一種秉持『只以紡績井臼為要』之婦德的生活型態。」見氏著:《紅樓夢人物立體論》,頁441:

塔,下無通市之橋,峭然孤出,似非大觀。」(十七回,粗體為筆者自加)

由李紈日後所居住的稻香村之地理環境來看,此空間呈現一種「峭然孤出」的孤絕樣態,隱喻了她不聞世事的離世隔絕之感,生活在獨具一格的以禮教婦德規範所鞏立的自我世界之中。

除了名姓帶給她的束縛制約外,從未嫁女兒至嫁夫生子,再到夫死守寡,李紈經歷了李家→賈府的空間轉換過程,而身分也隨之改變,但不變的是她嫻靜如紈素、不越雷池一步的自我孤絕,在繁華似錦、喧闐熱鬧的賈府中默默地孤軍自守,自顧自地游離於世局之外。一如六十五回興兒所說:

> 我們家這位寡婦奶奶,他的渾名叫做『大菩薩』,第一個善德人。
> 我們家的規矩又大,寡婦奶奶們不管事,只宜清淨守節。妙在姑
> 娘又多,只把姑娘們交給他,看書寫字,學針線,學道理,這是
> 他的責任。除此問事不知,說事不管。

清朝的統治者是鼓勵婦女守寡及守貞潔的,「忠臣不事二君,貞女不更二夫」(語出司馬遷《史記・田單列傳》)的思想充流於士大夫階級與婦女之間,於是婦女「恥再嫁」(同治《寧國縣通志・卷一・風俗》)、「知重名節,以再嫁為恥」(嘉慶《旌德縣志・卷一・風俗》);若有婦女再婚,則會低人一等,被社會看不起,還會受到各種侮辱,如「再嫁者不見禮於宗黨」(民國《崇明縣志・卷四・風俗》)、「再嫁者必加以戮辱,出必不從正門,輿必勿令近宅,至家墻乞路,跣足蒙頭,群兒且鼓掌擲瓦而隨之。」(同治《祁門縣志・卷五・風俗》)生前遭受如此屈辱的對待,死後在族譜的寫法上也再一次地貶低蔑視她們,如江蘇丹徒縣《京江郭氏家乘》對其族人妻室的族譜寫法就規定正室曰「配」、「繼配」,娶再嫁女子則書為「納」,若族人妻子改嫁出去則寫為「曾娶」,為的是標明她「賤失節也」(鎮江《京江郭氏家乘・凡例》)。在守節的時代風氣下,對失節婦女的明示逐漸變本

加厲,雖然上述為乾隆以降,各地縣志對待再嫁婦女的情形,但由李紈之例仍可見證禮教對寡居女子的封鎖與侷限。

但弔詭的是李紈也正是在遷進了大觀園後,才使得她被禁錮完全的呆板性格和生活型態有了掙脫打破的可能。

且看第十七回對稻香村外部景觀的描述,出現了「有幾百株杏花,如噴火蒸霞一般」此一處不可忽視的暗示。在文人之詩詞作品中,「杏花」一直是春色的代名詞,如宋葉紹翁〈遊園不值〉詩:「春色滿園關不住,一支紅杏出牆來。」南宋楊萬里〈杏花〉詩:「道白非眞白,言紅不若紅。請君紅白外,別眼看天工。」一抹春色自稻香村之矮牆上探頭而出,正隱喻著被層層禁錮所約束著的李紈有春心萌動的可能——此春心並非是少女懷春、憧憬男女情愛之春心,而是代表一種對外在世界仍存有一絲好奇和注意的萌發之心。而楊萬里之詩安置在李紈上更是凸顯了她似白亦非白(白色代表名姓,代表被婦德禮教束縛下的生活型態)、欲紅又非紅(紅色代表外在世界,是心靈對優游於任性自然的嚮往)的人格樣態。《紅樓夢》中可看出她芳心初萌的蛛絲馬跡,如第三十七回探春欲起詩社,李紈的態度是:

> (李紈)進門笑道:「**雅得緊!要起詩社,我自荐我掌壇。前兒**
> **春天我原有這個意思的。我想了一想,我又不會作詩,瞎亂些什**
> **麼,因而也就忘了,就沒有說得。既是三妹妹高興,我就幫你作**
> **興起來。**」(粗體為筆者自加)

對於起詩社這件事,李紈表現的態度相當積極,不但自薦要當社長,且要大家自取別號,自己還為自己取了一個作為示範;接著便發揮她身為長嫂的權力,以社長的身分訂立詩社規矩,並擔任最終的評詩工作。此處的積極一反前面故事中李紈似有若無的故事地位,一躍成為姊妹聚會中的掌權人,躋升為階級關係中的上位者,再也不是興兒口中那「問事不知、說事不管」的寡婦奶奶了。

　　又如第四十五回李紈和鳳姐之間為了籌措詩社用度的一番對話，彼此語帶鋒銳卻又不失笑謔，且李紈還說出了一些閨閣秀女不會說的市井粗話，為的就是想在對話中拼居勝角，如脂評云：「心直口拙之人急了，恨不得將萬句話來併成一句，說死那人。」[178]且在第五十回罰寶玉到櫳翠庵索梅時，竟表現出她難得對他人有所評價的主觀情緒：「我才看見櫳翠庵的紅梅有趣，我要折一枝來插瓶。可厭妙玉為人，我不理他。」此外，於第五十六回，探春、寶釵與李紈在討論興利剔弊之事、討論將哪些園中可用之物拿去買賣掙點銀子生發時，

> 探春又笑道：「可惜蘅蕪苑和怡紅院這兩處大地方竟沒有出利息之物！」李紈忙笑道：「蘅蕪苑里更利害！如今香料鋪並大市大廟賣的各處香料、香草兒，都不是這些東西？算起來，比別的利息更大。怡紅院別說別的，單只說春夏天一季玫瑰花，共下多少花？還有一帶籬笆上的薔薇、月季、寶相、金銀藤，單這沒要緊的花草乾了，賣到茶葉鋪、藥鋪去，也值幾個錢。」

　　由這段對話可看出李紈其實對世俗的貨利之事知之甚詳，與一般處於深閨中不諳世事的閨秀女兒差之甚遠，顯現出其實她是很好奇、關心外面事務的，並在鳳姐生病、託三人理事的過程中一一地表現出來。這些特徵都是自她遷入大觀園中的稻香村後才得以萌發顯微。

　　李紈自住進稻香村後，進入游離於禮教規範和任性自然之間的空間轉換，心靈擺蕩於恬淡自守與熱中世務的矛盾之間，一如稻香村的地理空間——外表被青山矮牆圍壁，代表著第一種隔絕；景物失於過度地人為穿鑿，此為第二種隔絕，此兩種隔絕都可喻為社會風氣和父權禮教加諸在她身上的重重束縛。但這樣閉塞隔絕的空間作者卻讓它開出了噴火蒸霞一般的數

---

[178] 〔法〕陳慶浩編著：《新編石頭記脂硯齋評語輯校　增訂本》，頁622。

百株杏花——不僅顏色鮮豔燦爛,數量還大得讓人驚歎,這些杏花代表著深植於李紈心中那無可壓抑的屬於春的生命力,在大觀園這個只屬於女兒們的淨地中她回歸了自身屬於青春少女的生命一面,得以真實地表現出不加掩飾的真正自我和情緒。

《禮記》云:「男有分,女有歸」,但女性在傳統婚姻制度、父權為重的社會風氣制約之下,真的能人人都得其歸宿嗎?

> 所謂『女子有行,遠兄弟父母』,即闡述了傳統婚姻對女性而言,所具備的乃是一種帶有儀式性質的割離與斷絕;而另一方面,女性透過婚禮的引導所投入的由婚姻重構的倫理世界,其人際的互動原則卻是建立在陌生的猜忌與薄弱的感情基礎上,尤其在父權傳統所祭出的『七出之條』的尚方寶劍之下,女性所具有的乃是一種可轉讓、可廢棄,並完全以實用功能為衡量標準的工具價值,從而只有義務,沒有權利;只有徹底的付出,而缺乏絲毫的獲得,最終便形成一種極度傾斜不均的倫理結構。[179]

傳統女性在成長歷程中,必然要經歷一場由自我生長的家空間至嫁做人婦的夫空間的轉換過程,在這樣的空間移轉中其身分地位也隨之變化,在「父母之命、媒妁之言」所訂立的婚姻制度下她們面對的是一種無可預知的命運和未來。其有幸的婦女們確實可以在夫家空間中得其自我並保障其基本的尊嚴和權利地位,但大多數的婦女在這樣的空間轉換中等待她們的是不幸且不可反抗的沉重命運,但無論如何無可豁免的是,她們都必須接受儒家傳統倫理秩序的陶冶、接受傳統禮教婦德的規束並予以實現,無論嫻德與否,最後都只留下了依附於夫家所得到的「某氏」之名。這些婦女們在婚姻制度中逐漸失去了自己的真性與本名,成為一種附庸的價值存

---

[179] 歐麗娟:《紅樓夢人物立體論》,頁 460。

在，但曹雪芹將那些被道德禮教所隱沒住的眞淳再度挖掘出來，如香菱、李紈；他也將那些世所難容，才能足以凌駕男性之上如王熙鳳般的女強人發揚凸顯，對人性底蘊隱匿的共同醜惡一一地揭露針砭；他更將那些默默順從地接受命運、無力抵抗宿命所設定好的軌跡並遭受到不幸的命運如迎春者，賦予極深的同情與喟嘆。曹雪芹將這些不被家譜、族譜所具名的女性再次一一呈現，在他的筆下甦醒並被記憶，達到「使閨閣昭傳」的終極目的。

(二) 出家

女性若欲逃脫出嫁的宿命，選擇出家皈依宗教或許也是一種逃避的方式。明清時期的女性選擇出家，其動機多來自於對現實生活的失望與逃避。宗教所蘊含的力量可以使這些女性身心得以寄託與安頓，而宗教空間則可以提供出家的婦女們一個安身立命之處，保障生活的自主性，且一定程度上脫離父權體制下須遵從三從四德的禮教規範，且可避免來自原生家庭／出嫁夫家任意的男性霸權宰制[180]。女性因不想出嫁或欲逃離婚姻而選擇出家，顯示出明清時期的女性可以有自主選擇獨身的可能。

何孝榮於〈《明史・職官志三・僧、道錄司》補正〉[181]一文內舉證：明洪武六年，因民間女子多為尼姑、尼冠，故規定女子「年四十以上者聽（出家），未及者不許」之詔令[182]，顯示在明初時即對婦女出家有嚴格的限制；建文年間，則將規定年齡下限提高到五十歲[183]。永樂年間，因山東唐賽兒起義，鎮壓後明成祖為防範脫逃的唐賽兒「削髮為尼，或混處女道

---

[180] 江燦騰：《日據時期台灣佛教文化發展史》（臺北：南天出版社，2001年），頁511。

[181] 收入東吳大學歷史系編：《全球化下明史研究之新視野論文集》（三）（臺北：東吳大學歷史學系，2007年），頁331-345。

[182] 【明】官修：《明太祖實錄・卷八十六・洪武六年十二月戊戌》（臺北：中華民國中央研究院歷史語言研究所校印，1962年）。

[183] 【明】徐學聚：《國朝典匯・卷二百三十四・釋教》（北京：北京大學出版社，1993年）。

士中」,下令禁止婦女出家,凡出家婦女需悉送京師,並令她們還俗[184],
自此以後明代制度即禁止婦女出家,直至嘉靖年間,明世宗兩次下令,將
尼僧「發回改嫁」、「還俗婚配」[185]。

到了清代,在乾隆帝時,法律則規定正常婦女為尼須在四十歲以上,
因年輕女性出家,會有「心志未定,往往蕩閑逾檢」的狀況[186];但雖然有
這樣的明文規定,在民間仍然有妙齡少女出家為尼的情況出現,如《清稗
類鈔》記載:「昆山……頗多尼庵。有一種不剃髮而裹足著裙者,亦有剃髮
而善自修飾者,大都皆青年妙齡,丰姿楚楚,伊蒲之饌,無不精關。」[187]
於宋元明清時期,有許多女性因為家境貧困而選擇出家為尼,或是因生活
受挫、對現實生活喪失了希望(如婚姻問題)而出家,並以出家為一種謀
生和守節的方式,這樣的出家形式則不是為了本身對佛教的信仰而決定,
如查慎行《敬業堂集》有〈中山尼〉詩一首,敘述萊陽宋荔裳按察琬之女
因滇亂,與父親離散,由守寡而出家為尼,後又被兵卒所掠,經歷了無止
盡的漂流歷程。《紅樓夢》中妙玉的命運即類似宋琬的不幸遭遇。

《紅樓夢》中最早顯示其出家意願的金釵即是惜春。於第七回周瑞家
的送宮花時,

---

[184] 見【明】官修:《明太宗實錄》,卷二百二十三、卷二百二十五、卷二百三十三,永樂十八
年三月戊戌、五月丁丑、十九年正月戊寅(臺北:中華民國中央研究院歷史語言研究所校印,
1966 年)。

[185] 【明】官修:《明世宗實錄》,卷八十三、卷二百七十六,嘉靖六年十二月壬子、二十二年
七月甲辰朔(臺北:中華民國中央研究院歷史語言研究所校印,1962 年)。

[186] 乾隆元年(1736)二月二十四日內閣奉上諭:「……又聞外間有尼僧一種,其中年老無依、情願
削髮者尚無他故,其餘年少出家之人,心志未定,而強令寂守空門,往往蕩閑逾檢,為人心
風俗之害……有情願為尼者,必待年齒四十以上,其餘槩行禁止」、「其尼僧一項,亦應照
僧道之例,願還俗者聽其還俗,無歸者亦暫給與度牒。不得招受少年女徒。嗣後婦女有年未
四十出家者,該地方官嚴行禁止。」見【清】官修:《欽定大清會典則例‧卷九十二‧禮部》,
收於《景印文淵閣四庫全書》史部 380 冊,政書類(臺北:臺灣商務印書館,1983 年),頁
889-890。

[187] 【晚清】徐珂:《清稗類鈔》(北京,商務印書館,1916 年)。

只見惜春正同水月庵的小姑子智能兒兩個一處玩耍。見周瑞家的進來，惜春便問她何事。周瑞家的便將花匣打開，說明原故。惜春笑道：「我這裏正和智能兒說，我明兒也剃了頭，同她作姑子去呢，可巧又送了花兒來；若剃了頭，可把這花兒戴在哪裏呢？」說著，大家取笑一回，惜春命丫鬟入畫來收了。

惜春一開始給讀者的印象即是「身量未足，形容尚小。」（第三回）活脫是個還處於天真爛漫孩提時代的小女孩，故對於她和智能兒商量要出家一事，只不過當作是小孩辦家家酒般只是隨口說笑罷了。但作者即借此種不經意的情境暗埋伏筆，一直到了後面的故事中，如第二十二回惜春自作〈海燈〉謎語：「前身色相總無成，不聽菱歌聽佛經。莫道此生沉黑海，性中自有大光明」[188]、平常來往要好的女兒們不是智能兒便是櫳翠庵的妙玉、到了七十四回則更明確表達出她廉介孤獨的僻性以及宗教上一種清白無所憑靠、斷絕一切羈絆的認知：

「古人說得好，『善惡生死，父子不能有所勗助』，何況你我二人之間。我只知道保得住自己就夠了，不管你們。從此以後，你們有事別累我。」

惜春道：「狀元、榜眼難道就沒有糊塗的不成？可知他們更有不能了悟的更多。」尤氏笑道：「你倒好。才是才子，這會子又作大和尚了，又講起了悟來了。」惜春道：「我不了悟，我也捨不得入畫了。」尤氏道：「可知你是個心冷口冷，心狠意狠的人。」惜春道：「古人曾也說的，『不作狠心人，難得自了漢。』我清清白白的一個人，為什麼教你們帶累壞了我！」

---

[188] 庚辰本脂評：「此惜春為尼所讖也。公府千金至緇衣乞食，寧不悲夫！」〔法〕陳慶浩編著：《新編石頭記脂硯齋評語輯校　增訂本》，頁425。

　　此回借惜春與尤氏之間因大觀園抄檢一事的爭執辯論，說明惜春自託
生至寧府所面對的一種格格不入、想自我外放的隔絕感；藉著抄檢事件，
旁觀了一切生離死別在週遭上演，並因此看透一切、將自己置身於形而上
世界觀看眾生。王國維認為她是一種「觀他人之苦痛，覺自己之苦痛」，最
終選擇出家一途尋求解脫的方式[189]。金明求認為，「生活上的空間也可以
成為神聖空間，如『茅舍』、『花園』、『生藥鋪』、『莊院』、『道觀』、『廟宇』
等。雖然在作品中出現多樣的『中介』空間，但終點是相同的。然而，這
樣的中介空間並不把人物引到神界或使他覺醒成仙。僅有從『人間』到『仙
境』的中間場所意義，其中未有進一步出現由『塵世』到『神界』的具體
移動現象……雖然在『神聖空間』裡沒有明顯出現從『人界』到『仙界』
的空間移動過程，但確實是情節進展、空間敘述上的重要場所。」[190]大觀
園此一花園對於惜春來說，即是她有所了悟的一個「神聖空間」；大觀園本
身即是一種具有現實人間與虛幻仙境的過渡意義的中間場所，迎春以此園
作為媒介空間，觀看了他人之苦痛並使自己了悟，最後選擇出家一途隔絕
了現實這個殘酷苦痛的世界，並進入宗教神聖領域的悟脫仙境。

　　另一個進入宗教出家體系，並以宗教人士形象出現在大觀園中的便是
妙玉。妙玉選擇出家的緣由是被迫的，是因小時候身體病弱而不得不作出
的選擇：

> 林之孝家的：「外有一個帶髮修行的，本是蘇州人氏，祖上也是讀
> 書仕官之家。因生了這位姑娘自小多病，買了許多替身兒皆不中
> 用，到底這位姑娘親自入了空門，方才好了。所以帶髮修行，今
> 年才十八歲，法名妙玉。如今父母俱已亡故，身邊只有兩個老嬤
> 嬤、一個小丫頭服侍。文墨也極通，經文也不用學了，摸樣兒又

---

[189] 俞曉紅著：《王國維〈紅樓夢評論〉箋說》（北京：中華書局，2004 年），頁 73。

[190] 金明求：《虛實空間的移轉與流動——宋元話本小說的空間探討》，頁 368。

極好。因聽見『長安』都中有觀音遺跡並貝葉遺文，去歲隨了師父上來，現在西門外牟尼院住著。她師父極精演先天神數，於去冬圓寂了。妙玉本欲扶靈回鄉的，她師父臨寂遺言，說她衣食起居不宜回鄉，在此靜居，後來自然有你的結果。所以她竟未回鄉。」（第十八回）

另一個也因小時身體病弱而差點被迫出家的金釵則是黛玉。

黛玉道：「我自來是如此，從會吃飲食時便吃藥，到今日未斷；請了多少名醫修方配藥，皆不見效。那一年我才三歲時，聽得說來了一個癩頭和尚，說要化我去出家，我父母固是不從。他又說：『既捨不得她，只怕她的病一生也不能好的。若要好時，除非從此以後總不許見哭聲；除父母之外，凡有外姓親友之人，一概不見，方可平安了此一世。』瘋瘋癲癲，說了這些不經之談，也沒人理他。如今還是吃人參養榮丸。」（第三回）

妙玉與黛玉均因同樣的理由而產生「出家」這樣的提議，不同的是黛玉因父母不捨而就此絕斷了這條路；另一個不捨其女出家的則是第一回出現的甄士隱以及甄英蓮，兩者的父母均因不捨，致使自己的女兒重回讖語的命定輪迴之中而失去了逃脫的可能，最後在大觀園這一「神聖空間」內經歷了由現實人間，經死亡此一模式而上升至虛幻仙境的過渡過程。

妙玉則否，她選擇了出家並輾轉進入了大觀園，其師的一句「後來自然有你的結果」最終竟也成了她不幸命運的讖語，可見「出家」一途雖一定程度上保有女性脫離現實束縛社會空間的自由，但其命運造化並不能因宗教的庇護而得到消散與解脫。

雖然妙玉的命運在後四十回中是以遭劫為妓的結局收場，但作為她人生過渡空間的大觀園中的櫳翠庵，實是她「得以充分自我完成、取得主體

實踐的個人王國。」[191]

> 妙玉雖然也同樣犧牲了青春,將花樣年華奉獻在清寂的修行裡,
> 卻可以在櫳翠庵中得到世俗紅塵所未曾提供的人生救贖,不但自
> 幼以來的身體宿疾得以痊癒,同時精神心靈也獲得淨化與庇護,
> 保全其或嫌太過而世所難容的好潔癖性。[192]

　　因宗教聖地的屏障,以及櫳翠庵隱蔽於山懷之中的地理環境,使得她
得以與外頭骯髒的現實世界有所隔絕,她自稱「畸人」——畸零之人,為
的是與「世人」——世中擾攘之人相對立[193],這樣的一個與世隔絕的幽居
處境使她可以游移於宗教/禮教之間,使她橫跨了兩個世界的踰分或僭
越,在櫳翠庵←→大觀園←→賈府這三個宗教/世俗空間及與人的來往之
中得以保有自己的特殊性而不被世俗左右,故養成了她「為人孤僻,不合
時宜,萬人不入他目」的性格,又因她的帶髮修行而使她掙脫性別身分的
際限,游離於男性/女性之間,造成她「僧不僧,俗不俗,女不女,男不
男」的重要象徵。藉著大觀園她穿梭於出世/入世、檻內/檻外之間,在
各種方面都呈顯了她行動上獨特的自由度。
　　妙玉一開始不是為了出家而出家,出家不是她自願的本意,而是出自
於身體病痛的被迫要求。這樣的一個動機便使得她不能完全皈依於宗教無
罣無礙的神聖空幻,而仍是凡人的一種,有自己的欲望,故其判詞云:「欲
潔何曾潔,云空未必空」,標顯她的塵心未斷。第四十九回櫳翠庵開出十數
株紅梅,其象徵意義也同李紈稻香村中噴火蒸霞的數百株杏花般,是她在
此般宗教隔絕一切情愛的環境規範中的一個出軌。《紅樓夢》中之妙玉可互

---

[191] 歐麗娟:《紅樓夢人物立體論》,頁 468。

[192] 同前註。

[193] 同前註,頁 469。

文高濂《玉簪記》中之陳妙常,兩人均身為才藝俱通的千金閨閣,且又非因自我意願而出家,其為情之執著也可說是如出一轍。「『佛教空間』在情節進行與空間轉換過程中,包含許多不同的空間現象與象徵意義,作品的主題思想與內涵,故事的情節場景與環境有相當密切關係。如此的空間現象,易於引致『寺院』空間的不同面貌與現象。」[194]櫳翠庵在《紅樓夢》中的空間內涵既開放又隔絕:它的隔絕性既可以庇護妙玉,使她得以在其中盡情伸展自己不合禮俗的一切行為和意識態度,保有自得的脫俗行為;但另一方面這樣的阻絕便成了宗教上對她的窒礙,使她無法全然跳脫宗教人士的身分去追求自己的情愛與欲望,於是在她身上可看見如此矛盾的張力不斷延展。故妙玉雖形為出家,但其本質未必真遊於化外,仍存有滯留在現世中的欲望。「佛教追求的主要目標是解脫世俗的所有束縛、因果,而進入涅盤的境界。」[195]但妙玉一開始就並不是以佛教追求作為出家的最終目的,故最後她仍被世俗的束縛因果所纏身,無法達到涅盤境界而回到了讖語命定的結局軌跡[196]。

五、被迫離散之優人與優事

(一) 家班沿革與《紅樓夢》十二官

　　《紅樓夢》的成書,雖然第一回宣稱此故事為「朝代年紀、地輿邦國

---

[194] 金明求:《虛實空間的移轉與流動──宋元話本小說的空間探討》,頁 373。

[195] 同前註,頁 359。

[196] 對於《紅樓夢》中三位根據不同原因出家的女性,青山仙農有此評價:「芳官一身凡三變,始為戲子,何其飄逸;繼作丫頭,何其刁鑽;終作尼姑,何其靜穆。惜春以閨秀而修行,芳官以女伶而悟道,皆有放下屠刀,立地成佛之妙。佛門廣大,何所不容。惟言清而行濁,如妙玉者,則我佛如來,當付諸萬劫之中。」【清】青山仙農:《紅樓夢廣義・卷上》,頁 28。

卻反失落無考」,但其實許多章節枝末無處不顯示出明顯的時代特點。自第十六回為籌辦元春省親之事始,至第七十七回芳官、藕官及蕊官出家為尼終,置辦家班、在大小場合上排戲唱曲,以及諸官與香菱、丫環等嬉笑玩鬧的場景,這些橋段點綴錯落於這六十幾回內,由這六十數回可以得見賈府一整個由榮至衰的過程,如小丫頭紅玉(後改為小紅)和三小姐探春之預示,便知整個賈府輪至這代已漸漸步入衰亡的定數[197];從諸官的入出大觀園,更是彰顯了賈府與大觀園之間密不可分的關係,一榮皆榮、一衰皆衰,女官們的出走,使得維繫大觀園的命線為之斷裂;她們的命運更是與賈府的盛衰相始終[198]。

「養家班」風氣起於明代,興於明萬曆年間。晚明士人如屠隆(1543-1605)、包涵所、祁止祥、祁彪佳(1602-1645)、張岱(1597-1679)、阮大鋮(1587-1646)等都有豢養家班的紀錄。而家班內的成員,有的是就原有的家僕再聘請教習指導,有的則是向外招收買賣歌童舞女,這些歌童舞女多半是因為家庭窮苦無以維生,故轉賣至有錢的士人家作為家班。因明朝士大夫對戲劇的愛好,文人宴集、應酬場合中無一不祭出家班在旁演唱戲曲來娛樂助興,家班在此不僅成為娛樂消遣的一種,或成為主人在戲曲創作上得以實踐的途徑,抑或是成為品頭論足的比較工具、為結交權貴的交際手段,又或者是供給失意的知識份子作為發牢騷、慰藉遣興、寄託志向的一種媒介,無論如何,「家班」都是以一種功能性的身分存在[199]。

---

[197] 二十六回紅玉(小紅)道:「也不犯著氣她們。俗語說的『千里搭長棚,沒有個不散的筵席』,誰守誰一輩子呢?不過三年五載,各人幹各人的去了。那時誰還管誰呢?」
又第七十四回抄檢大觀園時,探春云:「你們別忙,自然連你們抄的日子有呢!你們今日早起不曾議論甄家,自己家裏好好的抄家,果然今日真抄了。咱們也漸漸的來了。可知這樣大族人家,若從外頭殺來,一時是殺不死的,這是古人曾說的『百足之蟲,死而不僵』,必須先從家裏自殺自滅起來,才能一敗塗地!」

[198] 參見沈旭元:〈紅牙檀板奏哀聲──論《紅樓夢》中的十二女伶〉,《紅樓夢學刊》,1983年第四輯,總第十八輯(1983年11月),頁104-120。

[199] 此段家班沿革,參考王安祈:〈明代的私人家樂與家宅演劇〉,《故宮文物月刊》第七卷第12期(1990年12月),頁64-77、詹皓宇:《明末清初私人養蓄樂之探討──以李漁家班為

　　在祖父曹寅以及曹雪芹所在的清康、雍、乾時期,滿州貴族、八旗將帥以及漢人官員養優蓄伎的風氣仍很盛行,如徐扶明在其《〈紅樓夢〉與戲曲比較研究》一書中指明:「在那時,除宮廷戲班外,上自王公大臣,下至地方官員,大都『家有梨園,皆極一時之選』。比如,成親王永瑆、慎靖郡王允禧、平西王吳三桂、靖南王耿精忠、世襲輔國公經照、大學士明珠、大學士和珅、吏部尚書李天馥、……江寧織造曹寅、蘇州織造李煦、……都有家庭戲班。……連一個小小的大名游擊,竟然也養優伶數十人。」[200]可見,《紅樓夢》中賈府置辦家班的風氣與作者身處的社會環境、親族關係和風氣背景有相當大的關聯。

　　《紅樓夢》中賈府置辦戲班,是為了賈元春省親之故。在第十六回從賈璉、王熙鳳和趙嬤嬤對話的語句中鋪陳了王府、賈府、甄家過往接駕之盛事,帶出元妃即將省親一事,由趙嬤嬤一句「別講銀子成了土泥,憑是世上所有的,沒有不是堆山塞海的,『罪過』『可惜』四個字竟顧不得了」得知此番省親規模可比照皇帝南巡,不可小覷;也隱隱透露出背後所要揭示的奢靡以及浪費,埋下賈府即將因此事而坐吃山空的伏筆。

　　此回從賈薔口中知曉置辦家班的種種細節:下姑蘇聘請教習、採買女孩子、置辦樂器、行頭等事,此刻的「姑蘇」便成了相當重要的地域標明。在宋至明代,流行的劇種為南戲系統,當時的伶人有不少就來自吳地蘇州,因持有正統的吳音故此地便逐漸形成崑曲盛地,其崑劇優伶素質也遠比其他地區來得好,如明末徐樹丕(生卒年不詳,明末秀才)所言:「吳中曲調起自魏氏良輔,隆萬間精妙益出,四方歌曲,必宗吳門。不惜千里,重資

　　例》(桃園中壢:國立中央大學中國文學研究所碩士論文,2009 年)、王佩萱:《明清家樂戲班及其表演藝術研究》,(臺北:國立臺灣師範大學國文學系碩士論文,2006 年)。

[200] 徐扶明:《〈紅樓夢〉與戲曲比較研究》(上海:上海古籍出版社,1984 年),頁 6。對於《紅樓夢》中的家班以及康雍乾年間的家樂論述可參見劉水雲:〈《紅樓夢》中賈府家班與清雍乾年間的家樂〉,《紅樓夢學刊》,2011 年第二輯,頁 158-168。及俞大綱:《戲劇縱橫談·由演出劇目談康、乾時代的戲劇動態——發掘「紅樓夢」中的戲劇史料(第四篇)》(臺北:傳記文學出版社,1979 年)。

致之，以教其伶伎，然終不及吳人甚遠。」[201]清初潘耒(1646-1708)云：「今吳歙（指崑曲）盛行天下，而其譜者皆吳人，吳人之宙音固甚精也。」[202]俞大綱(1908-1977)亦言：「清代蘇揚貧困人家的子女，被賣到北京學戲的極多，乾隆時最盛；燕蘭小譜所載雅部（崑腔）二十人中，有十人是蘇州籍。『金臺殘淚記』說，伶人藝名為某『官』，也是江南旦角稱謂的習慣。乾隆時內廷在景山設立的民籍優伶教習所，學生三分之二是蘇揚子弟；曹氏所寫的從蘇州採買女孩子學戲，是當時的風尚。」[203]想要得到有正統吳音唱腔的伶人，到吳蘇地區採辦人才是最便宜之舉，且由此可推論，作者曹雪芹是喜愛崑曲的，才會使故事中戲班的成員和教習均來自吳地蘇州，而所搬演的戲劇也都是崑曲折子戲中的經典[204]。

　　來自南方的女官們於賈家烈火烹油、煙花正盛的時節進入大觀園，是作為一種娛樂取向的功能存在。元春得以回到賈府享受天倫之樂，但相對的這些女伶們卻以離家作為代價，經歷了一種地理上的跨越（由姑蘇到帝都）來成就這一連串慶典中的一個環節，正如齡官在第三十六回指責賈薔帶來雀兒給她玩賞的情節所說的：「你們家把好好的人弄了來，關在這牢坑裏學這個勞什子還不算，你這會子又弄個雀兒來，也偏生幹這個。你分明是弄了它來打趣形容我們，還問我好不好。……那雀兒雖不如人，他也有個老雀兒在窩裏，你拿了它來弄這個勞什子也忍得！」齡官此言使得大家族的團聚與貧窮百姓的離散之間有了強烈的對比，娛樂消遣與鬻賣求生之

[201] 【明】徐樹丕：《識小錄‧卷四‧梁昭傳》（臺北：新興書局，1985年），頁375。

[202] 【清】潘耒：《遂初堂集》，輯錄於《四庫全書存目叢書‧集部》第249冊（臺南：莊嚴文化事業有限公司，1997年），頁75。

[203] 俞大綱：《戲劇縱橫談‧曹雪芹筆底的優人和優事（一）　發掘「紅樓夢」中的戲劇史料（第二篇）》，頁27。

[204] 如元妃親點的〈豪宴〉、〈乞巧〉、〈仙緣〉、〈離魂〉，分別出自《一捧雪》、《長生殿》、《邯鄲夢》、《牡丹亭》，這些均為風行乾隆曲壇的崑曲折子。又如出自《牡丹亭》的〈遊園〉、〈驚夢〉、〈尋夢〉；出自《釵釧記》的〈相約〉、〈相罵〉；出自《西廂記》的〈惠明下書〉等，均是崑曲中經典的折子戲。參見劉水雲：〈《紅樓夢》中賈府家班與清雍乾年間的家樂〉，頁165。

間也產生了極大的反諷。儘管到了第五十八回因老太妃薨逝而遣散這些優伶，但也不過是使這些女孩子們的命運由供人享樂的戲子轉為侍奉主子的女僕罷了，終究仍是以離散身分安置在府中[205]。女官原居住的梨香院本有唱戲的梨園之意，但取其諧音為「離」則更貼合她們離鄉背井的離散遭遇，此院便成為集眾香伶之所在地。

(二) 齡官

齡官在《紅樓夢》中的形象，頗似明末張岱於其《陶庵夢憶・卷五》述及的女戲朱楚生：

> 朱楚生，女戲耳，調腔戲耳；其科白之妙，有本腔不能得十分之一者。蓋四明姚益城先生精音律，與楚生輩講究關節，妙入情理，如《江天暮雪》、《霄光劍》、《畫中人》等戲，雖崑山老教師細細摹擬，斷不能加其毫末也。班中腳色，足以鼓吹楚生者方留之，故班次愈妙。楚生色不甚美，雖絕世佳人無其風韻。楚楚謖謖，其孤意在眉，其深情在睫，其解意在煙視媚行。性命於戲，下全力為之。曲白有誤，稍為訂正之，雖後數月，其誤處必改削如所語。楚生多坐馳，一往深情，搖颺無主。一日，同余在定香橋，日晡煙生，林木窅冥，楚生低頭不語，泣如雨下，余問之，作飾語以對。勞心，終以情死。[206]

---

[205] 除了死去的菂官、未交代下落（可能被父母領走或離府）的齡官、寶官和玉官，其他如「賈母便留下文官自使，將正旦芳官指與寶玉，將小旦蕊官送了寶釵，將小生藕官指與了黛玉，將大花面葵官送了湘雲，將小花面豆官送了寶琴，將老外艾官送了探春，尤氏便討了老旦茄官去。當下各得其所，就如倦鳥出籠，每日園中遊戲。眾人皆知她們不能針黹，不慣使用，皆不大責備。其中或有一二個知事的，愁將來無應時之技，亦將本技丟開，便學起針黹紡績女工諸務。」

[206] 【明】張岱：《陶庵夢憶・卷五・朱楚生》，收於張岱、冒辟疆、蔣坦、陳裴之：《陶庵夢憶、影梅菴憶語、秋燈瑣憶、香畹樓憶語》，頁45。

朱楚生：「色不甚美，雖絕世佳人無其風韻。楚楚謖謖，其孤意在眉，其深情在睫，其解意在烟視媚行。」她擁有清雅高邁的風度，也有害羞的媚態，更重要的是她眉宇之間透露出孤傲深情，而她所具的深情也導致了自身的命運走向：「終以情死」。朱楚生雖身為女戲，但她「性命於戲，下全力為之」，對其專業和藝術的堅持令人感佩。

回到《紅樓夢》，齡官是這十二個女孩子中第一位在眾人面前展現其卓越戲曲才華的女伶。第十八回內首先由元妃的賞賜點出她在戲曲方面的優越表現，又從她拒絕了賈薔命她作的〈遊園〉、〈驚夢〉，以及以「嗓子啞了。前兒娘娘傳進我們去，我還沒有唱呢」的無可辯駁理由來拒絕寶玉，這樣的舉止除了庚辰本雙行夾批內的批語所述：「按近之俗語云，『能養千軍，不養一戲』，蓋甚言優伶之不可養也。大抵一班之中，此一人技業稍出眾，此一人則拿腔作勢，轄眾特能，種種可惡，使主人逐之不捨，責之不可。雖不欲不憐，而實不能不憐；雖欲不愛，而實不能不愛。余歷梨園弟子廣矣，個個皆然。……今閱《石頭記》，至『原非本角之戲，執意不做』二語，便見其（指齡官）特能壓眾，喬酸嬌妒，淋漓滿紙矣。復至『情悟梨香院』一回，更將和盤托出，與余三十年前目覩身親之人，現形於紙上」的一種恃寵而驕的傲慢態度和不肯將就環境的反抗性格之外，對自己本分的堅持、不逾越行內規矩的情操，也是她對自己專業的一種負責任的態度[207]。

齡官與朱楚生同樣身為優秀的戲伶，對自身的戲劇藝術成就和本分都擁有異乎常人、不受人左右的執著要求以及優越感，而更令人慨歎的是她們同以「孤傲」、「深情」為自身的特點，朱楚生「終以情死」；齡官在書中雖然沒有明確被描述到後來被遣散的命運為何，但她對賈薔的深情也足以

---

[207] 「按『相約』、『相罵』，出於『釧釵記』，是小旦『應工』戲，重表做；和『游園』、『驚夢』重唱工的正旦戲，表演方式不同。齡官是學小旦的，認為『游園』、『驚夢』非本角之戲，而拒絕演出，自也『言之成理，持之有故』；也許曹氏所寫正是當時的真實情況，並非出於假定。『相約』、『相罵』，和『游園』、『驚夢』，也是當時舞臺常演的劇目。」見俞大綱：《戲劇縱橫談·曹雪芹筆底的優人和優事（二） 齡官──發掘「紅樓夢」中的戲劇史料》，頁31。

讓主人公賈寶玉「不覺也看痴了」（第三十回），第三十六回她與賈薔之間的對話又讓寶玉「不覺痴了」、「領會了畫『薔』的深意」，成為使寶玉為之情悟的人生導師，終了解到「人生情緣各有分定」、「從此後只是各人各得眼淚罷了」。而她與賈薔之間的身分隔閡，以及她有著與黛玉同樣的病癥，「終以情死」或許也可以視作齡官最後的命運歸宿，如俞大綱所云：

> 歷史中，這一類型的女性不在少數。「情史」中的小青屬於林黛玉型，張岱在「陶庵夢憶」中所寫的名女優朱楚生屬於齡官型。據張岱寫朱楚生的形象說：「孤意在眉，深情在睫」，又說她「終以情死」。曹氏對齡官的下場沒有明文交代，似乎是自願受遣散而離開了賈家。按照紅樓夢人物的結局，無一不是人物的性格和環境的衝突，而演成了不可避免的悲劇結局，連薛寶釵的結局也不例外。那末，齡官雖只受遣散而並無明文交代她的結局，由於她的性格特質，她的結局大約也屬於悲劇性的。[208]

齡官之「齡」，可諧音雙關為「零」，可解為「飄零」與「孤零」。筆者在此以「飄零」作為她的身世講，而「孤零」則為她的心靈寫照。

空間上的飄零涉及地理空間的跨越，可分為兩方面論述：一為齡官自身由姑蘇至賈府的移動過程，牽涉到一種離散狀態；二為在齡官所搬演的戲劇曲目中，主角本身的流離星散也可作為齡官，甚或是這些被買來娛樂的小戲子們的命運寫照，齡官與這些劇目中的角色便有了虛／實之間的相互呼應與映現。

齡官自身由姑蘇至賈府的移動過程所產生的流離狀態，於前述已有說明，藉由第三十六回齡官對賈薔買雀兒耍弄的指責，揭示了這些大戶富貴

---

[208] 俞大綱：《戲劇縱橫談・曹雪芹筆底的優人和優事（二） 齡官——發掘「紅樓夢」中的戲劇史料》，頁36。

人家為了享樂需求而使得貧苦百姓家遭受分離之苦，且無論這些被買來的女兒們是被迫亦或是自願，但終歸必須承受一種跨越地理空間上的離散過程，當時戲子所屬的地位身分低下，齡官的「牢坑」之比，確實反映了這些戲子們離家後的淒苦心境。

在齡官所搬演的戲劇中，於故事內有明確指明的是《釵釧記》中的〈相約〉、〈相罵〉二齣。在十八回元妃所點的四齣劇目中，齡官可能飾演了哪些角色？俞平伯所言言之成理：

> 〈遊園〉、〈驚夢〉在《牡丹亭》中，〈相約〉、〈相罵〉在《釵釧記》中。齡官為什麼不肯演那最通行的〈遊園〉、〈驚夢〉，而定要演這較冷僻的〈相約〉、〈相罵〉呢？據說為了非本角戲之故。所謂「角」者，角色，生旦淨末丑之類是也。齡官當然演旦角，而旦角之中又有分別，以〈遊園〉、〈驚夢〉之杜麗娘說，是閨門旦，俗稱五旦；以〈相約〉、〈相罵〉之芸香言，是貼旦，俗稱六旦。今謂〈遊園〉、〈驚夢〉非本角戲而定要演〈相約〉、〈相罵〉，齡官的本工當為六旦。——但事實不完全是這樣。在上文已演過四折，元春說齡官演得好，命她加演，可見齡官在前演的四折中必當了主角。那四折，旦角可以主演只兩折：〈乞巧〉與〈離魂〉。據脂批說：乞巧、「長生殿中」；離魂、「牡丹亭中」。〈乞巧〉即〈密誓〉，〈離魂〉即〈鬧殤〉。而〈密誓〉、〈鬧殤〉中之楊玉環、杜麗娘並為旦而非貼，可見齡官並非專演六旦的。[209]

在〈相約〉、〈相罵〉中，齡官飾演的是女角史碧桃之丫環芸香。芸香在此二折中有相當重要的移動意義：芸香先是以似紅娘的角色前去男角皇

---

[209] 俞平伯：《讀紅樓夢隨筆》，收入《俞平伯全集》第六卷（河北：花山文藝出版社，1997年），頁372。

甫吟家要他在八月十五日中秋夜前往史家花園，以便贈予釵釧，使他能夠
有聘金趕在魏家之前來向史小姐提親納聘；之後因為皇甫吟好友韓時忠的
從中作梗，導致皇甫吟未依約前往史府收取釵釧，以致史小姐焦急萬分，
又讓芸香前往皇甫家問訊，芸香後來還和皇甫吟的母親李氏大吵一架。芸
香在此二折的移動過程相當重要，是推動情節發展和促使史碧桃與黃甫吟
得以往來定情（雖然沒有成功）的重要關鍵角色，但更精采的是在〈相罵〉
一齣，芸香不顧身分階級之差而勇於指責李氏，跨越階級的抵抗性格更烘
托了齡官在《紅樓夢》內所展現的個人特色。

　　若據俞平伯所言，齡官飾演了楊貴妃與杜麗娘，則此二者的流離身分
則貼合了齡官等這些戲子們的離散情節。

　　如前第三節所述，楊貴妃歷經了壽王李瑁之妻與唐玄宗之妃的身分轉
換，後又因安史之亂而成為眾矢之的，生死流離於梨樹之下，梨的諧音離
也正是這些梨園戲子們的命定際遇。杜麗娘更是遭逢時代的變亂，在真／
假、軀體／魂魄間輾轉游移；在虛／實空間的交錯之間，藉由徘徊於夢境
與現實，在生死兩端移轉與流動，更是遙相呼應了這些戲子們在現實環境
與虛構舞台之間不變的流移身分。

　　此二齣除了互文印證這些女伶們的流離際遇外，更是將齡官此人的性
格特點預先揭示。唐明皇與楊貴妃之間的情愛流轉，以及杜麗娘與柳夢梅
跨越時代與生死之間的此情不渝，與之後第三十回的齡官畫薔、三十六回
齡官與賈薔之間的互動，結合來看便知齡官同這些角色一般是個癡情之
人，由此可見曹雪芹刻畫齡官性格特點的著墨力道與深處，更是彰顯《紅
樓夢》「大旨談情」的中心要旨。

　　由心靈寫照而言，齡官因不幸作為優伶的自卑感造就了她心靈上的隔
離與時時感受到孤零的心境，「曹氏雖然崇敬齡官的藝術性格，但決不掩飾
她性格上的缺點。他充份的寫出這位天才優伶的職業自卑感，以及由這份

自卑感而流露的尖酸言語和不近人情的動作。」[210]如同第三十六回她對好心買來雀兒希望逗她開心的賈薔潑了一大盆冷水，又對他說：「偏生我這沒人管沒人理的，又偏病。」與拒絕寶玉要她唱「裊晴絲」的態度顯現出她內心的孤傲與自卑並存。因為她對自己戲劇藝術上的優越感與責任，使得她得以大膽地違逆身為皇妃的元春旨意，執意演〈相約〉、〈相罵〉，如《揚州畫舫錄·卷九》所載之金官：「金官憑人傲物，班中謂之鬥蟲。而以之演〈相約〉，〈相罵〉，如出鬼斧神工。」[211]且芸香對皇甫夫人李氏所表現出的尖刻凌厲性格，也正烘托出她充滿傲氣的個性。齡官敢在正式場合中，尤其在權貴面前搬演這齣戲，為的是借戲抒發她的一腔幽怨牢騷，藉此展現她的反抗。但也因為她身為地位低下，作為娛樂功能的戲子身分，就算藝術成就再傑出終究也不過是用戲子的身分來表述，在常人眼中不過是以一種權充享樂功能的眼光看待，一方面受人讚賞，一方面又受人歧視，這樣的自卑感便與她的藝術專業形成了隔離作用，在現實的社會階級中也產生了不可逾越的隔離現象[212]。

(三) 芳官

另一個在《紅樓夢》中足以與齡官相抗衡的便是芳官，齡官表現的特點是孤傲深情，而芳官則是伶俐倔強，尤其在第五十八回遣散女官們後芳官便以她諸多的反抗行為在全書中大放異彩。

遣散女伶後芳官被派給了寶玉，此後她在怡紅院內，有了寶玉這樣一

---

[210] 俞大綱：《戲劇縱橫談·曹雪芹筆底的優人和優事（二）　齡官——發掘「紅樓夢」中的戲劇史料》，頁 34。

[211] 【清】李斗撰，汪北平、徐兩公點校：《揚州畫舫錄》（北京：中華書局，1997 年），頁 203。

[212] 潘光旦先生在他所寫的《中國伶人血緣之研究》一書中，提及他選定伶人為研究對象的理由說，伶人的社會地位和別種人才的社會地位，有一種顯著的不同；他一面受人捧場，一面卻也受人歧視。歧視結果，便使他們成為一種特殊階級，在心理和生理方面，都呈著一種演化論所稱的隔離的現象(segeration)。潘光旦：《中國伶人血緣之研究》（上海：上海書局，1941 年），頁 5。

個尊重女兒的主子，得以展現她爽朗伶俐且恃寵而驕的一面。不似齡官是
以戲子的身分對主子們提出她獨立的反抗，芳官由戲子轉為女僕後，時時
可以看見她與其他丫環們站在同一陣線，為這些身分低下的女僕打抱不
平，甚至連夥集體對抗那些壓制她們的欺壓者。

在十二女伶中，芳官是唯一一位歷經多重轉換的女性。除了身為戲子
同樣遭遇的地域空間的流離，芳官還經歷了戲子→女僕→尼姑的身分流
轉，另一重則是同香菱一般在名字上有著芳官→耶律雄奴→溫都裏（里）
納（那）（眾人嫌拗口，改喚玻璃）這三種名字的輪番替換。

從第五十八回女官們被遣散之後，戲子→女僕的職分轉換並沒有使得
她們的性格隨著身分不同而稍有屈服，儼然有變本加厲之態：

> 且說大觀園中，因賈母、王夫人天天不在家內，又送靈去一月方
> 回，各丫鬟、婆子皆有閒空，多在園內游玩。更又將梨香院內服
> 侍的眾婆子一概撤回，並散在園內聽使，更覺園內人多了幾十個。
> 因文官等一干人或心性高傲，或倚勢凌下，或揀衣挑食，或口角
> 鋒芒，大概不安分守理者多。因此眾婆子無不含怨，只是口中不
> 敢與她們分證。如今散了學，大家稱了願，也有丟開手的，也有
> 心地狹窄，猶懷舊怨的，因將眾人皆分在各房名下，不敢來廝侵。
> （五十八回）

由五十八回至六十回此三回是一連串反抗事件的連番上演。首先是藕
官在園中沁芳橋附近燒紙錢，後又是芳官為了洗頭之事與乾娘何婆大吵；
接著便是五十九回鶯兒、春燕與藕官為了柳條兒的事與婆子們吵鬧；六十
回則是事件的最高潮：賈環向芳官要薔薇硝，正巧芳官手邊的硝沒了，聽
了麝月的打發語後便以茉莉粉替代給了賈環，沒料到趙姨娘得知後便聯合
挑撥的夏婆子一同至怡紅院興師問罪，引發了諸多女官與趙姨娘以及婆子
之間的激烈爭執，之後芳官又與夏婆子的外孫女兒蟬姐兒有所不快，此餘

韻竟牽扯到柔弱無辜的柳五兒，以至於她的病情更加嚴重。

　　大觀園原是為了保護天真清淨的未嫁女兒們而存在，女官們對支配階級的反抗與不滿，揭示了園子在建立之初即暗藏有的權力宰制機制，因而大觀園並不是一個完美無瑕的保護罩，藉由女官們的破壞之後，加速了大觀園的衰頹滅亡。

> 空間形式乃是由人類行動所生產，並且根據一定的生產方式和發展方式，表現且執行了支配階級的利益。空間形式表現且實行了在一個歷史界定的社會中，國家的權力關係。空間形式亦為被剝削階級、被壓迫的臣民，以及被虐待的婦女的抵抗所烙印。[213]

　　位於賈府中的權力者創造了大觀園，在園內構築了身為現實權力宰制者所運行的一套由來已久的生產方式與發展方式，仍隱然藏匿有國家社會中位於主導地位的男性所建立的權力關係，這樣的關係轉向入園中後便由那些乾娘婆子們以及夫人姨娘們所接收，如芳官對乾娘所控訴的：「我一個月的月錢都是你拿著，沾我的光不算，反倒給我剩東剩西的。」（五十八回）位居弱勢的丫環以及戲子們只能作為被壓迫的臣民被剝削，而這些下位者對主權者的抵抗，便為大觀園所一絲一毫地烙印著，成為了最後崩壞毀滅的導引線。

　　當這些戲子們為了省親而入主賈府時，整個團體便被身為中心化的、內部的主權者視為邊陲的、外面的，用一種否定的、有色的和功能性的眼光去看待她們，此時的賈府對於她們來說可視為一種「負空間」(negative space)或「非地方」(non-place)。

　　但她們一旦被遣散入各房使喚時，因為主子們的轉換使得她們有了能

---

[213] Manuel Castells 1983: 311-2 *The City and the Grassroots: A Cross-Cultural Theory of Urban Social Movements*. Berkeley: University of California Press.轉引自王志弘：〈空間與社會 邁向社會優位的空間理論〉，見氏著：《流動、空間與社會 王志弘 1991-1997 論文選》，頁 6。

夠掌握一絲自我主張和權力的可能[214]，因為立場的轉換，使得她們擁有了
不同的主體和所站定的位置(location)，其所持有的位置便具有一種戰力的
基礎(ground)和抵抗的基地(site)。

> 相反地，當她們提到掌握權力(empowerment)時，她們就佔用空間
> (appropriate the spatial)，亦即她們以佔據或重新評價既有的地
> 方，或創造一個新空間，來描述她們爭取現身、份量和聲音的鬥
> 爭；簡言之，她們以正面的空間語彙來提出政治陳述。[215]

大觀園新主子的各個院落成為了她們的新空間，使得她們得以表現自
己的聲音、為爭取自己應得權利而不惜產生鬥爭，芳官對趙姨娘的一句「姨
奶奶犯不著來罵我，我又不是姨奶奶家買的。『梅香拜把子──都是奴幾』
呢！」（六十回）正是這些受壓迫的戲子們內心的不滿宣洩。

但儘管有了新的空間可使她們得以一抒她們的反抗怒火，整個現實環
境的壓迫之下卻只能讓這樣的大快人心曇花一現，最終這些位居弱勢者只
能服膺於更高一層的權力關係。於是在最後第七十七回王夫人的清查園子
事件中，芳官、藕官與蕊官終究體悟到憑自己的微薄力量無法與權勢者相
互抗衡，與其又被賞了出去面臨無可預測的未來，不如立即斬斷塵網、斬
情入道出家為尼，呈現一種抗拒社會的樣態。但由水月庵的智通與地藏庵
的圓信這些另一群施與權力者「巴不得又拐兩個女孩子去作活使喚」的心

---

[214] 當十二女官們仍在梨香院居住時，賈府是有派乾娘去照管她們的；而一旦女官入住大觀園配
了新的比乾娘權力還要大的主子，女官們便對自己的乾娘顯出抵抗姿態。參照俞大綱：〈曹
雪芹筆底的優人和優事（一）　發掘「紅樓夢」中的戲劇史料（第二篇）〉，頁28。

[215] 派翠西亞·普萊斯－查利塔(Patricia Price-Chalita)：空間隱喻與女性主義政治，1994〈空間隱
喻與掌握權力的政治學：在地理學裡為女性主義和後現代主義描繪一席之地？〉(Spatial
Metaphor and the Politics of Empowerment: Mapping a Place for Feminism and Postmodernism in
Geography?)轉引自王志弘：〈女性主義與後現代主義的地理學鏈結　重要文獻之評介〉，見
氏著：《流動、空間與社會　王志弘 1991-1997 論文選》，頁 47。

態來看，三官的命運下場也不免醞釀著悲慘的餘音，如俞大綱所言：「這是明末清初的女藝人規避不了的生命磨難。芳官等人物，必有其模型，而屬於曹氏在卷首所說的『當日所有之女子』中的現實人物。」[216]

三官最終的落髮為尼不是解脫，而是沒入了更深一層的不自由[217]。

曹雪芹對這群女戲子們抱有極大的同情，透過齡官和芳官的輪番進場，表現了他對這些優伶們在現實社會的隔離之下所面臨到的悲劇遭遇的無奈哀悼。

第六十三回，在一派爛漫嬌美的群芳夜宴中，芳官唱了一首〈賞花時〉：

翠鳳毛翎紮帚叉，閒為仙人掃落花。您看那風起玉塵沙。猛可的那一層雲下，抵多少門外即天涯！您再休要劍斬黃龍一線兒差，再休向東老貧窮賣酒家。您與俺眼向雲霞。洞賓呵，您得了人可便早些兒回話，若遲呵，錯教人留恨碧桃花。

在這樣歡欣的場合中，芳官此曲似乎是有些煞風景了，但是也正由這首曲的出現，才能在喜慶的氛圍中隱隱透露出潛藏的悲劇性因子，交相對比之下使得「樂極生悲」的必然更為突顯了。

此首曲出於湯顯祖《邯鄲記》中的〈掃花〉，是何仙姑囑咐下凡度人的呂洞賓要早去早回，不要誤了仙界的蟠桃宴之期。芳官以青春正盛的少女姿態詠唱此曲，隱含有悲嘆世間女子青春短暫易逝、無法享年長壽，終究

---

[216] 俞大綱：《戲劇縱橫談・曹雪芹筆底的優人和優事（三） 芳官——發掘「紅樓夢」中的戲劇史料》，頁40。

[217] 如張煜所言：「出家之後的女性，事實上仍然會受到種種來自性別上的不公正的對待以及困擾。出家以後的生活是孤寂的，但由於擺脫了倫常的束縛，這樣的生活又是很自得的脫俗的行為，強烈顯示出希望與男性擁有同等性別的內心願望。……即使是到了明清社會，女性作為一個長期受到壓制的群體，其生存狀況並未獲得本質的改善。比丘尼與閨閣女性，雖然一選擇出家，一主持中饋，她們的處境仍然是非常相似的，不能得到公平的對待。」見其〈明清比丘尼與閨閣女性的生活、寫作比較〉，《東方叢刊》，2007年04期（2007年12月），頁192-204。

歸於轉瞬即空的幻滅結局。緊接著在七十六回中秋之夜，女官們吹奏的笛曲，「笛聲悲怨，賈母年老帶酒之人，聽此聲音，不免有觸於心，禁不住墮下淚來。此時眾人彼此都不禁有淒涼寂寞之意。」此時也是以帶有悲感性的笛音對比映襯歡慶團圓的喜劇背景，將整個氛圍導入了終歸淒涼幻滅的結局先聲。在前八十回中這樣多人一同慶祝活動的場合於此已是最後一場。七十七回王夫人對於剩餘的女官們一個不留，定要她們遷出大觀園由其乾娘自行聘嫁，加上寶釵遷出園、夏金桂的翻弄薛家、迎春嫁中山狼，整個賈府的命運也進入了必將衰頹的道路。

　　《紅樓夢》第二回中，賈雨村與冷子興對於人秉氣所生的各種類別，有過一番敘述，而又以邪氣與靈氣交相雜擊對抗萌發出之氣，是最為重要的：

> 男女偶秉此氣而生者，在上則不能成仁人君子，下亦不能為大兇大惡。置之於萬萬人中，其聰俊靈秀之氣，則在萬萬人之上；其乖僻邪謬、不近人情之態，又在萬萬人之下。若生於公侯富貴之家，則為情痴情種；若生於詩書清貧之族，則為逸士高人；縱再偶生於薄祚寒門，斷不能為走卒健僕，甘遭庸人驅制駕馭，必為奇優名倡。

　　曹雪芹著作《紅樓夢》，便是為了紀錄這些秉持著這種「雜氣」而生的種種人們，尤以情痴情種、奇優名倡是他最為關心的題材。書中的男優如蔣玉菡，女伶如齡官、芳官、藕官，均為作者所細加描繪、寄予諸多感情和肯定的人物角色。正是因為當時的社會風氣使然，他選擇為這些位居下位的弱勢群體們紀錄實況，在看似一片美好富庶的虛幻假象中一點一滴地將這些群體的苦痛反映出來，揭露了一般人不會去注意或選擇去忽視的現實與殘酷，以及悲劇性的一面。

第三章　新旅者出現
薛寶琴的繼往與開新

(一)游╱遊之釋義與精神

　　在中國之字詞內，與旅行文化相關的字有旅、行；游、遊。「旅」字一開始是用於軍隊的編制單位，如《周禮・地官・小司徒》：「乃會萬民之卒伍而用之。五人為伍，五伍為兩，四兩為卒，五卒為旅。」[1]後在《左傳》內，有寄居外地、旅居[2]，又有寄居外地或旅行在途的人、旅客之意[3]，也可作道路解[4]。從軍隊的戰旅至隻身一人的旅行寄居，均含涉有從此地到彼地的移動描述；而道路可被視為有形或是無形──有形的街陌巷道抑或無形的臆測想像，是用以作為移動過程的媒介。

---

[1] 楊天宇撰：《周禮譯注》（上海：上海古籍出版社，2004 年），頁 161。

[2] 《左傳・莊公二十二年》：「羈旅之臣，幸若獲宥……君之惠也。」【周】左丘明傳，【晉】杜預注，【唐】孔穎達正義：《春秋左傳正義》（《十三經注疏》整理委員會整理，北京：北京大學出版社，2000 年），頁 306。

[3] 《左傳・宣公十二年》：「老有加惠，旅有施舍。」，同前引書，頁 734。

[4] 《尚書・禹貢》：「蔡、蒙旅平。」【漢】孔安國傳，【唐】孔穎達疏，《十三經注疏》整理委員會整理：《尚書正義》（北京：北京大學出版社，2000 年），頁 183；

【清】王引之：《經義述聞・卷三・尚書上》：「余謂旅者，道也。」（南京：江蘇古籍出版社，2000 年），頁 79。

行之本義為道路[5]，又可作路程[6]；以動詞解釋可作為行走、出遊解。「旅行」合用後，作為移動的動作表徵即更為明顯。如《禮記・曾子問》：「三年之喪練，不群立，不旅行。」[7]有群行、結伴而行的樣態描述；而唐耿湋《客行贈人》詩：「旅行雖別路，日暮各思歸。」[8]則有遠行，去外地辦事、謀生或游覽之意，如此一來，「旅行」的**動身**、以及到**外地**的個體動作表現和空間的轉換意義就更為突顯。

水部之「游」與辵部之「遊」，其意思極為相近，均有行走、遊玩、遊覽之意，《說文》中之「游」，原義為「旌旗之流也。旗之游如水之流。」[9]表示一種旗幟飛揚的樣態，是一種「流動而不固定」的形象。但游字更強調「水」，如《詩・邶風・谷風》：「就其淺兮，泳之游之。」[10]有在水中行動之意；也因為水的特性為流動不固定，故水字邊的「游」更凸顯了其自由自在不受拘束、閒適而優游自得、無特定根著點的一種態度。但至後來兩字則多通用了。

本文欲討論之行遊，其實含括了以上四種字義作廣義解——凡涉有空間之移轉過程者，均有行遊之特質；前一篇是處理《紅樓夢》中女性的被迫流離狀態，而此篇則是著重於女性較主動、廣泛遊覽、擁有愉悅心情的旅貌。討論「旅行」一詞基本上是一個現代概念，是象徵著西方資本主義

---

[5] 《詩・豳風・七月》：「女執懿筐，遵彼微行。」孔穎達疏：「行，訓為道也。步道謂之徑，微行為牆下徑。」見滕志賢注譯，葉國良校閱：《新譯詩經讀本》（上）（臺北：三民書局，2000年），頁408。

[6] 《詩・小雅・六月》：「元戎十乘，以先啟行。」【南宋】朱熹：《詩集傳》：「啟，開。行，道也。猶言發程也。」滕志賢注譯，葉國良校閱：《新譯詩經讀本》（下），頁499。

[7] 《十三經注疏》整理委員會整理：《禮記正義・卷十九・曾子問》（北京：北京大學出版社，2000年），頁697。

[8] 收入【清】彭定求等編：《全唐詩》，卷269（河南鄭州：中州古籍出版社，1996年），頁1632。

[9] 【東漢】許慎著，【清】段玉裁注：《說文解字注》（臺北：藝文印書館，1955年），七篇上，頁19b-20a。

[10] 滕志賢注譯，葉國良校閱：《新譯詩經讀本》（上），頁91。

擴張時期中的商業與休閒活動[11]；但中國對於「旅行」一詞，其實更賦予
了精神文化上的種種概念，包含了形上與形下的範疇，如對人生如旅、臥
游、神游、游學的討論。旅行對人類來說，實際上是一種「文化」(culture
as travel)，而在中國的旅行文化傳統中，旅行通常被蒙上了一層政治隱喻，
如孔子、屈原，他們是為了求道或行道，將「遊」作為理想獲得或實踐的
目的達到的過程，「旅遊」本身只是一種過程和手段；司馬遷著《史記》
前的博覽眾物，目的不在於遊賞遊觀，而是藉此博古、證聞、廣其閱歷，
為史家的記錄史實作完整客觀的準備；古詩十九首中更多呈現的是居／遊
之間的辨證，是作者對於居留於短暫人生中的一種生命領悟；魏晉詩歌中
的游仙詩所表現的是古人對於現實社會的批判，以及嚮往異世界美好生活
的企盼，詩人藉由對理想境界的想像，希冀達到超越內心自我的徹底解放
並抒發其感慨，如極受後人推崇之郭璞的游仙詩，何焯就對其詩作有「景
純〈游仙〉，當與屈子〈遠游〉同旨。蓋自傷坎壈，不成匡濟，寓旨懷生，
用以寫鬱」[12]的評價；隋唐之後文人士子的貶謫與游宦的感受，更加強了
《楚辭》以來傷遊子、嘆飄泊的傳統；唐詩宋詞中，「遊」的行動更是為
了突顯文人懷鄉、思歸、念遠方遊子、傷自己身世飄零的種種感懷，而非
山水遊賞之樂及逍遙遠舉的態度，如唐柳宗元之《永州八記》。《永州八
記》的借景抒發也是為了要一吐作者胸中的塊壘，「遊」的記述只是映襯
作者內心的配角、一種輔助，而無法真正提升到客觀遊賞、自己能創造價
值的地位。

　　據龔鵬程在其《游的精神文化史論》中所云，「遊」對於中國人來說具
有三種主要形態：一是優游，代表寬鬆和豫的生活方式。二是藉著出遊，
擺脫土地居處的束縛，以及心理憂煩的糾纏，宣洩自己的煩鬱。三是具有

---

[11] 〔美〕卡倫‧卡普蘭(Caren Kaplan), *Questions of Travel:Postmodern Discourses of Displalement*,
Durham; Nc: Duke university Press, 1996, p.3.

[12] 收入【清】梁章鉅著，穆克宏點校：《文選旁證‧卷二十》（福州：福建人民出版社，2000
年），頁539。

更積極的作用，以優游為一種人所追求的生活方式，有價值意義，如以優游來達致逍遙的人生境界。這種為尋求宣洩、解放的目的，心理學家榮格（Carl G. Jung）認為這是一種人類共通且無法反抗的心理因素使然，是一種人類的「集體潛意識」（Collective unconscious，又稱集體無意識）。凡是人處在壓抑、閉塞之環境中，則真實的旅遊或夢中的旅遊，一樣均可提供人超越現況的解放感。即「旅遊」象徵著人要透過這種超越性的行動來達到解放，在行動中重新體驗生活，重新觀察世界，獲得新的生命感受、新的體悟，並獲得生命轉化的意義[13]。

在明代的遊記小品文中，「遊」成為文人生活的主體，故山水記遊小品文成為了明代文學的一大亮點，且「遊」也從作者的內心抒發中解放，從自我心境中不得已的、異常的、感傷的狀態，轉變成對外在新世界的好奇的探索；從一種較為主觀的美感追尋斟酌到客觀外在自然景色的紀實書寫；一種從「遊」來實現人生價值的附屬，變成遊本身就是價值的提升[14]。「若『遊』是一種空間移動的過程，那麼明代文人之『遊』，除了閒賞山水的雅興、書懷寫志的寄託外，更是一種自我與外在世界相接的重新『看見』、『發現』自己所處空間的人文義涵。」[15]故本篇即是藉由明代文人對傳統旅遊的轉化，來探析《紅樓夢》內最具代表性且有重要意義之劉姥姥、薛寶琴與真真女她們所各自含涉的旅遊意涵。

---

[13] 參見龔鵬程：《游的精神文化史論》（石家莊：河北教育出版社，2001 年），頁 60、149、176。

[14] 袁中道：「一者，吳越山水，可以滌浣俗腸；二者，良朋勝友，上之以學問相印證，次之言晤言消永日。」語出【明】袁中道：〈東遊記一〉，《珂雪齋前集》，《四庫禁燬叢刊》集部第 181 冊，（北京：北京出版社，2000 年），卷十二，頁 414-415。

[15] 范宜如：〈華夏邊緣的觀察視域：王士性《廣志繹》的異文化敘述與地理想像〉，《國文學報》第 42 期（2007 年 10 月），頁 121-151。

(二)身為「女性」的旅遊形象

> 當她也外出旅行時，她手中拿的是甚麼地圖？當她或別人也把她
> 的旅行經驗記載下來時，她採用甚麼言談敘事方式？[16]

　　有關中國女性旅遊的記載，最早可以溯源到先秦《詩經》時代[17]。其
後宋玉寫巫山神女，也寫其遊[18]，這些都是早期女性從事「遊」活動的重
要形象。

　　在秦漢、六朝時期的女性出遊，除了其中有一嚴肅意味的被迫地、亂
離地所造成的移動，如昭君出塞、文姬歸漢外，另外也有自主性地以「游
春」、「踏春」為主要的旅遊形式，其後這種踏青活動在唐代相當興盛，更
有許多女性創作旅遊詩歌傳世，這些詩歌如實呈現了唐代女性的階層性旅
遊，上至武則天的帝王巡遊、宮廷婦女的隨駕出遊、和番公主的婚遊出行、
士大夫妻女的隨夫隨父宦遊；下至民間女子參與民俗節慶、宗教祭祀活動
的本地遊覽，以至於青樓歌伎、方外婦女的自由行走，除此之外還有一些
四處販賣貨物的女行商，如《北夢瑣言》中記載的女商荆十三娘、元和年
間的謝小娥等[19]。唐代女性在不同階層都存在著一定形式的出遊活動，並
且相當多的出遊紀錄都以女性自身留下的詩歌得到了可貴的遺存。

---

[16] 胡錦媛：〈繞著地球跑——當代台灣旅行文學〉，《幼獅文藝》第 516 期（1996 年 12 月），
頁 52。

[17] 如《國風‧周南‧漢廣》：「南有喬木，不可休息。漢有游女，不可求思。」朱熹《詩集傳》
說：「江漢之俗，其女好游，漢魏以後猶然，如大堤之曲可見也。」滕志賢注譯，葉國良校閱：
《新譯詩經讀本》（上），頁 21。

[18] 宋玉：〈高唐賦〉：「妾在巫山之陽，高丘之阻，旦為朝雲，暮為行雨。」見【南朝梁】昭明
太子撰：《文選》（臺北：藝文印書館，1967 年），頁 270。

[19] 謝小娥為「估客女」，曾隨同父、夫往來於江湖，進行某種商業販賣活動。此段參酌自孫軍輝：
〈唐代女商人略考〉，《歷史教學（高校版）》，2007 年第五期，總第 527 期，頁 21-23。

明中葉後，工商業發達，商品經濟推動了城市經濟的發展，於是商業
城鎮便如雨後春筍般興起。商品經由城對城的跨距離行銷，跨位址的商業
行銷方式，促成大城市像是北京、南京、蘇州、杭州附近，都發展出許多
著名的風景區；此外，交通網絡及運輸工具具有相當程度的改良和變化，
使得遊湖、遊山在交通工具的使用上越來越發達頻繁，促進了旅遊行為的
發展。在這樣社會性的旅遊風潮席捲之下，婦女也逐漸大規模地加入了參
與旅遊的行列[20]。

明清時期因人口過剩，人地比例失調加上農業生產力的侷限，使得越
來越多的婦女投入副業及家庭手工業來分擔家計。婦女多從事紡織工作，
因市場機制的影響下，使得紡織技術以及商品在市場上具有越來越大的競
爭力，也形成了專業化的分工，婦女靠這些商品有了許多日常家用外的盈
餘，不必如以往從事農業時必須每天按照「日出而作、日落而息」的作息，
且突破了男女內／外的分際限制，願意在外從事拋頭露面出售貨品的商業
行為，如范濂《雲間據目鈔》所載：「自別郡來者，歲不上數人。近年小民
之家婦女，稍可外出者，輒稱賣婆。或兌換金珠首飾；或販賣包帕花線，
或包攬做面箆頭；或假充喜娘說合。苟可射利，靡所不為。」[21]此時的女
性擁有身為生產者／消費者的兩種身分，出賣商品的目的也不僅僅是為了
貼補家用，閒暇之餘她們還有閒錢和時間可以投入消費和旅遊活動，促成
了奢侈風氣和女性旅遊風氣的興盛[22]。

在此先決條件下，明代婦女出遊的行為已漸趨頻繁。此現象由明代萬
曆年間，江西廣信府鉛山人費元祿在其《晁采館清課》一書、王士性

---

[20] 參考巫仁恕、狄雅斯（Imma Di Biase）：《游道──明清旅遊文化》（臺北：三民書局，2010
年）、滕新才：〈明朝中後期旅遊文化論〉，《旅遊學刊》第 16 卷第 6 期（2001 年第 6 期），
頁 64-69、吳仁安：〈明代江南社會風尚初探〉，《社會科學家》，1987 年第 2 期，頁 39-46。

[21] 【明】范濂撰：《雲間據目鈔・卷二》，收入《筆記小說大觀正編》（臺北：新興書局，1978
年），頁 3b。

[22] 參考巫仁恕：《奢侈的女人──明清時期江南婦女的消費文化》（臺北：三民書局，2005 年），
頁 54-61。

(1547-1598)之《廣志繹》[23]、以及張岱(1597-1679)之《陶庵夢憶》中多有記載。許多官宦士人婦女在持家之餘也常進行到名勝古蹟出遊取樂的活動，不但在歲時節日常可見到她們的身影，與民間信仰有關的廟會節慶、宗教進香她們也積極參與，如北京東嶽廟的慶典：「士女瞻禮者，月朔望、日晨至，左右門無閒闌」[24]，也有浙江普陀山與東嶽泰山的朝拜活動，吸引大量婦女前往[25]。除了宗教活動外，婦女也會利用節慶進行賞玩遊觀。當時人有感於這樣的景況，遂有詩歌詠：「長安（京師）燈市晝連宵，游女爭呈馬上腰」[26]。南方城市中的婦女亦進行著這樣的游觀活動，如絢爛奪目的紹興燈景自是不可錯過的奇景：「城中婦女，多相率步行，……午夜方散」[27]；蘇州的樓船畫舫也是士女「傾城而出」賞玩的焦點：「男女之雜，燦爛之景，不可名狀」[28]。於明清小說中也可常見婦女遊覽賞玩的橋段：「那三月三日玉皇船會，真是人山人海，擁擠不透的時節，可也是男女混雜，不分良賤的所在。」[29]

因為這樣大量的賞玩游觀活動，使得許多有名的士女也創作出不少的旅遊詩歌以及遊記，留下了她們的寫作記錄。或因亂離而感傷，或因遠嫁而思鄉，或因隨宦行遊、與友人相偕出遊等留下許多的遊覽抒發。

但這樣的景況也會遭受恪守禮教規範的士人的不滿以及反對，如徐三

---

[23] 如【明】王士性：《廣志繹‧卷二》（北京：中華書局，1981年），〈兩都〉，頁18。

[24] 【明】劉侗：《帝京景物略‧卷二》（臺北：古亭書屋，北平地方研究叢書，1970年），〈東嶽廟〉，頁20b。

[25] 見邱仲麟：〈論明世宗禁尼寺——社會史角度的觀察〉，收入周宗賢主編，《中國政治、宗教與文化關係國際學術研討會論文集》（臺北：淡江大學歷史學系，1994年），頁317。

[26] 【明】汪曆賢：〈燈市竹枝詞〉，見【明】劉侗：《帝京景物略‧卷二‧燈市》，頁17a。

[27] 【明】張岱：《陶庵夢憶‧卷六‧紹興燈景》，收入【明】張岱、【清】蔣坦等：《秋燈鎖憶／陶庵夢憶／香畹樓憶語／影梅庵憶語》（臺北：新文豐出版公司，1982年），頁54。

[28] 【明】張岱：《陶庵夢憶‧卷一‧葑門荷宕》，頁6。

[29] 【清】西周生：《醒世姻緣》（臺北：聯經出版事業公司，1986年），七十三回，〈眾婦女合群上廟　諸惡少結黨攔橋〉，頁898。

重（1577 年進士）認為，因「男女之辨正在內外，則婦人不當外出明甚」的條範自古便嚴明地傳承下來，故他覺得良家婦女宜盡守內外分明之界線，不宜出遊，以便達到維持禮教秩序的作用。因婦女出遊造成的「飄揚衢路，肩摩稠人」景觀，實在有違於禮的規範[30]。清初時期的官員黃六鴻也因禮教的理由反對女子進行出遊：「婦人女子謹守閨門，理之正也，後世風俗不古，婦女好為遊冶，遂爾盛粧艷服，玩水遊山，畫舫香輿，朝神禮佛，雜逕于少年之羣，嬉戲于僧之室。」[31]「雜於少年之群」與「嬉戲於僧之室」是造成男女淫亂關係的來源，男／女之間應當保持既有的分際，不應遊玩取樂而逾越了規矩造成禮教次序的紊亂。

但這些士人官員的大聲疾呼終究如同石沉入海，雖一定程度地反映了時代風氣之下女性的境況以及危險，但是仍敵不過流行的風潮，女子出遊仍舊如火如荼地進行著。

明清時期另外一種女性出遊的方式即是巡遊式的職業作家與藝術家的出現，這些巡遊的女性帶著自身所擁有的藝術才能，藉著行商遊走的方式穿梭於各個城鎮，希望能找到被雇傭的機會；這些有才能的女性若進到了大家閨秀的宅院，擔任起指導閨閣女媛的教育工作，便成為了明清時期一種特顯的，以移動謀生的家庭女教師的形象——閨塾師[32]。閨塾師的出現，不僅凸顯了這個時期女性受教育的興盛現象，更是揭露出女性打破男／女之間的既成定見，女性可以享受同等於男性的教育程度，並同男性般可以現身於公領域、可以隨意靈活自在遊走於各種階級所形成的社交圈內，再也不是像傳統女性般只能在家中恪守自己「安於內」的本分，顛倒了傳統

---

[30] 【明】徐三重：《明善全編》，〈家則〉，收於《古今圖書集成・家範典，卷三，家範總部》（臺北：鼎文書局，1977 年），頁 15。

[31] 【清】黃六鴻：《福惠全書・卷三十一・庶政部・禁婦女燒香》，收於《四庫未收書輯刊》編纂委員會編：《四庫未收書輯刊》參輯・拾玖冊（北京：北京出版社，2000 年），頁 358-359。

[32] 有關「閨塾師」此一身分的分析，可參見〔美〕高彥頤(Dorothy Ko)著，李志生譯：《閨塾師：明末清初江南的才女文化》第三章（南京：江蘇人民出版社，2004 年）。

社會中所規範的性別身分，黃媛介即是一個重要的例子。

　　對於造成女性旅行的限制——纏足而言，以往既定的印象都認為女性因纏足的風俗而使得她們因而足不出戶，呈現一種「殘廢」的身體樣態，但是從高彥頤(Dorothy Ko)和曼素恩(Susan Mann)對明清時期女性的研究中，認為「纏足」此一現象其實並不構成女性行動受制限的一種主要條件。如高彥頤從明末版畫內，證明交通工具——舟船與轎輿的普遍，正是纏足未必有礙於婦女從事外出移動行為的最佳證明[33]，許多女性藉由交通工具的運用，仍可隨著丈夫到距離遙遠的外地走馬上任，或是相約其他女性友人作短程遊玩，交通工具的發達，使得纏足的女性掙脫了行動不便的限制，仍可遠離家室向外從事旅遊活動；曼素恩則是利用史料，證明婦女們即使被纏足，仍得從事繁重的勞動工作：「在底層婦女中間，小腳女人一般也都在田間勞動，我就看到過幾百人，她們或在棉田鋤地，或在其他田地勞動，其中只有一小部分婦女是天足。」[34]

　　在《紅樓夢》的諸多女性中，以劉姥姥、薛寶琴、真真女之旅遊活動最具代表性，她們的旅行富有現代性意義——具有商業性質，且有作為遊覽和娛樂功能的作用，更重要的是，她們傳遞故事，結合了中國的抒情傳統與敘事傳統，為旅程留下紀錄，實是呼應了作者曹雪芹創作小說的後設目的——要為閨閣昭傳、要為她們留下白紙黑字的紀錄。作者儼然以一史家身分自居，要補史，將總是缺席或偏重、不足的女性補入自古以來以男性掛帥的史籍中。故此篇即以這三位特出女性的旅遊，來探析她們各自在自身的旅行中所帶出的重要意涵。

---

[33] 〔美〕高彥頤(Dorothy Ko)：〈「空間」與「家」——論明末清初婦女的生活空間〉，《近代中國婦女史研究》第3期（1995年8月），頁41。

[34] 據Robert Fortune在1843-1845年間，旅行途經蘇州和嘉定的稻米產區的觀察。轉引自〔美〕曼素恩(Susan Mann)著，定宜莊、顏宜葳譯：《綴珍錄：十八世紀及其前後的中國婦女》（南京：江蘇人民出版社，2004年），頁207。另在頁223的注釋第83中，也引用了Adele Fielde、Howard Levy以及Justus Doolittle的觀察和收集的證據，顯示纏足的婦女同樣也要進行粗重的工作，且在中國北方，纏足女性多從事田間的勞動；而中國南方的婦女則多從事家務事的勞動。

一、「海棠」／「海上」的取譬意指

(一)「海上」的異域想像

　　中國對於「海上」的想像紀錄，從先秦時期的各家學說典籍中即可見端倪；而神話方面如《山海經》的出現更是顯現了先民對海洋／陸地／異域的無限想像。在先秦的各家學說中，對海洋的認知是認為它有仁王姿態，能夠虛心廣納百川而融合為一，如《老子》六十六章云：「江海所以能為百谷王者，以其善下之。」[35]海洋的客觀特性成為思想家們對事物主觀認知的比喻，成為一種道德思想、政治上的勸說。

　　《莊子‧逍遙遊第一》：「北冥有魚，其名為鯤。鯤之大，不知其幾千里也。化而為鳥，其名為鵬。鵬之背，不知其幾千里也；怒而飛，其翼若垂天之雲。是鳥也，海運則將徙於南冥。」又「藐姑射之山，有神人居焉，肌膚若冰雪，淖約若處子。不食五穀，吸風飲露。乘雲氣，御飛龍，而遊乎四海之外。其神凝，使物不疵癘而年穀熟。」[36]這裡的海對思想家來說成為了一種異域，一種有非自然物種生活之美好居處。海洋上蒸騰的水氣藉著日光的照射之下容易產生折射而呈現一種海市蜃樓的奇觀，但古人的活動範圍主要為內陸，面對這樣的奇觀無從解釋，便假託一種聯想的方式去敘述、去闡釋，於是蒸騰而上的雲氣便成為了海上仙山、成為了遨遊往來於天地之間的飛龍和鯤鵬。正因他們想像出的此種自由不羈的形象，使得方外的大海便成為了士人最終所幻想企盼的理想國度。孔子周遊列國後，感嘆其傳道之路的窒礙難行，說出了「道不行，乘桴浮於海」的感

---

[35] 陳鼓應註釋：《老子今註今譯》（臺北：臺灣商務印書館，2002 年），頁 285。

[36] 【清】王先謙撰：《莊子集解》（臺北：文津出版社，1988 年），頁 1。

慨[37]，縹緲未知的海外成為了失意賢人的寄託，承載著士人得以施展長才的理想國度的願望。由上述之例來看，「海外」與「內陸」相較有了上下優劣之分，對現實生活——內陸戰亂頻仍權力欲望橫流的陸地上，人類對不可知的異域已經產生了象徵式的美好神話想像，如後來的秦始皇派遣徐福出海探訪仙山求得長生不死之靈藥[38]，開啟了中國人冒險探險海上的旅程之始。而這樣的對海外不舍的追蹤探索，雖然目的不盡相同，但也可聯繫到後來明永樂皇帝時鄭和七次下西洋的探索歷程。

　　但《山海經・北山經第三》對海洋的形象則是另一種面貌：「又北二百里，曰發鳩之山。其上多柘木。有鳥焉，其狀如烏，文首、白喙、赤足，名曰精衛，其鳴自詨。是炎帝之少女，名曰女娃。女娃于於東海，溺而不返，故為精衛。常銜西山之木石，以堙于東海。漳水出焉，東流注于河。」[39]這裡的海成為了扼殺少女美好青春生命的兇手，少女死亡後變形為鳥禽，以一己小小之力力圖復仇——填海，雖然在現代看來這樣的填海舉動在那時是不可能成功的，但由少女殞逝後化為鳥獸的不滅意志的轉移，也可展現出先民的一種積極不服輸之精神，夸父逐日故事也是此種精神的代表。

　　　余有事於淮浦，覽滄海之茫茫。悟仲尼之乘桴，聊從容而遂行。
　　　馳鴻瀨以縹鷥，翼飛風而迴翔。顧百川之分流，煥爛漫以成章。
　　　風波薄其裒裒，邈浩浩以湯湯。指日月以為表，索方瀛與壺梁。
　　　曜金璆以閣，次玉石而為堂。莫芝列於階路，湧醴漸於中唐。朱
　　　紫彩爛，明珠夜光。松喬坐於東序，王母處於西箱。命韓眾與岐
　　　伯，講神篇而校靈章。願結旅而自託，因離世而高遊。聘飛龍之

---

[37]《論語・公冶長第五》，收入十三經注疏整理委員會整理：《論語注疏》（北京：北京大學出版社，2000 年），頁 62。

[38]〔日〕瀧川龜太郎：《史記會注考證卷二十八・封禪書第六》（臺北：大安出版社，2005 年）。

[39] 洪北江主編：《山海經校注》（臺北：洪氏出版社，1981 年），頁 92。

驂駕，歷八極而迴周，遂竦節而響應，勿輕舉以神浮。遵霓霧之
掩蕩，登雲塗以凌厲。遂虛風而體景，超太清以增逝。麾天閽以
啟路，闢閭闔而望餘。通王謁於紫宮，拜太一而受符。[40]

　　至東漢末年，班彪(3-54)之〈覽海賦〉，其敘述在海上飛行的過程開啟
了魏晉六朝以海為主題寫作以及遊仙思想的文學創作題材，從體悟了孔子
欲避世渡海索求方外理想國度的感嘆，聯想到神話傳說中的王母、韓眾、
岐伯、神話國度中的仙宮等想像空間，作為文人心中對理想境界的美好企
盼與憧憬，如高莉芬云：「神話以其超現實的想像，指涉人們深層意識的投
射與存在。江海賦中的神話意象，不僅是作為賦家作意好奇的語言修辭經
營，實亦具有深層的文化心理意涵。」[41]。從先秦時期對海進行政治德行
的觀照，至魏晉六朝開始將海作為文學文化上的玩味過程，歷史的轉換使
得對海洋的書寫風貌也隨之改變。六朝時期著名以海做為題材的作品有魏
王粲(177-217)之〈遊海賦〉、曹丕(187-226)〈滄海賦〉；兩晉木華（生卒年
不詳）〈海賦〉、潘岳(247-300)之〈滄海賦〉、孫綽(314-371)〈望海賦〉；南
朝張融(444-497)及蕭綱(503-551)之〈海賦〉等，從這些作品可以看出海在
文人的書寫下呈現了舉凡神秘浩瀚、或抒情或寫實的各種成分。如王粲之
〈遊海賦〉，描寫了海洋中多元且生動熱鬧的物種奇觀，雖然仍具有人類對
未知生物的怪奇想像，但已能就海自身還諸於海作自身的敘述描寫。

　　西晉木華之〈海賦〉，不僅集合了以往描寫海的長處，內容也結合了歷
史、擬狀、物種、見聞等各種題材，多變而豐富，成為無人能出其右的佳
作，如唐李善（生卒年不詳）《文選注》引傅亮(374-426)〈文章志〉之贊

---

[40] 班彪：〈覽海賦〉，收於【唐】歐陽詢撰，汪紹楹校：《藝文類聚‧卷八‧水部上，海水》（上
　　海：上海古籍出版社，1982 年），頁 152。

[41] 高莉芬：〈水的聖域──兩晉江海賦的原型與象徵〉，《政大中文學報》第 1 期（2004 年 6
　　月），頁 119。

云：「廣川木玄虛為〈海賦〉，文甚儁麗，足繼前良。」[42]內容一開始以大
禹治理水患的辛苦與功蹟為展開，說明了早期人類與川流、與大海奮鬥的
過程；接著為海體物賦形，對海的驚奇萬狀皆有擬真般的描寫；存在於虛
無想像中的怪奇生物自然也不免出現在賦中，妖怪橫行於海上使得海洋在
作者的筆下呈現一種詭譎而驚怖的景況；接著又融會了《山海經》的錄想
像見聞的方式，描寫了那些在海上生活的人們的奇風異俗，如「裸人之國」、
「黑齒之邦」。《管子・卷八・小匡第二十》載：「（齊桓公）九合諸侯，一
匡天下。北至於孤竹、山戎、穢貊、拘秦夏。西至流沙，西虞，南至吳、
越、巴、牂柯、𤔡、不庾、雕題、黑齒，荊夷之國。」[43]這些有著奇
異名字的國度皆是南方古國之稱。木華對海上人種的想像，或許也受了史
料敘述之影響。最後以海洋的盛大、充盈與豐沛作結，以海的廣闊引申到
雅量及德行的美德，由客體巡衍至主體，結合了人與海洋之間聯繫關係的
可能性。木華融匯了敘事、抒情、寫景於一爐，創造了海洋書寫的極大成
就。

　　從魏晉六朝的賦作可以看出，文人對於海洋的想像仍是倚靠著視覺和
文化知識的傳承而來，並非透過身歷其境，以真實的自身冒險作為書寫對
象；其內容也不脫對海洋的神秘、奇異性多有強化，海洋仍是文人寄託個
人胸懷與情志的神聖客體對象[44]。直至唐代以降，海洋在文人筆墨中始終
保有瑰麗幻緲的形象，以及成為域外桃源的理想寄託，如唐代杜甫
(712-770)之〈壯遊〉與李商隱(約 813-858)的〈海上謠〉：

---

[42] 【南朝】蕭統編，【唐】李善注：增補《六臣注文選・卷第十二》（臺北：華正書局，1980
　　年），頁 229。

[43] 黎翔鳳撰，梁運華整理：《管子校注》（北京：中華書局，2011 年），頁 425-426。

[44] 此段敘述參考林佳燕：〈湍轉則日月似驚，浪動則星河如覆──試論六朝海洋文學書寫〉，收
　　入林慶勳主編：《多重視野的人文海洋：海洋文化學術研討會論文集》（高雄：國立中山大學
　　文學院，2010 年），頁 32。

桂水寒於江，玉兔秋冷咽。海底覓仙人，香桃如瘦骨。

紫鸞不肯舞，滿翅蓬山雪。借得龍堂寬，曉出撲雲髮。

劉郎舊香炷，立見茂陵樹。雲孫帖帖臥秋煙，上元細字如蠶眠。[45]

　　李商隱對海的想像仍舊保有先秦以來，海是仙人居處的既定象徵之繼承，再次賦予並重疊了對海的虛幻印象；又如白居易(772-846)之〈長恨歌〉：「忽聞海上有仙山，山在虛無縹緲間」[46]的飄忽不可測，更是為了殞落的楊妃給予她重生且媲美仙人的理想空間，因為是域外殊方，海的縹緲與雅量正好適切地容涉了玄宗與楊妃這段不被世人所容許的愛情，讓他們之間動人的情感得以在非中原的彼方繼續傳承，在詩人的筆下保有其夢幻美好的形象。

　　杜甫的〈壯遊〉以自傳形式記敘了自己一生所走過的地方：「東下姑蘇台，已具浮海航。到今有遺恨，不得窮扶桑。」[47]姑蘇台為春秋時期吳王夫差所建，為的是供他作為「蓬萊仙境」、逍遙享樂之處，此地因而蒙上一層仙界的色彩。杜甫從姑蘇台位處的吳地出發，已有了冒險乘舟船至海上的經驗，但之後對於海上的景觀杜甫一句也沒有多說，僅表達了自己未能航至扶桑國的遺恨與傷感。海外異域對於杜甫來說仍舊是一個仙境的虛幻想像，抑或是對吳地歷史的悵懷和追憶。

　　北宋王安石(1021-1086)〈奉使道中寄育王山長老常坦〉一詩云：「道人少賈海上游，海舶破散身沈浮。」[48]這裡的海成為一個地點，是道人波折歷難的空間。道人年少時欲前往海上做買賣，未料途中遇到變故而使船舶破損，這次的歷難或許也是道人因而入道的一個契機，又或許是冥冥中注定道人終究入道而有神秘力量使得他得以在險象環生的海上生還，但無

---

[45] 葉憲奇疏注：《李商隱詩集疏注》（臺北：里仁書局，1987年），頁476。

[46] 【唐】白居易：《白居易集》冊一（臺北：里仁書局，1980年），頁235。

[47] 李壽松、李翼雲編著：《全杜詩新釋》（中）（北京：中國書店，2006年），頁1212。

[48] 【宋】王安石《臨川先生文集・卷第六・古詩》（臺北：華正書局，1975年），頁122。

論如何海的形象又與詭譎危險有了聯繫，且與道家仙人的神秘莫測再次作了連結。另一首〈我欲往滄海〉[49]則是藉由主客問答中表現出他欲前往仙山國度卻不得的悵惘感，海洋仍作為文人藉以歸隱避世的美好寄託。

在明代末年，抱甕老人的白話短篇小說集《今古奇觀‧卷九‧轉運漢遇巧洞庭紅》中，對作海上買賣的吉零國有所描述：

> 開得船來，漸漸出了海口，只見：
>
> 　　銀濤卷雪，雪浪翻銀。湍轉則日月似驚，浪動則星河如覆。
>
> 　　三五日間，隨風漂去，也不覺過了多少路程。忽至一個地方，舟中望去，人煙湊聚，城郭巍峨，曉得是到了甚麼國都了。舟人把船撐入藏風避浪的小港內，釘了椿橛，下了鐵錨，纜好了。船中人多上岸打一看，原來是來過的所在，名曰吉零國。原來這邊中國貨物拿到那邊，一倍就有三倍價，換了那邊貨物，帶到中國也是如此。一往一回，卻不便有八九倍利息，所以人都拚死走這條路。[50]

文中所描述的吉零國應位於東南沿海，且這海上國都也同陸地上的城市一般，有著巍峨的城郭以及擁擠的人群。而異國貨物成為了商人賺取翻倍利息的絕佳途徑，「人都拚死走這條路」也透露出前往海上所可能遇到的危險處境。

在小說中的海上殊國已成為一個具有商業利益、人人得以前往的形下城國，脫去了自先秦以來對未知領域所賦予的幻奇想像以及對仙道境界的美好寄託，此時的海上國僅是一個相對於陸地的存在，兩者乍看之下其實

---

[49] 「我欲往滄海，客來自河源。手探囊中膠，救此千載渾。我語客徒爾，當還治崑崙。歎息謝不能，相看涕飄盆。客止我且往，濯髮扶桑根。春風吹我舟，萬里空目存。」同前註，卷第九，頁145。

[50] 【明】抱甕老人輯，顧學頡校注：《今古奇觀》（北京：人民文學出版社，1995年），頁176。

並無不同，唯一特殊的仍有詭譎難測的深邃海洋橫亙其中，而對於海域的驚懼與無法克服仍是人類長久以來深蘊內心的潛藏意識。

《紅樓夢》第五回寶玉夢遊太虛幻境時，也賦予了它具有海上仙山的瑰麗想像：

> 那寶玉剛合上眼，便惚惚的睡去，猶似秦氏在前，遂悠悠蕩蕩，隨了秦氏，至一所在。【甲戌側批：此夢文情固佳，然必用秦氏引夢，又用秦氏出夢，竟不知立意何屬？惟批書人知之。】但見朱欄白石，綠樹清溪，真是人跡希逢，飛塵不到。【甲戌側批：一篇《蓬萊賦》。】

蓬萊為海上神山之名，自古以來便具有虛無飄緲的仙境形象；而第五十二回的海上真真國的女孩子，也正與此處有了虛幻／真實的呼應。太虛幻境為只存在於寶玉夢中的悠然仙境，但真真國女子則是寶琴親歷的回憶紀錄，側批將太虛幻境比為海上的蓬萊仙境，也正隱喻海上真真國的縹緲不真，「假作真時真亦假，無為有處有還無。」海上真真國之「真」正切合了太虛幻境之「幻」，兩者皆是對於海外仙山、理想烏托邦的寄存，「真真國」的女孩子更是呼應了第十七回中海棠出於海外女兒國之種的傳說，真真國也就是賈政口中的「女兒國」了；而真真女之出現也呼應了警幻仙子的身分，兩者皆是帶著對海外異域的想像而揭示對美好理想的寄託終歸是空的最終意旨。

(二)「海棠」意旨

1. 女兒國海棠是否為外來種

「海棠」在《紅樓夢》書中極為重要。首先，海棠在書中可因季節分為兩種：一是春海棠，一則為秋海棠。在第十七回眾人遊賞大觀園時，在後來定名的怡紅院內看見了西府海棠：

院中點襯幾塊山石，一邊種著數本芭蕉，那一邊乃是一棵西府海
棠，其勢若傘，絲垂翠縷，葩吐丹砂。眾人贊道：「好花，好花！
從來也見過許多海棠，哪裏有這樣妙的。」賈政道：「這叫作『女
兒棠』，乃是外國之種。俗傳係出『女兒國』中，云彼國此種最盛，
亦荒唐不經之說罷了。」眾人笑道：「然雖不經，如何此名傳久了？」
寶玉道：「大約騷人詠士，以此花之色紅暈若施脂，輕弱似扶病，
大近乎閨閣風度，所以以『女兒』命名。想因被世間俗惡聽了，
他便以野史纂入為證，以俗傳俗，以訛傳訛，都認真了。」眾人
都搖身贊妙。

「女兒國」之名的出現，最早可追溯於《山海經》的〈大荒西經〉及
〈海外西經〉：

大荒之中，有龍山，日月所入。有三澤水，名曰三淖，昆吾之所
食也。有人衣青，以袂蔽面，名曰女丑之尸。
有女子之國。[51]

女子國，在巫咸北，兩女子居，水周之。一曰居一門中。【郭璞注：
有黃池，婦人入浴，出即懷姙矣。若生男子，三歲輒死。】[52]

《山海經》中所描述的女子之國，均位於中原以外的域外之地，此正
表示了在以男性為本位的歷史思考中，就連神話傳說中的女子也是被置於
中心以外的邊緣之地；而國度描寫中的水不僅可代表女子的潔淨，「水周之」
更是比喻了女子之國的與外隔絕，與《紅樓夢》中寶玉所言：「女兒是水作

的骨肉」，以及大觀園中以沁芳溪為骨幹的建築格局均有所呼應。

在史書中多有女兒國的記載，如《後漢書‧卷八十五‧東夷列傳第七十五》云：「海中有女國，無男人。或傳其國有神井，闚之輒生子云。」[53]《三國志‧魏書‧東沃沮傳》：「有一國亦在海中，純女無男。」[54]又《梁書‧卷五十四‧列傳第四十八‧諸夷》：「扶桑東千餘里有女國，容貌端正，色甚潔白，身體有毛，髮長委地。至二三月，競入水則任娠，六七月產子，女人胸前無乳，項後生毛，根白，毛中有汁，以乳子，一百日能行，三四年則成人矣。」[55]《異域志‧女人國》：「其國乃純陰之地，在東南海上，水流數年一泛，蓮開長丈許，桃核長二尺。若有船舟漂落其國，群婦攜以歸，無不死者。有一智者，夜盜船得去，遂傳其事。女人遇南風，裸形感風而生。」[56]《太平寰宇記》：「又聞西有女國，因感水而生之，云摩隣國。」[57]以上諸多紀錄均顯現出女兒國的幾個特點：1.均位域外之地，或東或東南；2.女子之國坐落於海上；3.均以水為主要地理表徵，甚至成為感生媒介。從上述的史料記載來看，人們對於女兒國的想像均為與世隔絕的、純淨的，無須男人染指即可自行延續後代，隱含著母神自體感生的潛意識。

唐代高僧玄奘(約 600-664)的《大唐西域記‧卷十一》以及馬可‧波羅(Marco Polo, 1254-1324)的遊記中更使得想像虛幻中的女兒國成為可能：「拂懍國西南海島有西女國，皆是女人，略無男子。多諸珍貨，附拂懍國

---

53 【南朝宋】范曄撰，【唐】李賢等注：《後漢書‧卷八十五‧東夷列傳第七十五》（北京：中華書局，1987 年），頁 2817。

54 【晉】陳壽撰，【南朝宋】裴松之注：《三國志‧卷三十‧魏書三十》（臺北：臺灣商務印書館，2010 年），頁 419。

55 【唐】姚思廉：《梁書‧卷五十四‧列傳第四十八‧諸夷》，收入《景印摛藻堂四庫全書薈要》，史部第十八冊，正史類（臺北：世界書局，1986 年），頁 502。

56 【元】周致中纂集：《異域志‧卷下》，收入《叢書集成初編》（北京：中華書局，1985 年），頁 64。

57 【宋】樂史：《太平寰宇記‧卷一百八十四‧四夷十三‧西戎五》，收入《景印文淵閣四庫全書》史部 228 冊，地理類（臺北：臺灣商務印書館，1983 年），頁 694。

（筆者自注：即東羅馬帝國），故拂懍王歲遣丈夫配焉，其俗產男皆不舉也。」[58]（《大唐西域記》）而《馬可波羅行紀·第一八三章·獨居男子之男島及獨居女子之女島》有載：「若從此陸地之克思馬克蘭國首途，向南海行約五百哩，則抵二島，一名男島，一名女島。兩島相距約三十哩。居民皆是曾經受洗之基督教徒，然保存舊約書之風習：妻受孕時，其夫不與接觸；妻若生女，產後四十日亦不與接觸。名稱男島之島，一切男子居處其中。每年第三月，諸男子盡赴女島，居三月，是為每年之3、4、5月，在此三個月中與諸女歡處。逾三月，諸男重回本島，其餘九個月中，則為種植工作貿易等事。」[59]東方人玄奘與西洋人馬可·波羅在自己的遊記中均不約而同地留下了世界上有女兒國存在的紀錄，而這些女兒國的特徵也如中國史料中的記載有同樣的特點：處於被水隔絕的一種邊緣狀態。

究竟種植在怡紅院中的海棠，是否真如賈政所說是源自外國的外來種呢？

明末清初史學家談遷(1593-1657)在《北游錄·紀郵上》中記出左安門探韋公祠海棠時曾云：「記南都靜海寺海棠，為永樂七年太監鄭和舶上物，大不及此。或曰梨樹接鐵梗海棠則成西府，理或有之。」[60]若據談遷所記，則知在明成祖年間就曾經從外國引入海棠。

在其他文獻資料中，也記載了海棠為海外物種的紀錄，如宋陳思（生卒年不詳，約宋理宗時(1225-1264)在世）《海棠譜·卷上》：「凡今草木以海為名者，《酉陽雜俎》云：『唐贊皇李德裕嘗言：花名中之帶海者，悉從海外來。』故知海櫻、海柳、海石榴、海木瓜之類，俱無聞於記述。」[61]又

---

[58] 【唐】玄奘、辯機原著，季羨林等校注：《大唐西域記校注·卷第十一·波剌斯國》，（臺北：新文豐出版公司，1987年），頁943。

[59] 馮承鈞譯：《馬可波羅行紀》（臺北：臺灣古籍出版社，2003年），頁503。

[60] 【清】談遷撰，汪北平點校：《北游錄》（北京：中華書局，1997年），頁54。

[61] 【宋】陳思：《海棠譜·卷上》，收於《叢書集成新編》四十四冊，花卉（臺北：新文豐出版公司，1985年），頁122。

《欽定授時通考·卷七》：「古來蔬果如頗稜、安石榴、海棠、蒜之屬，自外國來者多矣。」[62]《本草綱目·卷三十·海紅》：「（釋名海棠梨）李白詩註云：『海紅乃花名，出新羅國甚多，則海棠之自海外有據矣。』」[63]又地方志中有記，《江南通志·卷八十六·食貨志》：「海棠。常熟文村有樹高二丈餘，幹盈抱花最艷。云種出海東。」[64]《居易錄·卷八》則對海棠出於海外一說有了更為精確的描述：「王秋潤云：海州東，入海八百里峽島是龍宮，地生海棠，作矮樹，花色深紅，大如茶碗。而百葉，香韻殊絕。每歲自島中移百本入海州御園，明年再移百本，而以先所種者供御，每花一金，籤牌記之，重九始開。昔人謂惟昌州海棠有香，不知海州然。云開于九月，當別是一種，非西府垂絲之類。」[65]《居易錄》明確說出了海棠生於海州之東入海的島上龍宮處，連海棠的形貌和香氣也有所紀錄。且指出此域外海棠的引進是為了要進貢皇室之用，使得海棠的身分與地位便特出於其他花種之上，表明其尊貴難得的特徵。又指出此海棠的花季為九月，有別於西府海棠，證實了海棠有許多屬種，不得混作一談的謹慎。

　　賈政云海棠自海外的女兒國來，或許也是其來有據，但更重要的是此處的女兒國與海棠，呼應了《紅樓夢》中女性的尊貴與潔淨；而大觀園此一理想的女兒國，也正如史料中對域外國度的形容，是與世隔絕、能夠自給自足的一種狀態。但如前所引余英時所述，自寧府之會芳園引來的沁芳溪，其本源已是不潔淨的了，故大觀園終究無法如同神話傳說中能夠自始至終都保有其隔絕和純淨的女兒之國，而隱喻了最終導致幻滅的現實感。

---

62 【清】鄂爾泰：《欽定授時通考·卷七·土宜》，收入《景印摛藻堂四庫全書薈要》子部第十七冊，農家類，頁 85。

63 【明】李時珍：《本草綱目·卷三十》，收入《景印文淵閣四庫全書》子部第七十八冊，醫家類，頁 621。

64 【清】趙宏恩：《（乾隆）江南通志·卷八十六·食貨志》，收入《景印文淵閣四庫全書》史部第 267 冊，地理類，頁 423。

65 【清】王士禎著，袁世碩主編：《王士禎全集》（濟南：齊魯書社，2007 年），頁 3823-3824。

2. 春／秋海棠及其在《紅樓夢》中之意旨

《紅樓夢》中所記述的海棠花，可分為兩種：一為春海棠，另一則為秋海棠。在第十七回賈政及其清客，以及寶玉遊大觀園時，考其時序，在後來命名為怡紅院中所種植的西府海棠，即是春海棠的一種。而此種海棠在北京最為有名，《御定淵鑑類函・卷四百五・花部一・海棠一》引《增羣芳譜》曰：「海棠凡四種，皆木本。一名貼梗……其一名垂絲……其一名西府……其一種名木瓜海棠。」[66]而西府海棠的特徵是：樹畧高，花色淺絳如深胭脂，葉茂枝柔。正如寶玉所云：「此花之色紅暈若施脂，輕弱似扶病，大近乎閨閣風度」（十七回）的形貌特徵。

在第三十七回中，按照小說所顯示的時序來看，賈芸獻給寶玉的白海棠即是秋海棠的一種[67]。《御製佩文齋廣群芳譜・卷三十六・海棠附錄秋海棠》云：「〔原〕一名八月春。草本。花色粉紅，甚嬌艷，葉綠如翠羽。此花有二種：葉下紅筋者為常品，綠筋者開花更有雅趣。〔彙考〕〔原〕採蘭雜志：昔有婦人，懷人不見，恒灑淚於北墻之下。後灑處生草，其花甚媚，色如婦面，其葉正綠反紅，秋開，名曰斷腸花，即今秋海棠也。于若瀛曰：秋海棠喜陰生，又宜卑濕，莖岐處作淺絳色，綠葉文似朱絲，婉媚可人，

---

[66] 【清】張英：《御定淵鑒類函・卷四百五・花部一・海棠一》，收入《景印摛藻堂四庫全書薈要》子部第五十四冊，類書類，頁 353-354。

[67] 可參見鄧雲鄉：「賈芸抬來的白海棠是秋海棠，一般只是開嬌嫩的紅花，謂之『海棠紅』，白色秋海棠是極為少見的。……不過『海棠』一名，容易被人誤會，把春天的木本海棠，如垂絲海棠、鐵梗海堂等等和草本的秋海棠混清起來，這是要特別注意的。怡紅院中的一樹『女兒棠』，被寶公譽為『有閨閣風度』，那只是春天開的，北京這種海棠最有名。我在另一篇專談海棠的文章中曾著重介紹過，而『秋爽齋偶結海棠社』一回書所咏的『白海棠』，什麼『秋容淺淡映重門，七節攢成雪滿盆』；什麼『秋陰捧出何方雪，雨漬添來隔宿痕』等等，詠的都是地地道道的草本秋海棠，尤其『七節攢成』一句，說的更具體，因為秋海棠葉下的梗子和開花的花莖都是一節一節的。陳詔同志《紅樓夢小考》第八一則（刊《紅樓夢研究集刊》第四集）『白海棠』中，引的資料都是說木本海棠的，是把季節弄錯了，忽略了這說的是草本秋海棠。」見氏著：《紅樓識小錄》（山西：人民出版社，1984 年），頁 264。

不獨花也。」[68]秋海棠本為紅色,而賈芸變盡方法也只能得到的兩盆白海棠花便為秋海棠中的特有種,是極其尊貴的了,正合乎第二回甄寶玉所云:女兒二字是極尊貴極清淨的;而三十七回正是探春欲結詩社的橋段,探春的居處之名——秋爽齋,此「秋」不僅符合了小說時序也更證實了此時的海棠花為秋天所開。賈芸送來的尊貴海棠與詩社的開舉並行,烘托了大觀園中這些尊貴清淨的女孩子們,藉由詩社的活動而集結在一起吟詩作樂,是難得一見的美好景況。

如上所引述,將海棠與女子作連結的可以《廣群芳譜》所引《採蘭雜志》中秋海棠的故事由來作為代表。秋海棠是因女性如斷腸般的相思淚而生,其花反映了女性嬌媚柔弱的面貌;而喜陰生、喜悲濕的秋海棠也正符合了女性的特點:身為陰性,且給人一種常懷淚水的悲弱形象。另一將海棠喻為女子的則是楊妃之典:「唐明皇曾召太真妃,妃被酒新起,帝曰:『此乃海棠花睡未足耳。』」[69]由此典可見海棠的柔豔、慵懶與嬌貴,正符合了女兒們的美好情態。

《紅樓夢》中除了十七回、三十七回出現海棠外,在第五回秦可卿的房中,壁上有唐寅(1470-1524)所繪的〈海棠春睡圖〉,此圖不僅合於一個對女性閨房中的旖旎想像,也藉明皇楊妃之典,以及秦可卿所雙關之「情」字及其自身「情天情海幻情身」之判詞,揭示了接著寶玉於太虛幻境中悟情之可能,也正呼應了全書「大旨談情」的終極主旨。

第五十一回晴雯生病,寶玉在與麝月的對話中也藉著白海棠之名來比喻他房中這些嬌弱稀貴的女孩子們:「我和你們一比,我就如那野墳圈子裏長的幾十年的一棵老楊樹,你們就如秋天芸兒進我的那才開的白海棠。連我禁不起的藥,你們如何禁得起?」六十三回掣花籤,湘雲掣中了一支「香

---

[68] 【清】汪灝等:《御製佩文齋廣群芳譜・卷之三十六・花譜十五》(臺北:新文豐出版公司,1980 年),頁 2087-2088。

[69] 【宋】陳景沂撰:《欽定四庫全書・全芳備祖・前集卷七・花部・海棠・紀要》(臺北:臺灣商務印書館,1974 年),頁 1b。

夢沉酣」的海棠花籤，不僅再次指出她醉臥芍藥叢中的糗（美）事，也再度映襯了美好如海棠的有情女兒們的齊聚一堂，又能夠同第一次的海棠詩社活動般顯露出天真女兒的純真性態；但也正如籤上所云之「香夢沉酣」，此時的大觀園中的壽怡紅之宴，也正如這群少男少女們的沉酣香夢，還未被殘酷的現實侵擾而夢醒，仍舊徜徉在美好的虛幻夢境中受盡保護而無須醒來。

到了第七十七回的海棠意象，便是揭曉了夢醒之時的到來。

> 寶玉道：「不是我妄口咒他，今年春天已有兆頭的。」襲人忙問何兆。寶玉道：「這階下好好的一株海棠花，竟無故死了半邊，我就知有異事，果然應在她身上。」襲人聽了，又笑起來，因說道：「我待不說，又撐不住，你太也婆婆媽媽的了。這樣的話，豈是你讀書的男人說的。草木怎又關係起人來？若不婆婆媽媽的，真也成了個呆子了。」寶玉嘆道：「你們哪裏知道，不但草木，凡天下之物，皆是有情有理的，也和人一樣，得了知己，便極有靈驗的。若用大題目比，就有孔子廟前之檜，墳前之著，諸葛祠前之柏，岳武穆墳前之松。這都是堂堂正大、隨人之正氣，千古不磨之物。世亂則萎，世治則榮，幾千百年了，枯而復生者幾次。這豈不是兆應？就是小題目比，也有楊太真沉香亭之木芍藥，端正樓之相思樹，王昭君塚上之草，豈不也有靈驗？所以這海棠亦應其人欲亡，故先就死了半邊。」

寶玉以人物共感、物我一體的預示比喻來哀嘆晴雯的薄命，早在第五十一回晴雯生病時寶玉所喻的海棠，雖對麝月所說時是比為院中所有嬌弱的女孩子，但以當時的情境來說其實只比喻了染病的晴雯一人；這時死了半邊的海棠花也正是晴雯命運的徵兆，應驗了自古以來將花與女性融為一體的意象表徵。晴雯的殞落也正預知了園中眾女性的殞落，正如上一篇所

述之葬花的黛玉，身為奴婢中有著與黛玉一體兩面形象的晴雯也用了自身所具備的花神能力（七十八回小丫頭對寶玉的胡謅語），先驗性地在殘酷現實如王夫人的逼迫中，先行為大觀園中所有如海棠花般尊貴且潔淨的女性作了既消極無力的哀悼，而又積極給予了神性的療癒。

二、說故事的人：劉姥姥的經驗虛構

(一) 三姑六婆──平民階級的視角

在傳統的中國女性的移動歷程中，「三姑六婆」的階級身分無疑是最為自由的一種，「在公／外／男、私／內／女的對應區分之下，古代想要出外行走，參與社會活動的女人，就必須扮裝，換上那一層性別的外衣，因為女人要裝扮成男人才能夠安全且合法地在公共空間移動。花木蘭代父從軍，祝英台扮裝求學，都是偽裝性別以便進入公共空間的例子。如果不要扮裝，就想在外面行走，在古代或許只有三姑六婆之類的特殊角色才可以吧，她們不是所謂的良家婦女，常是上了年紀，頗有閱歷，而接近中性特質的人物。」[70]她們可以公然地穿街走巷並進入女性身處的家室內院，打破了自古以來內／外截然分明的社會規範，並可以任意游走於男性圈與女性圈之間，甚至成為男／女雙方得以聯繫關係的橋樑。

現今對「三姑六婆」的解釋，通常指的是一些搬弄是非、道人長短的市井婦人，若探究此詞的出現，最早可以追溯自元趙素（生於宋元之際）《為政九要·正內第三》：「官府衙院宅司，三姑六婆，往來出入，勾引廳角關節，搬挑奸淫，沮壞男女。三姑者：卦姑、尼姑、道姑；六婆者：媒

---

[70] 見王志弘：〈速度的性政治　穿越移動能力的性別區分〉，收於氏著：《流動、空間與社會　王志弘 1991-1997 論文選》（臺北：田園城市文化，1998 年），頁 222。

婆、牙婆、鉗婆、藥婆、師婆、穩婆。斯名三刑六害之物也。近之為災，遠之為福，淨宅之法也。犯之勿恕，風化自興焉。」[71]後元陶宗儀(1329-1410)之《輟耕錄》中也有記述：「三姑者，尼姑、道姑、卦姑也；六婆者牙婆、媒婆、師婆、虔婆、藥婆、穩婆也。蓋與三刑六害同也，人家有一于此而不致姦盜者，幾希矣；若能謹而遠之，如避蛇蠍，庶乎淨宅之法。」[72]一開始此三姑六婆是能明確地指出哪六種行業，演變至後來，成為了形容女性巧口利言、搬弄是非、貪財好利、媒介姦淫的負面形象，尤以元明以來文人筆中最常被用來指涉為那些調唆別人、搬弄是非的危險婦人。如《初刻》〈酒下酒趙尼媼迷花　機中機賈秀才報怨〉：

> 話說三姑六婆，最是人家不可與他往來出入。蓋是此輩工夫又閒，心計又巧，而且走過千家萬戶，見識又多，路數又熟，不要說有些不正氣的婦女，十個著了九個兒，就是一些針縫也沒有的，他會千方百計弄出機關，智賽良（張良）平（陳平），辯同何（隨何）賈（陸賈），無事誘出有事來。[73]

在此舉出了三姑六婆的特徵：走遍千家萬戶、見識多、路數熟、智巧又工於心計、專於挑撥是非的負面形象。她們為了自己的商業利益可以儘作些不道德的事，且又善搬弄閒事游走於各個階層之中迷說別人好賺取利益，故「貪」與「騙」便成為她們令人厭惡的顯著象徵[74]，士人避之唯恐

---

[71] 見【元】趙素：《為政九要》，收於《居家必用事類》（京都：中文出版社，1984 年），辛集，卷十六，頁 71b，〈正內第三〉。此記載的順序與《輟耕錄》稍異，但內容相同，陶氏之說應承於此。

[72] 【元】陶宗儀：《輟耕錄‧卷十‧三姑六婆》，收於《筆記小說大觀》七編第一冊（臺北：新興書局，1982 年），頁 435。

[73] 【明】凌濛初：《拍案驚奇‧卷六‧酒下酒趙尼媼迷花 機中機賈秀才報怨》（臺北：三民書局股份有限公司，1990 年），頁 58。

[74] 如【宋】袁采說她們會藉機「脫漏婦女財物及引誘婦女為不美之事」。見《世範》，卷三，〈治家‧外人不宜入宅舍〉，收於《叢書集成新編》第三十三冊，家庭教育，頁 57-58；又說她們

不及，往往將她們視為拒絕往來戶以闊清閨閣。

於《紅樓夢》中的馬道婆即是這種負面形象的最好例子。在第二十五回〈魘魔法叔嫂逢五鬼　通靈玉蒙蔽遇雙真〉中馬道婆一看見自己的乾兒子寶玉被賈環用熱蠟油燙傷了臉頰，看準了賈母因疼愛寶玉而表露出的不捨與氣憤，為了安撫這位視孫如命的老祖宗，便使出了她貪財的本事：

> 賈母道：「倒不知怎麼供奉這位菩薩呢？」馬道婆道：「也不值什麼，不過除香燭供養之外，一天多添幾斤香油，點在大海燈裡。這海燈就是菩薩現身法像，晝夜是不敢熄的。」賈母道：「一天一夜也得多少油？明白告訴我，我也好做這件功德的。」馬道婆聽如此說，便笑道：「這也不拘，隨施主們心願捨罷了。像我們廟裏，就有好幾處的王妃誥命供奉：南安郡王太妃，她許的多，願心大，一天是四十八斤油，一斤燈草，那海燈也只比缸略小些；錦田侯的誥命次一等，一天不過二十四斤油；再還有幾家也有五斤的，三斤的，一斤的，都不拘數。那小家子捨不起這些，就是四兩半斤，也少不得替他點。」賈母聽了，點頭思忖。馬道婆又道：「還有一件，若是為父母尊親長上點，多捨些不妨；像老祖宗如今為寶玉，若捨多了倒不好，還怕哥兒禁不起，倒折了福。也不當家。要捨，大則七斤，小則五斤，也就是了。」賈母說：「既這樣說，你就一日五斤合準了，每月打躉來關了去。」馬道婆念了一聲「阿彌陀佛，慈悲大菩薩」。賈母又命人來吩咐道：「以後大凡寶玉出門的日子，拿幾串錢交給他小子們帶著，遇見僧道窮苦之人好施捨。」

馬道婆以她的三寸不爛之舌，先是頭頭是道地按照階級順序向賈母說

會多簸弄是非、窺竊飲食、誘引祈卜、煽惑婦女，因而盜騙財物。見【明】龐尚鵬：《龐氏家訓・嚴約束》，收於《叢書集成新編》第三十三冊，家庭教育，頁194。

明各種階級不同等級的供奉法，又以禮數「怕寶玉禁不起、折了福」來幫賈母討價還價，句句看似相當地合情合理，最終目的即是要賺取其中的香油錢。

馬道婆後來拜訪了趙姨娘，隨即使盡她挑撥離間的能事，慫恿趙姨娘對鳳姐進行報復。此段趙姨娘與馬道婆一來一往的對話中，又可以得見馬道婆的貪財本事——使趙姨娘立下了五百兩的欠契。兩人定下契約後，還真有點法力本事的馬道婆便弄得賈府人仰馬翻，為了發瘋的王熙鳳以及賈寶玉弄得膽戰心驚、死去活來，將整個鐘鼎之家弄了個天翻地覆。作者將三姑六婆的危險形象在馬道婆身上發揮得淋漓盡致，無怪乎明清士人的家訓以及小說作品中將她們視若蛇蠍、三刑六害，勢必得遠之方妙。

雖然三姑六婆們帶來的危險令人恐懼，但她們的職業卻是社會中的不可或缺，如與男女婚嫁有關的媒婆與穩婆（接生婆），便是挨家挨戶中幾乎不可缺的人力需求。如此一來世人對她們的態度以及不可免的對她們的需求便構成一種矛盾。

除了三姑六婆特性上的危險及負面形象外，從她們的職業來看其實在明代社會具有正面意義。婦女藉由擔任姑婆的工作，便能利用本身的技能來換取經濟報酬得以營生[75]。位於下層階級的她們必須以一己之力尋求經濟來源以維持生計，因身為「女性」的特殊身分，使得姑婆工作成為了她們的最佳選擇。因為身為女性，使得她們得以與其他各種階級的女性來往，得以穿街走巷進入女子家室，向其他階層的女性買賣貨物、作男女牽線或是接生的工作，因此有論者以她們的這種自由移動的性質將其稱之為「游民」[76]。她們的工作與婦女的日常生活息息相關，又反映了相當的社會需求，更因為她們游走於街坊的各個角落，使得她們對於市井的陰暗面有所

---

[75] 參見衣若蘭：《三姑六婆——明代婦女與社會的探索》（板橋：稻鄉出版社，2002 年），頁33。

[76] 如賴文華：《〈三言二拍〉中的游民探析》（臺北：國立政治大學中國文學研究所碩士論文，1996 年），頁 53-57。

了解，能夠更深入社會的底層，知悉大街小巷所不為人知的秘密，故官府常藉由她們的見聞和意見求得犯案的緣由和動機以及破案證據，於此三姑六婆便在明清城市的資訊網中扮演了一種類似「傳訊介質」的關鍵角色[77]。

三姑六婆的自由游走性質打破了內／外，不論是空間或是禮教規範上的界線，更打破了家與家之間上的藩籬，她們常常出入閨閣之中，為深閨女性帶來平常不易得知的外界消息，更是擔任起行誼牽線、男女聯繫的重要媒介；又因為她們身為女性，較能夠與獨處閨中的婦女將心比心，除了帶給閨秀們宗教上的心靈寄託以外，又能與這些上層階級的婦女們結為手帕交，成為紓憤解憂，「為閨閣提供娛樂與交通外界」[78]的最佳管道；她們藉著消息的傳遞使得深閨女性擴展了她們的生活認知領域，並提供給這些女性物質生活和精神生活所需，對於久居家中的女性具有一定的助益。

劉姥姥雖然不是從事這種三姑六婆的行業，但是其穿街走巷的特徵其實與姑婆相去不遠。在《紅樓夢》前八十回的小說敘述中其實並不排斥三姑六婆等這些游走於市井之間的職業婦人進來家中，如第五回的智能兒與其師父、第二十五回的馬道婆、在十八回中更是公然引進了小尼姑與小道姑們前來為元春的省親作準備，而且即使馬道婆惹了這麼大的一個事端，於第七十七回中王夫人仍留下了水月庵的智通與地藏庵的圓信住兩日，而妙玉的身分儼然就是一位檻內的道姑。雖然明清士人曾大力疾呼不可近昵這些危險的三姑六婆，但作者仍不時將她們穿插在各個章回，也賦予了她們各自不同的形象——智能兒與妙玉用以突顯主情的象徵；馬道婆和智通、圓信則是集挑撥拐騙、貪財好利於一身，顯示出當時對三姑六婆的種種負面印象；為元妃省親而買來的那些尼姑、道姑們則是苦命下層階級女性的代表，因貧困的家境而不得不被人口販子賣入有錢人家作娛樂之用。

---

[77] 詳閱王鴻泰：《流動與互動——由明清間城市生活的特性探測公眾場域的開展》（臺北：國立臺灣大學歷史研究所博士論文，1998年），第四章，〈資訊網絡與公眾社會〉。

[78] 李玉珍：〈中國婦女與佛教〉，收於李貞德主編：《中國史新論　性別史分冊》（臺北：中央研究院、聯經出版，2009年），頁484。

劉姥姥雖不具有明確的三姑六婆身分，但其可以自由游走的形象實與她們相差不遠。她以一介農婦的腳色用「探親」的名義造訪賈府，實際上是為了要改善自家經濟困境的目的而來，與三姑六婆同樣具有經濟利益的傾向；在她二進賈府後，成為了一個詼諧逗趣的丑角，並成為說故事的人交流家鄉的故事消息，為賈府上上下下的人們帶來了消息傳遞與娛樂的作用。劉姥姥所具備的練達人情和深觀世務的閱歷讓這些閨秀女性們拓展了視野，成為她們得以抒發情緒的管道，其功能性實與三姑六婆所具有的職業身分並無二致。劉姥姥脫去了三姑六婆的惡習而保有其積極意味，故其在大觀園中的遊歷便在書中有了特殊地位及意義。以下便由兩大方面——說故事的人以及作為博覽觀眾的身分來闡述劉姥姥之遊所涉及的現代意涵。

(二)敘事傳統——說故事的人

在第三十九至四十二回此四回的篇幅中，劉姥姥二進賈府的行動成為了全書極重要的部分。有別於第六回劉姥姥一進榮國府的目的是為了借錢打抽豐、籌辦冬事之用，這次前來則是為了還禮：

> 劉姥姥因上次來過，知道平兒的身分，忙跳下地來問「姑娘好」，又說：「家裏都問好。早要來請姑奶奶的安，看姑娘來的，因為莊家忙，好容易今年多打了兩石糧食，瓜果、菜蔬也豐盛。這是頭一起摘下來的，並沒敢賣呢，留的尖兒孝敬姑奶奶、姑娘們嘗嘗。姑娘們天天山珍海味的也吃膩了，這個吃個野意兒，也算是我們的窮心。」平兒忙道：「多謝費心。」（三十九回）

身為村姥的劉姥姥，從這次她前往榮國府的目的，可以得知她是位深明禮義、足識大體之人，「禮尚往來」的互利行為在她此次的行動中得以顯明。

　　後來則因為賈母的一句：「我正想個積古的老人家說話兒，請了來我見一見」，讓劉姥姥得以留在賈府多住幾日，作為以下四回熱鬧生動、詼諧中帶有現實反諷意味的旅程開端。

　　一開始劉姥姥在榮國府作的第一件事，便是帶著家鄉的新聞故事給這些身處內室的夫人小姐們解悶。在第五十四回中，兩個女先兒為賈母傳遞了有關於王熙鳳的故事，引出了賈母對千篇一律的才子佳人小說的一番批判；劉姥姥在二進賈府後，也為賈家的夫人們帶來故事，甚至還勾出了賈寶玉的一段癡情，此時的劉姥姥從一介村婦的身分轉移成為了說故事的女篾片[79]，其身分的轉移使得她這種「說故事」的行為以及故事的內容成為全書重要的意涵指涉。

　　在唐代已經有了說書人的出現，到了宋代，因坊市制度以及宵禁的取消、夜市勾欄的興起，在商業繁榮之下的娛樂需求也大為提高，其中便有「說話」行業，從事這種行業的人便稱為「說話人」。唐代的說話內容主要是有勸懲世人的教條作用；但到了宋代的說話，內容題材大為增廣，且為了娛樂需要便講些驚人動聽的故事，劉姥姥在此從事的行為便是宋代說話的遺風，「劉姥姥正是非專職的另類女說書人，是男性空間中之清客篾片在女性空間中的替代品。」[80]劉姥姥自主地穿街走巷來到了榮國府，又在內院中傳遞故事，填補了位內的隔絕的性別空間禁閉下的心靈空缺，而此也正是三姑六婆的積極功用所在[81]。

　　開始的抽柴女故事，顯露了農村人家忙碌且辛苦的一面，又以冬天的冷雪作為故事的開頭，具有隱涉現實的意涵。故事的主角是個十七八歲的小姑娘，根據後來寶玉的追問下得知這個姑娘是以異界遊魂的型態游走於

---

[79] 第四十回鴛鴦笑道：「天天咱們說外頭老爺們吃酒吃飯都有一個篾片相公，拿他取笑兒。咱們今兒也得了一個女篾片了。」

[80] 歐麗娟：《紅樓夢人物立體論》（臺北：里仁書局，2006 年），頁 390。

[81] 「被視為『女清客』的劉姥姥對賈府中的太太小姐們來說，一方面固然是逗趣取樂的小丑人物，另一方面卻如同『三姑六婆』一般，讓禁足於深閨內中的女性增廣見聞並滿足對外界的好奇心。」出處同前註。

故事中（雖然經過中途「南院馬棚走了水」以及賈母認為不祥而宣告中斷，故無法得知劉姥姥為寶玉的續講是否合於原先欲說的故事內容）。故事因為走水事件而戛然作止，劉姥姥只得換上另一套故事來重補前一個故事所消逝的娛樂效果，後來換上的因果報應故事果然讓賈母和王夫人都被吸引住了，由此可證劉姥姥具有極為應變通達的老練特質。

再拉回那位抽柴少女的故事中，經過賈寶玉的追問讀者可以較為清楚的了解這個被宣告中斷的故事梗概：抽柴少女的名姓為茗玉[82]，也是一位知書識字的大家閨秀，只可惜到了十七歲時便薄命而逝，之後家人為其塑像蓋廟，以解思念之情，但人類對幽祟之物的恐懼使得他們欲打像毀廟來求得內心的平靜。劉姥姥所胡謅的這段敘述實與《牡丹亭》有極大的互文——知書識字、年方二八的杜麗娘因傷春而逝，太守也為她在後園起了座「梅花菴觀」安置神位，且抽柴女「茗玉」也互文了湯顯祖之《玉茗堂四夢》，由此可見作者推崇湯顯祖甚矣。

除此之外，作者以互文《牡丹亭》來表達了對青春女性的薄命而逝的哀悼，在大觀園中的女性，如可卿、金釧兒、晴雯、迎春、黛玉等均是薄命而逝的女兒，其中可卿因階級身分的尊貴才能夠停靈鐵檻寺並書立牌位，其他殤亡的女兒們卻不得編入譜內流傳名姓，這是傳統禮教對未嫁而亡的女性的限制與隔絕。故如上篇所述，黛玉的葬花行為以及寶釵的冷香丸的調製便成了為這些未嫁薄命的女性的先驗性救贖。在此的劉姥姥藉由講述故事也起了這樣的一個作用，藉由與《牡丹亭》的互文以及起孤娘廟所建立的祭祀功能，為這些薄命殤亡的女性留下紀錄並安撫她們愁苦的靈魂，有形身體的消亡藉由立廟而在宗教信仰中得到無形的重生，得以成了精、變了人而能夠繼續游走世間，在劉姥姥的故事中留下紀錄。

---

[82] 原人文通行本（百二十回本）作「若玉」，此按庚辰八十回鈔本仍作「茗玉」，因小說內容多處與湯顯祖劇作互文，按此一特徵故作「茗玉」為當。

> 一則德國諺語說：「遠行人必有故事可講。」人們把講故事的人想
> 像成遠方來客，但對家居者的故事同樣樂於傾聽。蟄居一鄉的人
> 安分地謀生，諳熟本鄉本土的掌故和傳統。若用經典原型來描述
> 這兩類人，那麼前者現形為在農田上安居耕種的農夫，後者則是
> 泛海通商的水手。[83]

劉姥姥在《紅樓夢》中的重要腳色則相當於本雅明(Walter Benjamin,1892-1940)在其〈說故事的人〉中的農夫和水手，她以固著在土地上的農夫的象徵帶著對家鄉的記憶走著如水手般的漂遊道路，行著傳遞故事的作用；講故事的人有著導師和智者的特徵，她將世態人情融會於故事內再釋放出來，使得故事充滿了人生意義，而她這樣的方式也正符合了明清時期工藝女性與手工藝產品之間的關係：「講故事者對他的素材──人類生活的關係本身是否正是工藝人之於手工藝品的關係？講故事人的工作恰恰是以實在、實用和獨特的方式塑造經驗的原材料──自己和他人的經驗。」[84]儘管劉姥姥製造的不是有形的商品，而是無形的、可藉由代代相傳而能夠流傳更遠的故事，而在她的故事中，這些薄命的女性也呼應了作者在整部《紅樓夢》內想要企求的主旨：「爲閨閣昭傳」、「爲女性留下紀錄」的重要目的。

除了劉姥姥以外，另一個重要的說故事的人則為敘述晴雯變為花神的小丫頭。

> 你們還不知道。我不是死，如今天上少了一位花神，玉皇敕命我
> 去司主。我如今在未正二刻到任司花，寶玉須待未正三刻才到家，

---

[83] 〔德〕本雅明(Walter Benjamin)：〈講故事的人 論尼古拉‧列斯克夫〉，收於〔美〕漢娜‧阿倫特（漢娜‧鄂蘭，Hannah Arendt）編，張旭東、王斑譯：《啟迪：本雅明文選》（北京：生活‧讀書‧新知三聯書店，2012年），頁96。

[84] 同前註，頁118。

只少得一刻的工夫，不能見面。世上凡該死之人，閻王勾取了過
去，是差些小鬼來捉人魂魄。若要遲延一時半刻，不過燒些紙錢，
澆些漿飯，那鬼只顧搶錢去了，該死的人就可多待些個工夫。我
這如今是有天上的神仙來召請，豈可捱得時刻？（七十八回）

聰明伶俐的小丫頭知曉寶玉向來的情性，胡謅了晴雯死後變為花神的
故事使得晴雯之夭亡拂上了一層瑰麗奇幻的色彩。「每一個文學描述都是一
個視域。我們可以說，在描述之前，說話者是站在窗前，倒不是要看甚麼，
而是要利用窗框確定他所看到的一切：窗框創造場景。」[85]小丫頭以自己
編制的經驗窗框創造了晴雯臨死道別的場景，並以對話的方式栩栩如生地
向寶玉述說了她因去探望晴雯、在遊走觀看中所經歷的一切，使得故事成
為說話者言語中所敘的真實，爲《紅樓夢》不斷提及的花神信仰又添一例
證。

「敘事知識並不重視自身的合法性問題，它獲取信任的秘密在於被講
述和被重複的事實，它不需要任何論證過程，只需通過傳遞的語用學就可
以獲得有效性。」[86]花神信仰的不斷重複講述在重視宗教的傳統中國其來
有自，小丫頭對寶玉所敘說的個體經驗不過是此種信仰的再次重申，小丫
頭賦予晴雯花神的宗教性使得她如前述劉姥姥故事中抽柴的茗玉——藉由
了立廟舉動而擁有不死重生的神性——藉由花神的庇護女性之功能得到了
盼望救贖的力量。晴雯本為護花使者寶玉房中的一名伶俐丫環，在死亡消
逝的過程中進入小丫環的故事神性領域，而一轉脫身成為自身即具有庇護
功能的花神，從被動保護至主動保護他人的能力移轉顯示了曹雪芹對花神
信仰的重新定義：晴雯以一卑賤身分而能當上花神，正是他打破貴賤區分，

[85]〔法〕羅蘭巴特(Roland Barthes)著，屠友祥譯：《S/Z》（上海：上海人民出版社，2006年），頁131-135。

[86]周慧：〈從利奧塔的《後現代狀況》解讀後現代的兩重涵義〉，《外國文學》，2011年第1期（2010年1月），頁119-160。

賜予這些卑下悲苦女性的神性救贖。

晴雯的身分和黛玉一樣身為孤女,且雖身為下賤,但心比天高的情性與黛玉如出一轍,如第八回脂評:「余謂晴有林風,襲乃釵副,真真不錯」[87]以及清人徐瀛之論:「或問《紅樓夢》寫寶釵如此,寫襲人亦如此,則何也?曰:襲人,寶釵之影子也,寫襲人,所以寫寶釵也。或問《紅樓夢》寫黛玉如彼,寫晴雯便如彼,則何也?曰:晴雯,黛玉之影子也,寫晴雯,所以寫黛玉也。」[88]且「晴雯者,寓意情文」[89]的寓意使得「情」之論述又在此開展:晴雯之「情文」與黛玉之「情情」[90]互文見義,兩人均在《紅樓夢》主情的世界裡起著重要作用;另黛玉之花籤抽的是芙蓉,晴雯在小丫頭的故事中又成了芙蓉花神,賈寶玉的〈芙蓉女兒誄〉「明是為阿顰作讖」[91]也,由此可知黛玉與晴雯的身分實為兩面一體。

> 聽小婢之言,似涉無稽;據濁玉之思,則深為有據。何也?昔葉
> 法善攝魂以撰碑,李長吉被詔而為記,事雖殊,其理則一也。故
> 相物以配才,苟非其人,惡乃濫乎其位?始信上帝委託權衡,可
> 謂至洽至協,庶不負其所秉賦也。(七十八回〈芙蓉女兒誄〉)

晴雯在小丫頭的故事中成了擁有庇護女性神性的花神,呼應了黛玉葬花行為的護持能力,寶玉此誄雖爲晴雯所作但也實爲黛玉而寫,兩人在書中所具有的神性救贖能力在此得到了聚合及呈顯,誄中的「苟非其人,惡乃濫乎其位?始信上帝委託權衡,可謂至洽至協,庶不負其所秉賦也。」

---

87 見〔法〕陳慶浩編著:《新編石頭記脂硯齋評語輯校 增訂本》,頁190。

88 【清】徐瀛:《紅樓夢問答》,收入【清】蟲天子輯:《香豔叢書》,國學扶輪社輯,民國三年上海和記中國圖書公司排印本。

89 王昆侖(太愚):《紅樓夢人物論》(北京:北京出版社,2004年),頁18。

90 第十九回脂評,見〔法〕陳慶浩編著:《新編石頭記脂硯齋評語輯校 增訂本》,頁349。

91 庚辰本夾批和靖藏本眉批,見王昆侖(太愚):《紅樓夢人物論》,頁557-558。

更是賜予了她們能夠成為花神的合法與正統性。

(三)博覽之遊的意義

　　有別於第十七、十八回，賈政帶著寶玉、賈珍以及清客等人場勘大觀園的男性之遊，第四十至四十一回則是賈母率領著眾多夫人、小姐及其丫環的女性之遊，而無論是男性或女性之遊，均反映出自明代，尤其是明末以來興盛的遊園風潮。劉姥姥以一民婦的身分進入女兒們進住後便封閉隔絕的大觀園，其遊歷不僅為讀者展露了各金釵的居處擺設，更重要的是由她的眼睛紀錄下大觀園如皇宮內苑般的富麗精工以及有著博物館性質的蒐奇展覽；另外，由她的足跡以及集老練通達與詼諧醜扮於一身的娛樂效果，使得大觀園因此打破內／外界線且具備了開放性質。

　　劉姥姥由鄉村進入城市，又由城市進入豪奢富貴的榮國府，再由賈母這位大家長帶領堂而皇之地涉入了被視為女兒們的世外桃源、極乾淨不得半絲汙穢沾染的大觀園，充分顯現了她具有三姑六婆隨意遊走的自由特質。但也正如她所帶有的現實世俗性以及在眾人面前表現出的粗鄙和不潔的行為，如同從會芳園引進的不潔泉水，在闖入了封閉的大觀園後即帶入這些外在世界的污穢因子，使得看似潔淨的大觀園在先天不足（會芳園的水）又後天欠調（劉姥姥的進入）的情況下逐漸走上了衰亡的過程，而遊玩過後賈母的染病以及巧姐的染祟也正是大觀園隱含不祥因素的象徵。

　　劉姥姥本為一個家住偏僻鄉村又身為農婦的邊緣人物，在此次的出遊搖身一變成為眾人矚目的中心焦點，無論是遊園、筵席、行令甚至是金釵們高雅的詩社活動，均以她為主要討論題材，也因此使得大觀園本是私密的、隔絕的，屬於天真清淨女兒的內闈空間，因劉姥姥的進入打破了內／外、雅／俗、上／下的界線[92]。而她在身分的游移轉換後所表露出的種種

---

[92] 如歐麗娟所云：「以大觀園為例，花園本身即帶有禁區意味，閒雜人等不得輕易進入；而園中各房舍的空間規劃亦嚴守階級區分，依序是：大丫頭（與主子同處內室）、小丫頭（候命於門廳邊際），以及最下層的婆子老嬤嬤們（待令於門外廊下），她們的地位高下也直接反映在活

鄙陋、詼諧行為，使得她具有如莎士比亞戲劇中「傻瓜」腳色的特質：「既
非主子又非一般僕人的，既非主人的同伴兒又不過是個僕從的特殊身分，
造就了他既是生活的旁觀者又是人性的洞察者的雙重身分」[93]、「來自下層
社會卻置身於上流社會最高層的特殊處境，又使傻瓜自然而然地成為聯繫
上下兩層社會的中間紐帶，這使他既熟悉下層社會的五光十色，又可深知
上流社會的爾虞我詐……由此，他得以洞悉許多事情的真相和本質，成為
劇中少有的人情練達、大智大慧者」[94]。「劉姥姥乃是個久經世代的老寡婦」
（第六回），因為她的年歲長、歷練深，在人生的旅途上自是看盡了人生百
態以及世人的種種習性，這樣的特點使得她能夠在各個階層游刃自如，能
夠透悉不同階級的需求而給予她們想要的娛樂。如第四十回在她說出令眾
人失態捧腹大笑的「老劉，老劉，食量大似牛，吃一個老母豬不抬頭。」
一語前，就先有鴛鴦拉了她到一旁囑咐「這是我們家規矩」的一番話；在
結束了這段令人噴飯的表演過後，劉姥姥、鳳姐與鴛鴦的對話才使讀者曉
得原來這都是她們先行串通好了的，為的就是要「（讓）大家取樂兒」，此
段劉姥姥的配合演出且甚具笑料的詼諧本事讓她「善於權變應酬」[95]的人
性特徵再次表現得更加鮮明，故清人徐瀛亦云：

動空間的區劃上，因此第五十二回麝月攆逐墜兒之母，依據的就是空間逾越的原則：『成年家
只在三門外頭混，怪不得不知我們裏頭的規矩。這裏不是嫂子久站的，再一會，不用我們說話，
就有人來問你了。』說著，還叫小丫頭子拿布來擦地。另外，第五十八回記述小丫頭們譏諷跑
進屋裡奪碗吹湯的何婆子道：『我們到的地方兒，有你到的一半，還有你一半到不去的呢。何
況又跑到我們到不去的地方還不算，又去伸手動嘴的了。』可見小丫頭地位高於最低階的婆子
輩。而劉姥姥卻堂而皇之地登堂入室，在瀟湘館、秋爽齋、蘅蕪院甚至怡紅院之深閨內幃走動
談笑，身旁又有包含了各色人等的大批人馬伴隨在側，可謂短暫地突破禁防而創造出一種廣場
性質。」見氏著：《紅樓夢人物立體論》，頁 425-426，注 39。

[93] 易紅霞：《誘人的傻瓜》（北京：中國社會科學出版社，2001 年），頁 69。

[94] 同前註，頁 69-70。

[95] 甲戌本第六回批語：「劉婆亦善於權變應酬矣。」〔法〕陳慶浩編著：《新編石頭記脂硯齋評
語輯校 增訂本》，頁 140。

> 劉老老深觀世務，歷練人情，一切揣摩求合，思之至深。出其餘技作游戲法，如登傀儡場，忽而星娥月姐，忽而牛鬼蛇神，忽而癡人說夢，忽而老吏斷獄，喜笑怒罵，無不動中窾要，會如人意。因發諸金帛以歸，視鳳姐輩真兒戲也。而卒能脫巧姐於難，是又非無真肝膽、真血氣、真性情者。殆黠而俠者，其諸彈鋏之傑者與！[96]

劉姥姥在書中所顯露的獨特娛樂效果也同張新之所說：「閑人初讀《石頭記》，見寫一劉老老，以為插科打諢，如戲中之丑腳，使全書不寂寞設也。」[97]自傳統禮教將閨閣女性嚴禁規定在「內」的空間範圍中時，也就表示了與外界的隔絕，女性所面對以及所置處的只有家內這一個狹小的空間，且以「女子無才便是德」的教條制定之下使她們失去了得以藉由書籍媒介了解外在世務的機會，因此如劉姥姥這般三姑六婆式的插科打諢人物的進入內幃便顯得相當重要，「醜拙鄙陋不僅打動一時樂趣，也是沉悶世界中一種釋放束縛擔負的力量。現實世界好比一池死水，可笑的事情好比偶然皺皺起的微波，諧笑就是對於這種微波的欣賞。」[98]對深閨女性來說，她們的主要作用除了提供娛樂管道之外，更重要的是可以讓女性長期處於幽閉空間的鬱悶情緒得以抒發釋放。

劉姥姥在四十至四十一回的遊玩路線，大致可作出如下的一條線狀地圖：

> 綴錦閣→沁芳亭→瀟湘館→紫菱洲蓼漵→秋爽齋→荇葉渚→蘅蕪院→綴錦閣→櫳翠庵→省親別墅→怡紅院→稻香村擺晚飯

---

96 【清】徐瀛：《紅樓夢論贊・劉老老贊》，收入一粟編：《紅樓夢卷》（北京：中華書局，1963年），卷三，頁 136。

97 【清】張新之：《紅樓夢讀法》，收入一粟編：《紅樓夢卷》，卷三・頁 157。

98 朱光潛：《詩論》（臺北：漢京文化事業公司，1982 年），頁 29。

在經過「省親別墅」時，劉姥姥抬頭指那字道：「這不是『玉皇寶殿』四字？」（四十一回）儼然將整個大觀園誤認為天上的皇宮院圍了。但劉姥姥並無誤認，大觀園在設立之初本是為了具有皇室身分的元妃省親而建，爲準備此次隱含「接駕」大事的行動自是將大觀園弄得富貴輝煌、儼然如一皇家行宮；而在諸位女兒們的進住後此園便託寓了天上太虛幻境的人間顯影，故劉姥姥在此的驚嘆不過是又再次提醒讀者此園與虛幻的太虛幻境之間的對照性。

在劉姥姥的遊園歷程中，作者大力點綴鋪設了眾多景物的描寫，如在黛玉的瀟湘館中，光是糊窗的紗就有銀紅蟬翼紗、軟煙羅等各種式樣；吃飯的筷子也可分有老年四楞象牙鑲金、烏木鑲銀兩種材質；來到探春的秋爽齋便見到汝窯花囊、白玉比目磬；在藕香榭喝酒行令時用的是烏銀洋鏨自斟壺、十錦琺瑯杯。琺瑯又稱「佛郎」、「法藍」、「景泰藍」，是一音譯外來語，源於隋唐時期古西域地名「拂菻」，當時東羅馬帝國和地中海沿岸所製造的搪瓷嵌釉工藝品就稱作「佛郎嵌」或「佛朗機」，簡化為「拂菻」，後又名為「琺瑯」。在康熙時期宮廷內有武英殿琺瑯作，是用來專門製作畫琺瑯器的設施，而此時清代對外唯一的開放門戶即在廣州，使得廣州的琺瑯製作技術水平甚高。史料記載曹家有關琺瑯物件的記載在給皇帝的奏摺內：「康熙五十九年二月初二日，曹頫（曹寅之子）奏摺內朱批、諭曹寅：『近來你家差事甚多，如磁器、琺瑯之類，先還有旨意件數，到京之後，送至御前覽完才燒琺瑯。今不知騙了多少磁器，朕總不知。已後非上傳旨意，爾即當密摺內聲名奏聞。』」[99]而當時這些進貢與製造瓷器的工作皆由皇帝委任自家包衣管理，故曹雪芹得知自家家族史有此一紀錄應不是難事。

在後來劉姥姥陰錯陽差進了怡紅院，看見了有西洋機括的一面大穿衣鏡以及集錦槅子，此種槅子的規格可分類如下：「架無門，多作為放置圖書、

---

[99] 故宮博物院明清檔案部編：〈硃諭曹頫今後若有非欽交差使著即具摺奏聞〉，見《關於江寧織造曹家檔案史料》（北京：中華書局，1975 年），頁 153。

古董玩物之用，立木為四足，用橫板將空間分隔成若干層。可單面靠牆置物，亦有雙面可作分隔用；格層有對稱整齊或大小錯落的，『多寶格』或稱『博古架』即為後者，是清代獨創的品類，於雍正時初見雛型，大興於乾隆朝。」[100]而寶玉房中的集錦槅子，便是用來陳設古玩器物的，是清代極為流行的家具品類，常見於清代王公貴族、仕紳高官的花廳書齋內。

　　博古架始見於北宋宮廷以及官邸，起初只是安放在大廳，後來隨著明代上層社會的流行，此架也就進入了內廳以及書房。到了清代博古架極為興盛，連民間百姓階級的人家裡頭可能都放有一副，故被公認為最有清式風格的家具之一。

　　在《欽定大清一統志‧卷四百二十三‧西洋》內，有記載西洋諸國於康熙九年入貢土產珊瑚樹、珊瑚珠、琥珀珠、伽儞香、哆囉絨、象牙、犀角、乳香、蘓合油、丁香、金銀乳香、大玻璃鏡等貢品[101]，其中「大玻璃鏡」應即指怡紅院房中的西洋機括穿衣鏡。西洋貢品出現在寶玉的房中[102]，且多寶格（博古架）本身就具有帝王規格，由此可知怡紅院的設立本即按照著帝王規模而建，也正符合寶玉在賈府眾人的心目中「啣玉而生」、被視若珍寶的珍貴身分[103]。

---

[100] 蔡櫻如：《〈紅樓夢〉空間陳設的研究：以「怡紅院」為中心》（桃園中壢：國立中央大學中國文學系碩士論文，2009 年），頁 48。又頁 87 有多寶格之圖可參看。

[101] 【清】和珅、穆彰阿等纂修：《欽定大清一統志》，收於《景印文淵閣四庫全書》史部 241 冊，地理類，頁 711。

[102] 《紅樓夢》第十六回：「趙嬤嬤道：『噯喲喲，那可是千載希逢的！那時候我才記事兒，咱們賈府正在姑蘇揚州一帶監造海舫，修理海塘，只預備接駕一次，把銀子都花的淌海水似的！說起來……』鳳姐忙接道：『我們王府也預備過一次。那時我爺爺單管各國進貢朝賀的事，凡有的外國人來，都是我們家養活。粵、閩、滇、浙所有的洋船貨物，都是我們家的。』」由此可見賈府與王熙鳳的娘家王府均行過接駕一事，且也不排除賈府在監造海舫時也兼擔管理進貢事務之工作。有關《紅樓夢》中對於西洋物品描寫之研究，可參閱方豪：〈從「紅樓夢」所記西洋物品考故事的背景〉，收入氏著：《方豪六十自定稿》，上冊（臺北：臺灣學生書局，1969 年），頁 413-496。

[103] 似乎更可以將寶玉的身分提高至清宮內的帝王化身，如方豪所推測：「『真人物』。這是最複雜的一點。書中雜有作者自身的、友好的、先人的、老親的、朝廷的、民間的、親自經歷

　　大觀園在設立之初即是一種融合了南北景物[104]的非私家園林,因規模
太大,故隱涉有皇家林苑的影子,劉姥姥親自走訪了大觀園一圈,以她的
視覺角度帶給讀者新的視覺體驗,具有震撼性和戲劇性;而劉姥姥所看到
的怡紅院又如同清宮規格,展現了明代以來收藏家的長物收藏風潮。在十
五、十六世紀大航海時代的出現,西洋諸國的紛紛進貢使得自詡為天朝的
中國也開始與西洋各國有了往來,航海時代下的奇物展現在大觀園中表露
無遺,劉姥姥身為一介平民階級的無民小卒而能自由隨意參觀如奇物博物
館般體制與規模的大觀園與怡紅院(甚至是其他諸閨閣的住所),打破了上
層階級園林原有的私密空間,正是預告了一種遊的現代性——藝術本是高
雅的、只供上層階級的人們所遊賞的,但資本社會的興起使得有錢有閑的
平民百姓也可以擁有如上層階級人士的權利,也可以享受休閒,「藝術」成
為了雅/俗共賞的消費品,博物館也具備了人人得以登堂入室的開放性,
「雅俗階級的品味彼此互相影響與滲透」[105]。

　　在劉姥姥此次的遊園過程中,可以得見賈府生活的奢華虛榮,對姥姥
所展示的各種奇物也正是賈府炫富的一種表現。而這樣的繁華勝景最後如
劉姥姥話中有話的言語以及行為上共同揭示了終將為空的結局:

　　劉姥姥念佛說道:「我們鄉下人到了年下,都上城來買畫兒貼。時
　　常閑了,大家都說,怎麼得也到畫兒上去逛逛。想著那個畫兒也

　　的、看到的、聽到的、以及其他書上有記述的男女情史;從所記西洋物品來推測,宮中的事,
　　比例上或較佔多數。例如偶爾從西洋教士處或中國教士如吳漁山神父處獲嘗葡萄酒,已有紀
　　錄可證,但像寶玉那樣經常用為飲料,似只康熙帝有此可能;又如用西藥,我們至今也只找
　　到康熙帝一則資料;以曹寅的顯赫,還不能從教士處得到金雞那,說寶玉口中的依弗哪,只
　　宮中繞有,寶玉是帝王化身,亦極盡情理。」見方豪:〈從「紅樓夢」所記西洋物品考故事
　　的背景〉,頁491。

[104] 嚴明:《紅樓夢與清代女性文化》(臺北:洪葉文化,2003年),頁348。

[105] 毛文芳:《物・性別・觀看——明末清初文化書寫新探》(臺北:臺灣學生書局,2001年),
　　頁157。

不過是假的，哪裏有這個真地方呢。誰知我今兒進了這園子裏一
瞧，竟比那畫兒還強十倍。怎麼得有人也照著這個園子畫一張，
我帶了家去，給他們見見，死了也得好處。」（四十回）

大觀園的真與年畫上的假可互為體面，大觀園所擁有的景況是比年畫
還要繁盛上數倍的雍容，而劉姥姥的「怎麼得有人也照著這個園子畫一張，
我帶了家去，給他們見見」一句話本有著試圖為這樣的繁花勝景留下紀錄，
正襯托了她身為遊走的、負責傳遞故事的說故事人的使命身分，預告性地
先知了大觀園的終將毀滅而企圖想要以畫作的傳承來保持它的不滅，就在
姥姥說出了這樣一個提議後賈母便提供了惜春此一人選，自此惜春的命運
便和大觀園有了聯結。但以惜春的幼小要她擔負著將大觀園的命運紀錄並
留存下來的工作實在太過吃力，且她本就是內心潛藏要皈依佛門的出世代
表[106]，故最後在《紅樓夢》的前八十回中沒有得到惜春將畫完成的紀錄，
甚至還可能因為能力不足而就此中斷；而惜春本身命運裡即含有的佛緣，
也使得大觀園的結局如同金剛經云：「一切有為法，如夢幻泡影，如露亦如
電，應作如是觀。」的偈語般，一切的繁華似錦到最後都成為了泡影夢幻。

那劉姥姥正誇雞蛋小巧，要夾攢一個，鳳姐兒笑道：「一兩銀子一
個呢，你快嘗嘗罷，那冷了就不好吃了。」劉姥姥便伸著子要夾，
哪裏夾得起來，滿碗裏鬧了一陣，好容易撮起一個來，才伸著脖
子要吃，偏又滑下來滾在地下，忙放下著子要親自去撿，早有地
下的人撿了出去了。劉姥姥嘆道：「一兩銀子，也沒聽見響聲兒就
沒了。」（四十回）

---

[106] 《紅樓夢》第七回：「惜春笑道：『我這裏正和智能兒說，我明兒也剃了頭，同她作姑子去
呢，可巧又送了花兒來；若剃了頭，可把這花兒戴在哪裏呢？』」雖是小兒戲語，但的確起
到了預示惜春命運的作用。

　　此處一兩銀子的鴿子蛋，除了比喻賈府中人生活的奢侈外，也隱喻了
大觀園所象徵的富貴，「一兩銀子，也沒聽見響聲兒就沒了。」說的正是奢
侈生活的易得難守；而劉姥姥在園中享盡款待，吃了許多極為精緻如藝術
品的食物後，最後卻只是鬧得肚子裡一陣亂響且通洩起來，所有園中的華
美和奢靡都隨著劉姥姥的穢物一去不復返，且華美／污穢在姥姥的肚子裡
竟成了一體兩面的隱喻；在觀看了怡紅院琳瑯滿目的擺設後，劉姥姥也只
是因為走乏了而前仰後合地倒頭就睡，富貴人家的生活對她來說不過只是
如同過眼雲煙[107]，大觀園的命運在劉姥姥身上再次表明了終歸於空的預
兆。

　　劉姥姥最重要的一次遊歷在於第三十九回至四十二回中她的二進大觀
園，作者用四回篇幅來講述劉姥姥之旅的所見所聞，足見其角色身分在全
書中所顯露的重要性，可以〈劉姥姥上京記〉作為她此次出遊的一段紀錄
命名。她以一老嫗的身分，以一下層百姓的階級而能穿梭於儼然如皇室規
格的賈府中遊覽觀看，更進入如深宮院圍般被隔絕，專屬於未嫁的乾淨女
兒的理想國度——大觀園內恣意表露出其身具丑角的詼諧功能，從她的視
線不僅得以顯現大觀園這個女兒國的內部景況、女兒們居室的陳設和其性
格的呼應，從她的角度更能證實了她雖僅具有普通百姓身分卻得以進入皇
家博物館一窺堂奧的現代意義——藝術本是因為了上層階級的人欣賞而服
務，但資本社會的興起後使得普通人也可以近距離親近藝術、消費藝術，
劉姥姥正是此一型態的展現。更重要的是——她為上層階級的人帶來故
事，其特質超越了寶玉所云：「女孩兒未出嫁，是顆無價之寶珠；出了嫁，
不知怎麼就變出許多的不好的毛病來，雖是顆珠子，卻沒有光彩寶色，是
顆死珠了；再老了，更變得不是珠子，竟是魚眼睛了！」的鄙薄貶義，她
既寫實又反諷，既粗鄙又慧黠，以詼諧丑角的戲份為賈府中人帶來了前所

---

[107] 參見柯慶明：《境界的再生‧論紅樓夢的喜劇意識》（臺北：幼獅文化事業公司，1985年），
　　　頁400-401。

未有的娛樂和新鮮感，帶來了打破尊卑賤貴、雅俗能夠並存的重要意涵。

三、海上遊歷：真真女的現代性

(一) 大航海時代

1. 「大航海時代」背景與西方的「大航海時代」：以貿易為主的擴張

　　西元前 138 年，漢武帝派遣張騫(BC.164-BC.114)前往大月氏國出使，
希望能聯合大月氏共同對抗匈奴的侵擾，但沒有成功；之後於西元前 119
年再度出使前往烏孫國、大夏、安息等地，欲聯合西域各國對抗匈奴。在
這兩次的遊說過程中，中國與西域各國的政治和經濟關係正式建立，不僅
西域各國派遣使者前來朝貢，往來這條道路的商人也因軍旅的出使行動，
使得中國的絲織品、漆、玉、銅等物品傳入西域，西域的葡萄、音樂以及
藝術品也經由此道路傳入中國。因此條路為絲織品主要的貿易路線，故稱
之為「絲路」，中西文化的交流因此路而愈顯頻繁。這條通往西方的道路，
也因為張騫的緣故而有了文獻紀錄。

　　到了十三世紀，因鄂圖曼土耳其人的興起，使得這條東西交通的陸上
絲路被其壟斷控制，歐洲人為突破土耳其人的商業壟斷，便有了開闢新航
路的想法。十三世紀觀見過中國蒙古朝廷的義大利人馬可波羅(Marco Polo,
約 1254-1324)，將自己的旅遊歷程寫成《遊記》(Travels)一書，激起了歐
洲人對中國文明的嚮往與好奇[108]；在海上交通路線方面，1.印度洋的貿易

---

[108] 「當時最受歡迎與最具影響力的旅遊著作之一，則是來自十三世紀末時曾以行腳橫踏過亞洲，
並觀見過中國蒙古朝廷的義大利人馬可波羅(Marco Polo, 約 1254-1324)。馬可波羅幫著歐洲人
在腦海中建構了這樣的一種亞洲形象：一個擁有巨大財富和先進與強大文明的大陸。他的《遊
記》(Travels)激勵著葡萄牙的「航海家」亨利親王(Prince Henry'the Navigator')，並與托勒密
(古希臘語：Κλαύδιος Πτολεμαῖος，Klaudios Ptolemaios；拉丁語：Claudius Ptolemaeus，約

路線自古以來（約唐宋元時期）為印度人、波斯人、阿拉伯人和中國人控
制，但自中國明朝實行海禁政策後，這條路線便被其他三個國家所掌控；
2.地中海的貿易路線被熱內亞和威尼斯商人掌握，使得貿易利益均為其獨
占，引起西歐人的不滿，故西歐各國均欲開闢新的海上貿易航道，以突破
貿易利益被他人掌控的局勢。除了路線因素外，最重要的還是他們對東方
物品的大量需求，尤其是香料[109]，香料可以使得食物易於保存久放，且增
加食物風味。但這些物品在轉轉販賣的過程中，被原本路線上的其他國家
所剝削，故西歐人冀求新路線以與東方直接貿易。

在商業活動的需求外，國家社會結構的轉變也是探索新航線的原因之
一。十四世紀中葉至十五世紀末葉，歐洲地方上的領主逐漸沒落，產生中
央集權式的國家，這些國家大多位於大西洋沿岸，如英格蘭、法蘭西、葡
萄牙、西班牙等，為了拓展財源以解救爭戰以來經濟困難的處境，故鼓勵
人民往外探詢和發展；歐洲的傳教士也支持人民往海外發展，一方面是為
了想打擊回教勢力，一方面則是想向異教徒宣傳教義，「一如達伽瑪(Vasco
da Gama)回答到古里貿易的突尼西亞商人的話，說葡萄人前來亞洲，為的

90-168，又譯托勒玫或多祿某）的著作一道，鼓舞著克里斯多弗·哥倫布（西班牙語：Cristóbal
Colón；義大利語：Cristoforo Colombo），1451-1506）。」見大衛·阿諾德(David Arnold)著，
王國璋譯：《地理大發現(1400-1600)·第一章　歐洲及其域外的寬廣世界》（臺北：麥田出
版，城邦文化發行，1999 年），頁 18-19。

[109] 「絲綢貿易的重要性隨著歐洲本身相關生產的發展而衰微，但亞洲的香料，卻是無以取代。
這些香料或來自印尼群島──丁香生長於摩鹿加群島(Moluccas)，荳蔻粉和荳蔻皮來自班達群
島(Banda Islands)，胡椒則主要產自蘇門答臘(Sumatra)；或來自以前被稱為錫蘭(Ceylon)的斯
里蘭卡（肉桂）及印度的西南（胡椒）。在馬可波羅的時代裡，香料與其他商品一道，是由
沙漠商旅經亞洲西部的陸路，運輸至黑海及列瓦特地區。蒙古帝國崩解後，這條陸上路線已
變得過於危險，而至一四〇〇年時，阿拉伯和印度商人已轉而經由海路將香料先運往位於紅
海的商港。香料運抵這些商港後，再經由陸路，轉送至埃及和敘利亞的地中海地區商埠。而
威尼斯及熱那亞商人則是再從那裡購得這些香料，並將其分銷至歐洲。」大衛·阿諾德(David
Arnold)著，王國璋譯：《地理大發現(1400-1600)·第二章　香料與黃金》，頁 34-36。

是『尋找香辛料(spices)及基督的信徒』」[110]。

　　因為以上種種原因，使得十五、六世紀「大航海時代」的探險活動就此開啟，而首先向外發展的即是位於大西洋沿岸伊比利半島上的葡萄牙和西班牙。此次探險促進了東西方新航路以及美洲新大陸的發現，促進了東西方商業貿易和文化藝術的交流，更引起歐洲各國對外的領域擴張，改變世界歷史發展。

2. 東方的「大航海時代」：鄭和七次下西洋

　　十五、十六世紀，整個世界進入了大航海時代，誰掌控海洋誰就是世界的霸主[111]，在這樣的政治野心之下，海權國家紛紛向外尋找殖民地，企圖建立海外全球的殖民帝國[112]。此次的海外探險擴張，如上所述，是結合了商人欲向外尋求財寶的目的、教會擴充基督神國的志願、以及政府為取得海上霸權的雄心，三者結合為一的大規模殖民行動[113]。

　　中國於此時期最著名的海外探險活動即是明朝永樂年間的「鄭和下西洋」[114]。在宋、元、明代，中國海域大致分為東洋與西洋。朝鮮、日本、琉球、呂宋屬於東洋，而現在的中南半島、馬來西亞、越南、泰國、印尼、蘇門答臘以及印度洋屬於西洋，鄭和的海外行動區域即指後者[115]。此次出

---

[110] 轉引自陳國棟：〈導言：近代初期亞洲的海洋貿易網絡〉，《東亞海域一千年》（臺北：遠流出版，2005 年），頁 16。

[111] 張弘明：《海洋臺灣與海洋文化》（臺北：洪葉文化，2006 年），頁 16。

[112] 盧建德：《入侵臺灣——烽火國家四百年》（臺北：麥田出版，1999 年），頁 7-8。

[113] 方豪：《臺灣早期史綱》（臺北：學生書局，1984 年），頁 72-73。

[114] 大衛·阿諾德認為，早在鄭和之前，中國海軍即已開始了官方的海外探險活動。見〔英〕大衛·阿諾德(David Arnold)著，王國璋譯：〈第一章　歐洲及其域外的寬廣世界〉，《地理大發現(1400-1600)》，頁 23-24。

[115] 陳國棟考證，所謂的『西洋』，可以有兩種說法。其一為西洋＝南印度；其二為西洋＝西洋航道。而鄭和下西洋的「西洋」，狹義指的是古里，乃至於古里所在地的印度西部海岸。古里是鄭和奉使的最初目的地；廣義「西洋」可指「西洋針路」及經由「西洋針路」所到的地方。所謂「針路」是指羅盤針所指示的方向。見陳國棟：《東亞海域一千年》，頁 104、123。

航始於永樂三年(1405)，終於宣德八年(1433)，前後共歷時 28 年之久。此後類似的遠航活動無以為繼。鄭和下西洋的主要目的，歷來學者有「明廷為肅清海路，找尋惠帝下落」的說法，但更多如經濟層面的考量，認為此舉的真正目的其實是為了「赴海外宣揚國威，招徠外國進貢，同時進行皇室的海外貿易」的此一說法其實更讓人信服[116]。或許政治名義只是外表，對於經濟貿易的需求才是最現實的考量。

明代開國以後，為了遏止沿海地區倭寇的侵擾，故頒布了海禁及貢舶貿易政策，使中外交通與貿易大受影響，造成明代外貿蕭條、經濟困窘的情況，故明成祖派遣鄭和赴海外，為的便是要藉由外邦朝貢的方式來突破財政危機。鄭和途經南海、印度洋，甚至一說直抵非洲東岸[117]，規模龐大，但此次出航並沒有為明成祖的期盼帶來多大助益，「厚往薄來」的朝貢貿易完全維持在中國的補貼上，所以遭到極大的批評。到了十六世紀沿海路經常來朝貢的國家，只剩下琉球和暹羅兩國。此次行動雖然沒有獲得預期的成功，但打開了中國人對於域外地區的想像與認識，對開拓文化空間、進行文化交流與擴張行為有很大的發展，為中國人勇於向海上探險的紀錄又添上新頁。

(二)「真真國」／「真真女」的可能身分指涉

十六世紀時，西班牙和葡萄牙人最先來到東亞，分別占領了呂宋與澳門，與中國和日本貿易，西班牙人以墨西哥運來的白銀，在漳州換取中國生絲以銷往西屬美洲，此為所謂的「海上絲路」。除此之外，此兩國也有意瓜分全球，擁有海上強權，但自 1588 年西英海戰之後，西班牙勢力開始式微，英國、法國以及荷蘭相繼成立東印度公司，以與中國和東亞進行貿易。

---

[116] 見〔英〕大衛‧阿諾德(David Arnold)著，王國璋譯：《地理大發現(1400-1600)》頁 23-24。陳國棟：《東亞海域一千年》，頁 105、107 、124。

[117] 但經陳國棟考證，「造訪非洲只是鄭和下西洋的一個意外插曲」。見陳國棟：《東亞海域一千年》，頁 122。

到了十七世紀中葉,荷蘭崛興,將從西班牙賺來的白銀運往爪哇的巴達維亞(Batavia,今雅加達),以換取中國的絲貨、瓷器以及茶葉等商品,而位於東太平洋航線中點的臺灣,也成為了荷蘭進行貨物買賣交換的轉運站。來臺灣的荷屬東印度公司的船隻,是隨著季風季節的轉換進行出航貿易,南風季節時由來自巴達維亞、暹邏(今泰國)、柬埔寨、廣南與東京(均在今越南地區)等地運來南洋的貨物以及歐洲的貨物和信件,傳達巴達維亞總督府的命令以及各地情報;而北風季節則是由日本運來白銀和其他貨物,傳達日本的政情與商情,甚至與日本人交流,稱之為「蘭學」。全年均有中國的戎克船(junk)[118]來往,運送中國、日本和南洋的貨物,互換有無[119]。

在十七世紀前半,世界上的白銀主要產於中南美洲以及日本,當時中南美洲為西班牙人的殖民地,荷蘭正在進行與領主西班牙對抗的獨立戰爭,故不可能由西班牙及其殖民地取得白銀,故,日本就成為荷蘭人在亞洲取得白銀的重要地點。日本於十六世紀末以來,經過戰國時代後,當權的霸主以及屬下競相奢侈,對絲織品有廣大的興趣和需求,而中國又是絲綢的盛產地,故荷蘭人建立起一整套的貿易體系——荷蘭人順著南洋季風上來,會先到巴達維亞、再至中國沿海和日本進行貿易和傳教,到了北風季節又從日本運出白銀,到中國、臺灣進行集散,最後經巴達維亞到東南亞貿易香料而回到歐洲——從日本輸出白銀,交換中國絲織品,再達成取得東南亞香料運回歐洲的目標[120]。

在清康熙二十三年以前,由於清廷還未能確立其政權,又有三藩之亂與明鄭勢力的侵擾,故施行海禁政策。在海禁期間內,中國船隻不得出海,

---

[118] 英語稱中國的帆船為「戎克船」(junk),一說此英文名稱是由馬來語的「dgong」或「jong」所演變出來的;另一說是依據朱維幹考查證據,由閩南語發音的「船」,即「艚」或「艛」字轉音而來。見湯錦台:《大航海時代的台灣》(臺北:貓頭鷹出版社,2001年),頁30、31。

[119] 有關於荷蘭與中國之間的貿易紀錄,可見江樹生譯註:《熱蘭遮城日誌》(全四冊)(臺南:臺南市政府,2000年)。

[120] 見陳國棟:《東亞海域一千年》,頁19。

但外國船隻可以前來中國進行貿易，當時有暹羅、荷蘭、英國、葡萄牙四
個國家地區，而暹羅採取與中國進行朝貢的方式貿易。荷蘭為了要打開與
中國的貿易，先與臺灣的明鄭以及廣東的平南王交涉，後清朝雖接受荷蘭
為朝貢國家之一，但貢期一改再改（先定為八年一次〔順治十二年，1655〕，
再改為兩年一次〔康熙二年，1663〕，其後又恢復為八年一貢〔康熙五年，
1666〕。海禁開放後曾允許荷蘭五年一貢，並准許在福建、廣東兩省進行貿
易[121]。），故荷蘭人：1.不能常來；2.熱蘭遮城及臺灣的統治權落入鄭成功
手中，於是荷蘭人放棄直接與中國貿易，轉由在中國帆船經常造訪的巴達
維亞等待中國帆船將貨物運來進行間接交易[122]。

　　《紅樓夢》第五十二回寶琴所說的真真國少女，其身為荷蘭人的身分
可能性很大：

> 我八歲時節，跟我父親到西海沿子上買洋貨，誰知有個真真國的
> 女孩子，才十五歲，那臉面就和那西洋畫上的美人一樣，也披著
> 黃頭髮，打著聯垂，滿頭戴的都是珊瑚、貓兒眼、祖母綠這些寶
> 石，身上穿著金絲織的鎖子甲、洋錦襖袖；帶著倭刀，也是鑲金
> 嵌寶的，實在畫兒上的也沒她好看。有人說她通中國的詩書，會
> 講「五經」，能作詩填詞，因此我父親央煩了一位通事官，煩她寫
> 了一張字，就寫的是她作的詩。（寶琴語）

　　從寶琴的敘述看來可以得知真真國女孩子的特徵：黃髮、寶石、絲織
品以及倭刀；其中一個相當重要的地點標記：**西海沿子**。古時中國常將西
方極遠的海稱之為「西海」，於乾隆年間所修之《大清一統志・卷四百二十

---

[121] 見【清】席裕福、沈師徐編：《皇朝政典類纂》（臺北：文海出版社，1988 年），頁 3745；
　　　《清聖祖實錄》（北京：中華書局出版，中國書店發行，1986-87 年），卷 127，頁 6a、9a。

[122] 見陳國棟：《東亞海域一千年》，頁 25、260、262、303-304。

四》[123]有提到拂菻、古里、柯枝、錫蘭山、西洋瑣里均位於西海。其中古
里、柯枝均是明朝鄭和下西洋時所遊說的朝貢國，除了拂菻位地中海西北
岸一帶外，其餘均在南亞、孟加拉灣、阿拉伯海與印度洋沿岸，古里和柯
枝在古時更是東西海上交通的主要港口[124]。寶琴所述的「西海沿子」或許
即指這些地方。而荷蘭在十七世紀上半期，與越南北圻的鄭(Chin)氏政權
友好，故在舖憲建立一座商館，並維持到該世紀末年。寶琴在其《懷古十
首》套詩中，有提到交趾地區，交趾即現今的越南地區。荷蘭人的海上貿
易路線基本上承襲著西班牙人與葡萄牙人的路線，由西歐繞過非洲好望
角、印度半島西岸、臥亞(Goa)、麻六甲(Malacca)，之後到中國沿海以及日
本進行貿易。故寶琴與真真國女孩子的會面，或許是在坐落於南亞的貿易
港口抑或是北越地區。

　　鎖子甲為古代戰爭中所使用的一種金屬鎧甲，在中國古代又稱「環鎖
鎧」，公元前五世紀可能由黑海北部的斯基泰人發明，而於南北朝時經由西
域傳入中國，最早在曹植之〈先帝賜臣鎧表〉[125]有所記載，唐代極為盛行，
到了明清時期仍有所沿用。至於倭刀，為中國古代對日本刀或仿製日本刀
而成的刀械的稱呼，文獻記載最早由宋代傳入，而盛於明清時期，明朝抗
倭名將戚繼光即仿製倭刀以改良中國刀與倭寇對抗。

　　從鎖子甲以及倭刀的裝備來看，真真國女孩子之身分具有相當的階級
地位，且倭刀及鎖子甲均富有戰事意涵。英國在第四次的英荷戰爭
(1780-1784)中，摧毀了荷蘭對中國的貿易行動，在戰爭期間荷蘭船經常被

---

[123] 【清】和珅、穆彰阿等纂修：《欽定大清一統志》，收於《景印文淵閣四庫全書》史部 241
　　冊，地理類，頁 727、729、730、731、732。

[124] 上海市紅樓夢學會等編：《紅樓夢鑑賞辭典》（上海：上海古籍出版社，1988 年），〈地理
　　經濟·西海沿子〉，頁 416-417。

[125] 【魏】曹植：「先帝賜臣鎧：黑光、明光各一領、兩當鎧一領、環鎖鎧一領、馬鎧一領。今
　　代以昇平，兵革無事，乞悉以付鎧曹自理。」見趙幼文校：《曹植集校注·卷八·上先帝賜
　　鎧表》（臺北：明文書局，1985 年），頁 309。

英國海軍捕掠[126]，在此一可能的戰爭因素以及另一因素——防範在東亞貿易途中所可能遭遇的海盜、倭寇襲擊，真真女的穿著實有軍事意味；而由真真女的女性身分卻有此穿著，不僅可以保身，凸顯她不凡的身分，顯示她可能身為軍事將領之女或女戰士的地位。

據陳詔考據，真真國女孩子為一居住在臺灣的荷蘭女子之可能性很大，他認為：

> 真真國女孩子到底哪一國人？專家們歷來看法不一。或認為指真臘國（今柬埔寨），或認為指中亞以至阿拉伯諸伊斯蘭教國。據我的揣測，似乎指荷蘭。荷蘭殖民者於明末崇禎十五年(1642)侵占我國領土臺灣，「筑室耕田，久留不去」，並與我國閩廣兩省人民有頻繁的接觸。清初順治十八年(1661)，鄭成功光復臺灣，但荷蘭殖民者仍在我國沿海一帶活動。據《清文獻通考》、《清會典》和《清史稿》等史籍記載，荷蘭從順治初年起，就與清廷建立聯繫，屢次要求貿易通商。特別是康熙二十二年(1683)「以助剿鄭成功，首請開進通商，許之」，從此，荷蘭人在我國貿易經商的就更多了。真真國女孩子，可能是一個在臺灣居住多年的荷蘭人。她通中國文字。這首五言律詩，一方面描繪了「島雲蒸大海，嵐氣接叢林」的「島國」風光，另方面對「漢南春歷歷」表示懷念。從地理環境分析，十分符合臺灣的情況。再看真真國女孩子的外表，「那臉面就和西洋畫兒上的美人一樣」，西洋，一般指歐洲。《明史·和蘭傳》：「其本國在西洋」。正合。「黃頭髮」，也是歐洲人的特徵。頭上戴的「珊瑚」，身上掛的「倭刀」，也都接近臺灣的風俗。
>
> 總之，「真真國」者，在曹雪芹筆下，也含有「真真假假」之意。

---

[126] 見陳國棟：《東亞海域一千年》，頁303-304。

這裡面無疑有許多誇張、虛構的成分，所謂「事之所無，理之必有」。但比較而言，以荷蘭人最為合理。[127]

另在馮其庸、李希凡主編之《紅樓夢大辭典》中，以史料和地理環境之考察，也認為真真國女孩子身為荷蘭人的成分很大[128]。

在《紅樓夢》中提到許多西方物品，如西洋藥品（五十二回治頭痛的「依弗哪」）、鼻煙（五十二回）、玻璃器物（第十八回的晶玻璃各色風燈）、洋漆器物（第四十回秋爽齋中的洋漆架）等[129]，除了這些有形物品外，無形的則見於寶玉為女伶芳官取的外國綽號：如溫都裏納（六十三回）、金星玻璃（七十三回），均可顯現《紅樓夢》作者對西方物品運用的一種想像記述。而這也可經由清朝與外邦進行朝貢貿易的記載加以證實[130]，第十六回趙嬤嬤與王熙鳳之間的對話，說到接駕皇族、進貢朝賀、管理洋船貨物等事，正是為《紅樓夢》中鋪設這許多西洋物品的重要前提。又如第五十二回賈母給予寶玉的「俄羅斯國拿孔雀毛拈了線織」的「雀金呢」，便有多種說法，《南齊書二十一‧列傳第二‧文惠太子傳》記載：「（太子）善製珍玩之物，織孔雀毛為裘，光彩金翠，過於雉頭矣。」[131]又清初葉夢珠《閱世

---

[127] 上海市紅樓夢學會等編：《紅樓夢鑑賞辭典》，〈地理經濟‧真真國〉，頁417。

[128] 「【真真國】作者虛擬的國名，或含『真真假假』之意。似既有現實依據，又有虛構成分。究何所指，研究者們的看法不一。或謂指中亞以至阿拉伯伊斯蘭諸國，即舊史所稱天方諸國者，其根據是：明清史籍所記天方諸國來華市易與進獻之物中有珊瑚、寶石、琥珀、金剛鑽、織文、鎖服等，正與薛寶琴所說者相合；其婦女編髮，亦即真真國少女之聯垂；至於所謂西海，則指波斯灣以及阿拉伯海、紅海。或謂似以指荷蘭較為合理，其根據是：史載順治年間，荷蘭即與清有通商貿易聯繫，並居留臺灣；真真國女子形貌具西洋人特徵，其詩中所描繪的島國風光，也符合臺灣的地理情況，因此，可能是指居住台灣多年的荷蘭人。」見馮其庸、李希凡主編：《紅樓夢大辭典》（北京：文化藝術出版社，1991年），頁821-822，〈地理‧真真國條〉。

[129] 見方豪：《方豪六十自定稿‧上冊‧從「紅樓夢」所記西洋物品考故事的背景》，頁413-496。

[130] 可參看【清】和珅等纂修：《欽定大清一統志》，卷421至424，「朝貢諸國」，收於《景印文淵閣四庫全書》史部241冊，地理類。

[131] 【南朝宋】蕭子顯撰：《南齊書》（臺北：臺灣商務印書館，2010年），頁215。

編・卷八・冠服》載：「昔年花緞惟絲織成華者，加以錦綉，而所織之錦，大率皆金縷為之，取其光耀而已。今有孔雀毛織入緞內，名曰毛錦。花更華麗。每匹不過十二尺，值銀五十餘兩。」[132]俄羅斯國為極北之寒地，但孔雀乃熱帶動物，分布在東南亞、印度及斯里蘭卡等地，賈母云此珍貴金呢為俄羅斯國所織，或許也是由外地進口加工而成，欲呈現其珍貴希罕。另外在「羽紗」、「羽緞」方面，可見於第四十九回、五十一回女孩子們身上的穿著，有關「羽紗」、「羽緞」的記載可見清王士禛《香祖筆記・卷一》：「羽紗羽緞，出海外荷蘭、暹羅諸國，康熙出入貢止一二疋，今閩廣多有之，蓋緝百鳥氄毛織成。」[133]《天主教十六世紀在華傳教志》（頁209）記 1583 年 1 月 6 日（萬曆十年十二月十三日）肇慶府廣東總督陳瑞「以二位司鐸遠道來臨，覺得是中國的最大榮幸，並且因為他們有求必應，又求他們差人從澳門給送十件最美麗的羽翎來，以為送入北京作禮品。」[134]又康熙二十五年(1686)荷蘭貢品分列「鳥羽段四疋，新機嗶嘰緞八疋，中嗶嘰十二疋。」[135]從這些服飾貢品的記載可得知荷蘭與中國密切的朝貢貿易，也更顯得這些西洋物品的珍貴與不凡，由此可見作者豐富的見聞學識以及對西方貨品的深厚了解。

真真女一人結合了西方物質文明（來自非洲的寶石、中國和日本的鎖子甲及倭刀）以及東方的文化精神（讀詩書五經、能作詩填詞），的確反映了東西方自大航海時代以來各種的物質／精神交流的景況，而真真女以一女性身分遊歷外地、甚至是跨洋出海，這實是中國傳統位居禁閉內室的女性所不能想像的。中國女性遊歷海外的紀錄，得到了晚清的新女性：呂碧城的出現，才得以跨出重要的一大步。

---

[132] 【清】葉夢珠：《閱世編》，收於《筆記小說大觀》第三十五編（臺北：新興書局，1983 年），頁 177。

[133] 【清】王士禛著，袁世碩主編：《王士禛全集》，頁 4461。

[134] 轉引自方豪：《方豪六十自定稿・上冊・從「紅樓夢」所記西洋物品考故事的背景》，頁 476。

[135] 同前註。

(三)「昨夜朱樓夢」的離散情結

「貿易網絡經常還涉及所謂『離散社群』的問題……『離散社群』是
一種嵌入寄居地社會的暫時性或永久性的聚落,對寄居地而言,『離散社群』
的成員都是外地人或外國人,皆是他族而非我族……『離散社群』的成員,
一方面保存了原鄉的文化,另一方面也學習寄居地的部分文化,特別是當
地語言。」[136]

雖然書中藉由寶琴之口沒有明確說出真真女的身分,是僑居當地的外
來者抑或是以船為家、航行海上的漫游者,但真真女的五言律詩,確實反
映了一種對原鄉有著懷念情緒的離散情結。

> 昨夜朱樓夢,今宵水國吟。島雲蒸大海,嵐氣接叢林。
>
> 月本無今古,情緣自淺深。漢南春歷歷,焉得不關心。(五十二回)

寶琴引述甫畢,大觀園中的眾人都異口同聲地說:「難為她!竟比我們
中國人還強。」以上述引文來看,或許在此有一種文化沙文主義的天朝優
越感作祟,因為中國擁有比外族更為優越的悠久文明,所以會以外族學習
中國語言、學習中國文化來表現出我族的優越感。但此處欲討論的更是真
真女在詩中所反映的離散情結,她以一介外族女子的身分操作漢詩,「竟比
我們中國人還強」正是打破了漢/夷的界線,肯定文化交流的意義。望江
山河海而有故國之思的宣洩和書寫,是自《詩經》以來就具有的抒情傳統
的情志表達,而詩歌創作則大多為男性知識份子所掌控,故「創作詩歌」
所具有的男性表徵便不言而喻。真真女以女性角度創作以男性為主軸的創
作文類,實是「邁過所謂傳統的陽性與陰性書寫的人為性別/疆界,跨入

---

[136] 陳國棟:《東亞海域一千年·導言》,頁38。

男女雙性的統合性美學書寫。」[137]

無論真真女是藉由商業貿易抑或是隨著傳教人士流離海外,她在詩中懷抱的昨與今、朱樓與水國便顯現了她身處不同時空的悵惘與追憶,正是一種離散人士流落海外時所具備的心情:「一個離散人士所指涉的,還應該含括──擁抱著不止一個以上的歷史、一個以上的時空、以及一個以上的過去與現在,還歸屬於此間與他地,又背負著遠離原鄉與社會的痛苦,成為異地的圈外人,而淹沒在無法克服的記憶裡,苦嚐失去與別離。」[138]

在這首詩中,可以看出大海成為了一種隔離故鄉的屏障,詩人藉著望海以及明月表達出自己的思鄉之情,將旅途中所見的空間景象,在詩句中轉喻為個人心理空間的感官審美經驗,其「島雲蒸大海,嵐氣接叢林」呈現出的一種茫然未知的景象,也暗喻了作者內心的憂懼與不安全感[139]。真真女出入在多元文化之間,擁有更為寬廣和多重的視角,其創作詩詞的表現,正是表現了她在海上航行途中得以參與其他文化的改造、顛覆與傳承的過程[140]。作者藉由異族女子的出現,不僅揭示了當時各種異物質/文化彼此交流的可能,更藉由她的詩作,表達出不分漢/夷所共有的、甚至是全人類所共有的離散情結。寶琴與真真女的晤面不是對立,而是更為打造了一種不同文化可以彼此互相交融、了解的新指涉。

---

[137] 林鎮山:〈探索女性書寫的新/心版圖──文化/文學的產銷〉,收入氏著:《離散‧家國‧敘述──當代臺灣小說論述》(臺北:前衛出版社,2006年),頁165。

[138] John Docker, 1492 The Poetics of Diaspora(London and New York: Continuum,2001),pp.vii-viii,轉引自林鎮山:《離散‧家國‧敘述──當代臺灣小說論述》,導言,頁15。

[139] 「文學所呈現的是人們經歷特殊情境,交融著人格價值的體認與感知的歷程。海洋空間環境對清初宦遊來臺灣的詩人而言,是一個體認特殊情境的歷程,尤其是康熙時來臺者的海洋經驗中多挾帶著驚恐、恐懼、驚奇的心情,橫渡『黑水溝』時,眼前茫茫大海的畫面,視覺感受裡隱藏著人心的憂懼與不安全感。」吳毓琪:〈康熙時期臺灣宦遊詩人對海洋空間的體驗、感知和審美〉,收入林慶勳主編:《多重視野的人文海洋:海洋文化學術研討會論文集》,頁121。

[140] 「因為『離散族裔』被迫出入在多文化之間,或許在某個層面上,也擁有其更寬廣和多元的視角,得以再重新參與文化的改造、顛覆與傳承。」見廖炳惠:「diaspora」離散,《關鍵詞200:文學與批評研究的通用辭彙編》(臺北:麥田出版,2003年),頁78-80。

　　作者創造了真真女此一人物，不僅揭示女性可以出海旅遊的重要性
——真真女以一女性身分遊歷外地、甚至是跨洋出海，這實是中國傳統位
居禁閉內室的女性所不能想像的。中國女性遊歷海外的紀錄，得到了晚清
的新女性：呂碧城的出現，才得以跨出重要的一大步；更藉真真女一人結
合了西方物質文明（來自非洲的寶石、中國和日本的鎖子甲及倭刀）以及
東方的文化精神（讀詩書五經、能作詩填詞），如實反映了東西方自大航海
時代以來各種的物質／精神交流的景況，打破了中國自古以來對西方存有
的虛妄、仙鄉似的幻想與寄託；更藉著《紅樓夢》中對西洋物事的舉證歷
歷，與真真女的呼應之下，開啟了《紅樓夢》對於世界性想像以及對海上
旅遊的新記述。

四、懷古與知新：薛寶琴的山水實紀

（一）旅行者的抒情／敍事功能

　　所謂「旅行」，廣義來說是一種位於空間轉移上的移動過程，有起點、
終點，並有一「他者」作為參照，因而使旅行者眼界逐漸開闊，思考外部
世界與自我之間的各種關係，遂有所啟發、感悟的一種行動。旅行對於中
國文人而言，是獲得一種新的生活經驗以及取得經濟收入的重要途徑，在
旅途中將自己的情志發為文學，在文學中表達自己的經歷以及對於新事物
所展現的新思維和角度，藉以重新思考生命的意義[141]。
　　在中國記「遊」文學中，所展現的內容題材主要有遊說、遊俠、遊仙、
遊戲、遊歷等。遊說文學可以先秦諸子之作品為例；遊俠文學可以歷代詩

---

[141] 參見陳平原主講，梅家玲編訂：《晚清文學教室　從北大到台大》，〈第三講　旅行者的敍
　　　事功能〉（臺北：麥田出版，2005 年），頁 73-80。

文小說戲曲中以遊俠為敘述對象者；遊戲文學一則可以將文學本身即視作遊戲，但此分類顯得太過廣義、一則以作品內容記述遊戲過程者；遊仙作品最為著名者即兩漢至魏晉南北朝之遊仙詩賦，甚或唐代傳述仙界歷程之傳奇。遊歷文學的內容關乎各地風土，而自《詩經》以來至魏晉六朝的山水詩盛興，遊歷遊賞的風氣便在士人階級中漸為滋長，後來各朝代均不乏遊歷之作，至唐宋而日臻成熟，明清則大為風行，其作者也不限於士人階層，平民、商旅也可創作俗講與講唱等消費文學以娛樂大眾[142]。

遊記的由來已久，南北朝時已有許多記述山川名景的書信、詩序與學術著作，到了唐代遊記也算是漸趨成熟[143]。自宋以後，遊記中也出現不少精品。遊記也成為歷代文人特別寵愛的文體。

遊記對於小說的重要性在於：一、遊記對山水自然的精細刻劃，二、遊記作者敘事的視點。遊記除了記錄行程和發作者議論外，主要在錄見聞，不管是狀山水，還是記人事，都應侷限在遊者的耳目之內。記遊者注定是一個觀察者[144]。

如陳平原在《中國小說敘事模式的轉變》一書對遊記所述，小說作者將中國傳統遊記「錄見聞」的方法，試圖運用在小說中，將整個故事納入主人公貫串始終的視野之內，形成了獨特的第三人稱限制敘事意識。因為借用「紀遊」手法，不知不覺限制了敘事者的目光和視野，作家的筆和讀者的眼隨著書中人物的腳步所趨和眼光所到之處移動。也因為借用了旅行者之眼去描述觀察外在客觀事物，故以往全知全能的敘事角度已無法適用

---

[142] 有關「記遊文學」之爬梳，可參閱龔鵬程：《游的精神文化史論》，〈第七章 遊歷者的紀錄〉，頁 231-232、王更生：〈魏晉南北朝記遊小品初探〉，劉昭明主編：《旅行與文藝 國際會議論文集》（臺北：書林出版，2001 年），頁 47。

[143] 如元結〈右溪記〉，筆調淡雅雋永，寫景清新俊逸，從六朝時期寫山水的刻意外部描摩到注意內心感慨與物我交融，往抒發內在性靈的底蘊發展，其後柳宗元的《永州八記》對其多有繼承，強調天人合一，將外在的客觀山水景物與自己內心的情感抒發交融，以一澆心中被貶謫、懷才不遇的塊壘。

[144] 陳平原：《中國小說敘事模式的轉變》（香港：香港中文大學，2006 年），頁 169。

於此種轉變，最後便得採用第一或是第三人稱敘事，以達到用「旅行者去
觀察事物」的這種限制目的，緊緊扣住旅人的腳步和耳目，讓讀者對此類
小說更有其參與感和信任度[145]。

　　遊記文學之濫觴，可以《尚書・禹貢》、《山海經》為代表，此為先民
對周遭世界的一種想像與虛構，以一種博觀瀏覽並略而記之的方式為後人
留下先民的幻奇紀錄。此後的《詩經》、《楚辭》、《史記》及《漢書》中，
則以士人或百姓的實地踏查與想像虛構融合交會，發為作品以抒洩個人情
志以及對歷史的思考；魏晉以後，何晏之賦〈景福〉、鮑照之賦〈蕪城〉、
陶潛之記〈桃花源〉、吳均的〈與宋元思書〉等作品為記遊文學打下基業，
此後題材均不脫以上各種作品的基調——運用藝術的筆法，記述其遊覽山
川，旅途生活中的見聞、感受。其中雖有北魏酈道元的《水經注》、楊衒之
的《洛陽伽藍記》、南宋陸游的《入蜀記》、明徐宏祖的《徐霞客遊記》等
專門著作，但多為人視為各方地理環境志的旅遊專書；宋代陳仁玉曾編纂
《遊志》一書，不僅將自己歷年所撰之遊記進行整理和分類，也編輯歷代
名流遊覽名山大川的遊記，是中國第一本有關於旅遊的文獻集；後元陶宗
儀又續編了一冊《遊志續編》，收入中唐以後的遊記，補陳之不足。遊記文
學之盛，在此二書編訂之後。

　　自屈原之〈遠遊〉表現出一種遭嫉貶謫、詩鄉遊人不遇的哀吟後，雖
漢末以至魏晉六朝有遊仙、山水及田園風格作品的勃興，有如班叔皮〈北
征〉、曹大家〈東征〉，魏晉孫綽之〈遊天台山賦〉等觀物賦，將焦點注意
在對外部世界的描寫，超越了抒情言志的格局，但時人的其他作品所呈現
的藝術風格仍不脫屈原以來所賦予的感傷基調，以及對人世變遷無常的一
種傷逝之作，如《古詩十九首》，企圖藉由書寫來安頓自我愁苦、不為人知
的心靈；以作品來進行對胸中積有塊壘、欲一抒鬱悶之氣的療癒。隋唐以
後，士人遭貶謫或遊宦遠離他鄉的感受，更強化了屈原以降懷鄉、思歸、

---

[145] 同前註，頁 286-289。

傷飄零的傳統。唐代柳宗元之遊記雖不僅表達了思鄉者的情緒，也描寫永州的地貌風土，被視為是中國遊記文學發展的高峰，但仍用以作為抒寫胸中不平塊壘的發洩方式，直到晚明的旅遊文學，方才真正將「遊」視之為「遊」，專心地去遊玩、遊歷、觀賞並將之紀錄下來，其好遊歷之風的時代氛圍，更出現了以旅遊為職志者，如徐霞客、王士性之流，以主入客的角度真正進入山川景觀中，全身心投入「旅遊」這件事，並撰作真正將旅遊還諸到旅遊本身的遊記文學，將旅遊本身的價值突顯出來。

以往的旅遊文學，如屈原之〈涉江〉、〈哀郢〉，以遊歷作為敘事框架的遊記，兼具了歷史記憶和地理想像，並以感傷不遇的失志情緒包覆雜糅，被後來的文人所吸收，成為一種不得已的、異常的、感傷的狀態湧現於文學作品之內，將遊歷的外在世界作為一種心靈的寄託，欲以遊之方式來重新實現自我的人生價值、去實現抱負、成就自我或抒洩牢騷，著重在遊的意識主觀面；到了徐霞客已經將這種遊的主觀感傷面抽離，轉而為對新世界的客觀探索，認為遊本身就具有其價值，對其本身有認同感，並通過遊來理解外在世界。遊至此終能擺脫士人悲憤愁苦的寄託，而能夠回歸本身，為旅遊而旅遊。

在中國的遊記典範中，對道德思想以及宗教信念的傳遞不乏此作，如孔子雖不以行遊為主要的移動方式，但他帶領著眾多弟子周遊列國以傳其治國思想，其本身就是一種行遊活動；莊子之〈逍遙遊〉是一種想像式的旅行，藉由幻變的鵬鳥、蜩與鷽鳩之間的對比，來展現一種擺脫社會束縛以及人類理性、神遊於大化無象之中的一種無限逍遙狀態；約成書於戰國時期的《穆天子傳》雖記述了周穆王在位時率師南征北戰的盛況，但虛幻與史實互相交融，不露痕跡地銜接到周穆王晤見崑崙山西王母的仙界描寫，給後世一種對西方仙鄉的無盡想像。至於後來的宗教著作如《西遊記》，如同莊子之〈逍遙遊〉都是從人間出發，彰顯了不斷穿越的遊動本身，以映現唐僧旅隊向西天取經的歷難解難的過程，雖其中亦有夾雜眾多神怪仙

魔之奇幻描寫，但文本揭示了旅遊所帶給人的一種啟悟的力量[146]。明萬曆廿六(1598)戊戌年三山道人刻本之《三寶太監西洋記》（簡稱《西洋記》），則藉由尋找多年流亡海外的傳國玉璽（象徵中國傳統文化之精髓），來藉以思考中國傳統文化的生存問題；而鄭和等人在海外遭受的種種挑戰，都代表了傳統文化受到時代考驗的隱喻[147]。而在《東遊記》、《南遊記》與《北遊記》中，藉由動物、植物、神仙與凡人的混為一體，暗示了物質生命的不可靠與不確定性；此外，都表現出「三界相通」的理念，探討了現實文化價值的超越性問題，而使得我們深思：在相對的文化價值中，是否存在一種得以貫穿三界的普世價值[148]？

在元代則出現了東、西方各有遊記文學可相互參照的例子，一為馬可·波羅向東謁見忽必烈所傳記的遊覽紀錄；一為全真教長春真人丘處機向西論道的《長春真人西遊記》，兩者均述寫了有關元代的風土民情，但一向西、一向東；一以商旅之身分行遊、一以傳教士之任務取向，兩者以不同的觀看角度得以呈現旅遊在他們的筆下所展露的不同風貌[149]。

馬可·波羅的旅行動機是為了商業利益，對於旅途中的感受是以獵奇的心態對應，他以一商人的眼光關注的是地方物產、商道、市場的現實利益考量，尤其是寶石、金銀、香料、絲綢、地毯等，勾畫了元代的重要商道以及商業城鎮的特色，如記述泉州海港：「商貨寶石珍珠輸入之多竟至不可思議。」[150]運河畔的杭州：「為世界最富麗名貴之城。……貿易之巨，

---

[146] 可參見王櫻芬：《「身體場域」的「大地行旅」——以《西遊記》「西天之路」作探討》（嘉義：國立中正大學中國文學研究所博士論文，2012 年）。

[147] 郭少棠：〈第五章　神遊的詮釋與文學想像〉，《旅行：跨文化想像》（北京：北京大學出版社，2005 年），頁 176-177。

[148] 同前註，頁 184。

[149] 可參看李小波、袁霜凌：〈馬可·波羅東游與長春真人西游——旅遊者行為特徵與地理視野差異性研究的典型個案〉，《人文地理》第 19 卷第 5 期，2004 年 10 月。頁 22-25。

[150] 馮承鈞譯：《馬可·波羅行記》（上海：上海書店出版社，2000 年），頁 373。

無人能言其數。商稅甚巨，僅聞其說而未見其事者絕不信之。」[151]對於民間風俗、飲食習俗、居住方式、婚喪嫁娶等各方面多有記載。

長春真人之旅遊動機主要是因為奉成吉思汗之召，前往傳道，整個旅程乘載著政治、宗教目的和傳道精神而進行一種對自然和人生的感悟，如「日月循環無定止，春去秋來，多少榮枯事。五帝三皇千百，一興一廢長如此。死去生來生復死，輪迴變化何時已。不到無心休歇地，不能清淨超于彼。」[152]故遊記內容集中在宗教習俗和戰爭時期的社會狀況，論道是遊記的核心之一，其對經濟貿易不甚關心。從長春真人的遊記和馬可波羅的眼光，可以看出在同一歷史時期中不同人物眼中不同的空間視角。

曹雪芹在其十八世紀中葉成書的《紅樓夢》，第五十回至五十二回中，加入了身為「旅行者」的寶琴以及真真國女兒「跨國」遊歷的詩作，曹雪芹在此選擇了以「旅行者」的限知視角來講述故事、「錄見聞」，當作者讓寶琴此一「凡人」與真真國女兒此一「異人」相遇（在此的「凡人」與「異人」，乃借指為東方中國人與西洋人，「異」的著眼處在於對泱泱大國的中國來說，其周遭各國俱為異邦），用凡人看異人的角度，藉由異人之聲口，達到了小說預示效果目的的發揮，嶄露更客觀敘事的態度，更能揭示全書完整的發展歷程。至於啟悟的意義，則是將角色從書中跳脫，自由發揮，讓角色的遊歷自身產生對自身特有的意義，無須再被書的既行脈絡綑綁，真正達到用「旅行者去觀察事物」限制視角的目的。

寶琴身為皇商之女，對於真真女的第一次見面也是著重於在異國女子的穿著：「滿頭戴的都是珊瑚、貓兒眼、祖母綠這些寶石，身上穿著金絲織的鎖子甲、洋錦襖袖；帶著倭刀，也是鑲金嵌寶的」（五十二回）但寶琴不像馬可・波羅只注意到商業物質的部分，更因中國傳統文化精神的深蘊，她其實更為驚奇的是異國女子創作漢詩，且崇尚漢文化典籍；此外，她在

---

[151] 同前註，頁 348。

[152] 紀流注譯，侯仁之、于希賢審校：《長春真人西遊記》（北京：中國旅遊出版社，1988 年），頁 92。

遊歷途中也繼承了自古以來士人遊記內所傳達的一種懷古弔昔情結，藉由
傳統的詩詞範式來抒寫行旅所帶給她的意義和感懷。曹雪芹安排一個十幾
歲的女孩子出遊並寫下遊記詩，不僅賦予她一種傳統文人對於行旅精神的
文化意義，更藉由她見證了異國文化彼此的交流景況，寶琴與真真女兩位
女孩子的旅途，因其身分視角的不同以及文化精神的包覆而顯出突破傳統
語境的特有意涵。

(二)寶琴之實遊山水／惜春之臥游園林

1. 寶琴之實遊山水

　　明代中葉以後，因為交通條件和環境的發展與進步、運輸工具的改良
與製造、商品經濟的蓬勃和士大夫生活的轉變（商賈的階級地位提高，使
得讀書人也紛紛從事商業行為）、以及陽明學潮的影響，強調歸趣天然、順
從自己的欲望等，故使得旅遊活動自此開始蓬勃興盛起來[153]。

　　在晚明時期旅遊風氣成為流行之後，一些文人即將「旅遊」的方式進
行分類，以區分有形的旅遊與無形的、意識上的形遊，如明人湛若水
(1466-1560)之〈送謝子振卿遊南嶽序〉[154]一文。而休閒娛樂的場所，從文
人流傳的遊記來看，大多不出名山、大湖與園林三種類別，而名山又可分
為古蹟、寺剎、泉石或宗教聖地等，但名山大澤與園林相較之下距離較為
遙遠，不是每個人都願意前往賞遊，大部分的人仍選擇距離近處的山水，
如明代官員楊循吉(1456-1544)就云：「吳中之山，多在郡城西，其來遠矣。

---

[153] 這些促進旅遊風氣發展的背後條件因素，可參閱巫仁恕：〈晚明的旅遊風氣與士大夫心態——
以江南為討論中心〉，收入熊月之、熊秉真主編：《明清以來江南社會與文化論集》（上海：
上海社會科學院出版社，2004年），頁225-227。

[154] 明人湛若水將「旅行」分為形遊、神遊與天遊三種形式，在他的劃分中，形遊為形而下、下
等等級的旅行，神遊、天遊為形而上、具有道學意識的上等旅行。見【明】湛若水，〈湛甘
泉先生文集〉，收入《四庫全書存目叢書》集部第五十六冊（臺南：莊嚴文化事業有限公司
據明刻本配鈔本影印出版，1997年），卷十七，〈送謝子振卿遊南岳序〉，頁83a。

今吳人之所恆遊者，特其至近人迹者耳，至於幽僻奇絕之境，故莫至也。
然遠方之客，雖至近可到之山，亦鮮有能及遊者焉。」[155]對山水旅遊的愛
好，一些文人也在其遊記中多有描述，如袁中道(1570-1624)：「天下質有
而趣靈者莫過山水。」[156]皇甫信(?-?，弘治元年〔1488〕貢入太學)：「吳多
佳山水，莫不可遊觀。余生期間，未能盡識，未嘗不以為恨。」[157]顧起元
(1565-1628)：「余性好山寺，每一遊歷，意輒欣然。」[158]都穆(1459-1525)：
「余性好山水，所至之處，山水之佳者未嘗不遊，遊必有作，所以識也。」
[159]在此都穆提到了一個相當重要的主旨：「遊必有作」，從文人旅遊後必留
下遊記文字的現象看來，可見旅遊之風的影響層面的廣泛。

　　至於園林，在南宋建都杭州以後，除了皇家園囿之外，一般的私家園
林也紛紛建立；到了十六、十七世紀，在商人、官僚及士大夫集中的城市，
也都有建造相當數量的私家園林；至十八世紀中期，由於皇帝南巡，使得
園林建築達到高峰[160]。在清人錢泳(1759-1844)之《履園叢話‧園林》中，
記載了當時可對外開放遊人遊覽的私家名園[161]。園林的開放瀏覽，在城市
發展中已蔚為特殊景觀，每當歲時節慶，便吸引男女遊人的進入遊觀。這
些園林建築的建造，得力於經濟生活水平的提高以及藝術的發達，雖園林
多有人工穿鑿之處，畢竟不如實地山水般自然天成，但園林之遊更能使人

---

[155] 【明】楊循吉：《燈窗末藝‧西山遊別詩後序》，收入《四庫全書存目叢書》集部第四十三
　　　冊（臺南：莊嚴文化事業有限公司據明人文集叢刊影印明鈔本，1997 年），頁 336。

[156] 【明】袁中道著，錢伯城點校：《珂雪齋集‧卷十‧王伯子岳遊序》（上海：上海古籍出版
　　　社，1989 年），頁 460。

[157] 【明】皇甫信：《遊金碧山記‧卷三‧山》，收入崇禎《吳縣志》，（上海：上海書店據明
　　　崇禎刊本影印《天一閣藏明代方志選刊續編》，1990 年），頁 54。

[158] 【明】顧起元：《客座贅語‧卷三‧名僧》（北京：中華書局，1982 年），頁 85。

[159] 【明】都穆：《遊名山記‧卷三‧觀音岩》，收入《叢書集成新編》第九十冊，史地類（臺
　　　北：新文豐出版社據寶顏堂祕籍本排印，1985 年），頁 8b-9a。

[160] 對於江南園林的分期以及特色，可參見錢杭、承載著：《十七世紀江南社會生活》（臺北：
　　　南天書局，1998 年），〈第五章　江南人的衣食住行〉，頁 317-326。

[161] 【清】錢泳：《履園叢話》（北京：中華書局據清道光十八年述德堂刊本標點，1979 年）。

體會到人工與自然相輔相成的協調統一，對當時嚮往隱逸淡泊、不想遠遊
又欲將山水攏入自家庭院的文人來說，興建園林不啻是最好的途徑。如曹
淑娟所云：

> 親近山水景物為晚明文人生活的重要內容。在其不同場合、不同
> 文類的撰作中，都可看到他們對此一好尚的紀錄。山水遊記最普
> 遍，在各家文集中幾乎皆可尋見。庭園記或者記園內因自然地形
> 加以整治的景觀，或者寫園外借以為背景的山水之勝，都透露了
> 造園者與撰文者的意向。另如在朋友往返的書信、山水畫卷的題
> 跋、書序、日記等不同應用場合，都可發現晚明人透露其愛賞山
> 水的心態，或紀錄其遊覽山水的經歷。[162]

除了嚮往山水及徜遊園林之外，當時士人還興盛一種好古之遊。「好
古，是構成晚明文人旅遊文化的重要元素，也可以算是一種品味塑造的方
式。」[163]藉由古蹟悠久的歷史，引起遊者的思古之情，甚至將探究學問與
旅遊好古互相結合，不僅將休閒旅遊正當化，也凸顯了旅遊的「發思古幽
情」、遙想古人事績之特色。

明中葉後，因交通運輸工具的發達，使得纏足的女性不以為苦，也可
以藉由交通工具的普及和方便進行遊觀之旅。在晚明文人的旅遊中，其攜
妓女或戲子出遊的現象已屬常見，如明人譚元春之〈再遊烏龍潭記〉即敘
述了隨遊的妓女遇雨時的窘況，而這樣的經歷似乎成為了文人旅途中的娛
樂效果[164]。在傳統的歲時節慶和宗教進香活動中，上層官宦階級的婦女也

---

[162] 曹淑娟：《晚明性靈小品研究》，〈第五章　山水攬勝與庭園遊觀〉（臺北：文津出版社，
1988 年），頁 220。

[163] 巫仁恕：〈晚明的旅遊風氣與士大夫心態──以江南為討論中心〉，頁 247。

[164] 【明】譚元春：《譚友夏合集·卷十一·記》，收於《四庫全書存目叢書》編纂委員會：《四
庫全書存目叢書》集部 191 冊（臺南：莊嚴文化，1997 年），頁 710。

可以進行旅遊活動[165]。高彥頤(Dorothy Ko)即將明末清初女性的出遊方式和
動機作了分類敘述：

> 許多明末清初的女性是因三種原因動身上路的。首先，妻、女、
> 兒媳跟隨父親或丈夫的官位遷轉……其次，女性為享樂而進行的
> 旅行……第三種流動性更不循常規……職業作家和藝術家過著一
> 種巡遊的生活方式。同樣，名妓也沒有固定的住處，她們穿梭於
> 省市地區間，以尋找主顧、靈感或僅是歷險。[166]

　　錢杭、承載所著之《十七世紀江南社會生活》第五章〈江南人的衣食
住行〉中，將文人的出遊行旅分為三種情況：1.遊歷考察型；2.求學問道
型；3.謀生型[167]，與高氏所作的女性旅遊之分類其實有諸多重疊之處，可
以得見明末清初之男性與女性對於進行旅遊的方式其實沒有太大的差別，
女性可以隨著仕宦的父親或丈夫進行宦遊中的遊歷考察，更可以憑一己之
力在行旅中求得謀生方式。

　　寶琴的身分就正好符合晚明清初女性出遊方式的一個重要例子。薛家
具有身為「皇商」的重要身分，如第四回說薛蟠：「學名薛蟠，表字文龍，
五歲上就性情奢侈，言語傲慢。雖也上過學，不過略識幾字，終日惟有鬥
雞走馬，遊山玩景而已。**雖是皇商**，一應經濟世事，全然不知，不過賴祖
父舊日的情分，戶部掛虛名，支領錢糧，其餘事體，自有夥計老家人等措
辦。」又第五十二回寶琴言：「我八歲時節，跟我父親到西海沿子上**買洋貨**」、

---

[165] 如【明】費元祿：《晁采館清課》、【明】張岱：《陶庵夢憶》、【明】張大復：《梅花草
堂全集·卷四·濟上看月記》、【明】袁宏道：《解脫集·湖上雜敘》、【清】李斗：《揚
州畫舫錄》等，均在其作品中描述到婦女出遊的盛況。

[166] 參見〔美〕高彥頤(Dorothy Ko)：《閨塾師：明末清初江南的才女文化》，〈第六章　書寫女
性傳統：交際式及公共式結社〉，以及頁 237。

[167] 但這三種類形也可能互相交叉。見錢杭、承載著：《十七世紀江南社會生活》，〈第五章　江
南人的衣食住行〉，頁 327-340。

第五十回又藉薛姨媽之口提到寶琴:「他從小兒見的世面倒多,跟著她父母四山五嶽都走遍了。他父親是好樂的,各處因**有買賣**,帶著家眷,這一省逛一年,明年又往那一省逛半年,所以天下十停,走了有五六停了。」可以得知寶琴之所以見多識廣的緣由,是來自於一個從事為皇家採辦買貨的父親所致(粗體為筆者自加)。

在康熙四十一年到四十三年(1702-1704)間,曾在廈門、廣州兩地出現所謂的「皇商」,「皇商」是指那些「領(內務府)帑銀為資本的商人」,也就是內務府商人,與皇室對外貿易的興趣極有關係,自是不言而喻[168]。寶琴所生之薛家具有內務府皇商的身分,類同於曹雪芹家族具有內務府包衣並擔任江寧織造一職的背景。

在寶琴所作的《懷古十首》套詩中,她寫出了十個地點,最後兩首不是實蹟,而是出自《西廂記》與《牡丹亭》中的重要場景,分別為:

1.赤壁:山名,今湖北赤壁市西北,一說今嘉魚東北。東漢建安十三年(208)時,孫權(182-252)與劉備(161-223)聯合用火攻,於此大破曹操(155-220)軍。

2.交趾:中國古代地名,位於今越南地區。西元前 111 年,漢武帝(156B.C.-87B.C.)滅南越國,並在今越南北部設立交趾、九真、日南三郡,實施直接的行政管理。

3.鍾山:亦稱鍾阜、北山。即今南京市東北的紫金山。宋張敦頤(生卒年不詳)《六朝事蹟編類》云:「(劉宋)文帝為筑室鍾山西巖下,謂之招隱館。至齊·周顒亦于鍾山西立隱舍,休沐則歸。後顒出為海鹽令,孔稚圭作《北山移文》以譏之。」[169]

---

[168] 梁嘉彬:《廣東十三行考》(臺中:東海大學出版社,1960 年),頁 52;劉翠溶:《順治康熙年間的財政平衡問題》(臺北:嘉新水泥公司,「嘉新論文」,1969 年),頁 103;H.B. Morse, op. cit, vol. I, pp.100-101;劉翠溶:《順治康熙年間的財政平衡問題》,頁 103。

[169]【宋】張敦頤:《六朝事迹編類·卷上·形勢門第二·鍾阜》(北京:中華書局,1985 年),頁 77。

4.淮陰：秦代所置的縣，今江蘇省清江市，故城在其東南。劉邦
(256B.C.-195B.C.)封韓信(?-196B.C.)為淮陰侯於此。韓信在楚漢戰爭中戰績
顯著，後被呂后(241B.C.-180B.C.)所弒。

5.廣陵：古廣陵郡，隋時，先稱揚州，後改為江都郡。在今江蘇省揚
州市。隋煬帝(560-618)於大業元年(605)三月，調動河南諸郡男女百餘萬人
開挖自長安直達江都的通濟渠，並在兩岸堤上種植楊柳；又沿著渠道造四
十餘處離宮，極盡奢靡。同年秋隋煬帝率皇后以下嬪妃、公主、百官、隨
從等數十萬人大遊江都，極逞侈麗、耗盡國力。

6.桃葉渡：在今南京市秦淮河與青溪合流處。桃葉為晉代王獻之
(344-386)的妾，渡河與獻之分別時，獻之在渡口作《桃葉歌》以贈，桃葉
作《團扇歌》以答。故後人稱此渡口為桃葉渡。

7.青塚：王昭君（王嬙，漢宮人）之墓。《遼史地理志考》「青塚即王
昭君墓」下注：「在今山西大同府治西五百里遼豐州故城西六十里，今歸化
城南二十里。……草色皆白，惟塚草青，故名」。後又引清宋犖(1634-1713)
《筠廊偶筆》：「嘉禾曹秋岳先生嘗至昭君墓，墓無草木，遠而望之，冥濛
作黛色，據此則是塚色自青，非草青也，可證古人記載之誤。」[170]

8.馬嵬：馬嵬驛，亦作馬嵬坡。在長安西百餘里處，今陝西省興平縣
西。天寶十五年(756)，安祿山(703-757)起兵，玄宗逃往四川，到馬嵬坡時，
六軍力請玄宗處置楊妃，最後楊貴妃被縊死於此，卒年三十八歲。

9.蒲東寺：唐代元稹(779-831)《鶯鶯傳》（一名《會真記》）、元代王實
甫(1260-1336)據此改編之雜劇《西廂記》中所虛構的佛寺，名為普救寺（一
說位於山西省西南部永濟縣境內的峨眉塬頭），因位蒲郡之東，故又稱蒲東
寺。故事中張生與崔鶯鶯同寓居寺中而戀愛。

10.梅花觀：明湯顯祖(1550-1616)戲曲《牡丹亭》中杜麗娘因抑鬱成疾，

---

[170] 【清】李慎儒：《遼史地理志考·卷五·西京道·豐州》，收於《二十五史補編》編委會編：
《宋遼金元明六史補編》（北京：北京圖書館出版社，2005 年），頁 368。

死葬梅花觀後梅樹之下，後柳夢梅旅居該觀，與麗娘鬼魂相聚，後來結為夫妻。

除了最後兩個地點以外，其他八個地點均含蘊有深厚的文化精神以及歷史記憶，在史事的烘托下幾可成為文人話語中的專有名詞。寶琴以「懷古」名義行遊歷之實，對於這些文化古都不免有先行性的自古以來所積累的文化記憶在裡頭，如宇文所安(Stephen Owen)所述：「山上和山下四周的風景都使人聯想到一些名字，給人帶來若干具體的回憶……由於這些往事在我們記憶中留下的痕跡，我們欣賞風物景緻時就有了成見，處處要以眼中已有的框子來取景。」[171]人們藉由歷史所藏身的自然場景與典籍之中，重溫故事、重遊舊地與重睹故人，並在重返場景的過程中體驗自古以來所積累的閱歷和體驗，而交會融合生發出屬於自己的體驗，化為作品時「是以現場目擊的寫實方法來作詩，真切的地形地貌，充分的現地參與感，隨處都可以發現。」[172]

寶琴以現地走訪的方式重遊實地古蹟，在觀看的過程中與它們重新建立關係，此為一種視覺的交互性(reciprocal nature)[173]。注視是一種選擇行為，當寶琴面對並接觸這些擁有悠久文化歷史記憶的古蹟之時，她的「視線不斷搜尋、不斷移動，不斷在它的周圍抓住些什麼，不斷建構出當下呈現在眼前的景象。」[174]寶琴可以選擇繼承這些文化記憶，純粹以發思古之幽情的態度來感懷今昔；也可以由自身的感觸出發，將這些歷史記憶化用為物／我之間彼此交融的新感受，加以重新詮解或批判，在儒家「興、觀、群、怨」的詩教傳統中抒發其內心情感並萌發其主觀意識，此便為寶琴之

---

[171] 〔美〕宇文所安(Stephen Owen)著，鄭學勤譯：《追憶：中國古典文學中的往事再現》（臺北：聯經出版，2006 年），頁 38。

[172] 簡錦松：《杜甫夔州詩現地研究》（臺北：臺灣學生書局，1999 年），頁 45。

[173] 巫仁恕：〈晚明的旅遊風氣與士大夫心態——以江南為討論中心〉，頁 247。

[174] 〔英〕約翰·伯格(John Berger)等著，吳莉君譯：《觀看的方式(Ways of Seeing)》（臺北：麥田出版，2010 年），頁 11。

旅的重要意義。

2. 惜春之神遊園林

　　神遊於美術史上與「臥遊」有相同意義，此概念的出現與南朝畫家宗炳(375-444)有關。《南史·卷七十五列傳第六十五·隱逸上·宗少文》云：「（宗炳）好山水，愛遠遊。西涉荊巫，南登衡岳，因結宇衡山，欲懷尚平之志。有疾還江陵，嘆曰：老疾俱至，名山恐難遍睹，唯澄懷觀道，臥以遊之。凡所遊履，皆圖之於室。」[175]而《列子·皇帝第二》篇中，「晝寢而夢，遊於華胥氏之國。華胥氏之國在弇州之西，台州之北，不知斯齊國幾千萬里，蓋非舟車足力之所及，神遊而已。」[176]此處之「神遊」謂形體不動而心神嚮往，如親遊其境。神遊又可解為「神交」，如北魏酈道元(466或472-527)《水經注·卷十五·洛水》：「阮嗣宗感之，著《大人先生論》，言吾不知其人，即神遊自得，不與物交。阮氏尚不能動其英操，復不識何人而能得其姓名。」[177]解為以精神相交。

　　「神遊」是一種精神或靈魂遊歷的狀態，起於先秦諸子對神仙優游狀態的一種描摹，如莊子之〈逍遙遊〉中姑射之山之神人。神遊相對於具體的旅行是一種虛擬抽象的狀態，強調的是形而上的觀念以及精神的流動；在神遊狀態中，生命實體不需有任何變動，只要精神在想像假設的時空中進行流轉過程[178]。

　　《紅樓夢》中惜春藉由作畫，實際上也是經由此種藝術方式一筆一劃地遊歷了整個大觀園，而在作畫的過程中，不僅參照了現實的架構，也摻雜了畫者本身對現實園林的想像與虛構，在現實與想像的雜糅之下，惜春

---

[175]　【唐】李延壽撰：《南史》（臺北：臺灣商務印書館，2010年），頁775。

[176]　白冶鋼譯注：《列子譯注》（上海：上海三聯書店，2014年），頁38。

[177]　收於謝維揚、房鑫亮主編，鄔國義分卷主編點校：《王國維全集》第十二卷（杭州：浙江教育出版社，2009年），頁504。

[178]　郭少棠：《旅行：跨文化想像》，頁152。

所繪製之大觀園便有了她所欲賦予的想像空間的權利，而具有一種對現實
產生反思的批判意義。

惜春被交付繪製大觀園的任務出現在第四十回劉姥姥二進榮國府時。
因為劉姥姥的一句「怎麼得有人也照著這個園子畫一張，我帶了家去，給
他們見見，死了也得好處。」便使得惜春被賈母指派任務。而在此後的數
十回直至八十回中，不見惜春有將大觀園圖繪畢的描寫。

從第四十回被托付任務後，此後便斷斷續續地呈現出她為畫苦惱的窘
境，如第四十二回描寫她為畫所要呈現的軟體內容以及所需硬體如畫筆、
顏料等的徵詢，引出了詩社眾人的一番議論：

> 黛玉忙拉她笑道：「我且問你，還是單畫這園子呢，還是連我們眾
> 人都畫在上頭呢？」惜春道：「原說只畫這園子的，昨兒老太太又
> 說，單畫園子成個房樣子了，叫連人都畫上，就像行樂圖似的才
> 好。我又不會這工細樓臺，又不會畫人物，又不好駁回，正為這
> 個為難呢。」
> 寶釵道：「我有一句公道話，你們聽聽。藕丫頭雖會畫，不過是幾
> 筆寫意。如今畫這園子，非離了肚子裏頭有幾幅丘壑的，如何成
> 得？這園子卻是像畫兒一般，山石樹木，樓閣房屋，遠近疏密，
> 也不多，也不少，恰恰的是這樣。你只照樣兒往紙上一畫，是必
> 不能討好的。這要看紙的地步遠近，該多該少，分主分賓，該添
> 的要添，該減的要減，該藏的要藏，該露的要露。這一起了稿子，
> 再端詳斟酌，方成一幅圖樣。第二件，這些樓臺房舍是必要用界
> 劃的。一點不留神，欄杆也歪了，柱子也塌了，門窗也倒豎過來，
> 階磯也離了縫，甚至於桌子擠到牆裏頭去，花盆放在簾子上來，
> 豈不倒成了一張笑『話』兒了。第三，要插人物，也要有疏密，
> 有高低。衣褶裙帶，手指足步，最是要緊；一筆不細，不是腫了
> 手，就是瘸了腳，染臉撕髮，倒是小事。依我看來，竟難的很。」

　　從第一段引文可以得見年幼的惜春雖會畫畫，但一下被託予要繪製巨
幅的大觀園圖，實在是超出她的能力許多；第二段藉由寶釵的一番評論，
更顯得作畫的難度，以及突顯出作者對繪畫技巧的熟稔。與曹雪芹相關的
文物中，其友人敦敏(1729-1796)與張宜泉(1720-1770)的詩作，可證實曹雪
芹具有繪畫能力：

　　賣畫錢來付酒家[179]

　　傲骨如君世已奇，嶙峋更見此支離。
　　醉餘奮掃如椽筆，寫出胸中魂磈時。[180]

　　姓曹名霑，字夢阮，號芹溪居士，其人工詩善畫。
　　愛將筆墨逞風流，廬結西郊別樣幽。門外山川供繪畫，堂前花鳥
　　人吟謳。
　　羹調未羨青蓮寵，苑召難忘立本羞。借問古來誰得似？野心應被
　　白雲留！[181]

　　從寶釵對繪畫技術的嫻熟，實呼應了曹雪芹本人的繪畫功力；寶釵細
數畫製大觀園的艱難步驟，似乎也暗示了以惜春之能力到最後是無法完成
此圖的。
　　在第四十八回，惜春之《大觀園行樂圖》終於有了點雛型：

---

179 【清】敦敏：〈贈芹圃〉，《懋齋詩鈔》抄本，收入一粟編：《古典文學研究資料彙編　紅
　　樓夢卷》第一冊（北京：中華書局，1963年），頁7。

180 【清】敦敏：〈題芹圃畫石〉，《懋齋詩鈔》抄本：「傲骨如君世已奇，嶙峋更見此支離。」
　　收入同前註，頁6。

181 【清】張宜泉：〈題芹溪居士〉，《春柳堂詩稿》刊本，詩題下注：「姓曹名霑，字夢阮，
　　號芹溪居士，其人工詩善畫。」收入同前註，頁8。

李紈笑道：「咱們拉了他往四姑娘房裏去，引他瞧瞧畫兒，叫他醒一醒才好。」說著，真個出來拉了他過藕香榭，至暖香塢中。惜春正乏倦，在床上歪著睡午覺，畫繪立在壁間，用紗罩著。眾人喚醒了惜春，揭紗看時，十停方有了三停。香菱見畫上有幾個美人，因指著笑道：「這一個是我們姑娘，那一個是林姑娘。」探春笑道：「凡會作詩的都畫在上頭，你快學罷！」說著，玩笑了一回。

接著到了第五十回，由賈母與眾人的對話中可以得知惜春作畫緩慢的窘境：

說笑了一會，賈母便說：「這裏潮濕，你們別久坐，仔細受了潮濕。」因說：「你四妹妹那裏暖和，我們到那裏瞧瞧他的畫兒，趕年可有了。」眾人笑道：「那裏能年下就有了？只怕明年端陽有了。」賈母道：「這還了得！他竟比蓋這園子還費工夫了。」

當賈母要驗收時，惜春就用了「天氣寒冷」作為歇筆的理由，立刻隱約地反駁了前引賈母說「你四妹妹那裏暖和」的事實：

大家進入房中，賈母並不歸坐，只問：「畫在那裏？」惜春因笑問：「天氣寒冷了，膠性皆凝澀不潤，畫了恐不好看，故此收起來。」賈母笑道：「我年下就要的。你別拖懶兒，快拿出來給我快畫！」次日雪晴。飯後，賈母又親囑惜春：「不管冷暖，你只畫去，趕到年下，十分不能，便罷了。第一要緊把昨日琴兒和丫頭、梅花，照模照樣，一筆別錯，快快添上。」惜春聽了雖是為難，只得應了。一時眾人都來看他如何畫，惜春只是出神。李紈因笑向眾人道：「讓他自己想去，咱們且說話兒。昨兒老太太只叫作燈謎，回家和綺兒、紋兒睡不著，我就編了兩個『四書』的。她兩個每人

也編了兩個。」

從賈母的急迫以及惜春為難的態度，更顯露出她對於繪製大觀園這件
苦差事呈現了一種捉襟見肘的困迫，以至於到了第五十二回寶玉欲至惜春
處看畫時，也被作者以寶琴的小丫鬟名小螺者的出現給引到瀟湘館去了。
自此以後直至八十回便再也沒有提起惜春作畫的事，就連第七十四回抄檢
大觀園時，尤氏與惜春在房中的爭執也絲毫不提大觀園畫作的蛛絲馬跡，
其中或許有作者所欲安排的用意。

在神遊的時空中，與現實的時空相較之下是一種經過壓縮、摺疊變形
的時空，而不同的神遊形式經由不同的時空處理方式，能夠體現出不同的
特色：

(1)壓縮時空，即把時間進行壓縮、空間加以摺疊；

(2)重組時空，即把原有事件的時空進行主觀重組；

(3)雙重時空，即同時佔有現實與虛幻兩重時空，如在夢遊之中[182]。

在惜春所繪的大觀園圖中可以得證這些特色：從文本第四十回可以得
知，在伴隨著劉姥姥遊園的過程中，不是每個人都同時出現，而是有其順
序的；但賈母要惜春「連人都畫上」，以及寶釵云為了配合紙的範圍，必須
注意「該添的要添，該減的要減，該藏的要藏，該露的要露」，如此一來便
使得這種神遊園林的時空進行壓縮、變形與重組，並同時佔有現實與虛幻
（若再加入黛玉戲謔劉姥姥所用的「母蝗蟲」意象）的夢遊空間。畫作便
因此脫離了現實的侷限而展現一種精神意識上的重構。

> 神遊文學作品大抵均以現實——或者是理念的現實衝突，或者是
> 事件的現實改寫——作為基礎，依靠時空重組（虛擬）的方式使
> 其場景發生轉變，從而突顯出此類衝突與事件的文化意義，形成

---

[182] 郭少棠：《旅行：跨文化想像》，頁 155、157。

一種文化批判。通過在現實與虛擬之間架設一道橋樑，神遊文學作品的作者把自己的文化觀照變成了一個「他者」的思考，因之提升了這些作品的文化價值。這個「他者」往往被描述為一個烏托邦，從烏托邦的話語表述中，文化反思更成為神遊的象徵。[183]

在惜春的繪畫神遊行為中，「大觀園」成為她筆下的「他者」，藉由繪畫行為以及壓縮時空的方式，欲將眾人遊園的旅程濃縮凝聚在畫紙上以達到永恆。此因畫作所呈現出的永恆便與現實中會隨著時間流逝而消失的事實呈現一種反差與衝突；「藝術足以承擔不朽」之文化價值不斷地在《紅樓夢》中頻頻湧現，而大觀園成為一種純潔女性所共同期盼的烏托邦仍需藉由畫作的完成來抵抗作為現實空間的消磨和侵染，惜春欲呈現的神遊價值即在於此。但一如整部書中所呈現的一種感傷基調，惜春最後無法將畫完成的緣由不僅是因為自身的能力不足，更是突顯了欲藉神遊之畫作來反抗殘酷現實的大觀園此一女性烏托邦之成立的不可能。一如前述劉姥姥一節後半所引之惜春中斷畫作之隱喻——惜春本身命運裡即含有的佛緣，使得大觀園的結局如同金剛經云：「一切有為法，如夢幻泡影，如露亦如電，應作如是觀。」的偈語般，一切的繁華似錦到最後都成為了泡影夢幻。

(三)懷古十首：山水遊帶出的抒情意義

1. 懷古詩所蘊涵的抒情傳統

唐孟棨(?-871)《本事詩‧序》：

> 詩者，情動於中而形於言。故怨思悲愁，常多感慨。抒懷佳作，
> 諷刺雅言，著於群書，雖盈廚溢閣，其間觸事興詠，尤所鍾情。[184]

---

[183] 同前註，頁 158-159。

[184] 【唐】孟棨：《本事詩》（北京：古典文學出版社，1957 年）。

　　「抒情」以廣義來說，為一種表達情思、抒發情感的樣態，如《楚辭·九章·惜誦》：「惜誦以致愍兮，發憤以抒情。」[185]唐駱賓王(640-684)〈秋日送陳文林陸道士〉詩序：「雖漆園荃蹄，已忘言於道術；而陟陽風雨，貴抒情於詠歌。」[186]晚明湯顯祖疾呼「萬物之情各有其志。志也者，情也」[187]，「言志」與「緣情」成為了抒情意識的討論課題。

　　自孔子在《論語·陽貨》云：「詩可以興，可以觀，可以群，可以怨；邇之事父，遠之事君，多識於鳥獸草木之名。」[188]以來，詩歌形式作為抒情意識的發微在歷代以「詩言志」為主要的創作形式中漸累積成相承已久的抒情傳統，正如《本事詩·序》中的「情動於中而形於言」，抒情從一種意識成為特定的文體特徵，再廣發為一種文類、文化價值、歷史史觀、生活風格甚至是政教意識，無所不包，高友工便以「美典」命名之：

> 抒情美典是以自我現時的經驗為創作品的本體或內容。因此它的目的是保存詞義經驗，而保存的方法是「內化」(internalization)與「象意」(symbolization)。
> 抒情傳統也就是探索在中國文化（至少在藝術領域）中，一個內向的(introversive)價值論集美典如何以絕對的優勢壓倒了外向的(extroversive)美典，而滲透到社會的各個階層。[189]

---

[185] 【宋】洪興祖撰：《楚辭補注》（臺北：頂淵文化，2005年），頁121。

[186] 【唐】駱賓王：《欽定四庫全書·集部二·駱丞集·卷一》（臺北：臺灣商務印書館，1973年），頁59a。

[187] 【明】湯顯祖著，徐朔方箋校：《湯顯祖全集·董解元西廂題辭》（北京：北京古籍出版社，1999年），頁1502。

[188] 【魏】何晏注，【宋】邢昺疏：《論語·陽貨第十七》，收入十三經注疏整理委員會整理：《論語注疏》，頁269-270。

[189] 高友工：〈中國文化史中的抒情傳統〉，《中國美典與文學研究論集》（臺北：國立臺灣大學出版中心，2011年），頁107、110。

　　從《詩經》以來所建立的詩教意識，在儒家士大夫階級得以發揚光大。以詩歌為形式體裁所蘊涵的情志內容，便使得詩歌＝抒情的意識形態彼此相互交融，抒情藉由詩體此一媒介而顯露，而詩體又因抒情志此一內容而得以傳承不已，成為歷代知識份子所藉以展露自我生命精神底蘊以及個人情緒經驗的主要途徑。

　　歷代的詩歌題材中，以「詠史懷古」為主題的作品為抒情詩中的重要表現之一，東漢班固(32-92)首以「詠史」標目，其後梁蕭統(501-531)《文選》又將「詠史」特立為一目，雖名為詠史但實借詠史以抒懷；元方回(1227-1305)之《瀛奎律髓》內分有「懷古」、「感舊」類，而無「詠史」、「詠懷」，其懷古類之序裡即認為「懷古者，見古迹，思古人」，從創作契機與情感表現側重著眼；至清袁枚(1716-1797)《隨園詩話·卷十四》更有對「詠史」一類之定義：「咏史有三體：一為借古人往事，抒自己之懷抱，左太沖之〈咏史〉是也。一為隱括其事，而以咏嘆出之，張景陽之〈咏二疏〉、盧子諒之〈咏蘭生〉是也。一取對仗之巧，義山之『牽牛』對『駐馬』、韋莊之『無忌』對『莫愁』是也。」[190]在此提到的詠史與詠懷是不分的。清納蘭性德(成德，1655-1685)《淥水亭雜識·卷四》謂：「古人詠史，敘事無意，史也，非詩矣。唐人實勝古人。如『江流石不轉，遺恨失吞吳』；『武帝自知身不死，教修玉殿號長生』；『東風不假周郎便，銅雀春深鎖二喬』；『此日六軍同駐馬，當時七夕笑牽牛』，諸句有意而不落議論，故佳。若落議論，史評也，非詩矣。宋以後多患此病。」[191]注意到詩歌在藝術創作中，比興特質與議論之弊之間的區分[192]。雖後世學者如施蟄存者認為，要區分

---

[190] 【清】袁枚：《隨園詩話·卷十四·七》，王英志編纂校點：《袁枚全集新編》（杭州：浙江古籍出版社，2015年），頁506-507。

[191] 【清】納蘭成德：《淥水亭雜識》，收入【清】朱克敬撰：《瞑庵雜識》四卷，續二卷（臺北新興書局，1973年）。

[192] 此段參看劉衛英、王立：〈懷古詩的詩學本質及其精神史意義〉，《求索》，1998年第6期，頁93-97。

這些類別，則須先界定它們在詩中的地位為何——「詠史詩」是有感於某一歷史現實，而「懷古詩」是對於某一歷史遺跡的感觸，但若歷史事實或歷史遺跡在詩中不占重要地位，僅用作一種比喻手法的象徵，那就是屬於「詠懷詩」了[193]。如此截然分明的劃分畢竟仍是後人所為，在古代的理解中其實對三者所包含的意蘊有其共通性，無論是歷史史實或是歷史遺跡都無法斷然隔絕，而兩者又在不同的觀看主體內融會成一種超越歷史的新意義。

清袁枚《隨園詩話・卷六》：「懷古詩，乃一時興會所觸，不比山經、地志，以詳核為佳。」[194]在人類所生活的空間地景上，對於自己所身處的環境人類會自行刻下歷史印記，而滄海桑田、戰爭離亂後所留存的古蹟遺事，便引發人對於古跡舊邦的一種思古之情。如桑塔耶娜(George Santayana,1863-1952)指出：「旅行的益處和一切可見的古迹的非凡魅力，都在於獲得集中了許多散漫知識於其間的種種形象，否則就不會一起聯想到。此種形象是許多潛伏的經驗之具體象徵，聯想的深根使得它們能夠吸引我們的注意，正如一個僥倖獲得的形式或一種富麗堂皇的材料肯定會吸引我們的注意一樣。」[195]每一處經由歷史事件所烙下刻痕的地景，都容涉了許多潛伏在其上頭所積累的文化經驗，藉由不同的觀察者而賦予它更多不同的意涵，在深厚的文化層疊下形成一種具有特定意識象徵的意象傳統，雖後人可以用各種不同的視角詮解，贊同、批判或反思，但仍服膺它所原有伴隨的歷史記憶和象徵，不可抹滅。

從賈誼(200B.C.-168B.C.)之〈弔屈原賦〉始，歷代的懷古憑弔之作多不出其範疇，均以臨故地、睹舊景、抒發自己的牢愁作為主要創作取向。作者以實景觀照展開心靈敘述，而非出自於記憶興感上的神遊，甚至可以

[193] 施蟄存：《唐詩百話》（上海：上海古籍出版社，1987年），頁239。

[194] 【清】袁枚：《隨園詩話・卷六・五四》王英志編纂校點：《袁枚全集新編》，頁203。

[195] 〔西裔美籍〕桑塔耶娜(George Santayana)著、繆靈珠譯：《美感》（上海：中國社會科學出版社，1982年），頁143。

逼真地再現出古跡所呈現的空間樣貌。

狄爾泰(Wilhelm Dilthey,1833-1911)云,欲理解歷史人物及其產物時,得靠重新體驗的心理同化過程:「它由兩個因素組成,每當我們想起一種環境和一種情況,我們就重新體驗了它。想像能加強或減少我們自己生活整體中的行為模式、力量、感情、欲望與觀念。這樣,異己的內在生活(seele leben)就在我們中再次產生了。」[196]懷古詩之創作便是本著這樣的同化過程而對歷史遺跡進行再詮釋、重新體驗與感受,在昔日之物與今日之我之間取得一種具有美學感官意識,並進行社會意義與感傷自身彼此的情感交融。

西方的行為地理學十分重視與歷史地理學的關係;「歷史地理學家研究三個世界,由文獻和景觀紀錄的真實世界、由過去一般空間模式描繪的抽象世界和認知環境。重建過去的環境是極為困難的,因為涉及到用作者的眼光去看待文獻資料。所以,對過去行為環境的研究是解釋景觀變化原因的關鍵。在弄懂景觀以前,我們必須理解人和他的文化,必須知道他的文化為他規定了怎樣的選擇,知道他周圍的人給他怎樣的規矩讓他遵照執行不得違反。」[197]在中國的遊記中,其實充分體現了歷史背景下行為特徵和地理視野的差異。

而寶琴的十首「懷古」之作,實可用此種抒情體驗的方式為其作在旅遊過程中所感發出的新體驗的另一層面的解析。在寶琴隨皇商父親旅遊的過程中,她以詩歌形式作為遊記文體的轉換,紀錄下旅遊當時所生發的情興與慨歎,對於「在路上」並與他者相遇的經驗感知成為她的遊記詩歌中呈現的焦點。

詠史懷古的題材在唐代女性的旅遊詩中,也不乏人作;明清時期的女

---

[196] 轉引自張汝倫:《意義的探究——當代西方釋義學》(遼寧:遼寧人民出版社,1986年),頁47。

[197] 〔英〕R·J·約翰斯頓(Ronald John Johnston)著,唐小峰等譯:《地理學與地理學家——1945年以來的英美人文地理學》(北京:商務印書館,1999年),頁217-218。

性詩人、詞人的集作中，也屢見觸景（名勝古蹟）抒發的作品[198]。故寶琴在此所作的十首懷古之詩，也可說是唐代以來女性旅遊詩人的繼承。「她們或登臨發幽古之情，或覽古寄諷今之懷，在走向宇宙自然的同時，關注社會現實，並試圖發表自己的看法和評價。」[199]

以第一首的赤壁懷古為例，藉遊赤壁來懷想當年三國赤壁之戰的慘況，寶琴並不著重在當時戰爭如何地盛大、究竟誰勝誰輸，而是洋溢著濃濃的悵惋感，說到了「徒留名姓」、說到了悲風之冷以及往事已不能復返的無數英魂之慟。她將自我的觀看與真正的實物結合並化為文字，發出種種發思古之幽情的喟歎。

2. 對懷古十首之舊解／新釋

紅學前人對寶琴《懷古十首》之解析，有以預示詩解，也有以猜詩謎的方向來解釋。作預示詩解的有蔡義江：

> 十首絕句，其實就是《紅樓夢》的「錄鬼簿」，是已死的和將死的大觀園女兒的哀歌。這就是真正的「謎底」。名曰「懷古」（也許可解作懷念作古的女兒），實則悼今；說是「燈謎」，其實就是人生之「謎」。[200]

蔡義江認為第一首〈赤壁懷古〉是總說，預示賈府此一封建大家族在衰敗的過程中傷亡累累，恰如赤壁之戰中曹家軍之一敗塗地；更認為是作者對其家世的無限感慨。

第二首〈交趾懷古〉是寫元春，以脂本前四字作「銅鑄金鏞」來證明

---

[198] 如《嘯雪庵詩鈔》中〈銅雀妓〉、〈嘯臺〉；《徐都講詩》中〈桃葉渡歌〉；《清山集》中〈望鍾山〉、〈法海寺〉、〈集不繫園〉；《凝翠樓詩集》中〈禹陵〉等。

[199] 蔡靖芳：〈唐代女性出遊詩歌論析〉，《重慶工商大學學報──社會科學版》第26卷第2期，2009年4月，頁117-122。

[200] 蔡義江：《紅樓夢詩詞曲賦鑑賞》（北京：中華書局，2001年），頁302。

隱指宮闕，顯示她身為皇妃的身分；又以「聲傳海外」呼應她所作爆竹燈謎所象徵的顯赫聲勢。

第三首〈鍾山懷古〉是說李紈，因她的「槁木死灰」而說「名利何曾伴汝身」，後來因子賈蘭的功成名就而被「詔出凡塵」，最後一句的「莫怨他人嘲笑頻」則是呼應她「往與他人作笑談」的判詞。

第四首〈淮陰懷古〉則是王熙鳳。其惡犬或指賈璉。「蓋棺」則暗合了第四十三回尤氏對鳳姐說：「明兒帶了棺材裡使去」以及脂批：「此言不假，伏下後文短命」的預言；而「一飯之恩」則說的是劉姥姥，最後賈家的命脈之一──巧姐即是由劉姥姥所保全。

第五首〈廣陵懷古〉則說晴雯。前兩句說她在怡紅院中所度過的歡快日子的短暫，最後兩句也暗合了她的判詞：「只緣占得風流號，惹得紛紛口舌多」而使她招致薄命。

第六首〈桃葉渡懷古〉則是指賈迎春。第一句可與七十九回寶玉對紫菱洲的環顧感傷作映襯；「桃葉桃枝」比喻了迎春與寶玉的姐弟關係。

第七首〈青塚懷古〉是說香菱，在她的冊子上畫有一幅水涸泥乾的圖景與第一句的不流相合；香菱同昭君一樣別離了故鄉親人而輾轉來到異地，遇上了如不成材「樗櫟」般的薛蟠，也只能歸結於不幸命運的擺弄了。

第八首〈馬嵬懷古〉則為秦可卿，前兩句云她「淫喪天香樓」，後兩句則說太虛幻境一事。

第九首與第十首的地點均為虛構，實不應放入懷古詩裡頭。但作為詩謎而言似也可不必如此計較。

第九首〈蒲東寺懷古〉說的是金釧兒，「身輕骨賤」指她的地位卑下，「私掖偷攜」則是云金釧兒與寶玉兩人趁著王夫人午睡時作的一些行為和說的話語。

第十首〈梅花觀懷古〉則云林黛玉。黛玉同麗娘一般都是因為禮教的壓迫而抑鬱以死，在文本中黛玉也常常唱起《牡丹亭》的唱詞而心有所感；後兩句則暗喻黛玉死後，徒留破滅的理想以及空蕩的瀟湘館。

　　以猜詩謎的方向來解謎的，有周春(1729-1815)之《閱紅樓夢隨筆》，以為第一首謎底是「走馬燈之用戰艦水操者」、第二首謎底為喇叭、第三首為肉、第四首為兔、第五首為簫、第六首為團扇、第七首為枇杷、第八首為「楊妃冠子白芍藥」、第九首為骰子、第十首為牡丹[201]。

　　再於徐鳳儀（乾隆年間人）《紅樓夢偶得》中，以〈赤壁〉猜盂蘭盆會所焚之法船；〈交趾〉隱喇叭；〈鍾山〉隱傀儡；〈淮陰〉隱馬桶；〈廣陵〉隱柳木牙籤；〈青塚〉隱墨斗；〈梅花觀〉隱紈扇[202]。

　　另，護花主人（王希廉，約西元 1821 年前後在世）猜〈交趾懷古〉為喇叭；〈廣陵懷古〉為柳絮；〈青塚懷古〉為匠人墨斗；〈蒲東寺懷古〉為紅天燈；〈梅花觀懷古〉為紈扇[203]。

　　此外，孫念祖對蔡義江之看法不敢苟同，回目以「薛小妹新編懷古詩」為題，實不可等閒視之；且認為十首詩謎是有謎底的，認為可能就錯落在曹雪芹的部分遺失稿子之中。孫念祖以為〈赤壁〉之謎底為蚊子燈；〈交趾〉為喇叭；〈鍾山〉為木偶戲中之木偶；〈淮陰〉為指盛器一類的東西；〈廣陵〉為牙籤；〈桃葉渡〉為紗燈；〈青塚〉為墨斗；〈馬嵬〉為肥皂；〈蒲東寺〉為骰子；〈梅花觀〉為扇子[204]。

　　本文不以解析詩謎為目的，而欲以於此強調女性出遊的意義為旨趣，探尋薛寶琴在全書中被賦予的視角和意義，此角色不僅重現了明末清初女性出遊的現實可能性，也在文本中透露了化為形上的經典與不朽性。

　　自曹丕(187-226)登高一呼「蓋文章經國之大業，不朽之盛事」[205]，揮書筆墨便成為了世人欲立命不朽的一個重要媒介。寶琴在全書中最為活躍的部分為第四十九至五十二回，以及第七十回桃花詩社的段落，作者在全

---

[201] 【清】周春：《閱紅樓夢隨筆》，收入一粟編：《紅樓夢卷‧卷三》冊一，頁 74。

[202] 【清】徐鳳儀：《紅樓夢偶得》，同前註，頁 79。

[203] 【清】王希廉：《王希廉評本新鐫全部繡像紅樓夢》（臺北：廣文書局，1977 年），頁 1498-1499。

[204] 孫念祖：〈薛寶琴「懷古」詩謎試解〉，香港《中報月刊》，1983 年第 10 期。

[205] 見【明】張溥輯評，宋效永校點：《三曹集》（長沙：岳麓書社，1992 年），頁 178-179。

書中安排寶琴此一角色，而她的突出特徵又可與其他金釵媲美，實有其重要意義。寶琴的《懷古十首》套詩，本是用來作詩謎供大家猜解的，但其中因為加上了歷史遺跡，又是寶琴所親身遊歷過的，故不可以一般詩謎作等閒看。「在文學語言沒有前例與典範的情況下，閨閣記遊只能『借用』男性慣用的古典詩文體。」[206]歷代服膺「女子無才便是德」之教條下的傳統女性，創作成為了男性專有的權利，女性即失去了能突顯其性別特徵的文學文類，故自女子可以讀書識字並從事創作後，只能先從男性所開創的典範作為仿式，再一步步開創出自我的性別意識。《懷古十首》原作為娛樂作用的詩謎，後因歷史成分的摻入以及寶琴遊歷的視角的見證與感懷，遂使得此套詩一脫娛樂賞玩的成分而轉為涵蘊深厚的抒情懷古詩式，立即由俗轉雅；又寶琴以一女性身分親臨其境並錄其見聞，發抒了後人對於深蘊濃厚文化載體之前迹的反思與感懷，使得套詩又在抒情詩體中含涉了遊記的敘事功用。寫作行為也是一種遊歷，寶琴的真實之遊與紙上的書寫之遊互相結合共證，讓《懷古十首》在形體內容的轉換中含納了抒情與敘事的雙重意義。

在此十首的〈赤壁〉、〈交趾〉與〈淮陰〉中，記述的是國家在動盪不安之際的戰爭想像。此類題材不脫自古男性撰作懷古詩的通用範式，藉感嘆史實記載的輝煌戰事述滄海流離之嘆。「一將功成萬古枯」，無論戰功多彪炳的名將最後也不免隨時間的流逝而殞落。在現存的客觀世界空間中體驗了歷史時間的輾轉流變下的感慨之情，又發為詞作為抒懷之憑藉，此種模式正如吉川幸次郎所云之「推移的悲哀」[207]。寶琴藉「感物」與「感悟」之間的對話，形成了抒情美學特有的傷逝表徵。

---

[206] 朱嘉雯：〈挑戰「男遊女怨」的文學傳統──現代少女遊歷觀念試詮〉，東海大學中文系編：《旅遊文學論文集》（臺北：文津出版，2000 年），頁 235。

[207] 〔日〕吉川幸次郎：〈推移的悲哀〉，《中外文學》第 6 卷第 4 期，1977 年，頁 25。又見呂正惠的討論：〈物色論與緣情說：中國抒情美學在六朝的開展〉，收入中國古典文學研究會主編：《文心雕龍綜論》（臺北：臺灣學生書局，1988 年），頁 12。

〈鍾山〉與〈廣陵〉可用對名利之追求態度一言以蔽之，寶琴似乎欲
藉由這兩首詩來表達在時間的洪流下，所謂的名利與繁華終究不過是過眼
雲煙，如同廣陵堤邊種植的柳樹，徒增人去樓空之感嘆。

話鋒一轉，由原本屬於士大夫階級的男性感懷轉為對古代流離女性的
同情與平反，〈桃葉渡〉、〈青塚〉與〈馬嵬〉可共同視作對女性的流離姿態
以及離別之情的感抒。三者均著重情感層面的發顯，離別跨越了時間與空
間、甚至是生死異界的轉換，唯有情感能隨著遺跡而能代代流傳。

> 透過遊覽與書寫，作者突破時間與空間的限制，自由流轉於過去
> 與現在之間，彷彿旁觀，又依稀參與了其間的悲歡。而藝術對作
> 者來說不純然只是看與知，更是對自身的觀照與省思，使得美感
> 經驗逐漸加深。[208]

在每一處積累了許多歷史經驗與文化事件的地景上，觀察者自由來去
於時空的轉換之間，感同身受地發為藝術創作，使得美感經驗在這些不斷
積疊的文化意象中逐漸深化並獲得新的意涵。

最後則是地景虛構的兩首詩：〈蒲東寺〉與〈梅花觀〉。在「大旨談情」
的《紅樓夢》中作者所挑選引用的文本實有與書中角色人物互證的作用。《西
廂記》與《牡丹亭》均為才子佳人式的話本傳奇，內容彰顯了男女之間情
愛的不朽。而「不在梅邊在柳邊」一句又出於《牡丹亭》的〈玩真〉一齣，
此「真」又可呼應《紅樓夢》第一回「假作真時真亦假，無為有處有還無」
的真假辨證。作者以寶琴之口作此兩首詩，試圖欲藉話本小說的虛構與真
實的生活經驗、真假之間的移轉互融下共顯其普世價值──對情感的寄託
終究成為人生最後的依歸。

---

[208] 童元方：《遊與藝：東西南北總天涯》（臺北：三民書局，2011 年）書底文字。

第四章　游於藝／憶
海棠詩社的敘事與抒情

（一）「南方」：明末清初的文化空間

　　甲申年三月十九日（西元 1644 年 4 月 25 日），對晚明士大夫而言，是一夕之間風雲變色的歷史瞬間，外族的入侵以及佔據，無疑給了耽溺於晚明富庶逸樂生活的人們難以想像和承受的巨大打擊。在清兵入關的鼎革之際，這些被稱之為「明遺民」的晚明士人中有人選擇當下赴死就義，有人選擇隱居著書、寧死不仕新朝，更有些則是改投易主，寧為叛臣[1]。

　　對於「明遺民」之解釋，現今的理解為「國家破亡之後，拒絕仕於新朝的前朝士民。」[2]

　　滿清從北方攻進，明人只能往南方節節敗退，形成一股南明勢力。在明清之際，面對新朝的逼迫，南方地區為維護漢族正統及中華傳統文化

---

[1] 可參見錢海岳編著：《南明史》第十三、十四冊（北京：中華書局，2006 年）。

[2] 「現今對於『遺民』一詞的一般理解是：國家破亡之後，拒絕仕於新朝的前朝士民。此一後起之意未詳始於何時，但在元末明初已有不著撰人的《宋遺民錄》一卷問世，明朝成化年間又有程敏政撰《宋遺民錄》十五卷，顯示至少在此時，『遺民』一詞已具有相當固定的意涵。」見謝明陽：《明遺民的莊子定位論題》（臺北：國立臺灣大學出版委員會，2001 年），頁 3。另卓爾堪在其《明遺民詩・凡例》中更是對明遺民可能的身分有了以下的注解：「茲集名《遺名詩》，自顯仕以及布衣，咸曰遺民。」見【清】卓爾堪：《遺民詩》，收於《明清史料叢編》第八集（臺北：文海出版社，1973 年），頁 9。歸莊為友人朱子素《歷代遺民錄》作序時曾說：「而遺民則惟在廢興之際，以為此前朝之所遺也。」【明】歸莊：《歸莊集》（上海：上海古籍出版社，1984 年），卷三，〈歷代遺民錄序〉，頁 170。也可參考何冠彪：〈論明遺民之出處〉，《明末清初學術思想研究》（臺北：臺灣學生書局，1991 年），頁 102-105。

3，對於異族的逼迫頑強抵抗；面對江南士人此番抗拒行為，清廷起初採取報復之舉，如此一來，「北方」對江南南人的意味便更趨複雜[4]。

「南北之辨」在歷代多有其不同時代上的定位，但是在明末清初之際，面對異族滿清從山海關侵入、攻陷中原，此「南／北」不僅是地理上的疆域區分，更是種族、國家、政權、前朝士大夫遺民與新朝勢力的截然劃分。

所謂江南，在先秦時乃指春秋時代的吳國、戰國時代之楚國，到了漢初即指的是吳、楚、淮南等地區。到了三國時期，其地便是孫吳的根據地；此後東晉及宋、齊、梁、陳諸國均立都於此。到了唐代有江南以及淮南道的行政區劃，相當於現今江蘇省中部、安徽省中部、湖北省東北部和河南省東南角；至宋代於此則有兩浙路此一地方行政區的設立，範圍包括現今的浙江省全境，江蘇省的鎮江，蘇錫常地區和上海市（不含崇明島），以及福建省閩東地區。至元代則將其定為區位規劃中的浙江行省。明正統六年(1441)以江南之金陵為陪都，至清初則設江南省[5]。

《江南方輿紀要序》：「以東南之形勢，而能與天下相權衡者，江南而已。」[6]江南地區自曹魏開始，長久以來已形成了一股濃厚綿長的士人文化精神[7]。江南經過曹魏時期孫吳的開發，歷經東晉南朝以及唐代的發展，至宋代初期已經成為全國經濟與文化的中心。江南在歷史時間的不斷嬗變中積累了屬於自身的文化意蘊，不但人才輩出而且學術風氣也相當蓬勃；再

3　「黃宗羲等人的創傷感、文化憂慮，又基於東南人士的使命自覺：不但以存東南為存『明』，更以其為存『斯文』、存漢族士大夫文化，以致令華夏文明──憂慮正與文化自豪相表裡。」趙園：《明清之際士大夫研究》（北京：北京大學出版社，1999年），頁103。

4　同前註，頁91。

5　汪榮祖：〈江南與明亡清興──兼論歷史地緣說〉，收入熊月之、熊秉真主編：《明清以來江南社會與文化論集》（上海：上海社會科學院出版社，2004年），頁1-13。

6　【清】顧祖禹：《讀史方輿紀要》第四冊（臺北：新興書局，1956年），頁841。

7　「江南、尤其東南人文的興盛，鼓勵了東南文化的自我描述；自我描述的積累，復成為文化優越感的依據：『傾斜』不但在經濟過程中，也是經由表述行為實現的。」趙園：《明清之際士大夫研究》，頁99。

加上長江流域溫和的氣候和肥沃的土地，使得江南地區在歷代的開發中逐漸成為全國的經濟和文化重心，隸屬於南方的江南地區，其文化優勢在明代已成定局。

明清之際之反清運動，就其性質及動機上來說，是「士」的運動，這群士出於自身的政治選擇、自我意志以及文化使命，體現了一種漢族士大夫的精神品質。對於異族入侵的同仇敵愾，使得這些蟄居南明的士大夫遺民們紛紛作出消極（如隱居、出家）／積極（抵抗清軍）的抗爭行為[8]，如《明季北略》卷 21 記施邦曜：「蓋浙東諸郡中，紹興士大夫尤以文章氣節自負云。建文死難諸臣多出江西，數年來亦復然，而越州次之，吳及閩又次之。嗚呼，盛矣！」[9]顯示出江南地區明末士大夫不屈的氣節。

對於江南地區，明末士人有根深蒂固的文化地理概念，如黃宗羲(1610-1695)之《明夷待訪錄·建都》，將「建都失算」列為「亡之道」之一，並明確地以都金陵為「王者」的明智選擇[10]。

陳寅恪(1890-1969)在其《柳如是別傳》中也提及南方地區，尤其東南之地的重要：「自飛黃（鄭芝龍）大木（鄭成功）父子之後，閩海東南之地，至今三百餘年，雖累經人事之遷易，然實以一隅繫全國之輕重。」[11]

因南方地區如此重要，是晚明抵抗異族滿清的最後堡壘，故「南方」、「金陵」與「江南」便成了獨具意義的精神意象，不僅代表抗清的據點、晚明最後的掙扎，也彰顯了漢族士大夫最後的氣節、企望與對美好但永不復返的過去之追憶與想像。

《紅樓夢》第一回，有「當日地陷東南」一句，在舊紅學(1902-1949)索隱派大興時期，便有學者據此認為此六字是實寫「明末南都之陷落」[12]。

---

[8] 在此暫不將投降仕清的明末知識份子列入。

[9] 【清】計六奇：《明季北略》（北京：中華書局，1984 年），頁 511。

[10] 趙園：《明清之際士大夫研究》，頁 92。

[11] 陳寅恪：《柳如是別傳》（上海：上海古籍出版社，1982 年），頁 727。括號為筆者自加。

[12] 眷秋：〈小說雜評〉，《雅言》，1912 年第 1 期。

對於認為《紅樓夢》寫明末遺民之事之學者，還有錢靜方（別號泖東
一蟹，近代青浦人）：「海外女子，指延平王鄭氏之據臺灣。……妙玉乃指
吳梅村，走魔遇劫，即狀其家居被迫，不得已而出仕。梅村吳人，妙玉亦
吳人，居大觀園，自稱『檻外人』，寓不臣之意。」[13]、蔡元培(1868-1940)：
「《石頭記》者，清康熙朝政治小說也。作者持民族主義甚摯，書中本事，
在弔明之亡，揭清之失，而尤於漢族明士仕清者寓痛惜之意。」[14]以及鄧
狂言（清光緒年間人）：「書中以甄指明，以賈指清，正統也，偽朝也，歷
史法也」、「作者托詞於兒女之妙，曹氏增刪之妙，隱之力也。」[15]他認為
原書是一部有關明清的興亡史，曹雪芹對它進行了增刪的工作，以及進行
「隱」的功夫，以致於後人輪番猜解書中所藏之真正意涵。

而潘重規(1908-2003)於《紅樓血淚史》，推論出《紅樓夢》的作者為
「一群明末的遺民」：

> 第一、此書的作者，必是明代的遺民。它用大手筆醮著民族血淚
> 寫成這部奇書，我們知道，明亡之後，多少奇材異能之士，抱著
> 亡國隱痛，轉入僧道商賈，屯墾牧畝，江湖賣藝，社會各階層中，
> 真是諸色人等，無所不有。……我想作者必是此種分子，甚至是
> 多少同志縣延年歲的集體創作。[16]

此論點為現今學者廖咸浩沿用，作更深一層、更精細的推論[17]；潘重
規除了確立作者身分之外，還將寶黛釵的三角關係影射為明清兩種政權上
的糾葛：「林黛玉代表明朝，薛寶釵代表清室；林薛爭取寶玉，即是明清爭

13　收於蔡元培：《石頭記索隱》附錄一〈紅樓夢考〉（上海：商務印書館，1917 年），頁 69。

14　蔡元培：《紅樓夢索隱》，頁 1。

15　【清】鄧狂言：《紅樓夢釋真》（卷一）（瀋陽：遼寧古籍出版社，1997 年），頁 1。

16　潘重規：《紅樓血淚史》（臺北：東大圖書公司，1986 年），頁 29。

17　廖咸浩：《紅樓夢的補天之恨：國族寓言與遺民情懷》（臺北：聯經出版公司，2017 年）

奪政權。」[18]

　　在這些將《紅樓夢》作為寫明亡之事的論述外，孫遜無疑是持比較保守的意見。他在其《紅樓夢探究》中，認為《紅樓夢》的確是寓有濃厚的政治意味在：

> 平心而論，強調第四回和『護官符』（賈不假，白玉為堂金作馬。
> 阿房宮，三百里，住不上金陵一個史。東海缺少白玉床，龍王來
> 請金陵王。豐年好大雪，珍珠如土金如鐵。）上的四句俗諺口碑
> 在《紅樓夢》全書中的重要地位，這是《紅樓夢》研究史上無數
> 重要的里程碑之一，它起碼提供了這樣一種啟示：不能完全把《紅
> 樓夢》當作一部言情小說來讀，它還有著比愛情更為深廣的社會
> 歷史內涵。[19]

　　在原書第七十八回，〈老學士閒徵姽嫿詞　癡公子杜撰芙蓉誄〉中，作者鋪陳了一大段有關於林四娘的故事，孫遜對此也認為：「有關林四娘的故事在清初非常流行，而且被賦予了越來越強烈的民族意識。這一點，應該說是明眼人都看得出來的。曹雪芹把這個明顯包含有政治寓意的故事又一次寫進了《紅樓夢》，這難道是偶然的嗎？回答當然是否定的」[20]、「按照歷史事實，林四娘並不是死於鎮壓農民起義的戰爭，而是在抵抗異族入侵中為國捐軀。」[21]孫遜在此仍強調了《紅樓夢》確是含有深刻的政治寓意，不過隱約也可以嗅出在他的說法中，也認為《紅樓夢》存在寫明末一事的成分。

　　康熙十七年(1678)，三藩之亂平定後，國勢基本穩定。正月，康熙帝

---

[18] 同前註，頁9。

[19] 孫遜：《紅樓夢探究》（臺北：大安出版社，1991年），頁14。括號為筆者自加。

[20] 同前註，頁147。

[21] 同前註，頁150。

曰:「(康熙十八年)自古一代之興,必有博學鴻儒,振興文運,闡發經史,潤色辭章,以備顧問著作之選。朕萬幾時暇,遊心文翰,思得博洽之士,用資典學……凡有學行兼優、文詞卓越之人,不論已仕未仕著(筆者自注:應為『者』),在京三品以上,及科道官員,在外督撫布按,各舉所知,朕將親試錄用。」[22]

此舉(在科舉外另闢博學鴻詞科)是清廷入關後對明末士人所施行的籠絡政策。若配合《紅樓夢》諸多角色均從江南而來的背景來看,可將他們看作是赴京為考取功名的知識份子的譬指;在中國文化傳統內,也有懷才不遇之知識分子將自身比為女性的現象,故書中的十二金釵以至於眾多從江南來的女性,由「男子作閨音」的角度審視,可看作是明末一群遺民士人的託寓以及往北應試的移動現象。

在《紅樓夢》文本中,諸多字句均涉及到「南方」意象,下文會再作探討;此外,作者也安排許多角色均自南方而來:林黛玉、香菱(甄英蓮)來自維揚、姑蘇;秦鐘、可卿來自江南;妙玉來自南邊(吳),鴛鴦的老子娘都在南方(第四十六回);薛寶釵、史湘雲、熙鳳(王家)、李紈來自金陵(南京)、採買十二女伶道姑之地,以及賈家也源自南京等。「南方」的方位地理概述往往與「金陵」實地緊密連結。金陵即今之南京,別名「石頭城」,又正好是南明──最後抗清力量──的首都,以石頭作為表徵,故賈寶玉之前身為青埂頑石之神話便大有深意。在曹雪芹文本中頻頻向其致意和互文的湯顯祖(1550-1616),則可與《紅樓夢》互為發微,湯於《牡丹亭》內也賦有相當多的南方意象,將其背景置放在金兵南侵、淮揚爭戰的歷史前提內,杜麗娘父親杜寶的「南安太守」一職,便隱含了南方偏安∕安定南疆的戰事意義,劇曲中屢屢提及嶺南、南安、揚州、臨安等幾乎覆蓋了南宋疆域的地區,營造了一部家破人亡、顛沛流離的戰爭歷史敘事,

---

22 【清】官修:《清文獻通考》,卷四十八,〈選舉考二〉,收於《景印文淵閣四庫全書》史部391冊,政書類(臺北:臺灣商務印書館,1983年),頁225。

將家事與國事、男女情愛與君臣之情作了緊密鏈結。

胡適(1891-1962)：「我因此疑心雪芹本意要寫金陵，但他北歸已久，雖然『秦淮殘夢憶繁華』（原註：敦敏贈雪芹詩），卻已模糊記不清了，故不能不用北京作背景」、「雪芹寫的是北京，而他心裡要寫的是金陵：金陵是事實所在，而北京只是文學的背景。」[23]曹雪芹於文本內頻頻出現的「南方」字眼抑或「南方」意象，使得南方意識所含涉的遺民情結在字句的交疊反覆以及時空的不斷重現下愈加明顯，在追懷過去家族曾經經歷過的繁華似錦，與明末任情煙花瑰絢的生活想像互文見義，總體言之均表示了對美好過去的無限追憶，以及擔有不願忘卻的歷史使命。

（二）故鄉懷想情結

第六十七回，林黛玉在收到了寶釵轉交薛蟠從江南帶來的土物時，勾起了她離鄉背井的流離記憶：

> 惟有林黛玉她見江南家鄉之物，反自觸物傷情，因想起她父母來了。便對著這些東西，揮淚自嘆，暗想：「我乃江南之人，父母雙亡，又無兄弟，只身一人，可憐寄居外祖母家中，而且又多疾病，除外祖母以及舅母、姐妹看問外，哪裏還有一個姓林的親人來看望看望，給我帶些土物來，使我送送人，粧粧臉面也好。可見人若無至親骨肉手足，是最寂寞，極冷清，極寒苦，沒趣味的。」想到這裏，不覺就大傷起心來了。

黛玉看著家鄉的土物因物傷情，藉對舊物的懷念與熟悉感引起對過去的回憶，但今／昔之間畢竟存在著不可逾越的時間間隙，在這段間隙之中記憶會產生重組、曲解或漏失；因為不可能回到過去，故浮現在腦中的記

---

[23] 胡適：《胡適紅樓夢研究論述全編》（上海：上海古籍出版社，1988 年），頁 172-173。

憶是對過去生活的重新構造與再現，為一種想像行為。想像(imagination)
指的是一種將記憶中的經驗與意象給予整理組合，並產生新意象的心理歷
程。張春興將想像之功能分為三種類型：

　　一、「預期想像」(anticipatory imagination)：想像未來可能發
生的事情，或是想像如何達成預期的目的；

　　二、「再生想像」(reproductive imagination)：將以往經驗加以
整理組織使之重現在記憶之中。因為再生想像只限於記憶活動，
故而也稱「記憶想像」(memory　imagination)；

　　三、「創造想像」(creative　imagination)在意識中重組以往經
驗，並企圖超越以往經驗而產生新的構/想。因創造想像是對舊問
題的新構想，故而也稱「構念想像」(constructive imagination)。[24]

　　在離鄉、歸鄉的過程中對故鄉的懷想與想像，是結合了「再生想像」
與「創造想像」的重複構築行為。作者憑藉黛玉對南方家鄉土物產生的思
鄉情緒，具體呈現了整部作品所欲營造出的一種對過去、對故鄉的追憶行
為——當「南方」已經成為了過去家族／國族的地理想像空間，對故鄉的
憑弔也就是對家族／國族的歷史憑弔。

　　「所謂的『地方感』，是指人類對於地方有主觀和情感上的依附。」[25]
明末清初因戰爭的緣故使得大量人民被迫遷移至新的地方，南方的金陵便
成為了離鄉背井的他們在情感上的主要心靈依附空間。對於「金陵」這座
城市所構建的記憶包含藝術創作的、文化習俗的、心情感覺營造出的氛圍

---

[24] 參考金明求：《虛實空間的移轉與流動——宋元話本小說的空間探討》（臺北：大安出版社，
2004年），頁108-109、張春興：《張氏心理學辭典》（臺北：東華書局，1989年6月），頁
321。

[25] 〔英〕阿格紐(John A. Agnew)（1987）轉引自 Tim Cresswell 著，徐苔玲、王志弘譯：《地方：
記憶、想像與認同》（臺北：群學出版，2006年），頁15。

等，這些不同方面的記憶與現實生活經驗產生糾纏，經過時間的改造之下，藉由想像所串聯起來與過去的連續性，在現實生活中仍舊發揮了解釋與評價的影響力[26]。過去的城市地理空間在回憶中擁有了文化想像的符號性，在名／實、符徵／符旨、語言／事物之間取得自己的生命，與過去的實地地理產生區隔、取代與蛻變，而在記憶想像以及藝術創作之中有了新的論述和意義。如金明求云：「若僅從物理、表面的空間現象來看異鄉、他鄉，其中並沒有包含任何的內涵與意識，只是呈現實際的社會現象、文化習俗而已，但人物的具體行為與心理變化、空間意識的突顯、空間轉換與流變等，從空間、人物、現象之間多角度來觀察其間複雜錯綜的現象與內容以及緊密連繫過程，其平面、單線的物理空間就變成為主動複雜的立體、多維的人文空間。」[27]

　　《紅樓夢》藉由對南方的文化想像而產生對空間的依附感，此空間是一種「為了超越現實、減輕憂痛而不斷盼望歸鄉的『心理移動空間』」[28]，從「南方」此一原具有地理空間方位上的客觀區位，轉化為蘊涉對家族記憶、對遺民家國意識的主觀政治，甚或是對民族、血緣的依託，成為了一種對前明凝聚的文化記憶／文化情感的集體潛意識之發揮。

---

[26] 王志弘著：《流動、空間與社會　王志弘 1991-1997 論文選》（臺北：田園城市文化，1998年），〈城市、文學與歷史　閱讀《看不見的城市》〉，頁 294-295。

[27] 金明求：《虛實空間的移轉與流動──宋元話本小說的空間探討》，〈第二章　市井與鄉關的遠近空間〉，頁 114-115。

[28] 同前註，頁 109。

一、「當日地陷東南」：紅樓一夢的遺民情結

(一) 明末清初的難女／女英雄形象

　　明清鼎革之際，研究者多將焦點置放在男性文人遺民對於新朝所持的迎合、接受、抗爭或不合群的種種表現，對於「女性」在此世變中所遭受的種種際遇則少有討論。李惠儀(Wai-Yee, Li)從明末清初留下的諸多文本內，探討了在世代易變之下揭露出的種種女性面貌，無論是男性文人筆下的女性形象，抑或是女性自我呈現的面對新朝之態度，均對於從性別角度下之明清婦女研究有更多關照。

　　在李惠儀之研究論文內，踏察了在男性文人創作的文本中，對明末清初的名女性給予了多種不同角度的詮釋，當士人回顧並反思明末的世局以及明朝覆亡的緣由時，對於易代之痛、故國之思、歷史判斷、自省自責等諸多反應均體現在這些由禍水轉為女英雄的薄命女性身上。以陳圓圓及林四娘為例，男性文人在世憂離亂之際寄託於兩者形象上的轉化，可分述為兩種論點：一為對情之「自贖」，亦即對明末「唯情主義」之反省，甚或對「女禍」之翻案；二為對歷史及命運之反省，由最不自由的薄命女子進行轉化為女英雄的幻想，在這一方面也得以探察在此一變動時代下文人如何自處的急切問題。

　　對陳圓圓形象轉化的文本爬梳，可由吳偉業(1609-1671)之〈圓圓曲〉為始。〈圓圓曲〉約作於 1651 年[29]，內容針對吳三桂私情誤國，名實不符，並慨歎明清之改朝換代是偶然之意外，以陳圓圓為主角作悼紅顏之哀歌實

29　關於此曲作成的年代問題，可見〔美〕李惠儀(Wai-Yee, Li)：〈禍水、薄命、女英雄——作為明亡表徵之清代文學女性群像〉一文，收入胡曉真主編：《世變與維新——晚明與晚清的文學藝術》（臺北：中央研究院中國文哲研究所，2001 年），頁 305 之注 13。

成了悼明之哀歌。吳偉業在作品中將陳圓圓塑造成一名身不由己、無法掌握自己命運的薄命女子，改朝換代於她來說是不可理喻的興衰別離，作者藉這樣的難女形象呈現出亂世中個人無助與困惑交織的情緒。

至陸次雲（生卒年均不詳，約康熙年間人）之〈圓圓傳〉[30]，則將陳圓圓又轉為紅顏禍水的形象。故事中的她勇於掌握自己命運，勇決果斷、善機巧權謀以鬥爭寵，故吳三桂以至明朝的敗亡都應歸咎於她。

而後鈕琇(1644-1704)的《觚賸》，承繼了〈圓圓曲〉將陳圓圓寫成一漂泊亂世的薄命女子，後又以入道禪化來為她進行開脫，否定其禍水形象。加諸在陳圓圓身上的懺情以及自贖意識，也可看為當時代的文人對晚明縱情任性的追憶與反思。

丁傳靖(1870-1930)《滄桑豔》的陳圓圓則是一名在歷史巨輪輾壓下的無可奈何的小人物，以自盡殉情（也是殉國）的贖罪姿態扭轉其禍水形象，藉由她的回憶與自省達到懺情的目的。劇中又指責明末黑暗的吏治以及諸臣之昏庸，陳圓圓的形象在這樣的背景下更顯得她的薄命與不幸。

而林四娘則是由受害者化為英雄，顯示了世變中之今昔對比、歷史反諷以及緬懷前代的悲情互相交融。有關林四娘之記載見於王士禎(1634-1711)之《池北偶談》[31]、王士祿(1626-1673)（王士禎之兄）〈林四娘歌序〉（見於陳維崧〔1625-1682〕《婦人集》引文[32]）、林雲銘(1628-1697)《挹奎樓選稿》[33]以及蒲松齡(1640-1715)之《聊齋誌異》[34]，都記述了明衡王府宮人林四娘之鬼魂與青州觀察陳寶鑰之間的交往。而後在《紅樓夢》

---

[30] 載於【清】張潮：《虞初新志》（上海：上海書店，1986 年），頁 162-164。

[31] 【清】王士禎：《池北偶談》，卷二十一（臺北：臺灣商務印書館，1976 年），頁 9 下-10 上。

[32] 【清】陳維崧：《婦人集》（北京：中華書局，1985 年），頁 61-62。

[33] 【清】林雲銘：〈林四娘記〉，附入【清】蒲松齡：《聊齋誌異：會校會注會評本》（北京：中華書局，1962 年），頁 289-291。

[34] 【清】蒲松齡著，張友鶴輯校：《聊齋誌異：會校會注會評本》（北京：中華書局，1962 年），頁 286-289。後 289-291 附錄了王士禎〈林四娘〉及林雲銘〈林四娘記〉。

之七十八回林四娘之形象又轉為忠勇義烈的姽嫿將軍。

作為衡王寵嬪的生人林四娘是以放縱情色的形象存在，但轉為女鬼後卻附加了英武凌厲的女英雄表徵，因為她的執著而使得明亡以前的種種回憶能夠在人鬼之間交流延續，是為「情色誤國」之翻案。但蒲松齡筆下的林四娘則脫去了英武的表象回歸成純然為一具有深情苦思的芳魂，陳寶鑰也經由與林四娘的人鬼戀體會了她對於明亡似昔而今的悲痛。透過男女之情來傳達易代之痛，知音的相惜又演為故國之思，離去前所賦的詩蘊含了更多有關悼明的悲憤哀婉。

到了《紅樓夢》，林四娘形象經過寶玉的渲染而成為無關乎明亡想像，是集美色、忠勇於一身的姽嫿將軍。李惠儀(Wai-Yee, Li)認為，紅樓文本中的〈姽嫿詞〉是對大觀園風流雲散的回應，林四娘已脫離明亡的歷史框架，成為了追憶過往、痛惜失落理想世界的悲哀，〈姽嫿詞〉與〈芙蓉女兒誄〉為寶玉對唯情世界幻滅的兩種反思。但〈姽嫿詞〉立意在於化解情與道德倫理之間的矛盾；〈芙蓉女兒誄〉則表現了寶玉在大觀園逐漸衰落敗亡後仍不悔的執迷[35]。

《紅樓夢》之林四娘一段，暗示了明亡由過去的歷史事實轉為對失落理想世界的譬喻；對故國之思懷擴大成為撫今追昔的感嘆，成為了一種放諸四海皆準的象徵。

(二) 曹氏家族的遺民交往

在學者朱淡文的考察下[36]，回溯曹氏家族與明遺民交往的歷程，從曹璽(約 1620-1684)自康熙二年(1663)監理江寧織造始，使得曹家逐漸完成由軍功之家到簪纓詩書之族的過渡。其任內結交不少遺民隱逸，為康熙帝欲

---

[35] 〔美〕李惠儀(Wai-Yee, Li)：〈禍水、薄命、女英雄──作為明亡表徵之清代文學女性群像〉，頁 322。

[36] 此段參見朱淡文：《紅樓夢論源》，〈第一編　第二章　曹寅〉(江蘇：江蘇古籍出版社，1992年)，頁 20-26。

籠絡江南氏族遺民的目的打下基礎。

　　自康熙八年(1669)玄燁親政之後，開始著重文治方面的陶塑，不僅從要求自身做起，自認為傳統漢族文化的繼承者，進行尊孔祭孔的呼籲和儀式，學術上也崇尚理學、設立經筵，為的是要贏得漢族知識份子的信任和支持，以贏得自世變以來惶惶不安又採取不合作態度的遺民的信服和接受。

　　曹璽於織造任內時受康熙帝所命，公開交結明代遺民，以流連詩酒的方式聯絡、消弭知識分子對清廷的戒心和抗拒，並逐漸贏得南方士人的感情和信賴，使他們接納新朝，進而使滿漢互相融合。

　　康熙十七年(1678)正月，康熙帝以修纂《明史》作為懷柔政策的手段，下詔次年春欲舉行博學鴻儒科的考選，命大臣推舉具有卓越學識的在朝官員或在野遺民參加考試，目的在於網羅明末以來在江南地區活動的知識份子。後曹寅(1658-1712)繼任江寧織造之位，於康熙十七年(1678)春開始與明遺民交往，考究緣由應與開設博學鴻儒（詞）科有關。在曹寅之《楝亭詩鈔》中，屢屢得見曹寅與這些明遺老的贈答作品，由此可知他們密切且真摯的交往歷程。曹寅因身為遺民顧景星(1621-1687)之甥，又生得風流儒雅，詩文藝術造詣上也具有優秀的才能，故在北方清廷與南方遺民之間極受推崇，由是他才能游移於二者之間而不被猜忌。朱淡文認為曹氏家族與明遺民之交往完全是建立在康熙的命令之下，為遵行籠絡政策達到收歸這些原本持有不合作和抗拒態度的遺民鯁刺之目的，完全將曹氏家族與明遺民之間的交往視作一種命令執行下的傳達與完成，而忽略了情感交流以及對漢族傳統文化仰慕的可能性。筆者認為曹氏家族與明遺民之間之所以會結交融洽，並非全然是為了要達到康熙帝的政治目的才去實行，而是雙方之間都存有對彼此孺慕的心態才能有這樣的結交成果，明朝遺老因曹寅的個人魅力而願意和清廷妥協；曹寅也因為對遺老們帶著前明遺留下來的風流、對前明守節的情操多有肯定和欽慕的情緒，才使得遺民們對他產生一種知音之感而對他推心置腹。雖說曹氏家族與明遺民的交往一開始，的確是為了要達到康熙的政治目的而做出的舉措，但在文化和情感的交流之

下，政治目的已經不足以成為他們之間結交的必然，而只是一種不經意的偶然了。

曹雪芹因家風的繼承和耳濡目染使得他也對前明意識有所仰慕不無可能，故在創作《紅樓夢》時不僅表現了對家族興亡的悲痛，也對明清世變之際文化和人民的流離失落進行哀悼和慨嘆的抒寫，故筆者於此並非探討文本中所可能具有的明遺故老／清廷政權彼此之間權力轉移與抗爭的坐實想像，而是試圖解析《紅樓夢》中作者於家族感傷之外對前明的一種哀悼與追憶，總括來說是一種對前明情結的仰慕與重現，藉由特定空間的不斷堆疊述寫，表現出他對傳統文化失落的沈痛感以及欲再度將它彰顯出來的責任和使命，而更欲以書寫所具有的不朽特徵來記憶這些被遺落的繁華盛景。如《紅樓夢》主旨之「大旨談情」，此「情」不僅展現在男女之間擁有形上之知音情感的永續交流和流轉不滅的效用，而更能表現在對傳統歷史文化失落下的緬懷之情和對其賦予的悼念與傷感。

(三) 紅樓夢中的遺民意識

自康熙十七年(1678)下詔次年要舉行博學鴻儒（詞）科的考選後，次年(1679)的三月初一日，全國被薦舉考試者共一百四十三人，而康熙帝在保和殿親自舉行御試，後錄取彭孫遹(1631-1700)等五十人，併入「明史館」纂修《明史》，而「四大布衣」之朱彝尊(1629-1709)、汪琬(1624-1691)、潘耒(1646-1708)、毛奇齡(1629-1713)也在其中[37]。

---

[37] 《大清聖祖仁（康熙）皇帝實錄・卷八十》：「甲子。諭吏部，薦舉到文學人員，已經親試，其取中一等彭孫遹、倪燦、張烈、汪霦、喬萊、王頊齡、李因篤、秦松齡、周清原、陳維崧、徐嘉炎、陸棻、馮勗、錢中諧、汪楫、袁佑、朱彝尊、湯斌、汪琬、邱象隨；二等李來泰、潘耒、沈珩、施閏章、米漢雯、黃與堅、李鎧、徐釚、沈筠、周慶曾、尤侗、范必英、崔如岳、張鴻烈、方象瑛、李澄中、吳元龍、龐塏、毛奇齡、金甫、吳任臣、陳鴻績、曹宜溥、毛升芳、曹禾、黎騫、高詠、龍燮、邵吳遠、嚴繩孫，俱著纂修《明史》。其見任、候補，及已任未仕各員，作何分別，授以職銜。其餘見任者，仍歸原任。候補者，仍令候補；未仕者，俱著回籍。內有年老者，作何量給職銜，以示恩榮。爾部一併詳議具奏。告病者，不必補試。」（臺北：新文豐出版公司，1978 年），頁 1077。

　　蔡元培在其《石頭記索隱》內有云:「書中女子多指漢人,男子多指滿人。不獨女子是水作的骨肉,男子是泥作的骨肉,與漢人有關也」、「近人《乘光舍筆記》謂書中女人皆指漢人,男人皆指滿人・以寶玉曾云男人是土作的,女人是水作也。尤於鄙見有合。」[38]其中的滿漢之別即是明清之別,女性成為明遺民的表述姿態,代表著對過去道統的繼承與緬懷。

　　另外,賈寶玉通靈寶玉上之銘文也與傳國璽上之字跡有互文之處。傳國璽相傳由和氏璧(一說藍田玉)所雕,為秦始皇(259B.D.-210B.D.)獲得和氏璧後所琢,並命李斯(約 284 B.D.-208 B.D.)於其上寫「受命於天,既壽永昌」八個蟲鳥篆字,由玉工孫壽(?-?)刻出,後秦王子嬰(240 B.D.-206 B.D.)將玉璽獻給漢高祖劉邦(256 B.D.-195 B.D.),是為「漢傳國玉璽」,但上頭的字已改為「受命於天,既壽且康」[39]。第八回提到通靈寶玉上的銘文為:「莫失莫忘,仙壽恆昌」,而作為中國皇帝之信物——傳國璽上,其文字有「受命於天,既壽永昌」、「受命於天,既壽且康」以及「受天之命,皇帝壽昌」三種說法。而通靈寶玉之「仙壽恆昌」四字,與玉璽之字有相同或相似之處,由此可證賈寶玉自身擔任著代表政權正統的帝王身分。

　　對於《紅樓夢》中屢屢提及遺民情結之觀點,歷來紅學家多有論述,在此則分為三方面進行探析,以表遺民情結在書中的呈現方式及開展意義。

1. 由女子節烈觀作為對士大夫忠貞的比譬

　　明清之際被擄掠的女子問題是文學中常見的敘事題材,在朝代更替、外族侵略之下女子的守貞與否常常與士大夫的忠烈情感有其連結,為家國殉身在當時的時代風氣之下是相當令人感佩且趨之若鶩之事,相較之下委身於他人的不貞之婦以及仕宦新朝的遺民布衣便同樣受人訾罵以及為人所

[38] 蔡元培:《石頭記索隱》(節錄),收於一粟編:《古典文學研究資料彙編　紅樓夢卷》第一冊(北京:中華書局,1963 年),頁 319。

[39] 有關「傳國璽」一事,轉引自【晉】陳壽撰,【南朝宋】裴松之注:《三國志・卷四十六・吳書一・孫破虜討逆傳第一》(北京:中華書局,2007 年),頁 1099-1100,註九。

不齒。李惠儀(Wai-Yee, Li)在其論文中對時代轉型之下的此番現象有其論述，如舉例杜小英之絕命詩十首其旨在述不想效昭君委身胡人、苟全異域之遺志，卒章之「圖史當年強解親，殺身自古欲成仁。簪縷雖愧奇男子，猶勝王朝共事臣。」更申明守貞所代表的政治意義，並斥責改任新朝的明舊臣[40]。在國難與家難合而為一的當下，女子藉自傷薄命涉及國難，其詩作內容便超越了公／私之間的界線。

王秀楚（明末清初）之〈揚州十日記〉，便大肆撻伐了當時未能守節的婦女所代表的亡國恥辱：

> 一中年婦人製衣。婦本郡人，濃抹麗裝，鮮衣華飾，指揮言笑，欣然有得色。每遇好物，即向卒乞取，曲盡媚態，不以為恥。卒嘗謂人曰：「我輩征高麗，擄婦女數萬人，無一失節。何堂堂中國，無恥至此。」嗚呼，此中國之所以為亂也。[41]

女子之身可以殉國以全死節，也可藉妥協失身或諂媚征服者以求生，王秀楚所深惡痛絕的是那些自甘妥全的女子，將國破家亡的罪愆盡歸咎這些破節的女性身上；又如閻爾梅(1603-1679)之〈惜揚州〉[42]，以揚州女子之驕奢與史可法退守揚州後又敗亡的命運為因果關係[43]。此種將女性的貞淫問題比附於國家興亡的因果關係，胡曉真於討論《天雨花》的敘事邏輯中也發現了作者持有相同觀點：「更重要的是，婦德看似閨閣中事，屬於私密領域，其實卻經常被解釋為社會整體道德水準的指標。因此，在《天雨

---

[40] 〔美〕李惠儀(Wai-Yee, Li)：〈明末清初流離道路的難女形象〉，收入黃應貴、王璦玲主編：《空間與文化場域：空間移動之文化詮釋》（臺北：漢學研究中心，2009 年），頁 155-156。

[41] 【明末清初】王秀楚：〈揚州十日記〉，收入《明季稗史初編》（上海：上海書店，1988 年，據商務印書館 1936 年版本影印），卷 27，頁 470。

[42] 鄧之誠：《清詩紀事初編》（香港：中華書局，1976 年），第 1 冊，頁 92-93。

[43] 參考〔美〕李惠儀(Wai-Yee, Li)：〈性別與清初歷史記憶——從揚州女子談起〉，《臺灣東亞文明研究學刊》第 7 卷第 2 期（總第 14 期）（2010 年 12 月），頁 289-344。

花》的敘事邏輯中，或甚至在中國歷史書寫的傳統中，婦女的失德都被視為極嚴重的現象，隱然有傾國滅族的力量。」[44]

「女貞的象徵意義極富彈性：殉難女子可引申為殉明，亦可狹義地界定作守身。無論清軍是施暴者還是正統政權的代表，敘述的邏輯基本不變。」[45] 以此定義來看待《紅樓夢》內的守貞甚至以死全節的女性，則全書隱含的遺民情結便與這些烈女互為呼應。

若以原址金陵的賈家作為對南方政權的借稱，則本為金陵人氏的李紈，在夫婿賈珠逝後便守節不另外嫁，以繼續留守在代表南方的賈家為方式表明其對明政權的節烈；另一令人驚心動魄的死節便是看似淫亂的尤三姐。在六十六回中，三姐原與柳湘蓮情意已訂，一掃前文周旋於賈珍及賈蓉、賈璉之間的放蕩模樣，每日「侍奉母姊之餘，只安分守己，隨分過活」，但後來卻因寶玉的「她是珍大嫂子的繼母帶來的兩位小姨。我在那裏和她們混了一個月，怎麼不知？真真一對尤物，可巧她又姓尤。」之言使得柳湘蓮打了退堂鼓：「這事不好，斷乎做不得了！你們東府裏，除了那兩個石頭獅子乾淨，只怕連貓兒狗兒都不乾淨。我不做這剩忘八！」此處的柳湘蓮也可視作是時代風氣下只見其表不解其裏之輿論，被視為淫婦的尤三姐為了表明自己的貞潔最後竟選擇當下自刎，不僅自顯心迹也狠狠諷刺了當時只見表面的時代風氣。尤三姐的放蕩行為似可解為在新政權底下為了以伺時機的一時保身，而不得不作出的諂媚行為，但在看清前明遺老故將對江山再起之不可為以及眾人對自己的誤解後，頓覺世事皆枉然的她僅能選擇殉身以保全自己最後對故國的節烈。「揉碎桃花紅滿地，玉山傾倒再難扶」（六十六回）不僅歎尤三姐之死，也與孔尚任之《桃花扇》傳奇互文見義，以桃花與玉山象徵著已然頹倒無法東山再起的前明政權；五十回李紋所賦之梅花詩句：「凍臉有痕皆是血，醉心無恨亦成灰。」也暗喻了在紛亂暴虐

[44] 胡曉真：《才女徹夜未眠：近代中國女性敘事文學的興起》（臺北：麥田出版，2003 年），頁 257。

[45] 〔美〕李惠儀(Wai-Yee, Li)：〈明末清初流離道路的難女形象〉，頁 164。

的戰事過後，一切陡然成灰的敗亡處境。

> 書寫者要藉由一種「儀式」，在面對死者以及死者的死亡時，排遣
> 出心理的哀傷。筆者並且將之進一步定義為「悼亡書寫」，為了更
> 加確定創作者書寫的位置是在一個尚在的、擬真的現實裡，站在
> 現實裡回過頭去凝視亡故的人、思索亡故的事，進而將瀰漫而出
> 的哀傷記之以文字，為之立碑作傳，但在「死亡書寫」中，傳主
> 並非是亡逝的人（死者），而是自身無以安置的情感與記憶、以及
> 生者企圖將自身的情感安頓。自身無以安置的情感與記憶一旦被
> 以書寫的方式凝固，就成為一個召喚回的事實成為憑弔的依據。[46]

作者以「烈女」作為表徵，為過去殉節的明遺民們進行悼亡儀式，以李紈、
尤三姐作為他凝視和思索過去的媒介，試圖找尋殉節在當時環境風氣之下
所可能呈現的時代意義及盲點──有時殉節以全忠烈不一定是身為遺民或
是難女們最終僅能達到並只能選擇的選擇，迫於時代風氣的熱衷及壓迫下
「殉節」可能只淪為一種徒然的形式而對於圖存救國不具有任何意義，故
於此曹雪芹以殉死薄命的女性角色為例，藉以擴大反映當時明末清初遭難
的遺民百姓們，表現出他對歷史的反思以及嘲諷，以及為這些在壓力之下
被迫選擇不幸命運的人們記之以文字，為他們不安的靈魂進行憑弔與救贖。

2. 地理／詩詞空間的遺都指涉

　　《紅樓夢》開篇第一回以「當日地陷東南，這東南一隅有處曰姑蘇，
有城曰閶門者，最是紅塵中一二等富貴風流之地。」句為起，其中若以明
末遺民之角度來看大有深意。其中「最是紅塵中一二等富貴風流之地」可
比為明末的江南地區，其富庶繁華奢靡的城市景象於張岱(1597-1689)之

---

[46] 王瓊涓：《瀕臨邊境的可逆之旅：九〇年代以降台灣現代小說的死亡書寫》（花蓮：國立東華
大學中國語文學系研究所碩士論文，2006年），頁39-40。

《陶庵夢憶》、謝肇淛(1567-1624)之《五雜俎》抑或是地方府志，均描寫了當時江南城市的盛平及璀璨。

但「當日地陷東南」，則可明指甲申年三月十九日（西元 1644 年 4 月 25 日）一日的天驚地動與鼎革之際的末世感，崇禎帝明思宗於三月十九日在景山歪脖樹上自縊身亡，明朝宗室及遺留大臣多輾轉往南遷移，留都南京的一些文臣武將欲揮師北上重建明朝，決定擁立朱家王室的藩王。五月十五 (1644 年 6 月 19 日)時，福王朱由崧於南京即皇帝位，改次年為弘光，是為明安宗，南明時代自此開始。但次年五月廿二日弘光帝就被清軍擄獲，送往北京處死，弘光朝僅一年就宣告覆滅。

之後又有各藩王先後在江南一帶建立政權，1646 年清軍再度南下時，又先後被大軍擊滅。魯王朱以海(1645-1653)在張煌言(1620-1664)等人的保護下逃亡海上，繼續在沿海一帶進行抗清活動。

永曆十五年(1661)，吳三桂(1612-1678)率清軍入緬，索求逃亡緬地的永曆帝，次年四月永曆帝與其子等被吳三桂處死於昆明。同年五月，鄭成功(1624-1662)於臺灣急病而亡。1683 年，在臺灣的延平郡王鄭克塽(1670-1707)降清，清軍佔領臺灣，寧靖王朱術桂(1617-1683)自殺殉國，代表了南明最後一個政權的覆滅，自此算是正式進入了大清政權的統轄之中。

由明末至清初，遺民們面臨到的不只是國土江山的失去與覆滅，外族的侵入更是讓他們感受到前所未有的文化失落感，「他們正飄在一個文化的空隙之中，由是使他們滋生出一種重重的文化失落感。」[47]《紅樓夢》將這種歷史的「大空間」與小說外部的空間重合，在小說人物角色的地域移動過程中顯現了作品的時代背景以及社會情勢[48]。曹雪芹將自己對曹氏家族的記憶與書中賈家的家族記憶重合，又以賈家之記憶與歷史上明末清初的國族記憶重合，達到了一種「歷史記憶個人化，個人記憶歷史化」的型

---

[47] 郭少棠：《旅行：跨文化想像》（北京：北京大學出版社，2005 年），頁 142。

[48] 金明求：《虛實空間的移轉與流動——宋元話本小說的空間探討》，頁 131。

態。雖然曹雪芹並未在明末清初鼎革之際身歷其境，但是也能藉由歷史史料和文學創作的記憶描述而形成自己的「後記憶」（Postmemory），並藉由小說創作達到一種與古人感同身受的情境以及表現了對世變之中遺民們的同情與追念；而小說主要闡發的「大旨談情」理念，不僅是繼承明末重情的理念實踐，更是藉情來表達對前明懷念的追憶之情。

> 大觀園的少女們的故事——其代稱為「金陵十二釵」——是屬於
> 較寬的《石頭記》的框架中進行的。石頭無才補天，是以作這一
> 段婦女的故事，以補其不得見用於朝廷之憾。[49]

以「石頭無才補天」為意旨，不僅表達了婦女金釵的不得補用於朝廷之憾，更甚者可以比附為明末流亡的遺民士人，空有一身才能但面臨到國家滅亡的景況，此種「石頭無才補天」的情感則更為強烈。如王璦玲所云：

> 所謂「意識流動」或「主體投射」，並非意謂讀者所見的作品內容，
> 所敘的就是主體自身，而常僅是一種「主體的表徵」。尤其敘事文
> 學中人物眾多，與主體的關係，往往不是直接對應，而係透過代
> 言、託寓、借喻、旁襯等多重手法的展現，在變動的空間中，表
> 達多重意識的流動，或越界的想像；而且往往須透過文學本身複
> 雜的跨文類書寫，而作非常幽微、婉轉且曲折的表達。[50]

曹雪芹利用「代言、託寓、借喻、旁襯」等多重手法，以一群來自於江南地區的女兒們的流動經歷以及意識活動，借比為明遺民的主體表徵，

---

[49] 余珍珠：〈關於《紅樓夢》的女性主義論述〉，收入鄭振偉編：《女性與文學——女性主義文學國際研討會論文集》（香港：嶺南學院現代中文文學研究中心，1996 年），頁 71-72。

[50] 王璦玲：〈導論：空間移動之文化詮釋〉，收入黃應貴、王璦玲主編：《空間與文化場域：空間移動之文化詮釋》，頁 4。

試圖以這些女性的活動來表示明末清初之際遺民們所可能經歷的處境，或是仍在生活中承續的晚明文化遺風。

如黛玉詩詞中不斷顯現的身世流離意識，即成為了明末流離於清初新政權中的孤獨文士的代言人；在作品中不時表露出深刻的離散情結，即懷抱著沉重的眷戀故土的哀傷以及欲在新環境下重新追尋自我認同的焦慮。

而書中探春所創設的詩社活動，更是符合了晚明士人的特色之一——知識份子的群體性活動。「他們到處遊學，到處拜訪同氣相求的朋友，到處談論，到處切磋，所以許多思想辯論的重要文獻便是遊記。」[51]而在詩社活動的生產底下遊記便替換成了詩社成員彼此之間對詩詞的較勁與遊戲。

第五十回的蘆雪庵聯句，王熙鳳的「一夜北風緊」更是重現了 1644 年當日驚心動魄的紛亂冷冽景況，以北風代表著清軍的大舉南下；而李紋的「陽回斗轉杓。寒山已失翠」更是明確地表現了青山換代的鼎革之悲。

另外在五十四回賈府過新年的景況中，婆子帶了兩個說書的女先兒進來，作為賈府過元宵的餘興節目，並引發了賈母對千篇一律的佳人才子故事的一段評論,其中女先兒說了一則恰好碰著了璉二奶奶王熙鳳名諱的《鳳求鸞》故事：

> 女先兒道：「這書上乃說殘唐之時，有一位鄉紳，本是金陵人氏，名喚王忠，曾做過**兩朝宰輔**。如今告老還家，膝下只有一位公子，名喚王熙鳳。」（粗體字為筆者自加）

以「殘唐」比附被覆滅的前明或是仍苟留在江南地區的南明政權；以「金陵人」作為明末流離並居留在南方的明末遺民們——「無論是『追憶』、『省思』還是『回溯』，作者對特定地點的選擇皆是頗具匠心的。……（一

---

[51] 王汎森：〈日譜與明末清初思想家——以顏李學派為主的討論〉，《歷史語言研究所集刊》第 19 卷第 2 期，1998 年。

特定景物）是一讓人能跨越古今、天人之時空界隔，並提供主人公、作者
甚至觀眾或讀者，對過去與未來作一省思與澈悟的特殊場所。」[52]——「金
陵」即代表了文化歷史上對過去所殘留並可發為省思的記憶空間；又以「兩
朝宰輔」作為換代後一部分明遺民如錢謙益、吳偉業等人面對新政權所採
取的選擇，此處女先兒在此講述的故事並不只是為了突顯下文賈母對於千
篇一律的才子佳人故事的不屑，更是藉由故事中的地方空間隱喻了小說背
後具有歷史空間指涉的重大意義。除此之外，三十九回劉姥姥在故事中提
到的為茗玉立牌的孤娘廟，其座北（東北田埂子）朝南（廟門朝南開）的
方位正是符合了中國古代皇宮的建築體式——因南面而坐可以最充分照射
到陽光，象徵帝王吸納天地純正之日氣、座立在光明正大之室，有得到正
統之位的意義，而這是身為陰廟的孤娘廟所忌諱不能設置的方位。另外茗
玉之名如上章所述，是互文了明末湯顯祖的「玉茗」，更是代表了前明文學
藝術的文化指瞽；但茗煙去查找後發現廟裡並沒有任何姑娘的塑像，只有
一尊瘟神爺，且廟宇也殘破不堪，此正涵涉了前明已去、無法追尋的歷史
事實。

　　五十二回寶琴描述到的真真國女孩子，其身分和詩作也極具遺民的地
理和文化符碼。趙園云：「明亡之際志士遺民的『從亡』海上、『乞師』海
外，遺民的向海外播遷，漂泊至於南洋諸島、高麗、日本等地，直接憑藉
了上述背景——亦明遺民行為之異於前代遺民者。」[53]真真女的海上身分
似可說明此類情況——表明了流落海外的明末遺民群。而以另種角度來
看，真真女的高貴穿著以及漢詩中對故土家園所呈現出的無限懷想，也可
將她比譬為南明在張煌言等人的保護下逃亡海上、繼續在沿海一帶進行抗
清活動的魯王朱以海。真真女詩文內首句之「昨夜朱樓夢，今宵水國吟」，

---

[52] 王璦玲：〈論清初劇作時空建構中所呈現之意識、認同與跨界想像〉，收入黃應貴、王璦玲主
編：《空間與文化場域：空間移動之文化詮釋》，頁112-113。

[53] 趙園：《制度・言論・心態——〈明清之際士大夫研究〉續編》（北京：北京大學出版社，2006
年），頁176-177。

朱樓可表示過去的繁華勝景，也可作為「朱明」的政權表徵；而「昨夜」
與「今宵」，則又再一次地申明了 1644 年的甲申之變。「漢南春歷歷」引用
了北周庾信(513-581)之〈枯樹賦〉：「昔年移柳，依依漢南；今看搖落，悽
悽江潭。樹猶如此，人何以堪！」[54]以庾信的南北政治身分和其賦的「漢
南」意象，在真真女之詩中借比為南國的泛稱，在詩中寄寓了物是人非、
懷念故國興亡與鄉關流離的飄零羈旅之感。

> 這個蕞爾小島的意義其實並不在僅只於暫時歇腳的跳板。在為數
> 可觀的女性文本中，臺灣代表一個療傷止痛的空間，沉澱洗滌過
> 往的錯失與罪愆；更重要的是它象徵一個希望的溫床，對女性而
> 言，尤其是再出發的起點。[55]

　　前文第二篇對真真女的分析內，提到有學者認為她是一居住在臺灣的
荷蘭女子；在此則譬比她為流亡海外，甚至是到了「蕞爾小島」——臺灣
的明末遺民。如引梅家玲文章內所述，臺灣在明末遺民如鄭成功而言，是
一個象徵能夠復明成功的希望溫床，在臺灣療傷止痛，並反思前明之所以
敗亡的緣由以求進步和反攻，但最後的結果顯示為大勢已去，寧靖王朱術
桂的殉國即代表了新政權的確立以及前明永不可能復回的命運。
　　寶琴之《懷古十首》套詩中，以傳統「懷古詩」詩體作為詩謎的創作
方式，其中也影射了明遺民對於故國的想望。「學者即身歷實地，所見有時
也更是過往的陳跡；眼前的山水，反而像是思古的觸媒」[56]作者藉由寶琴

[54] 【北周】庾信撰，【清】吳兆宜註：《庾開府集箋注》，收於《景印文淵閣四庫全書》集部三，
別集類（臺北：臺灣商務印書館，因《景印文淵閣四庫全書》每一本出版時間不盡相同，故保
留此重出之出版項。1983 年），頁 27。

[55] 梅家玲：《性別論述與台灣小說》（臺北：麥田、城邦文化，2000 年），頁 46。

[56] 趙園：《制度·言論·心態——〈明清之際士大夫研究〉續編》，〈第三章　遊走與播遷〉，
頁 171。

的山水名勝之遊，寄藏了內心的國亡家破之痛，甚至在選擇古蹟以成詩的
過程中不免寄諸了對故國所抱持的「恢復」期待，而作為遊記的詩體書寫，
也存有「為斯世存文獻」[57]的深刻用意。

　　這十首詩中，赤壁、交趾、淮陰、馬嵬，均涉及了歷史上著名的戰事，
「當被旅遊者迎合旅遊者趣味而對自身文化的某些成分進行撿選時，這些
被撿選出來的文化成分往往具有文化身分的象徵意義。以致它們在被作為
特定旅遊符號的同時，也被作為了某種文化的符號。」[58]寶琴以這些曾經
發生過戰事的古蹟作為遊歷以及創作的地點，不僅是對歷史傳統的回溯與
再省思，更是從軍事征戰中聯想到了明清兩代的交戰與變革，「軍事征戰在
很大程度上是一種文化的擴張行為」[59]，因異種文化的侵入便使得本有文
化遭遇到失落的危機。而她以遊歷古蹟、思索歷史的方式，試圖為因為政
權的替改、外族的侵占而導致的文化失落問題進行反思與整理，而更為積
極的是她用書寫創作的方式為這些失落的文化留存記憶，以便流傳後世而
避免了再度失落。文化實際上是一種旅行(culture as travel)，寶琴藉著文化
之旅來進行一種重新發現或重新建構一種文化傳統的行為，從往事中尋找
其根據，並在這些前人已不斷反覆用來創作的題材內容中來充實對現實所
賦予的新的期望[60]。如同哈布瓦赫（Halbwachs, M.,1877-1945）所述：

　　儘管宗教記憶試圖超離世俗社會，但它也和每一種集體記憶一
　　樣，遵循著同樣的法則：它不是在保存過去，而是借助過去留下
　　的物質遺跡、儀式、經文和傳統，並借助晚近的心理方面和社會

---

[57] 同前註。

[58] 郭少棠：《旅行：跨文化想像》，〈第一章　旅行的跨文化解讀〉，頁71。

[59] 同前註，頁143。

[60] 〔美〕宇文所安(Stephen Owen)著，鄭學勤譯：《追憶：中國古典文學中的往事再現》（臺北：
聯經出版，2006年），頁1。

　　方面的資料，也就是說現在，重構了過去。[61]

　　寶琴借助了過去留下的物質遺跡，用明遺民的現在觀點重構了過去，這是一種對文化集體意識的繼承和超越，並用書寫作為媒介，對過去文化的失落進行一種緬懷與寄存的行為。

二、記憶女神：東方的「謨涅摩敘涅(Mnemosyne)」

　　歷來紅學家對秦可卿此一人物的猜解眾說紛紜，實肇因於《紅樓夢》第十三回靖藏本畸笏叟的回前總批：「秦可卿淫喪天香樓」，明顯與後來所見的回目不同，留給後人諸多疑猜。

　　對於此段批語，紅學家多持秦可卿與公公賈珍之間存有私情一事加以展開；又以葬禮時的鋪張排場另作索隱，將秦可卿之身世與當世政治環境作聯，實預示了賈家（為現實曹府的影射）最終因此事而招致抄家的不幸命運。

　　又有學者將通部書視為遺民哀悼之作，認為秦可卿與警幻本是一體，均代表了清朝的統治階級或滿族意識，試圖對前明遺民進行收編動作（如第五回那些薄命司、癡情司等部冊），而喜愛清淨女兒（明遺民）大勝污濁男性（清人）的賈寶玉，則代表了傳國璽或那外於三萬六千五百塊之外的一塊前明頑石，故警幻以一系列富含政治隱喻的警示手段（代表前明的女兒們的終將消亡）試圖對這一塊游移於新舊二朝的末代遺民進行籠絡。

　　在這些後人的猜解中，秦可卿實進行了一場身分上移動轉移的歷程，游移在不同的詮解中便容涉了不同的特殊意義，故本節從三個方面：一、

---

[61]　〔法〕莫里斯・哈布瓦赫(Halbwachs, M.)著，畢然、郭金華譯：《論集體記憶》（上海：上海人民出版社，2002 年），〈四、記憶的定位〉，頁 199-200。

秦可卿之形象；二、秦可卿夢境空間之移動；三、秦可卿於文本中之作用，究析可卿此一角色所可能蘊涉的重要闡釋。

(一) 亂倫媳／皇室女：秦可卿的形象轉換

在第五回中，從賈母的側面評價可以得知可卿之形象為「是個極妥當的人，生的裊娜纖巧，行事又溫柔和平，乃重孫媳中第一個得意之人」；又從她的臥室擺設看來，不免想像她是一個極嫵媚動人、惹人遐想的美豔少婦，由此可以得知她兼具了內在與外貌，優秀的女性形象在此展露無遺。

後在第八回得知她的身世為「父親秦業，現任營繕郎，年近七十，夫人早亡。因當年無兒女，便向養生堂抱了一個兒子並一個女兒。誰知兒子又死了，只剩女兒，小名喚可兒，長大時，生得形容裊娜，性格風流。因素與賈家有些瓜葛，故結了親，許與賈蓉為妻。」儼然又是一位流離難女的代表。而她的性格又是「雖則見了人有說有笑，會行事兒，她可心細，心又重，不拘聽見個什麼話兒，都要度量個三日五夜才罷。」（第十回）如此思慮過度導致她終究薄命殞落的命運。

故事至此似乎對秦可卿此一角色還未有任何可供疑猜之處，但十三回可卿突如其來地死逝後，一句「彼時合家皆知，無不納罕，都有些疑心。」這樣安排古怪的文字，使得解紅之人莫不大作文章——若可卿真如前幾回所敘述的是因病而逝，那眾人又為何有所疑猜？

此句再加上靖藏本第十三回畸笏叟之回前總批，似乎透露出作者在此處埋下的端倪：

> 此回可卿夢阿鳳，作者大有深意，惜已為末世，奈何奈何！賈珍雖奢淫，豈能逆父哉？特因敬老不管，然後恣意，足為世家之戒。「秦可卿淫喪天香樓」，作者用史筆也。老朽因有魂托鳳姐賈家後事二件，豈是安富尊榮坐享人能想得到者？其事雖未行，其言其意，令人悲切感服，姑赦之，因命芹溪刪去「遺簪」、「更衣」諸

文，是以此回只十頁，刪去天香樓一節，少去四五頁也。【靖藏本】[62]

又在「彼時合家皆知，無不納罕，都有些疑心。」此句下有甲戌本眉批：「九個字寫盡天香樓事，是不寫之寫。」及靖藏硃墨眉批：「可從此批，通回將可卿如何死故隱去，是余大發慈悲也。嘆嘆！壬午季春，畸笏叟。」[63]如此明顯之批語即得知曹雪芹聽從畸笏叟的命令，對此回有大修刪改之處，但仍留下了一些尾巴給後人作猜；又在十三回「（賈珍拍手道）如何料理，盡我所有罷了。」句後有王府本批語：「『盡我所有』為媳婦，是非禮之談，父母又將何以代之。故前此有惡奴酒後狂言，及今復見此語，含而不露，吾不能為賈珍隱諱。」[64]故藉著這些線索使眾多紅學家認定此為秦可卿與公公賈珍私通的證據[65]。

---

[62] 〔法〕陳慶浩：《新編石頭記脂硯齋評語輯校》（北京：中國友誼出版社，1987 年），頁 231。

[63] 同前註，頁 233-234。

[64] 同前註，頁 236。

[65] 如在〈俞平伯和顧頡剛討論紅樓夢的通信〉一文中就脂批構想了秦可卿與其公公賈珍的淫亂關係。文載《紅樓夢學刊》，1981 年第 3 輯。
　　又周思源認為一、秦可卿的死因與某種不正常的男女關係密切相關；二、死的地方是天香樓而不是她的住所；三、秦可卿由本來和男方一起負有嚴重道德責任的女人（所以她的死才是「淫喪」，畸笏叟這才需要「赦之」），變成了一個現在我們看到的是完全出於被迫而屈從於賈珍，最後不得不以死來保全家族名譽的悲劇女性；四、秦可卿自殺是因為與賈珍關係的暴露，沒有任何政治性原因。（粗體為筆者自加）見周思源：《周思源正解金陵十二釵》（北京：中華書局，2006 年），頁 12、30。
　　胡文彬認為是「跟賈珍私通時，不慎被丫頭撞見，羞而自縊身亡。」見胡文彬：〈情天情海幻情身：遺簪、更衣考〉，文載《紅邊脞語》（遼寧：遼寧人民出版社，1986 年）。
　　趙岡則有較為詳細的故事性猜測：「秦可卿一定是在寧府某處遺留了她佩帶的簪子。此物後來被賈珍拾到。他認識此物是秦氏的，於是親自送還給可卿。此時秦氏正在天香樓上更衣，賈珍一頭闖入，醜事因而發生。正好此時有兩個丫頭進來，秦可卿羞愧無比，就在原地懸樑自盡。」趙岡、陳鍾毅：《紅樓夢研究新編》（臺北：聯經出版，1975 年），頁 173。
　　皮述民則是通過曹家和李煦家之間的密切關係，認為此段是影射李家之醜聞，而為了顧及李家所以依照長輩畸笏叟的意見進行刪改，以全李家情面：「因為曹家人丁稀少，而且在年齡上也不適合這樁醜聞事件，加以寧府在許多方面，被認為反映著或象徵著蘇州李家，因此便懷疑

爾後在十三至十五回對可卿媳婦葬禮的大肆排場又使得紅學家認為秦可卿的來歷不小，曹雪芹的不寫之寫實是為了隱瞞她身為廢太子之女卻必須隱瞞的高貴身分[66]。故「肇因實在寧」，實是因為事跡敗露而導致了秦氏必須死，賈家也因政治鬥爭而捲入了被抄家的危難。

但無論是政治上身分的隱喻（代表朝廷而被迫出離的一份子），或只是就文本內所云是從養生堂抱來的流離孤女，附著在秦可卿身上的流離形象並沒有改變。因為她的流離形象，使得曹雪芹雖坐實了她與賈珍之間不道德的關係（後來被刪改），但是其人的優秀品質仍被他所保留，並對她在書中所起的作用有極大的重視和鋪陳。

（二）雖為二分，實為一體：秦可卿的夢境空間移動

在此所要討論的秦可卿的空間移動，主要是著重在她跨越夢境與現實空間向寶玉／鳳姊叮囑的段落。《紅樓夢》中涉及秦可卿之夢有兩處，一為第五回引領賈寶玉前去太虛幻境體悟意淫之事的夢境；二為第十三回在夭亡之際跨越了現實阻隔（無法移動的病體？），進入鳳姊夢境此一異空間對其循循善誘的臨終托付。

「造夢的自我是站在永恆、無限和全面的位置上來看問題的，而受夢者的自我只是站在一個有限的、局部的、處於特定階段的位置上來接受這

賈珍在此事件上，反映了李家的家長李煦。……寫李煦逼媳婦上吊。」皮述民：《蘇州李家與紅樓夢》（臺北：新文豐出版，1996 年），頁 27。

[66] 持這一說之紅學家的主要代表為劉心武，經他考證：

一、秦可卿之原型應為康熙之廢太子胤礽之女，被寧府冒險收留，而後導致賈家由盛轉衰的關鍵人物。見氏著：《紅樓三釵之謎》（北京：華藝出版社，1999 年）。

二、又云秦氏本為親王遺孤，期間涉及波詭雲譎的政治鬥爭。劉心武：〈秦可卿之死〉，轉載於《新華文摘》，1994 年第 2 期。

三、「我認為，曹雪芹最初寫成的文本裡，是把秦可卿定位於被賈府所藏匿的『類似壞了事的義忠老親王』的後裔（注意我說的是『類似』而非必定為『義忠老親王』一支），根據之一，便是曹家在雍正朝，為雍正的政敵『塞思黑』藏匿了一對踰制的金獅子。」劉心武：《畫梁春盡落香塵》（北京：中國廣播電視出版社，2003 年），〈「秦學」探佚的四個層次〉，頁 51。

個信息的。」[67]在寶玉以及鳳姐的夢中秦可卿都扮演了一種全知全能的造物者角色向他們揭示了許多人生意義：寶玉為情痴情種，故須以情來導之使其了悟；鳳姐為掌管賈府大小瑣事的主事者，故需用現實不變的歷史真理來使之覺醒。寶玉和鳳姐的夢境雖分為二但實為一體，兩者都將導向一種茫然皆空的無常境界，且秦氏的苦心最後都沒有讓他們在夢醒後也跟著幡然醒悟，仍執迷於對現實的執著中而招致命定的痛苦。

在寶玉的夢中，秦氏化身為警幻仙姑，引其入夢是為了要完成寧、榮二公之靈的托囑，讓這個唯一「聰明靈慧，略可望成」的嫡孫寶玉能夠規於正路並繼業賈家，故警幻仙姑以「女子之終身冊籍」以及「飲饌聲色之幻」等預示女性悲劇命運的部冊與詩曲欲使他隨之了悟。在此確立了賈寶玉作為「諸豔之冠」的身分，因他具有「作為女性命運的關注者、同情者以及她們痛苦的分擔者」的形象特性，所以在秦氏的帶領下在「太虛幻境」中被明確地顯露了出來[68]，如庚辰本第四十六回脂批云：「通部情案，皆必從『石兄』掛號。」[69]

而在鳳姐的夢中，秦可卿對其說出「月滿則虧，水滿則溢」、「登高必跌重」以及「樹倒猢猻散」等這些暗喻著賈府未來即將面對的不幸命運的諺語，又扮演了民間故事母題中的「智慧老人」形象對鳳姐提示了諸多保後路的持家根本，而「便是有了罪，凡物可入官」更心驚膽戰地直接揭曉了日後被抄家的既定結局：

> 鳳姐便問何事。秦氏道：「目今祖塋雖四時祭祀，只是無一定的錢糧；第二，家塾雖立，無一定的供給。依我想來，如今盛時固不

[67] 〔英〕查爾斯・萊格夫特(Charles Rycroft)著，斯格譯：《夢的真諦》(*The Innocence of Dream*)（上海：學林出版社，1987 年），頁 48。
[68] 詹丹：《重讀紅樓夢》，〈第三章　秦可卿的存在方式及其哲學隱喻〉（臺北：秀威資訊科技，2008 年），頁 46。
[69] 〔法〕陳慶浩：《新編石頭記脂硯齋評語輯校》，頁 595。

缺祭祀、供給，但將來敗落之時，此二項有何出處？莫若依我定
見，趁今日富貴，將祖塋附近多置田莊、房舍、地畝，以備祭祀
供給之費皆出自此處，將家塾亦設於此。合同族中長幼，大家定
了則例，日後按房掌管這一年的地畝、錢糧、祭祀、供給之事。
如此周流，又無爭競，亦不有典賣諸弊。便是有了罪，凡物可入
官，這祭祀產業，連官也不入的。便敗落下來，子孫回家讀書務
農，也有個退步，祭祀又可永繼。若目今以為榮華不絕，不思後
日，終非長策。（第十三回）

　　但在日後敗落之前這個家族還會發生一件「烈火烹油、鮮花著錦」之
事，但此事雖表面上看似讓賈家有了受用不盡的富貴榮華，沒想到卻是加
速這個家族敗落的咎由之一，毫不節制的大量金錢的揮霍導致最後坐吃山
空，一切的繁華最終都將落至「三春去後諸芳盡，各自須尋各自門」的空
幻與蕭條，而這也是作者欲向世人所揭示的全書主旨，「落了片白茫茫大地
真乾淨」才是人最終的依歸。但鳳姊最後並沒有依照可卿死前的慎重叮囑
讓賈府免於這場劫難，甚至還在採辦可卿葬禮時於鐵檻寺中聚斂財物，渾
然將秦氏的預告拋諸腦後，如此的反諷最後作用便是使得賈府一步步地往
殘破蕭索的運命走去。

　　大部分的夢境裡活動主體是作品中的主要人物，夢中出現的種種
現象，也是人物之現實生活空間的反應與折射。所以夢中出現的
任何行為活動、顯現過程，皆與作品的現實空間有密切關係，也
能揭示人物性格，深化作品主題。（夢是人的思維形態，是潛意識
形象化的反映，它不只表現已有生活回憶的變態形式，而且是一
種尚未有過卻可能有的生活現象形象化了的預測。……然而，我
們所說的夢幻空間結構，並非指主觀性的心理分析，而是有形象

行動、有空間結構的生活形態。[70]

　　在夢境中出現的種種現象，其實就是人的潛意識的一種展現，夢境空間是現實空間的折射，具有反應外在現實世界內容的鏈結過程，許多現實生活中被隱匿的事物都在夢境空間中被絲毫不露地揭示出來，「所以在現實生活空間中各種社會衝突、願望實現、事件解決，都藉獨特的夢幻空間形式呈現。」[71]而在「入夢」、「夢中」、「夢醒」過程中，都包含有豐富的暗示與象徵內涵。如之所以會進入鳳姊之夢，乃因秦氏與鳳姊都具有持家之才能，一位是寧府之支柱，一位是榮府之權柱，故秦氏將日後的掌家重任交予鳳姊手上，有其作為權力平移接替的象徵作用；而將寶玉引入太虛幻夢，則因其名秦可卿實可諧音為「情可親」[72]，在她的臥房中那些趙飛燕、楊太真的物品都隱喻著她的特徵——情，故由她作為警幻的人間化身並將寶玉引介夢中即是恰如其分的任務。如白靈階所云：「秦可卿的警幻人間，除了揭示主題，還具有獨特的結構功能。《紅樓夢》的全部故事是圍繞著兩個軸心人物展開的，一個是賈寶玉，一個是王熙鳳。以賈寶玉為軸心，展開的是紅樓女性的命運悲劇、愛情婚姻悲劇；以王熙鳳為軸心，展開的是一個貴族家庭的繁華和沒落。秦可卿的借夢警示，通過這兩大軸心人物，綰結了兩條敘事主線，全面拉開了女性悲劇和家族悲劇的序幕。」[73]

---

[70] 參考魯德才：《中國古代小說藝術論》（天津：百花文藝出版社，1988年），頁200-201。

[71] 金明求：《虛實空間的移轉與流動——宋元話本小說的空間探討》，頁339。

[72] 周思源認為秦可卿為一「可愛而親切的女人」。見氏著：《周思源正解金陵十二釵》。但清人姜祺則認為秦可卿是作為「情可輕而不可傾」的全書綱領而存在。參見一粟編：《古典文學研究資料‧紅樓夢卷》（北京：中華書局，1963年）。今人詹丹另將秦可卿解為「情可清」，是代表了清靜、乾淨、清涼之地的象徵。見氏著：《重讀紅樓夢》，〈第三章　秦可卿的存在方式及其哲學隱喻〉，頁50。

[73] 白靈階：〈論秦可卿的警幻特徵及其意義〉，《中南民族大學學報（人文社會科學版）》第29卷第3期（2009年5月），頁164。

（三）情愛之神／記憶女神：秦可卿的身分表徵

歷來學者對秦可卿形象的研究，分別從不同角度進入試圖剖析刻劃出可卿在全書中所要表達的最終旨意，在此爬梳前人研究成果，將研究文獻中可卿所可能表現之形象作出愛神／記憶女神等二種面向來進行分述。

1. 愛神

王府本十三回回末總評有云：

> 借可卿之死，又寫出情之變態，上下大小男女老少，無非情感而
> 生情。且又藉鳳姐之夢，更化就幻空中一片貼切之情。所謂寂然
> 不動，感而遂通。所感之象，所動之萌，深淺誠偽，隨種必報，
> 所謂幻者此也，情者亦此也。何非幻，何非情，情即是幻，幻即
> 是情，明眼者自見。[74]

從此回的批語可以得見加諸在秦可卿身上所謂情與幻之間的辨證互涉，秦可卿一方面揭示了「情」之重要又凸顯了「幻」之必歸，分別在賈寶玉以及王熙鳳的夢中作為先識的象徵出現，而又預示了賈府的最終幻滅，使得他們對人世間的一切執著都終須成空。秦可卿不僅集結了情與幻於一身又就情入幻，欲以兼具情／幻的型態使糾結於人間情愛的眾生能有所覺悟[75]。

在李子虔的分析中，認為秦可卿具有三種形象[76]：
一、專司人間真正純潔的愛情。「訪察機會，布散相思」，堪稱愛神的

---

[74] 〔法〕陳慶浩：《新編石頭記脂硯齋評語輯校》，頁 243。

[75] 對於「警幻」的警示意義，可參看白靈階：〈論秦可卿的警幻特徵及其意義〉，頁 163。

[76] 李子虔：〈如何分析警幻仙姑這個形象？──與張新之同志商榷〉，《紅樓夢學刊》，1983
年第四輯，頁 242-252。

菁英。

二、對普天下被摧殘、被侮辱、被奴役的女性，抱著高度憐憫之心，堪稱女性中的聖者。

三、稱讚寶玉的「意淫」，意即體貼他人、同情弱者的博大精神，不愧是女媧的優秀繼承人。

以一位至高博大的女神作為秦可卿在書中的作用象徵，此即與開篇第一回中的女媧神作出呼應，因而洗刷了批語中暗寓不倫私情的道德罪愆，一躍成為具有補天憐憫姿態的護生母神。

朱淡文則直指她身為情愛女神的象徵意義：

> 原來，在曹雪芹的構想中，警幻仙子是情愛女神。然而在中國，
> 卻從來只有婚姻之神而沒有情愛之神。……曹雪芹創造警幻仙子
> 這樣一個中國神話中從未出現的情愛女神，乃是對封建主義傳統
> 觀念的反叛。[77]

朱淡文以西方希臘神話有愛神兩位：女神阿芙落蒂特（Aphrodite）及其子小愛神厄洛斯（Eros）的形象比譬於警幻與警幻之妹——小名兼美者對於愛情的兩重性認識，在警幻的帶入以及兼美的帶出之間讓寶玉體證了情與幻之間的分殊共證，甚至在寶玉出夢以來的不得悟之中推翻了封建中國僅重婚姻不重情愛的禮教傳統觀念。余佩芳則將秦可卿的愛神身分又轉化成具有「性經驗啟蒙」的人生導師身分：

> 《紅樓夢》中，賈寶玉在八歲至十歲左右，有了第一次的性經驗，
> 曹雪芹對於警幻仙子的設定，立意在性經驗的教學與啟蒙，傳統
> 中國的性教育因禮教的壓抑而多為婚前私下、倉促進行，且多以

---

[77] 朱淡文：《紅樓夢研究》（臺北：貫雅文化，1991 年），〈警幻與幻情〉，頁 57。

女性為主，如此，警幻作為性愛的啟蒙之師，顯示了曹雪芹對於青少年性經驗的心理與學習的重視。[78]

自古以來傳統中國的歷史文獻或創作材料中均少見有關於專注在兒童身上的記載，雖有如《三字經》、《千字文》等這些訓示、指導兒童的素材；傳記、家譜、族譜等描述紀錄兒童的史料；醫書或法律檔案等這些實證、技術面的信息；呈現藝術或想像性如嬰戲圖、《西遊記》等創作文獻[79]，但對成長中的兒童、青少年此類具有時間遞嬗觀念上之描述關注仍付之闕如，於是《紅樓夢》中秦可卿之形象便由虛幻形上的情感層面轉而具有實用層面的現實考量，「寶玉轉大人」此一命題便成為在研究傳統中國之成長議題中相當重要的觀察點。

2. 記憶女神

起初在希臘神話中，「記憶」只是以一個名詞——「謨涅摩敘涅（Mnemosyne 希臘語：Μνημοσύνη）」的身分存在，而後擬人化成為掌管記憶的女神，是六個女提坦神（根據赫西俄德的記載，提坦神為天空之神烏拉諾斯與大地女神蓋亞所生的女兒）之一，也是宙斯的情人之一。她為宙斯生下九個謬斯（希臘語：Μουσαι）女神，分別掌管了各種文學和藝術。她在雕塑及繪畫作品中，通常被描繪成一個支著下顎沉思的女子[80]，而俄國詩人普希金(1799-1837)也曾在詩作中提到她的名字：「摩涅莫緒涅收養

---

[78] 余佩芳：《新文類的誕生——〈紅樓夢〉的成長編述》（臺北：大安出版社，2013 年），頁104。

[79] 同前註，頁 10。

[80] 資料參考於《互動百科‧記憶女神》，http://www.hudong.com/wiki/%E8%AE%B0%E5%BF%86%E5%A5%B3%E7%A5%9E，參閱日期：2012 年 11 月 13 日。

了她。」[81]

在《紅樓夢》第五回內，太虛幻境儼然以一個仙界圖書館、檔案庫的形象存在（粗體為筆者自加）：

（寶玉）當下隨了仙姑進入二層門內，只見兩邊配殿皆有匾額對聯，一時看不盡許多，惟見有幾處寫的是：「**痴情司**」、「**結怨司**」、「**朝啼司**」、「**夜哭司**」、「**春感司**」、「**秋悲司**」。看了，因向仙姑道：「敢煩仙姑引我到那各司中遊玩遊玩，不知可使得？」仙姑道：「**此各司中皆貯的是普天之下所有的女子過去未來的簿冊**，你凡眼塵軀，未便先知的。」寶玉……抬頭看這司的匾上，乃是「**薄命司**」三字，兩邊對聯寫的是：
春恨秋悲皆自惹，花容月貌為誰妍？
寶玉看了，便知感嘆。進入門來，只見有十數個大櫥，皆用封條封著。看那封條上，皆是各省的地名。寶玉一心只揀自己的家鄉封條看，遂無心看別省的了。只見那邊櫥上封條上大書七字云：「**金陵十二釵正冊**」。寶玉問道：「何為『金陵十二釵正冊』？」警幻道：「即貴省中十二冠首女子之冊，故為『正冊』。」寶玉道：「常聽人說，金陵極大，怎麼只十二個女子？如今單我家裏，上上下下，就有幾百女孩子呢。」警幻冷笑道：「貴省女子固多，**不過擇其緊要者錄之。下邊二櫥則又次之。餘者庸常之輩，則無冊可錄矣。**」

除了紀錄保存之外，還具有揀選分類的功能：將全天下所有女子「擇其緊要者錄之」，那些庸常平凡之輩者竟在仙界的淘汰之下無緣得見了。自

---

[81] 〔俄〕亞歷山大・謝爾蓋耶維奇・普希金（俄語：Алекса́ндр Серге́евич Пу́шкин，俄語羅馬化：Aleksandr Sergeyevich Pushkin）：〈韻律〉，收入馮春譯：《普希金抒情詩選》（安徽合肥：安徽文藝出版社，1985年），頁353。

古以來「女性」便給人一種薄命、閨怨、悲愁的悽苦悲劇形象，而悲劇形
象又往往較喜劇更叫人感同身受以及作為記憶流傳久遠，故警幻在太虛幻
境所擔任的「管理員」工作便是將這些全天下擁有不幸命運的女子給予製
作譜錄得以流傳後世的機會，讓她們能夠在經由文字書寫的媒介中得到被
記憶的救贖。

余懷(1616-1696)之《板橋雜記》也有同樣的作用。他為秦淮河畔那些
供人娛樂的名妓戲子們作傳，紀錄了她們的日常生活、個人特徵以及悲歡
離合，是為了「恐佳人之湮沒不傳」[82]也，末尾的「中心藏之，何日忘之？」
更代表了記憶是能夠超越時間的藩籬而能流傳永久──只要你記得，並將
它書寫紀錄下來。

為「物」製作譜錄在考古學風濃厚的宋代即見端的，如《牡丹志》、《芍
藥譜》、《海棠譜》、《菊譜》等[83]，譜錄具有傳記和族譜的功能，能夠透過
仿史傳的書寫模式來為物進行溯源歸脈、建構知識體系的作用，以達到流
傳後世的效果。不僅花草樹木可以為譜，賞玩器物可以作譜，女性也可以
被列入為譜的檔案體系中。而以徐震(約西元 1711 年前後在世)之《美人譜》
具有指標意義，他串聯了歌妓品藻（譜錄）與青樓傳記（史傳）兩種書寫
類型，投射出文人所具之知識戲要與歷史遊蕩的兩個面向：「將視點聚焦於
女人，一方面要透過知識的建構，為女事女物製成檔案；另一方面則要為
女子留下歷史見證，並為其塑造價值意義。」[84]余懷、徐震以及曹雪芹等
人的為女性作譜傳，就是要為她們留下在「青史垂名」此一極致的人生價
值意義。

---

[82] 【明末清初】余懷：《板橋雜記》，收入李海榮、金乘平主編：《南京稀見文獻叢刊──板橋
雜記、續板橋雜記、板橋雜記補》（南京：南京出版社，2007 年），頁 1。

[83] 「譜錄」一詞最早始於【宋】尤袤之《遂初堂書目》中，為一研究物類的專書，後此類書籍在
宋代開始大為興盛。

[84] 毛文芳：收入〈V青樓：遊戲、品鑑、權力論述〉，《物・性別・觀看──明末清初文化書寫
新探》（臺北：臺灣學生書局，2001 年），頁 448。

　　域外漢學家史景遷(Jonathan D. Spence)在其《利瑪竇的記憶之宮・第一章》內提到了利瑪竇向中國人傳授「記憶之宮」如何建立的辦法：

> 1596 年，利瑪竇向中國人傳授建立「記憶之宮」的方法。他告訴中國人，「記憶之宮」的規模是依據他們想要記住的內容多少而定的。最為宏偉的「記憶之宮」，數量越多越好，不過人們並無必要馬上去建造一座宏偉的記憶大廈。
>
> 在概述這一記憶體系時，利瑪竇解釋說，這些宮殿、休息室和煙茶室都是留在人們頭腦中的心理結構，而不是完全由「真實」材料建成的有型實體。這類記憶場所主要有三種選擇方法。其一，來源於現實；其二，是憑想像臆測完全虛構的產物，具有任意形狀或規模；其三，則是那些一半真實一半想像的場所。
>
> 臆想這些心理結構的真正目的，是要為無數的概念提供儲存的空間。利瑪竇說，對於每一件我們希望銘記的東西，都應該賦於其一個形象，並給它分派一個場所，使它能安靜地存放在那裡，直至我們準備藉助記憶的方法來使他們重新顯現。[85]

　　利瑪竇所謂「記憶之宮」，實可與太虛幻境中那座儲藏簿冊的華美宮殿互為參看，其規模是靠著警幻仙子的揀選內容而定其大小，而收錄於譜冊中的薄命悲悽的女性們實有其現實生活中的經驗投射，無論是現時生活或歷史經驗的，含涉了一半真實一半虛構的體系構成便可以擴大成為普天下所有女性的共同特徵，使得雖以「擇其緊要者錄之」為標的的分類方式作出揀選，但實已容納了跨越時間與空間地域的女性眾生。

---

[85] 〔美〕史景遷(Jonathan D. Spence)著，陳恆、梅義徵譯：《利瑪竇的記憶之宮：當東方遇到西方》（上海：上海遠東出版社，2005 年），頁 3-4。

對體化記憶的書寫者而言，和薄命女交往的經驗再現，或許就是
浮生中最大的使命與救贖。[86]

曹雪芹安排此一檔案庫的用意即是在欲以借助記憶的方法使得她們的
生命得以重新顯現，重新在不幸的命運中得到被回憶救贖的神性力量。

三、抒情傳統與才／德之間的辨證

(一) 中國體物寫志之抒情傳統與「男子作閨音」

1. 抒情傳統

有關中國抒情理論的文字源起，可溯至《尚書・虞書・舜典》中提及
之「詩言志，歌永言」[87]的語句，孔子又於《論語》中訂定了以哀、樂感
情之中和、不過度，作為「言志」目的的內容與標準，將理論付諸於實踐。
〈毛詩序〉加以闡發，釋為「詩者，志之所之也。在心為志，發言為詩。
情動於中而形於言，言之不足，故嗟歎之，嗟嘆之不足，故永歌之，永歌
之不足，不如手之舞之、足之蹈之也。」[88]的內／外現象——將「志」視
為內在之「詩」，而「詩」則為外在的「志」，並協調了「詩」、「樂」、「情」、
「志」之關係。至班固《漢書・藝文志》中「故哀樂之心感，而哥（歌）

---

[86] 康來新：〈記憶、虛構、書寫 ：重讀薄命司〉，發表於「記憶與文化：第一屆紅樓夢與明清
文學國際論壇暨研究生論文發表會」，中壢：中央大學文學院國際會議廳，2007 年 6 月 7 日-8
日。頁 3-4。

[87] 轉引自李學勤主編：《毛詩正義》上冊（北京：北京大學出版社，1999 年），頁 4-5，〈詩譜
序〉。

[88] 【漢】毛亨傳，【漢】鄭玄箋，【唐】孔穎達疏，《十三經注疏》整理委員會整理：《毛詩正
義》（北京：北京大學出版社，2000 年），頁 7。

詠之聲發」[89]將「情」之哀樂與「詩」之歌詠互相聯繫；陸機《文賦》「詩緣情而綺靡」更是表明了「詩」之內容與形式特點。「抒情學肇始於儒家，它深化於道家」[90]，儒家雖提出了「詩言志」以及「情」之動力問題，但因為「禮」的束縛與禁制，故「情」多半是被壓抑的、無法隨性聲張的；但道家之去禮教、尚自然的真率態度釋放了被儒家壓抑的「情」，使抒情理論正式進入了美學與文藝的範疇。

　　中國古代的抒情理論含納了三種要素：1.內在要素：蓄涵於內心的「志」、「意」、「情」以及各種可見與不可見的情緒、思緒，以及無法明確判斷的恍惚想法；2.媒介要素：聲音、語言、舞蹈、繪畫等各種將之表現出來的形式，以及語言文字上的各種符號、記號等；3.形要素：即具備了1.與2.所生發出來的藝術（品），或是一種由感情出發而最終導向藝術的創作過程[91]。當情感之抒情主體達到了它想要表達的傳情達意之後，媒介便可以隨即拋棄，因為這些媒介僅是擔負著喚醒想像的可見的「形跡」作用，一旦領會了可見形跡背後之情意之後，便可如道家所云之「得魚忘筌」捨棄這些外在的傳達媒介。

　　根據高友工對「抒情傳統之美學問題」的闡釋，所謂的抒情，必須具備四項要素：1.內化(internalization)、2.象意(symbolization)、3.自我感(subjectivity)與4.現時感(immediacy)[92]。抒情是一種當抒情主體面對客觀外界時，對其種種有所感知並經過內化的過程，主體將自我感知以象意符號表現出來，於表現的剎那間可以將自我現時的感受經驗「濃縮」於一瞬間，時間於此是定格並凝止的。

　　　所謂抒情，亦正是以內在於宇宙，內在於現世，以一生命存在的

---

[89] 【漢】班固撰，【唐】顏師古注：《漢書》（北京：中華書局，1987年），頁1708。

[90] 李珺平：《中國古代抒情理論的文化闡釋》（北京：北京大學出版社，2005年），頁12。

[91] 同前註，頁13。

[92] 高友工：《中國美典與文學研究論集》（臺北：臺灣大學出版中心，2004年），頁104-122。

意識觀看世界萬象，面對紛然雜陳的宇宙萬有，人生百態的自然反應。正因以生命存在的眼光看世界，正因一開始即接受一個道器不分的宇宙，所以天地萬物與我並生合一；因此自然成為抒情的媒介，亦充滿了與生命相關的真意，而成為關注的第二對象。[93]

在中國文學中，多以人為實體，人之重要性往往大於情節之因果，事件為人之附帶衍生的屬性，但人的情性又必須藉由外界的刺激與事件而得以呈顯，物／我之間便形成了密不可分之關係，形上因形下而突顯，形下又因形上而賦有新的主觀意義，道器不分、物我合一，故客觀自然成為了抒情的媒介，也充滿與主體生命相關的意涵。

因儒家一開始即提出了「詩言志」之抒情理論傳統，故自古以來以儒家思想為主軸的封建社會便以詩歌為主要表達抒情心志的主要媒介。「詩歌有抒情功能，重在顯現自我，表達自我，處理個人私密經驗。」[94]詩歌不僅抒發了自我，還紀錄呈現了社會公眾的生活型態與描繪時代社會經驗，並常用來作為批評時政之工具，詩歌由此從個人進入到群體、從自我意識進入到對大眾省思的社會性角色。

德曼(Paul de Man,1919-1983)於其文〈抒情與現代性〉（Lyric and Modernity）內，認為抒情詩一方面處於歷史彼端，為最原始的文字表現；但另一方面又被視為是截斷傳統，重新銘刻時間的重要元素，抒情詩體現恆常存在之精神，又再現當下此刻之現實，指出了抒情文類在文學史上的游移位置[95]。

[93] 柯慶明：〈中國文學之美的價值性〉，收入《中國文學的美感》（臺北：麥田出版，2006 年），頁 66。

[94] 龔鵬程：《游的精神文化史論》（河北：河北教育出版社，2001 年），第八章〈詩的超越性與社會性〉，頁 330。

[95] 轉引自王德威著：《抒情傳統與中國現代性　在北大的八堂課》（北京：生活‧讀書‧新知三聯書店，2010 年），頁 25。

　　將詩歌置入美學範疇中,「意境」便成為極重要的討論元素。「在詩歌美學範疇中,『意境』常指作家主觀的意志或情意,與客觀的自然和社會生活的結合,而詩中之『境』,是指一定的時間、空間之內由人物、景物及其相互之間的關係構成的生活景象或藝術圖景。」[96]如前所述,人的主觀情性因客觀外界事物之刺激而有所感受和突顯,主體與客體之間便形成了密不可分的緊要相關,道／器觀自先秦以來恆常體現於抒情詩歌內,而抒情主體藉由客觀世界所營造出的一種物我相融之後的意境感知,便是客體內化於主體的一種相納後得以重現再生的表現和申發。

　　《紅樓夢》在文本內大量使用了抒情詩作,據李希凡統計前八十回之詩、詞、曲賦、聯句、謎語共有一百九十餘首[97]。在傳奇小說中放入詩詞的現象於唐人創作是其肇端,但唐人使用這一形式的目的是為了一種附庸風雅並取法權威、甚至用以炫技逞才的一種現實功利上的考量與媒介,但《紅樓夢》是為了要抒發性靈與追求藝術滿足,且這些詩歌創作都是小說中的有機結構,不可割裂,不僅「烘染了全書的抒情格調,勾勒了角色的內在性格,預示了人物的未來命運,甚至維繫了故事的環節,推動了情節的進展,表現了作者的人生觀感,與全書之敘述文體密不可分。」[98]又如賀新輝所云:

　　　　《紅樓夢》的藝術境界,是景與情的完美結合,而書中的詩、詞
　　　　等作品除了是作者抒情造境,創造典型環境的藝術手段,又是作
　　　　者借以塑造藝術形象、刻畫人物性格的重要方法。曹雪芹將詩詞
　　　　曲賦的抒情性塑繪與散文的反覆皴染描寫相結合,使二者互為表

---

[96] 吳毓琪:〈康熙時期臺灣宦遊詩人對海洋空間的體驗、感知和審美〉,收入林慶勳主編:《多重視野的人文海洋:海洋文化學術研討會論文集》(高雄:國立中山大學文學院,2010年),頁116-117。

[97] 李希凡:《紅樓夢藝術世界》(北京:文化藝術出版社,1997年),頁314。

[98] 歐麗娟:《詩論紅樓夢》(臺北:里仁書局,2001年),頁7。

裡，相互補充，相輔相成，從而雕造出一大群栩栩如生的藝術形象。……預示事件的發展，隱寓人物的命運結局，也是《紅樓夢》詩詞在全書描寫、結構中所起的重大作用。……烘托社會文化背景、反映社會時尚，是《紅樓夢》詩詞在全書描寫中的又一重要作用。[99]

詩詞的運用在《紅樓夢》中呈現一種整體的有機性，將詩歌的抒情性與小說的敘事性作了完整的結合而不可分割。曹雪芹對於抒情傳統詩歌的使用不僅作為一種抒發性靈及呈現自我生活經驗的手段，更如龔鵬程所云達到了一種「紀錄社會公眾的生活型態與描繪時代社會經驗」的社會性，其中對女性人物以「讖語」表態其命運的預示和應驗作用的「似讖而真」做法，更是脫離了猜謎求隱的層次，達到深入探索其內蘊的美學意義與生命觀照的課題旨趣，而由這樣抒情的形式又不斷重複於小說的敘事模式中，使得讀者不斷被喚起並加深記憶，得以將情節架構更為緊密地接合起來，而能夠更加深刻地體會小說所欲傳達的藝術美感與自我省思對人生的觀照態度。

2. 男子作閨音

「男子作閨音」指的是男性以女性的角度「寫閨情、抒閨怨、訴閨思」的一種創作現象，語出清康熙年間學者田同之《西圃詞說·詩詞之辨》:「若詞則男子而作閨音，其寫景也，忽發離別之悲。詠物也，全寓棄捐之恨。無其事，有其情，令讀者魂絕色飛，所謂情生於文也。」[100]此種「男子作閨音」的方式張小虹將之稱為「性別越界」(gender crossing)[101]；孫康宜

---

[99] 賀新輝：《紅樓夢詩詞鑑賞辭典》前言（北京：紫禁城出版社，1990 年）。

[100] 收於唐圭璋編：《詞話叢編》（臺北：廣文書局，1970 年），頁 1479-1480。

[101] 參見張小虹：《性別越界：女性主義文學理論與批評·序言》（臺北：聯合文學出版社，1995年）。

(Kang-i Sun Chang)則定義為「性別面具」(gender mask)[102]，而無論是「男子作閨音」、「性別越界」或「性別面具」，其中性別轉換的涵義十分明顯；若倒轉性別來看，則女性以男性角度進行創作，使作品風格呈現一種「豪氣勃勃」[103]的男性化(masculine)現象者，則稱之為「閨詞雄音」[104]。清代才女常以此種風格方式來撫慰並調節自己對於自身身為女性不得男性的性別遺恨心理，成為一種「才女名士化」的社會風氣。

「男子作閨音」的產生，主要基於三個原因：1.美學上的追求（如詞體之風格以婉約陰柔為正宗）；2.政治上的策略（以屈子之「香草美人」的譬指傳統抒發自己懷才不遇的憤慨）；3.生活上的調劑（作為文人業餘的遊戲之作）。而專為女性而作的性別意識則始終未成主因[105]。

「男子作閨音」的現象自戰國時代即已出現，原因大略有寄託說、同情說、雙性情感說、文體說等[106]。

「寄託說」，可見陳廷焯：《白雨齋詞話・卷一》：「所謂沈鬱者，意在筆先，神餘言外。寫怨夫思婦之懷，寓孽子孤臣之感。凡交情之冷淡，身世之飄零，皆可於一草一木發之，而發之又必若隱若見、欲露不露、反復纏綿，終不許一語道破」、〈卷五〉：「蒿庵蝶戀花四章，所謂托志帷房、眷懷身世者」[107]。最著名之例子即是屈原於《楚辭》中所表現的「香草美人」

---

[102] 〔美〕孫康宜(Kang-i Sun Chang)：〈傳統讀者閱讀情詩的偏見〉，載於《文學經典的挑戰》（江西：百花洲文藝出版社，1990 年），頁 297。

[103] 楊式昭在探討中國古代女性詞時，曾感嘆：「其中新穎之作頗有之，欲求其豪氣勃勃者則不可得。」見其〈讀閨秀百家詞選劄記〉，刊於《文學年報》（北平：燕京大學國文學會，1932年），第 1 期，頁 1。

[104] 關於「閨詞雄音」的討論，可見王力堅：《清代才媛文學之文化考察》一書〈壹、女性詞學：空前的繁榮與邊緣的狀態〉（臺北：文津出版，2006 年），頁 37-54。

[105] 王力堅：《清代才媛文學之文化考察》，頁 38。

[106] 張曉梅：《男子作閨音——中國古典文學中的男扮女裝現象研究》（北京：人民出版社，2008年），頁 2-4。

[107] 【清】陳廷焯：《白雨齋詞話》（北京：人民文學出版社，1983 年），頁 5、116。

之託喻。其中所表現的文人不遇之憤恨情懷勾動了傳統士大夫遵循儒家道統以來所要面對的出處問題，故後代文人便以這樣的內容和形式作為自己抒發憂憤的管道，並使之固定化、模式化；再加上禮教規範下「君為臣綱、夫為妻綱」的意識形態和社會結構對文學創作的影響，故以男女夫妻關係比附於君臣關係之上的範式也獲得了強大的認同感，當士人懷才不遇時便以棄婦口吻述說男方的始亂終棄以及對男方的依戀與不捨，這種既怨懟又希冀受到君主重用的矛盾心情便如同婦女糾雜的心思，在文人的創作中不斷被使用。

「同情說」：「言此意即此或若此」，創作主體以模仿歷史女性聲口或代替現實女性抒發相思離憂，愛恨情仇，意向選擇上帶有明顯的女性心理性格特徵，內容上則多敘寫女性的思慕與怨患。此說則是將關注焦點著重在女性身上，為女性著想並將她們的處境以文學創作呈現出來。自婦德婦教之規訓成為婦女一生所要遵循的禮則後，女性的地位便低於男性，成為男性的附庸。而在文學創作中所呈現的女性姿態多半是溫婉的、柔弱的，且常處在一種悽楚哀怨、抑鬱愁悶的心情主調中，加上女性在傳統的封建時代極少有人可以得幸擁有受教育和參與創作的權利，於是無法像男性文人可以藉由創作抒發自己的情緒和理念，以及紀錄自己的生活型態。故許多男性文人對這些弱勢女性寄予同情，為她們訴苦以及表現她們的心情和思緒，成為她們的「代言人」，替她們在青史上能夠被留下紀錄、被後人記憶。男性文人以一種「男扮女裝」的態度，將自己設身處地模擬為女性為其發聲，如北宋之柳永(987-1053)，便因仕途不順而長期流連於歌樓妓館、勾欄瓦肆裡，更能體察到下層人民的生活以及經歷，體會他們在生活中所展現的各種面向，故他的詞作很多都是以歌妓的口吻來表達她們生活的心情；又如元代雜劇名家之關漢卿(約1220-1300)，其《竇娥冤》便是以一女子——竇娥之身分控訴時代及階級壓迫的問題，並賦予她一種神性——能使酷暑的六月下雪，以不可能發生的情境來嚴厲針砭社會的不公以及悲憤自己的不幸命運。曹雪芹創作《紅樓夢》時為女性們所擬作的詩詞唱和作

品如林黛玉流可視為此類。

另有「雙性情感說」。心理學家榮格(Carl Gustav Jung,1875-1961)認為，人的情感與心態具有兩性特徵，男性人格中有無意識的女性陰性原則(anima)，女性人格中也有無意識的男性人格或形象──男性原則(animus)，此為長期積累下來的人類原型，以保持個人的身心平衡[108]。當男性文人化身為女子述寫這些相思怨別之詩詞時，其實已經流露出他們自身所隱含的天生存有的陰性氣質。而「男子作閨音」之作品也包含了兩種意義系統，一為文本層面字句上所能看到的明顯地女子哀怨之情的透露；另一則是詩人潛在內在情感的凝聚。如《紅樓夢》中的賈寶玉、林黛玉與薛寶釵，可視為是作者內在性格中陽性原則與陰性原則的形象化。

「文體說」則是以文學作品的體裁而論，主要針對古體詞而言。詞體產生之初即是為了歌伎表演所用，可以說是專為女性而造的「閨音」，而為了能夠符合以女音唱誦的要求，許多男性文人僅能「代作閨音」，在詞作中以女性之語言，講述女子之事，抒發女子的情感，如晚唐溫庭筠(812-870)的詞作即以這種方式為他的創作特徵，如其〈夢江南〉：「梳洗罷，獨倚望江樓。過盡千帆皆不是，斜暉脉脉水悠悠。腸斷白蘋洲。」[109]即是完全以一個女性既期待又悵惘的心情，來表達她等待著懷人到來的那種腸斷愁苦的不確定與失落感。

《紅樓夢》中的詩詞曲賦主要以第二種為大宗，但不全然全以抒懷解憤的女性愁苦情緒觀點來為她們發聲，其中還有如探春般展露「才女名士化」習氣的作品──曹雪芹以一男性文人「男子作閨音」的角度為探春發聲，又以探春的女性角度創作「閨詞雄音」的女性文人化的作品，可謂是結合了時代背景下女性的各種類別特徵所表現出的各種面向，以及用更為宏觀的觀察角度來真正為他所塑造的筆下女性塑造其性格及代言，甚至已

---

[108] 轉引自〔加拿大〕達瑞爾‧夏普(Daryl Sharp)著，易之新譯：《榮格人格類型》（臺北：心靈工坊文化，2012 年），頁 41-43。

[109] 收入楊家駱主編：《花間集等三種》（臺北：世界書局，1992 年），頁 7。

經達到了「宛肖其聲口」的境界，如莫礪鋒之〈論紅樓夢詩詞的女性意識〉[110]所舉例，當曹雪芹在第三十七回寫眾人詠海棠一事時，脂硯齋即評曰：「寶釵詩全是自寫身分，諷刺時事，只以品行為先，才技為末。纖巧流蕩之詞，綺靡郶豔之語，一洗皆淨。非不能也，屑而不為也。最恨近日小說中，一百美人詩詞語氣，只得一個豔稿。」[111]又評黛玉詩：「看他終結到自己，一人是一人口氣。」[112]又如近人平子指出《紅樓夢》之佳處在「處處描摹，恰肖其人。作者又最工詩詞，然其中如柳絮、白海棠、菊花諸作，皆恰如小兒女之口吻，將筆墨放平，不肯作過高之語，正是其最佳處。其中丫環作詩，如描寫香菱詠月，刻劃入神，毫無痕跡，不似《野叟曝言》群妍聯吟，便令讀者皮膚起粟。」[113]

此外，莫礪鋒於文內指出黛玉的詩明顯具有女性特徵，但寶釵、湘雲的作品缺少女性意識，將寶釵與湘雲的作品放諸當時明清時期的女詩人的作品對比，則可看出時代處境下的女詩人自身本就很少意識到自己的性別特徵，可說是曹雪芹發覺到當時女性創作作品時所表現出的特點，而置放於小說中，讓其中的女性角色為時代代言。林黛玉之詩表現了自己對愛情的傾慕與企求，傳達了對女性本身美好品質和人生價值的追求與肯定，並體現了她對女性獨立地位的肯定，認為她無疑是《紅樓夢》中「最有資格質疑男性話語權力的女性」[114]。曹雪芹明確地達到了「生物學意義的性別(Sex)也許是不可逾越的，而社會學意義的性別(Gender)則是可以克服的」[115]的男女之間性別鴻溝之跨越，男／女之間完全可能互相理解、互相關懷、

[110] 莫礪鋒：〈論紅樓夢詩詞的女性意識〉，《明清小說研究》，2001年第2期，頁148-161。

[111] 〔法〕陳慶浩：《新編石頭記脂硯齋評語輯校》，頁554。

[112] 同前註，頁556。

[113] 平子：《小說叢語》，引自朱一玄編：《紅樓夢資料匯編》（天津：南開大學出版社，1985年），頁863。

[114] 莫礪鋒：〈論紅樓夢詩詞的女性意識〉，頁154。

[115] 同前註，頁159。

並達到心靈上的真正溝通。

> 事實上，把一部作品與作者的性別劃上等號是有問題的，它忽略
> 了作者在寫作過程中無意識欲望的流動與性別投射的複雜性。不
> 論是為男性或女性創造的文本，都記錄了兩性之間和人性的衝突
> 矛盾，以及我們文化中性政治神話的蹤跡。[116]

　　曹雪芹一方面藉「男子作閨音」的形式體裁為女性進行創作以達到自
身目的（男性抒懷），但無可否認地也藉由此種形式反映並肯定了當時女性
的創作欲望以及流傳後世的企求，又更能設身處地極具女性特徵地模仿女
性聲口。曹雪芹打破了傳統以來「男子作閨音」未能將女性性別意識融入
其中，及未能成為主因的現象，能夠設身處地為各種不同性格的女性角色
量身打造其創作風格，並藉詩詞所具有的體裁和所欲傳達的內容和意識為
女性發聲，達到了跨越男／女性別創作之不可逆的鴻溝，為「男子作閨音」
的體式進行了更深且更高的創作突破。

（二）「女子無才便是德」──才／德之間的相妨或兼備

1.「女子無才便是德」

　　規範女教的「四德」，於先秦儒家典籍《周禮》中即已提出：「九嬪掌
婦學之法，以教九御：婦德、婦言、婦容、婦功。」[117]但真正的形成是在
漢代，因劉向(B.C.77-B.C.6)有感漢成帝與趙飛燕姊妹的奢靡荒淫，為正後
宮而編纂了《列女傳》，以表彰其他有才德的婦女來作為後宮嬪妃修身以佐
國君的典範。班昭(41-115)所製之《女誡》更是將婦教的觀念確立化，為婦

---

[116] 宋素鳳：《女性主義與文學話語的再造》，載《天津社會科學》，2000 年第 2 期。

[117] 【漢】鄭玄注：《周禮注疏》（臺北：藝文印書館影印，十三經注疏本，1967 年），卷 7，
〈天官冢宰·九嬪〉，頁 24。

女訂出完整的生活準則以便遵從，於〈婦行〉內她強調女子四行為「一曰婦德，二曰婦言，三曰婦容，四曰婦功。夫云婦德，不必才明絕異也；婦言，不必辯口利辭也；婦容，不必顏色美麗也；婦功，不必技巧過人也。」[118]並說明此四行是「女人之大節而不可乏之者」。班昭之《女誡》自此以後成為了婦女生活準則的說明書，也讓原本在《周禮》、《列女傳》時代作為貴族婦女的生活教育內容典範，擴大成為全天下婦女應列為標準的理想女性人格所必須之條件。要多加注意的是無論是先秦或是漢代，對婦女的婦德要求從來就沒有將「才性」列入考慮範圍。

　　到了唐代雖然因為族群的融合而使得社會相對開放，但是對儒家教統的服膺還是使得女性以讀書作詩為恥，認為是不可宣揚告人的事情，甚至成為一種罪惡，如唐代時有一名婦人題詩於壁時，自云：「以翰墨非婦人女子之事，名字是故隱而不書。」[119]又南宋名女詞人朱淑真(1135?-1180?)之〈自責兩首〉：

> 女子弄文誠可罪，那堪詠月更吟風。磨穿鐵硯非吾事，繡折金鍼
> 卻有功。
> 悶無消遣只看詩，又見詩中話別離。添得情懷轉蕭索，始知伶俐
> 不如癡。[120]

　　由這兩首詩可以看出女詞人心中對於創作詩詞這件事的矛盾態度：一方面傳統禮教是不贊同女性創作的，是一種有損婦德的表現；但另一方面

---

118 【漢】班昭：《曹大家女誡》〈婦行第四〉，收於【清】陳弘謀輯：《五種遺規・教女遺規・卷之上》，收於《續修四庫全書》編纂委員會：《續修四庫全書》第 951 冊，子部，儒家類（上海：上海古籍出版社，1995 年），頁 65-66。

119 【唐】范攄：《雲溪友議》，收入《筆記小說大觀》第二十七編（臺北：新興書局，1979 年），卷五，頁 2 下，總頁 3784。

120 【南宋】朱淑真：《朱淑真集》（上海：上海古籍出版社，1986 年），〈詩集前集〉，卷十，〈雜題〉，頁 154-156。

創作詩詞又可以使詞人心中的情緒懷思得以宣洩，是能夠展現自我才能的表現，是一種會「上癮」的行為，故她雖知弄文詠月非女子所應作之事，但又因她「性之所好，情之所鍾」[121]而在這種矛盾情緒中繼續從事創作。

　　在唐宋時因為許多有名的女作家都被貼上了「淫蕩」的標籤，如薛濤(770?-832?)幼年吟誦了「枝迎南北鳥，葉送往來風」[122]詩句，以及李季蘭（李冶，?-784）於幼年也吟誦「經時未架卻，心緒亂縱橫」[123]等不雅的作品，且幼年所做的詩竟成為了日後不貞淫蕩的預示，又因唐代妓女文學發達，時有才女因大膽追求愛情而失節，於是社會上便流傳有才之婦多為失貞者，將「才思」與「淫行」牽扯上了必然的因果關係，為日後「才德難兼」的教條訂下了基礎與定見[124]。

　　到了明末，「女子無才便是德」這句名言的興起，使得社會風氣分為兩派：一派因為明末尚行綺靡奢華的游賞消費風氣，且女性受教育機會的提高，使得婦女常藉著出遊進行創作或無意間惹發有損婦德的事件，故此句成為了衛道人士藉以約束行為不檢以及警惕其他女性的規諫；而另一派則是持反對意見，認為「才」與「德」之間根本沒有必然關係，不必要因求全婦女之「德」而扼殺她們進行創作的權利，甚至有些士人還認為「才」與「德」之間可以相輔相成，甚至互為表裡。

　　許多學者將「女子無才便是德」認定為明人陳繼儒（眉公）之語，主要是因為清石成金（生卒年不詳，清代醫學家）之《家訓鈔・靳河台庭訓》將其引用：

---

[121] 同前註，〈雜題〉序，頁 145。，

[122] 【宋】章淵：《槁簡贅筆》，見張蓬舟：《薛濤詩箋》（北京：人民文學出版社，1983 年），〈薛濤傳〉，頁 105 引。

[123] 【南宋】尤袤：《全唐詩話》，收入何文煥輯：《歷代詩話》（北京：中華書局，1981 年），卷六，〈李季蘭〉，頁 255。

[124] 劉詠聰：《德・才・色・權──論中國古代女性》（臺北：麥田出版，1998 年），〈六、中國傳統才德觀及清代前期女性才德論〉，頁 194。

女子通文識字，而能明大義者，固為賢德，然不可多得；其他便
喜看曲本小說，挑動邪心，甚至舞文弄法，做出無醜事，反不如
不識字，守拙安分之為愈也。陳眉公云：「女子無才便是德。」可
謂至言。[125]

但經學者劉詠聰考證，其原句「男子有德便是才，女子無才便是德」
[126]，嚴格來說並非陳繼儒自己說的，而是被陳氏收錄在《安得長者言》一
書中。應是陳氏引錄「長者」輩所言。

又清初王相（?-1524）訂《女四書》，於註解《女範捷錄》（《女四書》
之一）中提到「女子無才便是德」一語，時謂「古人之言」[127]；而明末馮
夢龍《智囊全集》則更早指出「語有之：『男子有德便是才，婦人無才便是
德』」[128]，故可見明人著作中已出現此語。

到了清代，因為女性識字率提高，故對於女性「才」、「德」之問題則
討論得更加熾烈，其中不乏有女性自身為爭取自己創作的權利而對此語加
以鞭斥。

對此語持反對意見者，有葉紹袁(1589-1648)在其《午夢堂全集》中，
將「德」、「才」、「色」三者並列為婦人之「三不朽」[129]，與傳統男性之「三
不朽」並舉，足見其性別特徵。

---

[125] 見王利器：《元明清三代禁毀小說戲曲史料》第三編（上海：上海古籍出版社，1986 年），
〈社會輿論〉，頁 175 引錄。

[126] 【明】陳繼儒《安得長者言》，收於《叢書集成新編》第十四冊，名言（臺北：新文豐出版
公司，1985 年），頁 382。

[127] 【明】劉氏（王節婦）：《女範捷錄》，收入王相：《新增女子四書讀本》（上海：文盛書
局石印，1914 年），卷下，〈才德篇〉，頁 25 下。

[128] 【明】馮夢龍著，欒保群、呂宗力、劉凌注：《智囊全集》，〈閨智部總敘〉（河北：花山
文藝出版社，1988 年），頁 1013。

[129] 【明】葉紹袁：《午夢堂全集》，收入《中國文學珍本叢書》（上海：貝葉山房，1936 年），
〈序〉，頁 3。

　　而在《女範捷錄》則云：「古者后妃夫人，以逮庶妾匹婦，莫不知詩，豈皆無德者歟？末世妒婦淫女，及乎悍婦潑媼，大悖於禮，豈盡有才者耶？」[130]明確地指出了「有才」與「無德」之間並沒有任何必然關係，「才性」不一定成為「成德」的阻礙。又云：「夫德以達才，才以成德，故女子之有德者，故不必有才，而有才者，必貴乎有德。」[131]更是否認了「才」、「德」之間的必然關係。

　　張潮（清初作家）云：「昔人云婦人識字多致誨淫，予謂此非識字之過也。蓋識字則非無聞之人，其淫也人易得而知耳。」[132]更是提出了社會因素的客觀條件：因為有「才」者多具知名度，其一舉一動都為世人睜大眼觀察著，故其貞淫容易被人知道。

　　盧文弨(1717-1795)則直接肯定了「才」對婦人德性養成的積極作用，如他在記載「少嘗讀書識大義」的李節婦以「才」持家，免「風雨毀室之患」時，說道：「先儒嘗言婦人可無才。若節婦之所處，非德而兼之以才，則李氏之業幾墜矣。」[133]「才」不僅可以使「德性」養成，更能夠因「才」而持家免患，有了更現實功利的實用性效用。

　　爾後李漁(1610-1680)更是從事物無必然的客觀條件去反問「才」與「德」之間並不存在著相妨之關係：「吾謂才德二字，原不相妨，有才之女，未必人人敗行，貪淫之婦，何嘗歷歷知書？但須為之夫者，既有憐才之心，兼有馭才之術耳。」[134]還有些戲謔地要那些身為才女的丈夫們習得「馭才之術」，免得被才女的氣焰給壓在腳下。

---

[130]　【明】劉氏（王節婦）：《女範捷錄》，卷下，〈才德篇〉，頁26上。

[131]　同前註，頁25下。

[132]　【清】張潮：《幽夢影》（《翠琅玕館叢書》本，1916年重編），卷下，頁14下-15上。

[133]　【清】盧文弨：《抱經堂文集》，收入《抱經堂叢書》本（北京：直隸書局據乾隆五十六年〔1791〕抱經堂重刊本影印，1923年），卷三十一，〈李節婦顧恭人傳〉，頁5下。

[134]　【清】李漁：《閒情偶寄》（杭州：杭州古籍出版社，1985年），卷三，〈聲容部〉，〈習技〉第四，頁131。

　　夏伊蘭（乾隆年間女詩人）於作品〈偶成〉中說道：「人生德與才，兼備方為善。」[135]更是從女性的角度正面肯定了「才」、「德」之間不僅沒有相妨的疑慮，甚至可以成為相輔相成的兼備關係。

　　自先秦以來對女性識字的能否問題多有討論，在目睹時代的風氣之下對女性約束的規範以及「女子無才便是德」的根本性否定話語便應運而生，而到了明清時期因女性的識字程度大幅提升，故眾多士人甚至連女性本身都加入了對「才」、「德」之間關係的討論範圍，使得這個問題極具時代意義。在十八世紀成書的《紅樓夢》，以女性才氣的展現為主要小說結構的設計便無法規避此一時代問題，故於下文將對《紅樓夢》一書中不同女性所顯露出的不同才德觀加以闡析。

2. 青樓／閨閣的才女形象

　　因晚明思想中出現了影響社會大眾之情欲觀，加上明代商業社會的繁榮形成了奢侈消費的風氣，為了追求感官上的娛樂於是在明清時期產生並更加發展了青樓妓院、春宮畫、豔情小說等情色產業，以滿足世人對感官娛樂的需求。自詞體的興起以來本就是為了讓青樓伎師倚聲演唱所用，到了妓院興盛的明代此種演唱的藝術專業便變得更加講究，名妓們為了炫才以及吸引高貴的風流名士前來消費，於是得不斷地提升自己的藝術能力，甚至加入創作行列發展出自有的特殊風格，「唐代以來『才女』的概念，正說明了文壇詩人有意塑造之女性特定形象。青樓中的伎師正是這類『才女』的夙型。」[136]這些伎師可以余懷(1616-1696)《板橋雜記‧麗品》中的顧媚：「通文史，善畫蘭，追步馬守真，而姿容勝之，時人推為南曲第一」、董小宛：「天姿巧慧，容貌娟妍，七八歲時阿母教以書翰，輒了了。少長顧影自

---

[135] 【清】夏伊蘭：〈偶成〉，見徐世昌輯：《晚晴簃詩匯》卷188（北京：中國書店，1988年），頁701。

[136] 〔美〕孫康宜(Kang-i Sun Chang)作，謝樹寬譯：〈柳是與徐燦：陰性風格或女性意識〉，《中外文學》第22卷第6期，總第258期（1993年11月），頁9-10。

憐，針神曲聖，食譜茶經，莫不精曉。」以及卞賽：「知書，工小楷，善畫蘭、鼓琴，喜作風枝裊娜，一落筆，畫十餘紙。」[137]等為代表，因為她們的兼具才貌，又能文善詩，均受到明末文人的喜愛甚而成為心靈知己。

在明清易代之際，因為動亂使得士大夫學者開始反思明亡的背景因素，男性文人開始對明末「倡樓佚蕩、漫與談詩」的行為提出嚴屬的貶斥，時代風氣開始回歸正統，對婦女也進行較以往嚴格的約束，風氣也趨於保守，故自十八世紀以後婦女文學的代表則從青樓名妓的手上脫出，來到了名門閨秀的手中。此時，柳如是(1618-1664)與徐燦(約 1610-1677 之後)則成為了明末清初兩位具有代表性的傑出女詞人，柳如是代表青樓伎師之傳統，徐燦代表才德兼具的名門淑媛之模範。除此之外，因為娼妓不需從事勞動，故回歸正統、重視婦德之清代則以婦功──而非才學──作為分殊閨秀千金與青樓娼妓的要點。

與青樓名妓相比，閨秀作家的限制則多出許多，因「女子無才便是德」的教條盛行，使得閨秀對進行創作的行為產生罪惡感，故她們在創作過後習慣將作品焚毀，避免自己的才名外顯而遭到禮教風氣的譴責。原在十七世紀時青樓女子之作品和閨閣作家的創作得以分庭抗禮，但是清廷掌握政權之後學術風氣也改為由經典出發的樸學，開始了對女性典範的討論與評選，藉以試圖重建才女傳統。於是以嚴肅的女師形象（班昭）以及優雅的詠絮形象（謝道韞）為兩種理想女性的意象代表，因此改朝換代之後的十八世紀社會便將青樓伎師隔絕於文學界外[138]，而代以有德之才女作為盛世文化的發展象徵[139]。

雖然青樓文學在檯面上因而逐漸式微，但明末名妓柳如是的作品仍然

---

[137] 【明】余懷：《板橋雜記》〈中卷‧麗品〉（上海：中央書店，1946 年），頁 10、12、13。

[138] 〔美〕孫康宜(Kang-i Sun Chang)作，謝樹寬譯：〈柳是與徐燦：陰性風格或女性意識〉，頁 19。

[139] 〔美〕曼素恩(Susan Mann)著，楊雅婷譯：《蘭閨寶錄：晚明至盛清時的中國婦女》（臺北：左岸文化，2005 年），胡曉真：〈導論〉。

被閨秀作家私底下傳閱仿效,「青樓伎師的文學傳統並未死亡,不過是納入了名門淑媛的傳統之中。」[140]但青樓伎師之作相對於名門淑媛則顯得較為含蓄而婉約。

《紅樓夢》中的大量女性即是閨秀名門的代表,她們在作品中繼承了徐燦所開創的打破文類與性別界限的風格,填合了女性風格的婉約陰性與豪放陽性之間的鴻溝,並發展了自身所獨有的女性意識;在女性結社的表現,更是體現了晚明的「閨閣詞人」往往將女性視為一個群體,具女性相互依屬的觀念[141],彼此互相提升對文學的興趣以及造詣。

(三) 紅樓女性的才德觀

如前文所述,經過了鼎革的易代之際,清初學者開始檢討明亡之緣由,將其罪責之一歸咎於明末的奢華與淫靡風氣,以經典研究為主的樸學學術風氣也開始盛行,於是開始重新檢討對於女性典範的評選,以試圖規避前朝之咎重建才女傳統。學者從經典中選出兩種代表理想女性的形象,一為有嚴肅的女師形象之班昭,另一為有優雅的詠絮形象之謝道韞。南朝宋劉義慶(403-444)之《世說新語‧賢媛》云:「王夫人神情散朗,故有林下風氣;顧家婦清心立映,自是閨房之秀。」[142]王夫人即為謝道韞,「林下風」與「閨中秀」便成為了女性的兩種理想標準。

《紅樓夢》內的黛玉與寶釵即代表了這兩種女性形象:黛玉沿襲了明代才女的風流重情以及謝道韞之林下名士氣度;而寶釵則呈顯了清代重婦德不重才氣,婉約壓抑的班昭形象。在女紅方面,在文本內可以看到黛玉對於針黹之事的興趣缺缺(如二十五回同雪雁作針線的意興闌珊、三十二回襲人說的「老太太怕他勞碌著……今年半年還沒見拿針線」、第十六回更

---

[140] 〔美〕孫康宜(Kang-i Sun Chang)作,謝樹寬譯:〈柳是與徐燦:陰性風格或女性意識〉,頁20。

[141] 同前註,頁13。

[142] 余嘉錫:《世說新語箋疏》(北京:中華書局,2007年),頁582。

是因為賭氣「將前日寶玉所煩她做的那個香袋兒──才做了一半──賭氣拿過來就鉸」），並非是因為黛玉不擅女紅之事，只是其性本就對於此類婦事不起興趣。

寶釵作女紅之形象在文本內則多有出現，如第七回周瑞家的送宮花時，看到寶釵與丫鬟鶯兒「正描花樣子」；第八回寶玉探寶釵時也是見她「坐在炕上做針線」；三十六回寶釵替襲人代刺活計，以及三十七回對湘雲勸說「究竟這（選詩題）也算不得什麼，還是紡績、針黹是身心的本等。」可見寶釵對於傳統婦德之事的執著。

紅樓中的女性對於「才」、「德」觀念之間的選擇是多樣化的，如第三回黛玉入賈府時，問賈母姊妹們都讀些什麼書，賈母云：「讀的是什麼書，不過是認得兩個字，不是睜眼的瞎子罷了！」但從後文看來，如元春、探春，尤其探春對詩詞的愛好甚而開起詩社的態度，並非如賈母所云。只是賈母在當時重「德」甚於「才」的風氣下對於讀書識字這件事沒有特別看重。

1. 黛玉所表現的名士之風

文本第二回，描寫了黛玉幼時受教育的情景：

> 今如海年已四十，只有一個三歲之子，偏又於去歲死了。雖有幾房姬妾，奈他命中無子，亦無可如何之事。今只有嫡妻賈氏，生得一女，乳名黛玉，年方五歲。夫妻無子，故愛如珍寶；且又見她聰明清秀，便也欲使她讀書識得幾個字，不過假充養子之意，聊解膝下荒涼之嘆。

而後賈雨村又因緣際會成為了黛玉的塾師，對黛玉的表現讚嘆道：「怪道我這女學生言語舉止另是一樣，不與近日女子相同。度其母必不凡，方得其女，今知為榮府之孫，又不足罕矣。」

女兒的讀書識字，對於促進父女之間的情感溝通有莫大的助益，如明

末清初才子佳人小說《吳江雪》內，即提到吳涵碧親自教女兒逸珠的經過：

> 這吳知縣與夫人李氏，過於珍重，視女如明月之珠，連城之璧，
> 不是過也。從幼兒請女先生教他識字，吳小姐資質聰明，五歲上
> 邊，《女孝經》、《女小學》都通本背過；七歲即會吟詩，雖未精工，
> 卻也清雅不俗。吳涵碧原是個老學，最喜吟詩作賦。見女兒有此
> 才情，道女先生識字有限，便自己朝夕與女兒把《四書》、《五經》
> 研究。[143]

　　從黛玉的生長背景來看，並未提及其父林如海欲她習讀熟稔婦教之書
以及婦功之作，或許是因為原是黛玉的哥哥於三歲上夭折，故將其女權充
養子之故，不令她依循婦學傳統養其閨閣品性。中國自古即有「君子于玉
比德」之傳統，如「古之君子必佩玉」、「君子無故玉不去身，君子於玉比
德焉」[144]，佩玉成為君子有德的表現。至唐代暢璀（天寶年間河東人）有
《良玉比君子賦（以精光滋色矩絕寶圖為韻）》，其中即將君子與玉並比，
將玉的美好品質與君子有才德之品行互相結合，玉成為了君子的形象表
徵，故黛玉之以「玉」為名，或有應於傳統文化，將其譬為男士君子的目
的。

　　在第十八回元妃省親要寶玉及姊妹們試題詩時，黛玉的態度為：「原來
林黛玉安心今夜大展奇才，**將眾人壓倒**，不想賈妃只命一匾一詠，倒不好
違諭多作，只胡亂作一首五言律應景罷了。」又三十七回海棠詩社眾人詠
白海棠時，李紈催黛玉交詩，黛玉的態度為：「（黛玉道：）『你們都有了？』
說著**提筆一揮而就，擲與眾人**。」（此段引文中粗體為筆者自加）由此可

---

143 【清】佩衡子：《吳江雪》（瀋陽：春風文藝出版社，1986 年），第一卷，第四回，〈吳小
　　姐精通翰墨，雪婆子輕撥春心〉，頁 11。

144 《禮記·玉藻》，見【漢】鄭玄注，【唐】孔穎達疏，《十三經注疏》整理委員會整理：《禮
　　記正義》（北京：北京大學出版社，2000 年），頁 1064、1065。

見黛玉恃才傲物的炫才心理。「湯顯祖認同了女性可以透過誠意與才華向世界宣示與證明自我存在。……呈現了女性意識的積極介入。」[145]黛玉此種恃才而驕的任性態度與其自卑自傷的情緒心理有所反襯，因黛玉唯一可憑恃的便是自己的才氣，為了得到團體的認同故她以書寫方式來表達欲以創作留住短暫華麗生命的企圖，以及對命運脆薄易碎發出的遺憾，以詩詞來證成自己生命的成顯。

又四十八回黛玉、香菱、寶玉及探春在瀟湘館中談詩時，對香菱謙虛道自己學詩是學著玩時的回答：

> 探春黛玉都笑道：「誰不是玩？難道我們是認真作詩呢！若說我們認真成了詩，出了這園子，把人的牙還笑掉了呢。」寶玉道：「這也算自暴自棄了。前日我在外頭和相公們商議畫兒，他們聽見咱們起詩社，求我把稿子給他們瞧瞧。我就寫了幾首給他們看看，誰不真心嘆服！他們都抄了刻去了。」探春、黛玉忙問道：「這是真話麼？」寶玉笑道：「說謊的是那架上的鸚哥。」黛玉、探春聽說，都道：「你真真胡鬧！且別說那不成詩，便是成詩，我們的筆墨，也不該傳到外頭去。」寶玉道：「這怕什麼！古來閨閣中的筆墨不要傳出去，如今也沒有人知道了。」

從上述黛玉對「揚其詩作」的表現來看，顯示了明清才女一方面對自己的作品有強烈的傳世欲望，一方面又因為自己的謙卑脆弱而不欲將作品公開，清代女詩人夏伊蘭之〈偶成〉即道：「婦言與婦功，德亦藉此闡。勿謂好名心，名媛亦不免。」[146]表面上將作詩的重點著重在是為了要闡發婦「德」的目的，來規避求取文名的爭端，但又如實地道出名媛亦不亞

---

[145] 毛文芳：《物・性別・觀看——明末清初文化書寫新探》，〈導論：明末清初文化書寫的面向與意涵〉，頁52。

[146] 【清】夏伊蘭：〈偶成〉，見徐世昌輯：《晚晴簃詩匯》卷188，頁701。

於文人的求名渴望——無論男性或女性，內心都具有欲揚名後世的冀求意識[147]。

2. 寶釵所呈顯的閨秀之質

相較於黛玉，寶釵則是「才德兼備」的理想化女性表現。薛寶釵本為金陵人氏，因「近因今上崇詩尚禮，徵採才能，降不世出之隆恩，除聘選妃嬪外，凡世宦名家之女，皆親名達部，以備選為公主、郡主入學陪侍，充為才人、贊善之職。」（第四回）為正后妃之德，統治者遴選秀女之條件均以品德為重，如清代冊封皇后之名冊中常見到如寬仁、孝慈、溫恭、淑慎等表后妃德操之詞。寶釵除以第七回內以操手女紅之事呈現在讀者面前外，於四十二回寶釵重重規諫黛玉於酒令中說出了《牡丹亭》、《西廂記》內的唱詞一事，提出她對婦女從事詩詞創作的看法：

> 咱們女孩兒家不認得字的倒好。男人們讀書不明理，尚且不如不讀書的好，何況你我。就連作詩寫字等事，原不是你我份內之事，究竟也不是男人份內之事。……你我只該做些針黹紡織的事才是，偏又認得了字，既認得了字，不過揀那正經的看也罷了，最怕見了些雜書移了性情，就不可救了。

從根本上就摒棄了女性應當讀書識字的權利；若無奈認得字後，讀書也要揀選經典典籍而非戲曲小說等這些會「移人性情」之書。

明代成書的《女範捷錄》主張：「淫佚之書，不入於門；邪僻之言，不

---

[147] 參考胡曉真：〈才女徹夜未眠——清代婦女彈詞小說中的自我呈現〉，《近代中國婦女史研究集刊》第三期（1995 年 8 月），頁 63-75。及氏著：《才女徹夜未眠：近代中國女性敘事文學的興起》，頁 96。

對於明清女性欲求其自我再現的態度，亦可參看毛文芳：《物‧性別‧觀看——明末清初文化書寫新探》，頁 367。

聞於耳。」[148]所謂的「淫佚之書」，指的即是描寫男女之情的詩，詞，小說，戲曲等作。

　　清康雍乾三朝曾多次禁毀「淫辭小說」，如乾隆十八年對《水滸傳》、《西廂記》翻譯為滿文一事極為不滿：「近有不肖之徒，並不翻譯正傳，反將《水滸》、《西廂記》等小說翻譯，誘人為惡，不可不嚴行禁止。」[149]乾隆五十八年又諭：「朕惟治天下，以人心風俗為本。……近見坊肆間多賣小說，淫辭鄙褻荒唐，瀆亂倫理。不但誘惑愚民，即縉紳子弟，未免游目而蠱心，傷風敗俗，所關非細。著該部通行中外，嚴禁所在書坊，仍賣小說淫辭者，從重治罪。」[150]有鑒於明末導致敗亡的淫靡風氣，上位者以根本做法直接杜絕憂患的來源也是無可厚非，統治者希冀能由民間風俗上根本洗滌明末以來仍繼續殘留的遺思末緒，故將這些會改變人心並引來禍端的「淫佚之書」加以防範，而以道德正統的追求為最終目標來昭告天下。

　　四十九回對香菱焚膏繼晷以學詩的認真態度，也抱以「一個女孩兒家，只管拿著詩作正經事講起來，叫有學問的人聽了，反笑話說不守本分的」的反對態度進行勸解；六十四回更說製作詩詞為「閨中遊戲」，是可會可不會的旁事，且對於文名的追求嗤之以鼻：「咱們這樣人家的姑娘，倒不要這些才華的名譽」，由此可見寶釵對於「婦才」的觀念傳承了自周代以來就漠視的態度，認為才氣有礙於婦女品格的發展，選擇了以禮教傳統為服膺對象的人生依歸。但又弔詭的是寶釵之詩作又可在眾女等級中數一數二，可與黛玉媲美，只是她仍主張以婦德為要，不像黛玉視詩如命，汲汲營營於寫詩並時常鑽研藝術技巧、製作新詞以抒發感懷罷了。

　　另一位顯明婦德之學的即是守寡的李紈。第四回說她幼時父親「只不

---

[148] 【明】劉氏（王節婦）：《女範捷錄》，收入王相：《新增女子四書讀本》，卷下，〈才德篇〉，頁 26 下。

[149] 《中國文化史年表》（上海：上海辭書出版社，2009 年），頁 621-645。

[150] 【清】陳培桂、林豪，《淡水廳志》卷五，收於《臺灣文獻叢刊》第 172 種（臺北：臺灣銀行經濟研究室，1993 年），頁 121。

過將些《女四書》、《列女傳》、《賢媛集》等三四種書,使他認得幾個字,
記得前朝這幾個賢女便罷了;卻只以紡績井臼為要,因取名為李紈,字宮
裁。」嫁入賈府後也只是「惟知侍親養子,外則陪侍小姑等針黹誦讀而已。」
傳統對於女學教育多主張以女紅、節孝為主,而女紅紡績為女學必備,如
李綠園(1707-1790)言:「家中婦女,必身親紡績經絡之事,古人所以載弄
之瓦也。若婦女不知此事,無知者謂之享福,有識者謂之樂禍。」[151]

　　但三十七回海棠詩社作起時,寶玉推舉李紈擔任最後評審詩詞等第的
工作,說她「(稻香老農)雖不善作卻善看,又最公道,你就評閱優劣,我
們都服的。」可見她對於詩詞的賞鑑功夫仍有一定之功,也具備著某種才
性,並非像第四回的描述認定她是個槁木死灰之人,對於婦德之外的事全
不在意。除此之外,在五十一回對寶琴所作的《懷古十首》套詩的評鑑,
也與重德的寶釵進行了辯論:

> 眾人看了,都稱奇道妙。寶釵先說道:「前八首都是史鑒上有據的,
> 後二首卻無考,我們也不大懂得,不如另作兩首為是。」黛玉忙
> 攔道:「這寶姐姐也忒『膠柱鼓瑟』,矯揉造作了。這兩首雖於史
> 鑒上無考,咱們雖不曾看這些外傳,不知底裏,難道咱們連兩本
> 戲也沒有見過不成?那三歲孩子也知道,何況咱們?」探春便道:
> 「這話正是了。」李紈又道:「況且她原是到過這個地方的。這兩
> 件事雖無考,古往今來,以訛傳訛,好事者竟故意的弄出這古蹟
> 來以愚人。比如那年上京的時節,單是關夫子的墳,倒見了三四
> 處。關夫子一生事業,皆是有據的,如何又有許多的墳?自然是
> 後來人敬愛他生前為人,只怕從這敬愛上穿鑿出來,也是有的。
> 及至看《廣輿記》上,不止關夫子的墳多,自古來有些名望的人,

---

[151] 【清】李綠園:《家訓諄言》,載入欒星編:《歧路燈研究資料》(河南:中州書畫社,1982
年),頁150。

墳就不少，無考的古蹟更多。如今這兩首雖無考，凡說書唱戲，
甚至於求的籤上皆有注批，老小男女，俗語口頭，人人皆知皆說
的。況且又並不是看了『西廂』『牡丹』的詞曲，怕看了邪書。這
竟無妨，只管留著。」寶釵聽說，方罷了。

李紈以「關夫子」之風俗民情為例為寶琴進行辯解，認為之所以會運
用這些戲曲小說中地點的背景緣由是經過了時代風氣之下的傳播與流行，
以至於成為了家喻戶曉的符號表徵，並非就肯定寶琴是看了這些「邪書」
而進行創作，由此可見李紈的見識，雖然自幼以婦學婦德為重，但思想上
並不迂腐，並沒有因為禮教規範與壓抑之下而不通權變。

在時空中移動，乃是移動我們的身體。這種牽涉了移動身體的經
驗，是生活的主要經驗，移動過程正是我們認識世界和參與社會
的過程。我們的身體在這個過程中，不僅轉移了時空位置，身體
本身也改變了。所以，我們的身體，是有性別的身體，又是移動
中的身體：依據性別之社會界線而移動身體，又在移動中改變了
身體，改變了身體的性別刻痕，此謂身體之性別建構。[152]

在大觀園內活動的眾多清淨女兒們，多是經歷了此番的活動經驗而從
外地來到賈府。如黛玉、寶釵、香菱等，她們入住大觀園後認識並參與了
這個世界的活動，甚至為世界創造活動，在移動過程中塑造自我的人生經
驗與覺察，尤其在探春興起了海棠詩社，使得自古以來宣揚「女子無才便
是德」的教條規束在此樂園的活動中暫時瓦解（儘管寶釵仍心心懸念於對
於婦德而非婦才的看重），在詩社中她們盡情徜徉在被視為男性文人階級才

---

[152] 王志弘著：〈速度的性政治　穿越移動能力的性別區分〉，《流動、空間與社會　王志弘
1991-1997 論文選》，頁 229。

許涉獵的詩詞創作，在作品內宣揚了自己的情緒與理念和渴望，打破了時代風氣對她們塑造的性別刻痕與建構，使得她們得以自由游移於男性／女性的界線之間，為自己打造更多生活的可能性。

四、游於藝：「才女名士化」與自我意識的確立

(一) 詩社起源與空間成分以及新成員的出現

1. 女性結社的歷史沿革

「社」，原為土地神之意，為了祭拜土地神，有「春社」、「秋社」之分，祭拜的日子稱為「社日」[153]；又《周禮》記載「社」為古代社會作為人口居住分制的一個單位[154]。古代帝王將祭祀與地區結合，訂例為全國人民按照階級身分另置大小不一的社以便管理[155]。

「社」由地方之神延伸至對一個地方的分治管理，均有「地區性」及「團體」的意義，甚至更擴大解釋為集體性組織的名稱。脫離了專為祭祀功能而設置的單位，「社」更可以成為因各種目的聚合有同樣性質的人所成

---

[153] 【宋】陳元靚：《歲時廣記・卷十四・二社日》：「《統天萬年曆》曰：立春後五戊為春社，立秋後五戊為秋社。」見《歲時廣記附索隱》（臺北：新興書局，1977 年），頁 2451。

[154] 【東漢】許慎著，【清】段玉裁注：《說文解字注》，一篇上，頁 15a。

[155] 《禮記正義・卷第四十六・祭法》：「王為羣姓立社，曰大社。王自為立社，曰王社。諸侯為百姓立社，曰國社。諸侯自為立社，曰侯社。大夫以下成羣立社，曰置社。」《十三經注疏》整理委員會整理：《禮記正義》，頁 1520。
　古代君王祭「社」（土地之神）、「稷」（穀物之神），以保國土平安，故後以「社稷」借稱國家。

立的集體組織[156]，也能從國家公領域的體制管理中下擴至底層平民百姓的
私領域民間組織[157]，但無論是公家或私人的結社活動，均脫離不了有功利
性、目的性的要求而聚合[158]。

　　從地方性的民間結社類別內，可以探見由識字的高級知識份子組成的
「詩社」也位列其中。「詩社」，為詩人定期聚會做詩吟詠而結成的社團，
於《南唐書》中有載：「及吳武王據有江淮，文雅之士駢集，（孫魴）遂與
沈彬、李建勳為詩社。」[159]李東陽(1447-1516)《麓堂詩話》中的「詩社」，
更加重了品評優劣的標準[160]。

　　中國詩社傳統的緣起，柯慶明認為可追溯至東漢末年的曹氏父子[161]，

---

[156] 如賓朋聚會謂之「結社」，【清】鄭泰：《月令精鈔‧二月‧典故》，「白蓮社」下注：「遠
　　公結白蓮社，以書招淵明……謝靈運求入社，遠公以其心雜止之。」收於《四庫未收書輯刊》
　　編纂委員會編：《四庫未收書輯刊》叁輯，拾捌冊（北京：北京出版社，2000 年），頁 647。

[157] 「『社』在唐代以前作為聚落春、秋二社組織的名稱，但從唐代開始，『社』的名稱則更為
　　廣泛的運用在各式民間組織的名稱上，包括奉佛等各種功能的民間傳體，已然都能以『社』
　　為名。」。黃懷德：《漢唐民間結社研究》，〈第四章 唐代民間結社之盛行〉（臺北：國立
　　政治大學歷史研究所碩士論文，2005 年），頁 205。粗體字為筆者自加。

[158] 「『民間結社』，或稱『私社』，意指庶民社會的個體，為了某種共同的目的而聚集在一起，
　　並能維持一定程度的組織與運作。民眾結合成組織，也反映了在面對經濟生活、社會交際、
　　宗教信仰、商業活動、軍事防衛等需求，當一人之力無法達成之時的變通之道。如先秦兩漢
　　農民的『合耦』助耕；春秋社日『祭酺合醵』，祭祀農穀之神並共同宴樂；糾集、勸化彼此
　　出資造像、開窟、行齋、或兼進行地方公共建設；還有結社助葬；甚至彌補家庭破碎的感情
　　功能等等，都是鮮明、具體的表現，也展現了民間結社的功能。」同上注，此引自黃懷德論
　　文摘要。粗體字為筆者自加。

[159] 【宋】馬令：《南唐書‧卷十三‧儒者傳上‧孫魴》，收於《叢書集成初編》（北京：中華
　　書局，1985 年），頁 93。

[160] 【明】李東陽《懷麓堂詩話》：「元季國初，東南人士重詩社，每一有力者為主，聘詩人為
　　考官，隔歲封題於諸郡之能詩者，期以明春集卷，私試開榜次名，仍刻其優者，略如科舉之
　　法。」收入丁福保輯：《歷代詩話續編》（北京：中華書局，1983 年），頁 1380。

[161] 「這個傳統可以追溯到什麼時候呢？臺大中文系教授柯慶明認為起自東漢末年的曹操父子，
　　因為他們把詩經以來發抒人民心聲的民歌傳統，轉變成文人在聚會場合中比賽文思的遊藝。
　　曹操在〈短歌行〉中寫出『橫槊賦詩』之句，到了曹丕及『建安七子』等人，大家更一起創
　　作『宴遊詩』，『這可以說是中國詩社活動的源起。』」轉引自劉蘊芳：〈話說中國詩社〉，
　　《台灣光華雜誌》，1996 年 3 月，頁 52。

自此以後的各個朝代，均不乏有男性文士結社論詩的文學傳統。

「詩社」中有女性成員的加入，要晚至明代才現端倪，且更多的是以
「名妓」身分進入男性所成立的文學圈中。在此之前，被規避於識字圈外，
甚至更多連名姓也不曾留下的女性，雖也有民間結社的紀錄，但更多的是
因為宗教目的而聚結。在孟憲實〈試論唐代西域的民間結社〉一文中，藉
由吐魯番文書《唐眾阿婆作齋名轉帖》的出土，發現內有女性結社的紀
錄。這些社員多是已婚婦女，結社目的主要是為了互助，解決自己的生活
問題[162]。

郝春文〈再論北朝至隋唐五代宋初的女人結社〉一文更將女性結社的
起源，經由造像題記的紀錄向上追溯自公元 538 年，證明女性結社的現象
自隋代以來便一直絡繹不絕[163]。

經由研究這些出土文物中的女性結社紀錄，學者根據其他不同的發
現，推測出敦煌民間結社的女性成員「很可能是一群獨身的婦女，為了生
存，她們才聯合在一起，互相幫助，互相支持。」[164]這些婦女的階級身分，
也可能是「家中有較高地位、或實際掌握家中經濟大權、或屬獨立承戶的
女性。」[165]

這些女性之所以結社的目的，除了有佛教風氣的影響[166]之外，最主要
在於同性之間經濟上的互助，和情感上的慰藉。這些女性藉由結社活動，

---

[162] 孟憲實：〈試論唐代西域的民間結社〉，《西域研究》（烏魯木齊），2009 年第 1 期，頁 1-12。
專論唐代婦女結社的部分，另可參見孟憲實：〈試論敦煌的婦女結社〉，《敦煌吐魯番研究》
第八卷（北京：中華書局，2005 年），頁 89-104。

[163] 郝春文：〈再論北朝至隋唐五代宋初的女人結社〉，《敦煌研究》（蘭州），2006 年第 6 期，
頁 103-108。

[164] 李君偉：《唐五代宋初敦煌地區婦女名字初探》，中國社會科學院研究生院碩士學位論文，
頁 22-24。

[165] 郝春文：〈再論北朝至隋唐五代宋初的女人結社〉，頁 106。

[166] 郝春文認為，中古時期女人社的出現，最直接的原因是「比丘尼僧團的存在」和有關「優婆
夷」經典的翻譯和流行。〈再論北朝至隋唐五代宋初的女人結社〉，頁 106。

不僅可以得到成就感，也會給她們帶來榮耀[167]。

在明清時期，女性受教育的機會大幅增加，雖然仍僅侷限於上流階層社會和富裕地區，但無可否認的因為商品化經濟以及書刻文化的興盛，「智力型」女性的蓬勃發展也成為明清家庭榮耀和驕傲，於是便逐漸形成所謂的「才女文化」[168]。這些才女型的閨秀們，雖然在男性主導的文化潛意識中，仍隱約地憂慮她們可能被當作一種「社會裝飾品」而存在[169]；但一定程度上得到了學習和讀書的機會，得以加入閱讀、寫作、編輯和出版的寫作文化之中，為中國女性的轉型邁入了一個新的紀元。

明清時期的女性因外出旅行機會的增加，不但可以從家中出走，又可以讀書受教育，於是藉著文學的名目於休暇閒時參與了明代以來蓬勃興起的文學結社活動。例如嘉靖十三年(1534)的百歲會，參與者除了文人雅士，還有許多名妓的加入；萬曆三十二年(1604)的金陵大社，集結了海內名士過百人與秦淮名妓四十餘人參加盛會；另，在崇禎七年(1634)張岱(1597-1689)、祁彪佳(1602-1645)等人在山陰舉辦蕺山亭大會，也吸引了各方俊彥以及許多女性的參與[170]。在這些文學結社中，文人在會中展現文

---

[167] 郝春文：〈再論北朝至隋唐五代宋初的女人結社〉，頁108；鄧小南：〈出土材料與唐宋女性研究〉，收入李貞德主編：《中國史新論　性別史分冊》（臺北：聯經出版，2009年），頁308。

[168] 參考〔美〕高彥頤(Dorothy Ko)：《閨塾師：明末清初江南的才女文化》（南京：江蘇人民出版社，2004年），〈第一章　都市文化、坊刻與性別鬆動〉。

[169] 「工業化帶來的變化也突出了不同階層的女性之間的差異。很多中產階層女性開始享受到父兄的財富所帶來的好處。她們能較多地從繁重的家務勞動中解放出來，享有較多受教育的機會，成了『有閒淑女』，代表著一種似乎所有女性都應效仿的理想。這樣的女性是一種社會裝飾品，能體現一個男人的成功。她們有著閒情逸致、嬌氣及像小孩一樣的對現實的無知，能為男人提供一個用錢買不到的『派頭』（class）。沒有能力達到『淑女』理想的工人階級女性則只能接受在家中作母親和主婦及『與她們相宜的位置』，滿足於較低的社會地位。」〔美〕卡拉‧亨德森(Karla A. Henderson)等：《女性休閒——女性主義的視角》（雲南：雲南人民出版社，2000年），頁48。

[170] 此文獻參考何宗美：〈士女雅集與文學風流——中晚明「女子預社」現象及其影響〉，收入陳洪，喬以鋼等著：《中國古代文學與文化的性別審視》（天津：南開大學出版社，2009年），頁175。

才、度作新曲之際,女性歌者則為了表演和娛樂「度腔歌之」,在唐宋時期就有女性由此唱和途徑進入文人的文學生活,後來便逐漸演變為女子可以成為詩社中的重要角色或成員,之後更發展為閨秀女子自行成立女子參與的詩社。

這些閨秀女子所組成的詩社,無異於原先「社」字所定義的條件——奠基於地域之上,且因閨秀女兒在家中談詩論詞的對象,多是也有相同文化修養的母輩人物,故有家族性的特色。女性在詩社之中的娛樂活動,雖幾是諸如「飲酒、調笑、遊戲、奏樂、賞花及必然的幾輪賦詩」[171]等這些無異於男性文人的聚會內容,但比起男性聚會,她們更多呈現的是閨秀同性之間情感交流的心靈慰藉。

2. 海棠詩社新成員

明清時期因閨秀詩人的大量增加,為了能夠以文會友、互相交流,發展出更為頻繁的詩社活動,並因此擴展了女性自身的交際網,「這種文學社團的出現,標誌著女作家的創作開始走向自覺,形成了自己特有的『共鳴群』。」[172]

高彥頤(Dorothy Ko)在其《閨塾師》一書內,將明末清初的女性結社類型分為三大類:「家居式」、「交際式」以及「公眾式」[173]。家居式結社以沈宜修(1590-1635)為例,其社員的組成是以宗族關係為依賴,以宗族和婚姻為鈕帶為建構關係的結果並沒有想像中的受制限,反而更可以此種關連而向外擴展延伸。除此之外,沈宜修的社團特徵為成員中有婢女層級的參與,同樣身為女性,因服侍屬於上層階級的閨秀們,彼此間自然衍生出「閨

---

[171] 〔美〕高彥頤(Dorothy Ko):《閨塾師:明末清初江南的才女文化》,〈第五章 家族人倫與「家居式」結社〉,頁218。

[172] 宋致新:《長江流域的女性文化》(武漢:湖北教育出版社,2004年),頁335。

[173] 〔美〕高彥頤(Dorothy Ko):《閨塾師:明末清初江南的才女文化》,〈第五章 家族人倫與「家居式」結社〉、〈第六章 書寫女性傳統:交際式及公眾式結社〉。以下對於三種結社類型的介紹也參酌整理自此二章。

內良伴」的親密關係，在詩社舉行聚會時，也常常可以從紀錄以及閨秀作品中看見她們的身影。

　　交際式的結社以商景蘭(1605-約1676)為例。交際式的結社在家居式的基礎上再加上了來自家外的朋友成分，使得這類型的社團其地理空間較家居式的更為廣闊，也有了多重的社會定位。

　　商景蘭因隨著夫婿祁彪佳(1602-1645)遷任異地的緣故，在遷居旅行的過程中，不僅開拓了視野，更因此結交了不同地區的朋友，建立起屬於自己的女性社交網，於是商景蘭的交際式結社其成員便可分為兩種類型：有血緣關係／沒有血緣關係。這些沒有血緣關係的成員有些是景蘭於隨宦過程中結交的；有些則是慕景蘭之名而前來蒞訪，例如黃媛介(生卒年不詳，1650年左右尚在世)便是其中相當重要且著名的一位。

　　公眾式結社以蕉園詩人為例。「蕉園詩社是一個以血緣、姻親、地域關係為基礎的閨秀詩社。」[174]蕉園詩社於康熙四年(1605)由顧玉蕊(生卒年不詳)發起，開創了清代女性文學繁榮之濫觴，如梁乙真(1900-1950或1951)所云：「分題角韻，接席聯吟，極一時藝林之勝事。終清之世，錢塘文學為東南婦女之冠，其孕育滋乳之功，厥在此也。」[175]

　　蕉園詩社中的女性喜愛在西湖這個公開著名的名勝景地來舉行詩會，此舉打破了儒家文化長期所約束的「女性必須隱匿」的生活規範，且因她們自身的社會階級地位以及教養程度，使得她們如此的公開露面不致造成輿論的非難。她們對於「女性從事創作」這件事情本身具有相當高度的自信與從容不迫的態度，並將其視為一種值得驕傲的權力，她們自發性的創作，並將自己的作品付梓出版，在公開的場合留下了自己的足跡以及書寫紀錄，等於是向世人（及後人）宣昭她們的存在。

　　蕉園詩社的成員關係除了承襲已久的親屬關係外，還加上了鄰里關

---

[174] 胡小林：〈清代初年的蕉園詩社〉，《古典文學知識》第二期(2008年)，頁67。

[175] 梁乙真：《中國婦女文學史綱》（上海：上海書局，1990年），頁385。

係、透過男性親屬的聯繫以及文人社交網的介入。她們重視女性教育,並用文學創作這個手段來證明其存在;認為文學和婦德不必只能有牴觸的面向,兩者反而能夠相輔相成,同等重要且不可或缺。

在以上的三種社團中,其成員大多為有夫之婦,且多屬於上層階級的閨閣身分;但在《紅樓夢》中,詩社成員已經有相當大的轉變。

在《紅樓夢》本文內,其明確提到詩社的成立與重生在第三十七回與第七十回。

> 今因伏几憑床處默之時,忽思及歷來古人處名攻利敵之場,猶置一些山滴水之區,遠招近揖,投轄攀轅,務結二三同志者盤桓於其中,或豎詞壇,或開吟社,雖一時之偶興,遂成千古之佳談。娣雖不才,竊同叨栖處於泉石之間,而兼慕薛、林之技。風庭月榭,惜未宴集詩人;帘杏溪桃,或可醉飛吟盞。孰謂蓮社之雄才,獨許鬚眉;直以東山之雅會,讓余脂粉。(第三十七回)

三妹妹探春有感於古人於山水之間結社吟詞,成千古佳談;現眾人居於諸景皆備的大觀園中,何不仿效古人雅事,以證脂粉不讓鬚眉呢?適逢賈芸於此時送來兩盆白海棠,於是便將詩社取名為「海棠」。

「海棠」在此處別有深意。在第十七回中,賈政一行人以及寶玉走至之後的怡紅院來,看到了一棵「其勢若傘,絲垂翠縷,葩吐丹砂」的西府海棠,賈政道:

> 這叫作「女兒棠」,乃是外國之種。俗傳係出「女兒國」中,云彼國此種最盛,亦荒唐不經之說罷了。

在眾人問道「女兒棠」之傳名已久的原因時,寶玉解釋:

大約騷人詠士，以此花之色紅暈若施脂，輕弱似扶病，大近乎閨
閣風度，所以以「女兒」命名。

另外，在第七十七回晴雯被攆出賈府，寶玉疑心是襲人在背後動手腳
時，也出現了有關海棠的一席話：

寶玉道：「不是我妄口咒他，今年春天已有兆頭的。」襲人忙問何
兆。寶玉道：「這階下好好的一株海棠花，竟無故死了半邊，我就
知有異事，果然應在她身上。」

由這三處引文，可以發現「海棠」在故事中是用來作為大觀園中女性
的象徵意味，大觀園為女兒而建，自可看作是一座女兒之國；寶玉為「諸
豔之冠」[176]，海棠植於怡紅院也暗喻大觀園內眾女兒之故事情節幾是圍繞
著寶玉打轉，且也代表著寶玉是作為觀看並紀錄身邊眾女之生命歷程的存
在；而海棠無故死了半邊，也表示了寶玉終究無法挽救身邊女性的逐漸凋
零，以及眼睜睜看著大觀園導向頹毀的無能為力。

原來這一向因鳳姐病了，李紈、探春料理家務，不得閒暇，接著
過年過節，出來許多雜事，竟將詩社擱起。如今仲春天氣，雖得
了工夫，爭奈寶玉因冷遁了柳湘蓮，劍刎了尤小妹，金逝了尤二
姐，氣病了柳五兒，連連接接，閒愁胡恨，一重不了一重添。……
（寶玉）見黛玉、寶釵、湘雲、寶琴、探春都在那裏，手裏拿著
一篇詩看。見他來時，都笑說：「這會子還不起來，咱們的詩社散
了一年，也沒有人作興。如今正是和春時節，萬物更新，正該鼓

---

[176] 第十七回回前總批：寶玉係諸豔之貫，故大觀園對額必得玉兄題跋，且暫題燈區聯上，再請
賜題，此千妥萬當之章法（庚辰同。王府 0a 有正 563「貫」作「冠」）。見〔法〕陳慶浩編
著：《新編石頭記脂硯齋評語輯校 增訂本》，頁 291。

舞另立起來才好。」湘雲笑道:「一起詩社時是秋天,就不應發達。

如今恰好萬物逢春,皆主生盛。況這首桃花詩又好,就把海棠社

改作桃花社。(第七十回)

從第三十七回初結海棠社開始,至此重開桃花社,雖有力挽狂瀾之勢,但也進入了「夕陽無限好,只是近黃昏」的頹態。桃花詩社在前八十回的故事中僅見於第七十回,其後發生了抄檢大觀園、晴雯被攆、迎春誤嫁中山狼的大事,詩社也就因此沒落無聞了。中間雖有第七十六回的黛玉、湘雲、妙玉聯詩,看似還保有這一絲難得的雅興,但最後也隨著大觀園中女兒們一個個的離開而消失殆盡。

將女子比喻為花,在《詩經》中即可見其端緒[177];而在春天盛開的桃花,便成為青春美麗女性的隱喻意象[178]。

詩社以「桃花」為名,除了彰顯其成員中多數為青春美麗的女性,正煥發著如春天般充沛的生命力外,另一方面與黛玉有極大的干係。

林黛玉在書中最為人知曉的便是她的「葬花」行為。第一次葬花是在第二十三回,此時正是三月中桃花盛開的春天時節,寶玉和黛玉一同收拾落花的同時,還一同領略了《西廂記》中的妙處,自此兩位主角的情感便漸漸地由兩小無猜的玩鬧過渡為纏綿悱惻的男女之情了。而在這一回,也是元春自遊幸大觀園後,思及若就此荒廢不無可惜,遂命寶玉同諸位姊妹

---

[177] 如〈周南·桃夭〉:「桃之夭夭,灼灼其華。之子于歸,宜其室家。桃之夭夭,有蕡其實。之子于歸,宜其家室。桃之夭夭,其葉蓁蓁。之子于歸,宜其家人」、〈召南·摽有梅〉:「摽有梅,其實七兮。求我庶士,迨其吉兮。摽有梅,其實三兮。求我庶士,迨其今兮」、〈召南·何彼穠矣〉:「何彼穠矣,華如桃李。平王之孫,齊侯之子」、〈鄭風·有女同車〉:「有女同車,顏如舜華(英)」、〈鄭風·出其東門〉:「出其東門,有女如荼。雖則如荼,匪我所思」以及〈陳風·東門之枌〉:「視爾如荍,貽我握椒」。參見楊小紅:〈《詩經》中女性的常見比喻及其文化意蘊〉,《湖南工業職業技術學院學報》第 10 卷第 5 期(2010 年 10 月),頁 78-80、111。

[178] 渠紅岩:〈論傳統文化中桃花意象的隱喻意義〉,《南京政治學院學報》第 28 卷第 1 期,總第 161 期(2012 年),頁 90-94。

一同遷入，也自此揭開了大觀園專屬為女兒們居處活動的情節脈絡。桃花盛開與青春女孩們的遷入園囿，宣告著故事將由此開始進入高潮。

曹雪芹將詩社成員設定為未嫁女性居多，除了呼應寶玉所說的「寶珠、死珠、魚眼睛」論，也顯示出他對未嫁薄命女的重視；他推舉「或情或痴，或小才微善，亦無班姑、蔡女之德能」（第一回）的幾個異樣女子，打破了詩社成員定是閨閣才女的律例，將女性詩社的範圍擴展到跨階級／跨文化／跨種族的新意涵，證明了他具有先知先覺的獨到眼光。

如第三十七回探春結社開始，其成員中就有已婚但守寡的李紈（評詩）、迎春（出題限韻）以及惜春（謄錄監場，後來被賈母指派畫大觀園圖）是不作詩的；以及原本是閨閣身分，但因命運造化落入人口販子手中，最後成為薛蟠妾的香菱。香菱本也不會作詩，在第四十八回因緣際會跟著寶釵住進大觀園後，拜黛玉為師學起詩來，後也成為了詩社成員中的一份子；在第三十八回眾女賞菊作螃蟹詩時，更有「請襲人、紫鵑、司棋、侍書、入畫、鶯兒、翠墨等一處共坐。山坡桂樹底下鋪下兩條花氈，命答應的婆子並小丫頭等也都坐了，只管隨意吃喝，等使喚再來。」以及第六十二、六十三回女官們一同加入生日宴會，與眾人進行行令、調笑、玩鬧的場景，與沈宜修的家居式社團聚會中也有婢女參與的情況可互為印證。

在第四十二回中討論惜春作畫的內容樣式時，黛玉一句「母蝗蟲」便將位居下層階級的劉姥姥拉入了她們討論的話題，將這般「時事」納入談話對象更顯示出其詩社題材的即時性；四十五回探春主動邀不會做詩的王熙鳳前去擔任詩社的「監社御史」，雖說主要的目的是尋求其經濟援助，但是在第五十回時熙鳳竟也脫口而出一句「一夜北風緊」，令人刮目相看；四十八回加入了身世輾轉飄零的孤女香菱，從不會寫詩到積極向黛玉學習，其創作的態度令人感佩，使得她也得以加入詩社的行列。第四十九回更是出現了詩社成立後的高潮，加入了幾個有宗族關係的未嫁女性－－李紋、李綺、薛寶琴、邢岫煙，使得詩社的聲勢更為盛大；第五十二回更藉寶琴之口介紹了會寫漢詩的海上真真女的出場，使得這位跨種族、文化的角色

在書中顯現其重要的意義。

> 晚明的小品文大都取材於家庭瑣細之事，筆調輕盈而富於情
> 趣。……這種視線的內斂，也使他們對女性投予更多的關注目
> 光。……清代滿族入主中原，滿族中女子地位頗高，特別是未嫁
> 的女子在家中享有一定的特權，這在一定程度上遏止了社會上輕
> 視女性之風。[179]

　　曹雪芹家族身為滿族皇室的包衣，其對未嫁女性的重視應多少有受其
滿族思想的影響，但無論如何，生在十八世紀的他對於當時的女性對生命、
美好生活的熱情追求，為爭取正常社會地位的努力，是給予讚揚和肯定的；
而那些比較不能夠被世人所注意、記憶的未嫁女子（在仍以男性為尊的社
會中，出嫁的婦女較能夠因丈夫的名聲、夫家的地位而顯名於世），他以自
己的生花妙筆將她們給紀錄下來，為她們保有能夠被記憶的空間和權利，
故安排這些未出嫁的青春女孩子於大觀園中成立詩社，並有詩作的留存，
便如同太虛幻境中的諸司，都是被文字所紀錄下來、有文字可以流傳的，
藉以證明閨閣女性也可以因為寫作，而能夠成就不遜色於男性的不朽志業。

(二) 游於藝——園林中的遊藝行為

1. 男性文人與女性才媛的游／友道

　　孔子云：「志於道，據於德，依於仁，游於藝。」[180]在先秦時期，所
謂之「藝」為士大夫階級的讀書人所要學習的禮、樂、射、御、書、數
——謂之六藝，在學習「藝」的過程中得到如魚游水般的自得，自然而然

---

[179] 嚴明：《紅樓夢與清代女性文化》（臺北：洪葉文化，2003 年），頁 36。

[180] 《論語‧述而第七》，見程樹德著：《論語集釋》中冊，〈述而上　卷十三〉（北京：國立華
　　北編譯館，1943 年），頁 385。

便可增進自己的才德。學習與旅行的概念可以密切地結合在一起,「游」可指形體上的遊歷各地,也可指心靈上的優游自在,而在「游」的過程中習藝——後來便成為了一種休閒娛樂活動,不僅可以增進個人才德、擴展生活的品味風度,更可以達到一種怡然自得的心靈解放。

明代盛行的旅遊活動便是一種結合了遊與藝的休閒行為,而在旅行的過程中又強調了游伴／友伴的重要。如袁中道之《東遊記‧中冊,卷十三》:「其勢有不能久居者,家累逼迫,外緣倥傯,俗客溷擾,了無閒時,以此欲離家遠遊。一者吳越山水,可以滌浣俗腸。二者良朋勝友,上之以學問相印證,次之以晤言消永日。」[181]朋友在旅遊的過程中,可以達到增進學問的作用。

晚明是一個強調交友、重視交遊的時代,晚明士人的特色之一即是知識份子的集體性活動,藉由旅遊途徑進行四處遊學、或拜訪同氣相投的朋友、切磋思想學問或辯論等增進學術知識,最後以書寫遊記的方式紀錄下來[182]。他們出遊時常會呼朋引伴,對象多是同好的熟稔朋友或男性親屬,與人同遊能增加旅途中的遊興,且旅遊活動也實具有社交功能,成為詩社交會和官宦名流的聚會媒介[183],如徐有貞《雲巖雅集志》中提及相約登高者「凡吾詩社中人,皆可也。」[184]焦竑記載:「柯潛供職之暇,時偕二三知己,窮覽勝概,雅歌投壺,分韻賦詩,襟度豁如也。」[185]而在旅遊的過程中,士大夫也會極力發展自己一套獨特的旅遊理論,即所謂「游道」,為

---

[181] 【明】袁中道撰,錢伯城點校:《珂雪齋集‧卷十三》(上海:上海古籍出版社,1989年),頁563-564。

[182] 王汎森:〈日譜與明末清初思想家——以顏李學派為主的討論〉,《歷史語言研究所集刊》第19卷第2期(1998年)。

[183] 巫仁恕:〈晚明的旅遊風氣與士大夫心態——以江南為討論中心〉,收入熊月之、熊秉真主編:《明清以來江南社會與文化論集》,頁236-237。

[184] 【明】徐有貞:〈雲巖雅集志〉,收入【明】林世遠修,王鏊纂:正德《姑蘇志》(北京:書目文獻出版社據明正德元年嘉靖續修本影印,1988年),卷8,〈山上〉,頁11。

[185] 【明】焦竑:《玉堂叢語‧遊覽》(北京:中華書局,1982年),頁250-252。

了表明自己的消費品味，常以游道為名批評當時一般大眾之「俗」，以提高自己的高雅品格[186]。

　　至於明末清初的女性文人，也模仿男性交友的方式組成詩社，藉以用來聯絡感情和培養創作能力。高彥頤(Dorothy Ko)在其《閨塾師：明末清初江南的才女文化》一書中[187]，即將這些才女組成的詩社分成家居式、社交式和公眾式三類，「家居式」社團是最不正規的，主要成員為女性親屬，常於日常生活中的飯後或閒暇時期討論文學；「社交式」則是由有親戚關係的女性或遠方的朋友所組成，但是此類社團也是不正規且不張揚的，為「家居式」和「公眾式」兩種社團的中間過渡。另一種結社為「公眾式」社團。因為它為社團中的女性結集出版詩詞創作，藉以達到文壇上的聲望以及公眾化，並因此吸引更多從四面八方而來的才女名媛，甚至也有其他男性文人的加入。而且這種類型的詩社有些有自己正式的名字，如蕉園七子、吳中十子等。《紅樓夢》中的海棠詩社則較屬於社交式。而無論是哪一種類型的詩社，其共通點都著重在女性情感與智力的表達，成員對詩歌和文學都有一定程度的熱愛，但是女性詩社的出現則較侷限於上流社會以及較富庶的城市地區。王力堅也指出，清代才媛的交流主要是為了促進文學才藝的進步和彼此思想感情的融會，而且門戶劃限的意識十分淡薄，有利於這些名女才媛對文學創作的團結和發展[188]。而嚴明更闡明，在這些詩社中女性文人可以進行高層次的精神交流，帶來相對平等的人際關係，且「增加了兩性之間有共同進行交流的機會，對改變女性的社會形象和提高女性的社會地位起了潛移默化的作用。」[189]

　　如前文所述，曹雪芹在《紅樓夢》中所建立的海棠詩社，便是一種打

---

[186] 巫仁恕：〈晚明的旅遊風氣與士大夫心態——以江南為討論中心〉，頁245。

[187] 〔美〕高彥頤(Dorothy Ko)著，李志生譯：《閨塾師：明末清初江南的才女文化》，第五、六章。

[188] 王力堅：《清代才媛文學之文化考察》，頁240。

[189] 嚴明：《紅樓夢與清代女性文化》，頁49。

破門戶之見、上自夫人下至丫環都可以參與詩社的活動，一同切磋詩藝和增進感情交流，他打破了詩社成員定是閨閣才女的律例，將女性詩社的範圍擴展到跨階級／跨文化／跨種族的新意涵，證明了他具有先知先覺的獨到眼光。

2. 遊與藝蘊含的美感經驗以及感傷基調

古典園林的建造，即是為了營造一個可遊可居的人文活動空間，園林由賞玩自然到模擬、再現自然；從山水客體的遊賞到文人主體的寄寓，因為人的建造與介入使得園林具有社會性、文本性及生命性三種空間[190]。園林不僅可以作為社交聚會的場所，更可以藉由遊者的文字書寫紀錄下轉為紙上園林的另一種遊賞形式，正因為在造園之初即已宣告它終究必然導向破敗的命運——敵不過時間的摧毀和流逝，故以文本形式作為紀錄即是園林得以被後人所記憶的重要媒介。

此外，在為園林的命名過程中，園主個人的主觀意識即融入客觀的名字之內，使得園林具有了反映園主生命隱喻的重要象徵；此時的園林便再也不是客觀的園林，而成為了與園主以及遊者主客共融的生命整體。如張淑香曾經指出，花園作為杜麗娘接受情慾啟蒙與出發冒險以及回歸的關鍵空間，是她內心世界的中心，一個完成自我靈魂內在成長的地方[191]；而《紅樓夢》中的大觀園，其居處擺設與入主其中的女兒們息息相關，大觀園的生命更是與這些女兒們、甚至整個賈府命運的榮枯興衰有著極緊密的連結關係。

自二十三回元妃正式下令使寶玉以及眾金釵女兒們入主大觀園後，其裡頭的遊賞活動中即以探春之海棠詩社的發端最為興盛，後雖有黛玉的桃花詩社作為接棒，但此時賈府家運已逐漸顯現衰敗的跡象，黛玉雖欲力挽

---

[190] 曹淑娟：《流變中的書寫——祁彪佳與寓山園林論述》（臺北：里仁書局，2006 年），頁 7-14。

[191] 參見張淑香：〈杜麗娘在花園——一個時間的地點〉，收入華瑋主編：《湯顯祖與牡丹亭》（上）（臺北：中央研究院中國文哲研究所，2005 年），頁 259。

狂瀾畢竟已經後繼無力。海棠詩社自三十七回起,至六十三回詩社的成員還有活動(為寶玉、平兒、寶琴及岫煙慶生)外,接下來要到了第七十回黛玉等人說:「咱們的詩社散了一年,也沒有人作興。」才得知大約就是在寶玉生日的時期海棠詩社就已經荒廢了。

在這約二十七回的篇幅中,不時可以發現海棠詩社成員們活躍的紀錄,如三十七回的詠白海棠詩,四十回的詠菊、詠螃蟹等,都是詩社成員進行詩詞創作活動的呈現。另四十回的宣牙牌令、四十八回香菱學作詩、五十回的聯詩及春燈謎,以及六十二、六十三回為寶玉等人祝壽時所玩的酒令、鬥草以及擲花籤,而尤以花籤活動與眾女的性格及命運極為相關。如寶釵牡丹籤之「任是無情也動人」,探春的「日邊紅杏倚雲栽」,黛玉的「莫怨東風當自嗟」等,呼應了第五回太虛幻境的判詞,都具有預示她們未來命運的作用。這些遊戲的做法「表面上看,是逞其美才,以感他人,但其『遊戲』文字的態度,打破詩學『常規』的用心,既重視直觀之美,又強調索解之奇,更能容納多元的解讀,在在顯示出女性詩人對話策略的運用與解構詩歌語言的意圖,讓詩的呈顯方式深具女性特質,成為更貼合自身情意的符徵,以創造不同的評鑑標準。」[192]曹雪芹以一種遊戲的創作態度,化身為女性詩人在文本中進行遊戲,並在作品中摻入了「詩讖」元素,使得文本結構前後呼應相連,喚醒了讀者對這些角色在第五回中的命定形象,並藉由這些遊戲找回閱讀文本過程中所凝聚的記憶,再一次為這些女性的不幸命運作出串聯,使得這些看似歡樂的遊藝活動中其實深深涵蘊了整部文本所欲透露出的感傷基調。

另外在七十六回湘雲和黛玉的聯詩之中,則又再一次強調了這種感傷基調。

七十六回在整個賈府的中秋賞月中,其實已經隱隱顯現出了整個家族

---

[192] 蔡瑜:〈從對話功能論唐代女性詩作的書寫特質〉,收入淡江大學中國文學系編:《中國女性書寫──國際學術研討會論文集》(臺北:臺灣學生書局,1999年),頁124。

即將要步入衰亡的預兆。自抄檢了大觀園後，司棋被逐、寶釵搬離了大觀園，一旁本是為了增興的笛音也不免奏出悽涼寂寞的旋律，使整個原是熱鬧團圓的過節氣氛漸漸被傷感的情緒所包圍，似乎先驗性地為這個家族即將面臨到的命運而哀悼。爾後湘雲與黛玉因為還未入寐，便興起了遊園聯詩的念頭。兩人在遊（遊園的空間移動）與藝（詩詞的藝術創作）的相互交映中再度為園中薄命的女兒們進行詩性上的救贖。大觀園為人間山水的縮影，事實上湘雲和黛玉也正進行著一場創作山水詩的藝術過程。

聯詩中的前段由「三五中秋夕」始，直到「吟詩序仲昆」，呈現的是一派熱鬧歡樂的景象，正可應驗了賈府過去，尤其是元春被納為皇妃後一副烈火烹油的繁華似錦的榮光，但是自「酒盡情猶在」句後，整首聯句詩的氛圍便急轉直下，進入了蕭條悽清的衰落氣韻內，正對稱了此時雖為中秋夜但賈府卻面露衰敗之氣的運勢。最後在妙玉的制止下，整首聯詩戛然而止，其「寒塘渡鶴影，冷月葬花魂」句成為絕唱。對於「冷月葬花魂」句，康來新就版本的不同而有所詮解：

> 庚辰本引文中最讓一般程本讀者所感到不習慣的：一是十二女伶之一的「葯」官，二是凹晶館聯句中的「冷月『葬』花魂」。……至於「花」魂，則又是有花→死的形誤訛抄在先，又有死→詩的音誤訛傳在後，於是終而為程本的「冷月葬『詩』魂」。從詩學來看，「花」對「鶴（寒塘渡『鶴』影）」，自然較「詩」對「鶴」為妥；再以黛玉寫詩用語的習慣看，「花魂」亦是她偏愛的用語之一；三就文學象徵意義來探究，「花」則是一貫了全書最重要的喻意——三春去後，眾芳蕪穢→冷冷的月光埋葬了花朵的靈魂→無情的歲月扼殺了少女的肉體與靈魂。[193]

---

[193] 康來新：《石頭渡海——紅樓夢散論》（臺北：漢光文化，1985年），〈說「不可說」——序「石頭渡海」〉，頁16。

其冷月代表的是無情殘酷的外在現實,而「葬」字更是以死來預告園中眾多如花般清淨女兒的薄命命運,此句不僅突顯了黛玉的作詩用字風格,更是揭露了現世的殘酷現實。黛玉在文本前段中已具有花神姿態先驗性地為薄命女兒留下欲被土所固著、不願被水所污染的記憶想望,此刻的聯句又藉由行旅的過程再度呼應了前葬花的目的——為薄命女性的殞落做出預先性的心靈救贖,而妙玉這位謄寫詩歌之人的出現,正是以一見證者的身分為此次湘、黛遊藝的過程留下紀錄,間接性地加入了黛玉的葬花行列,同為園中薄命的女性進行被後人記憶的救贖行為。

因為與快樂並舉,悲哀就顯得特別明顯且巨大;因為人生如旅,充斥著對悲痛生命的隱喻,使得看似快樂的出遊行為其背後更隱含著巨大無限的悲痛。曹雪芹在前八十回內的尾端以湘、黛的遊藝與妙玉的謄錄作結,再次連結了太虛幻境中被收藏保存的記憶簿冊,以及眾女性藉由創作行為來寄寓她們欲流傳後世、被後人所記憶的想望,達到第一回中所強調的「**使閨閣昭傳**」的救贖目的。

(三) 性別的移動性——仿文士之扮裝與收藏

「女人識字,便有一種儒風。」[194]明清時期因女性的讀書識字率提高,使得才女現象越來越明顯。但因傳統以來文學總是以男性的規範掛帥,女性還未能從男性的話語主導權內發展出屬於自我性別意識的創作風格,故只能遵循著男性所鋪設的範式而進行仿效,甚而模仿起男性文人的生活方式以及態度,無論是自覺或是不自覺的,男性中心社會的價值觀早已在女性的生活中根深蒂固,一時之間難以去除。而明清女詩人所表現出的一種「名士化」傾向,諸如仿效男性的吟詩填詞、琴棋書畫、談禪說道、品茶養花、遊山玩水等休閒情趣的賞好,以及對寫作所採取的自發性、消閑性與分享性,這些價值觀也深受男性影響,形成了一種風格上「男女雙性」

---

[194] 【明】衛泳:《悅容編·博古篇》,收入《筆記小說大觀》第五輯第五冊,頁 2775。

（Androgyny）的現象[195]。而六朝謝道韞所散發出一種盛極一時的名士風度——林下風氣，也是明清才女所嚮往並隨之模仿的樣態。

在紅樓女性中具有「性別扮裝」描寫的無疑是湘雲以及探春。湘雲一派天真爛漫的嬌憨形象使得她的男裝並不十分具有狹義的扮裝用意——為了能夠躋身於男性的生活圈，與男性平等對話，而更多時候只是顯現她扮裝後的趣味性以及喜好，是一種僅限於外貌上的扮裝。而儘管她的性格爽朗豪邁也深具名士風氣，但她的表現只能讓人相信這種性格是自她天生帶來的氣稟使然；探春雖不在外貌上進行性別的扮裝轉換，但是其內心欲成為男兒的想望頻頻在其生活中不斷湧現，且在她的詩詞作品以及居室的擺設收藏上均可看出她模仿男性文人生活樣貌的文人化姿態。故於此由深具性別移動轉移意義的扮裝行為，展現扮裝在湘雲以及探春身上具有何種不同意涵。

1. 湘雲之性別扮裝：一種趣味性的表現

在明末張岱之《陶庵夢憶・牛首山打獵》中，可以得見文人攜妓出遊時女性的衣著打扮。在張岱所記述的打獵活動中，名妓身著「大紅錦狐嵌箭衣、昭君套，乘款段馬」[196]，儼然一派男性姿態。當時，男女服飾相混仿是一種流行風尚[197]，女性愛著男裝受外在風氣的影響下或是因為出外行動方便，在內在心理上也隱含著女性對於扮裝男兒的變性想望。而明清婦女的流行服飾，則多由妓女開始發為流行風潮，如明人范濂（1540-?）《雲

---

[195] 參考〔美〕孫康宜(Kang-i Sun Chang)：〈走向「男女雙性」的理想——女性詩人在明清文人中的地位〉《古典與現代的女性闡釋》（臺北：聯合文學，1998 年），頁 74。

[196] 【明】張岱：《陶庵夢憶・牛首山打獵》，收於張岱、冒辟疆、蔣坦、陳裴之：《陶庵夢憶、影梅菴憶語、秋燈瑣憶、香畹樓憶語》（臺北：新文豐出版公司，1982 年），頁 27。

[197] 【明】郎瑛：「今婦人之衣如文官，其裙如武職，而男子之制迥殊於此，是時制耶？」見【明】郎瑛：《七修類稿・卷九・國事類・衣服制》，收於《筆記小說大觀》第三十三編（臺北：新興書局，1983 年），頁 147。

間據目鈔》:「女裝皆踵娼妓,則難為良矣。」[198]談遷(1594-1657)的《棗林雜俎‧和集‧女飾》引安陽《張氏風範》云:「弘治、正德初,良家恥類娼妓。自劉長史更仰心髻效之,漸漸因襲,士大夫不能止。近世冶容尤勝於妓,不能辨焉。風俗之衰也。」[199]又清中葉金安清之《水窗春囈‧卷下‧蘇州頭》所感嘆:「婦人粧飾皆效法蘇州,蘇州則又以青樓中開風氣之先。」[200]可見江南地區女性的流行妝飾,都先由青樓女子開風氣之先,而又以名妓的服裝穿著為引領風潮者。故明清才媛有著男裝之風,實與跟隨潮流、仿效青樓女子之行為大有關係。而中國自古也不乏有女性裝扮為男性的紀錄,但是仍以明清時期蔚為風潮。

> 「社會性別」是相對於「生理性別」或「生物性別」、「自然性別」而提出的概念。生理性別是男人女人生理上的差異,身體構造的不同;而社會性別是指由社會形成的男性或女性的群體特徵、角色、活動及責任,是社會對兩性及兩性關係的期待、要求和評價。[201]

生理性別在時代風氣的壓抑之下無法隨性自主地改變顛覆（例如採取變性手術）,但社會性別則是會隨著時代風氣的不同而予以改變。巴特勒(Judith Butler)主張:變裝(drag)全然顛覆內部和外部心靈空間的區分,有效嘲諷性別的表達模型以及真實的性別身分概念。……在模仿性別時,變裝

---

[198] 【明】范濂:《雲間據目鈔》,收於《筆記小說大觀》第二十二編,卷二,〈記風俗〉,頁2a。

[199] 【明末】談遷:《棗林雜俎》,收於《叢書集成續編》第 214 冊,文學類,瑣談(臺北:新文豐出版公司,1989 年),頁 229。

[200] 【清】歐陽兆熊、金安清撰,謝興堯點校:《水窗春囈》(北京:中華書局,1997 年),頁79。

[201] 王鳳華、賀江平等著:《社會性別文化的歷史與未來》(北京:中國社會科學出版社,2006年),頁 24。

隱約地揭露了性別本身的模仿結構——以及它的隨機性[202]。藉由扮裝行為，可以任意游移於雙性的性別界線之上並加以反諷，隨機展現自身對於性別的模仿行為；可以因扮裝而達到轉換性別角色的目的，也可以因為趣味性而進行扮裝表演。

紅樓金釵中史湘雲的扮裝橋段便呈現了一種趣味性的表演方式。

在第三十一回中，史湘雲帶著許多丫環、媳婦來賈府住幾天玩，從寶釵記憶回溯中呈現了一幅湘雲著男裝的淘氣模樣：

> 寶釵一旁笑道：「可記得舊年三四月裏，他在這裏住著，把寶兄弟的袍子穿上，靴子也穿上，額子也勒上，猛一瞧倒像是寶兄弟，就是多兩個墜子。她站在那椅子後邊，哄得老太太只是叫『寶玉，你過來，仔細那上頭掛的燈穗子招下灰來迷了眼』她只是笑，也不過去。後來大家撐不住笑了，老太太才笑了，說『倒扮上男人好看了』。」

又四十九回在商議起詩社的活動中，湘雲的穿著：

> 一時史湘雲來了，穿著賈母與她的一件貂鼠腦袋面子、大毛黑灰鼠裏子、裏外發燒大褂子，頭上帶著一頂挖雲鵝黃片金裏、大紅猩猩氈昭君套，又圍著大貂鼠風領。黛玉先笑道：「你們瞧瞧，孫行者來了。她一般的也拿著雪褂子，故意裝出個小騷達子來。」湘雲笑道：「你們瞧瞧我裏頭打扮的。」一面說，一面脫了褂子。只見他裏頭穿著一件半新的靠色三鑲領袖秋香色盤金五色繡龍窄褃小袖掩衿銀鼠短襖，裏面短短的一件水紅裝緞狐肷褶子，腰裏

---

[202] 〔美〕朱迪斯·巴特勒(Judith Butler)著，林郁庭譯：《性／別惑亂：女性主義與身分顛覆》(*Gender Trouble: Feminism and the Subversion of Identity*)（苗栗：桂冠圖書股份有限公司，2008 年），頁 212-213。

緊緊束著一條蝴蝶結子長穗五色宮條,腳下也穿著麀皮小靴,越
顯得蜂腰猿背,鶴勢螂形。眾人都笑道:「偏她只愛打扮成個小子
的樣兒,原比她打扮女兒更俏麗了些。」

　　一般所認為的性別扮裝,即將焦點置放在男/女性別因身心無法達到
一致而希冀藉由扮裝行為來調和適應的一種過程,如蔡宜蓉所云:

　　透過「女扮男裝」的轉換過程,突破性別身分的限制,才能成就
理想中的模樣。透過服飾的掩飾性,在服飾之上,身屬男,心屬女;
然而在服飾之下,實是身屬女,心屬男。身心無法達到協調一致的狀
態,如何調和適應,才能成功掩飾性別身分,完成其扮裝目的?就此
而言,針對服飾觀和身體觀所表現出的層面,便是在「女扮男裝」主
題下可以進行討論的重點。[203]

　　但是由以上兩段引文湘雲的變裝行為看來,實所代表的意義並未如同
一般所認定之較狹義的概念,而是可以以更為寬泛的角度去看待湘雲藉由
扮裝而達到的一種興趣愛好、好奇好玩以及趣味性的表現。如王志弘所云:
「扮裝(transvestism or cross-dressing)這個概念,指男著女裝或女扮男裝,
通常是用在指稱心理上獲得快感的癖好,但是也常擴大為指涉一切生物性
別(sex)、文化性別(gender)與外貌(appearance)之間的不一致現象,包含了
個人的癖好、舞台的表演與同性戀次文化等,涉及種種複雜的現象。」[204]
　　湘雲愛說話的聒噪性格,以及四十九回的烤生鹿肉事件,都表現出她
天真率直的性格表現,「是真名士自風流」不僅代表了她在人格特質上所表
現出的一種任性恣情的豪邁表現,也呈顯出她不刻意扮裝而達到扮裝效果

---

[203] 蔡宜蓉:《明末清初「女扮男裝」故事研究》,(桃園中壢:元智大學中國語文學系研究所
　　碩士論文),2009年。頁14。

[204] 王志弘著:《流動、空間與社會　王志弘1991-1997論文選》,〈速度的性政治　穿越移動能
　　力的性別區分〉,頁219。

的天生自有的「名士化」風格。在男／女的性別身分轉換之間，她能夠更遊刃有餘地進行移轉而不漏痕跡，其著男裝的扮裝動作是一種孩子氣的興趣癖好，透露出一種純真生活方式的趣味性。

2. 探春之性別操演：「才女名士化」的現象陳述

孫康宜(Kang-i Sun Chang)指出：明清時期「正當男性文人廣泛地崇尚女性詩歌之時，女詩人卻紛紛地表現出一種文人化的趨向，無論在生活的價值取向上或是寫作的方式上，她們都希望與男性文人認同，企圖從太過於女性化的環境中擺脫出來。」[205]如金蕊〈謝李夫人書〉中對李夫人居所的描繪：「愚姊妹登山攬勝，過候興居，結構出自新裁，點綴尤繞餘韻；且明湖照映，綠樹參差，淨几無塵，琴書滿架，誠閨秀而兼名士者矣。」[206]十二釵中的探春即是符合了這種時代風氣中「才女名士化」的特點。

第三回從黛玉的眼中，可以得知探春的外貌是「削肩細腰，長挑身材，鴨蛋臉面，俊眼修眉，顧盼神飛，文彩精華，見之忘俗。」入住大觀園後其居室取名為「秋爽齋」，三十七回取在詩社中的別號時由「秋爽居士」改為「蕉下客」，都與她自身所具有的名士氣度有所映襯和呼應。另外在四十回劉姥姥逛大觀園，並參觀了各個女孩子的住所時，探春的秋爽齋擺設是：

> 鳳姐兒等來至探春房中，只見她娘兒們正說笑。探春素喜闊朗，這三間屋子並不曾隔斷。當地放著一張花梨大理石大案，案上磊著各種名人法帖，並數十方寶硯，各色筆筒、筆海內插的筆如樹林一般。那一邊設著斗大的一個汝窯花囊，插著滿滿的一囊水晶球的白菊。西牆上當中掛著一大幅米襄陽《煙雨圖》，左右掛著一

---

[205] 〔美〕孫康宜(Kang-i Sun Chang)：〈明清文人的經典論和女性觀〉，《文學經典的挑戰》（南昌：百花洲文藝出版社，2002年），頁91。

[206] 見【清】金蕊：〈謝李夫人書〉，收入【清】陳韶輯：《歷朝名媛尺牘（卷下）》，北京大學圖書館藏清前澗浦氏刻本。收入儲菊人校訂：《古豔情書》（上海：中央書店，1947年），頁34。

> 副對聯，乃是顏魯公墨跡，其詞云：
> 煙霞閑骨格　泉石野生涯。
> 案上設著大鼎。左邊紫檀架上放著一個大觀窯的大盤，盤內盛著
> 數十個嬌黃玲瓏大佛手。右邊洋漆架上懸著一個白玉比目磬，旁
> 邊掛著小錘。

　　其喜「闊朗」的性格，以及不曾隔斷的屋子，都與她的「秋爽」有所
對應，具有如六朝謝道韞林下風的散朗氣韻；案上的法帖、寶硯、筆筒和
多如樹林般的筆都是具有文人化的擺設性格。菊花之花季在百花凋謝的深
秋，探春房內一囊水晶球般的白菊不僅是室名「秋爽」的形象化，更因為
自陶淵明以來所賦予在菊花上，象徵有德君子潔身自好、飄然出塵的高尚
人格，突出了探春在眾金釵中的不俗形象，如冥飛所云：「探春心靈手敏，
作者寫來恰是一極有作為之人，然全書女子皆不及也。」[207]另外在洋漆架
上的白玉比目磬，不僅以玉質來突顯其有德君子的品格，更因為磬乃一種
樂器，用於歷代帝王、統治者的各種政治禮儀中的樂隊演奏，成為了象徵
高階身分地位的禮器，又可作為在佛寺中為集合寺眾而敲擊的用具，故磬
在此即代表了一種絕對公正的權威性，更預示了日後她將擔任與寶釵、李
紈替鳳姐掌家的重要工作。

　　除了探春富有君子之風的居處擺設外，她喜愛收藏的東西也極具名士
風範。如第二十七回她向寶玉要求，要他在出門時替她帶一些「好字畫書
籍、卷冊，好輕巧玩意兒」等一些「樸而不俗、直而不拙者」，足見她具有
男性欣賞角度的品味。明代中後期以來，經濟的發展推動了鑑賞風氣，而
又以江南地區為大盛，收藏與鑑賞風氣成為一種崇高生活與品味的代稱，

---

[207] 冥飛等：《古今小說評林（節錄）》，見一粟編：《紅樓夢卷》第二冊（北京：中華書局，
　　 1963 年），頁 639。

代表著古人賞玩和審美的藝術風格和眼光[208]。

　　而在之後她替鳳姐掌管了家務後，黛玉對她的評價是：「你家三丫頭倒是個乖人，雖然叫他管些事，倒也一步兒不肯多走。差不多的人早就作起威福來了。」（六十二回）探春的「用之則行，舍之則藏」，謹守本分不踰矩的處事態度，更是承繼了傳統儒家思想對君子士大夫的品格要求。

　　除了性格上、生活上的美學追求在在都顯示著探春具有名士風格的不凡品味外，在她的詩詞創作中也常常顯現具有雄性意識的內容，如三十八回的〈簪菊〉一詩：

　　瓶供籬栽日日忙，折來休認鏡中妝。長安公子因花癖，彭澤先生是酒狂。
　　短鬢冷沾三徑露，葛巾香染九秋霜。高情不入時人眼，拍手憑他笑路旁。

　　其中引用了彭澤先生陶淵明之典，符合了自古以來將陶淵明與菊花並舉而稱的出塵君子形象；而「酒狂」、「短鬢」、「葛巾」以及最後兩句的用語，明顯地具有士人之作的風範，一掃女性作詩的閨閣習氣。在三十七回探春遞給寶玉的起社花箋上，其遣語用字如「雄才蓮社」[209]、「東山之會」[210]、「棹雪而來」[211]的用典，加上對「獨許鬚眉」的不平之氣以及「讓余

---

[208] 金炫廷：〈明代中後期文人的繪畫收藏活動〉，《逢甲人文社會學報》第 17 期(2008 年 12 月)，頁 2。

[209] 東晉慧遠曾在廬山東山寺創立雄才蓮社，邀約劉程之等一批名儒參與，號稱十八賢。

[210] 晉代謝安曾隱居東山，會聚風雅名士，見《晉書·卷七十九列傳第四十九·謝安》：「（謝安）寓居會稽，與王羲之及高陽許詢、桑門、支遁遊處，出則漁弋山水，入則言詠屬文，無處世意……時會稽王道子專權，而姦諂頗相扇構，安出鎮廣陵之步丘，築壘曰新城以避之。帝出祖於西池，獻觴賦詩焉。安雖受朝寄，然東山之志始末不渝，每形於言色。」【唐】房喬（玄齡）撰：《晉書》，收於《景印文淵閣四庫全書》（臺北：臺灣商務印書館，1986 年），頁 302、304。

脂粉」的豪氣態度，都顯現了她身具六朝名士神清闊朗的倜儻質性。

「清代才女卻通過『模擬男性』來撫慰及調節自己性別遺恨的心理。普遍的做法是模倣文人名士的生活方式。……清代知識女性往往由於女性的社會性別(gender)受壓抑，而不由自主地對自己的生理性別(sex)產生怨恨的情緒並企望躋身男性行列。」[212]此種遺恨心理在探春身上以及言詞中不時展現。探春身為庶出，而其母趙姨娘之為人又是她所深以為悲慚且不齒的，故她希冀能脫卻女身，藉由心理上性別轉移的方式以成為能夠伸展抱負的權力男性。「扮裝的女人想要有陽性特質，以便以男人身分和男人們進行公共對話。」[213]在女子受教育程度提高的清代，女性對於自身命運的思考以及警覺都比歷代來得深刻且明顯。探春在文本中不時展露出的「性別遺恨」心理，正是一種對自己的生理性別怨恨並希望能躍入跨越性別界線的社會性別的不平表現。如美國學者蕭瓦爾特(Elaine Showalter)所云：「她被要求認同一種與她相對的自我，她被要求反對她自己。」[214]也正如第五回她的判詞所揭示的：「才自精明志自高，生於末世運偏消。」以及五十五回她為了反駁其母趙姨娘脫口而出的內心願望：「我但凡是個男人，可以出得去，我必早走了，立一番事業，那時自有我一番道理。偏我是女孩兒家，一句多話也沒有我亂說的。」

探春不似湘雲，進行一種外貌上的、不經意性地好玩的扮裝行為，而是氣質品格上由內而外、由內在自覺性生發的進行男性扮裝的性別移動行為。湘雲雖然自幼父母雙亡，但基本上並不十分產生如探春般明顯的「性別遺恨」心理；探春因鄙夷其母趙姨娘趨炎附勢，以及常懷嫉妒之心的利

---

[211] 《世說新語》中王子猷冒雪「夜乘小船」訪戴安道事。王子猷訪友（任誕第二十三）。見余嘉錫：《世說新語箋疏》，頁633。

[212] 王力堅：《清代才媛文學之文化考察》，頁39。

[213] 〔美〕朱迪斯·巴特勒(Judith Butler)著，林郁庭譯：《性／別惑亂：女性主義與身分顛覆》(Gender Trouble: Feminism and the Subversion of Identity)，頁83。

[214] 引自〔美〕喬納森·卡勒(Jonathan Culler)著，黃學軍譯：〈作為婦女的閱讀〉，張京媛主編：《當代女性主義文學批評》（北京：北京大學出版社，1992年），頁53。

益心態，使得探春不時欲脫離其母女的血緣關係而欲求向外高飛，但又因
身為女性而無法使自己的理想實現，故僅能以一種「才女名士化」的假想
扮裝來完成內心無法達成的渴望。

結　語
當女性「在路上」

> 他雖然不是我們的人，但他是向我們走來的，正是這樣走來的時
> 候他倒下去了，可是他那感情機動底結果卻是我們這時代的一個
> 最重要的作品，他的詩……是會永遠存在的。[1]

　　托洛斯基此語，足以涵蓋此書所主要訴說的意義——在《紅樓夢》中，
這些不同階級、不同身分的女性，因著不同或相同動機出發向我們走來，
儘管有些女孩子在半途中不幸地夭折了，但是她的感情會被保留下來、其
他人會因為紀錄她而使得她得以被記憶而能永恆存在。生理上有形的軀體
消亡後，會以另一種形上之形式永恆不滅於這個世界，這便是書寫的意義
所在。

　　人生如旅，曹雪芹在《紅樓夢》中不只鋪陳了華美的絢爛的朱樓一夢，
更藉著那些流離到此處又輾轉到他處的女孩子們的生命，揭示了人生的華
美與蒼涼。曹雪芹寫出女性所代表的各種面向與處境、階級與生活範圍，
分別為她們鋪設進入大觀園的動機和原因，而不停反問：

　　大觀園（這個世界）中有什麼是這些女性所要追求的？

---

[1]　〔俄〕托洛斯基(俄语：Лев Давидович Троцкий，1879-1940)著，惠泉譯：《文學與革命》，頁
　　107-115。轉引自王德威：《現代抒情傳統四論》（臺北：國立臺灣大學出版中心，2011 年），
　　頁 76。

大觀園（這個世界）提供了什麼是這些女性所可以追求的？

在大觀園這個代表虛幻的女性烏托邦世界內，我們看到了她們可以盡情展現自己、可以主動地表達自我意識——無論是對情愛的渴求、對興趣的執著、對世界的期待與感懷，而更重要的是——為了追求不朽的意義。女孩子們在旅行的過程中，藉著自己／他人的書寫而為自己／他人的行動留下紀錄，達成希冀被記憶的渴望，於是，女孩子的一切行動便被賦予了更深一層的意義，藉由她自己可以證成自己，更可以擴大為群體而證成別人，這便是曹雪芹費心安排這些女性的移動所欲帶給讀者的背後主旨。

於是乎，本書從三大方面分別列舉了這些女性的移動動機而各作闡述，而無論是被動的流離、主動的出遊，甚至是被用以作為男性遺民的代言，其背後都可歸納至同一個目標——以書寫達成記憶，在寫作／口述的當下，她手中的筆以及說出的語言便不再只是形而下的物質和溝通媒介，甚而可以昇華為擁有形上神性，以救贖那些不被記憶的群體。於是我們有了說故事的人，並擁有了得以傳承後世的不朽故事。

首先從「女子有行」出發，將「行」從《詩經》中對女子出嫁的品行要求等儒家期待釋放出來，還諸它原本移動的意義，更為寬泛地指涉了女性可以移動的任何可能動機。此處主要闡析身為薄命女的流離狀態，以及在出嫁／出家的選擇中所可能提供的各種意涵。在文前先爬梳了歷代因出嫁而流離的名女性們之遭遇，最後導向《紅樓夢》中的女兒們，以香菱本為閨閣千金卻因一場命定的意外而導致顛沛流離的命運作為開端，成為了全天下流離女性的象徵角色；後闡釋也是身為薄命女的黛玉，探討她在移動的過程中所可能自主生發的自我意識、確立自我生存空間，以及為了追求「知音」的想望——此一想望為全體人類所共存的潛意識。更因為她對物／我流離生命的悲憫，故作者賦予她一種先驗性的神性行為，藉著她的葬花先行為這些大觀園內的薄命不幸女性進行救贖；而後引到寶釵之冷香丸，以埋至梨花樹下的固著行為來安置這些不幸的顛沛靈魂，因此兩人均

具有庇祐女性的女神象徵。後討論出嫁／出家的元春、惜春等人，藉著她們自主／被迫的移動行為，討論她們在移動過程中的選擇以及不自主流露出被社會風氣壓制下的個人意識，例如以婦學為服膺的李紈，便在大觀園內其中未嫁女兒的引領下找回了同樣身為青春女兒的天真個性與執著。

最後列舉在當時階級身分明顯，以及重視娛樂的時代風氣下，那些為了上層社會的享樂而被迫犧牲的底層女性的景況，如齡官、芳官等人。她們在為上流社會服務的同時，並不因為身分階級的不同而有任何一點願受屈服的奴性。她們流離至大觀園這個神性化的女兒國後，其自身獨立不屈的性格便明確地呈現出來，為權勢者所加諸在她們身上的不公不義進行了天翻地覆的抗爭。雖然最終仍逃不過封建時代對她們所進行的種種壓迫和威脅，但她們至少都曾經在自己的移動過程中為其他不幸薄命的下層女兒們進行反抗及發聲。

第二篇藉由劉姥姥、真真女與薛寶琴三種不同身分的女性，揭示了《紅樓夢》所具有的未來前瞻性。劉姥姥以一「三姑六婆」身分，進行了自由度甚高的穿街走巷行為，本是以「打抽豐」為契機而進入大觀園的她，竟陰錯陽差成為了傳遞故事的「說故事的人」，並成為了這些身居內闈的閨閣夫人們的娛樂來源。劉姥姥身上所具有的三姑六婆特性，不僅為上層社會的女性帶來娛樂及紓解心情的效用，更因她在大觀園中的走訪行為，展現了賈府身為現代博物館的形象表徵，為小說揭示了現代性——預先告知了平民階級得以參與藝術並欣賞藝術的一種雅俗併混的時代意義。

爾後從十五、六世紀大航海時代的地理背景出發，延伸至曹雪芹所置身的十七、十八世紀的國際化商貿活動，藉以討論僅在五十二回中曇花一現的真真女所具備的重要身分和意義。真真女的出現，不僅表述了曹家身為織造府官員的特殊地位，更證明了當時對西方各國採取朝貢貿易的國家政策，尤甚者還因為真真女的穿著打扮以及令人刮目相看的製作漢詩行為，體現了當時因為海上貿易而間接達到的異國文化的交融景況。真真女以一女性身分進行海上歷險，此舉更具有時代意義——因為直到晚清才有

呂璧城等女性的遊學出走，海上真真女預先提示了未來謹守深閨的女性有
自主出走海外的跨國想像。

最後是薛寶琴身為女性的獨到眼光。寶琴在書中的重要性不僅是揭露
了她與海上真真女的異國會面，此一藉由商貿活動而進行的會晤無疑具有
一定程度的時代意義。再者她以皇商女的身分進行了古蹟巡禮之遊，對前
朝歷史的緬懷使得她創作了懷古詩以代表遊記並傳承下來。雖以自古即有
的男性進行詩詞創作的既定體裁為模範，但是她在詩詞中所展現的自主意
識得以超出男性權力話語之下的浸淫沉溺，以反思的態度對古蹟進行重新
詮釋。更甚者於最後兩首還加入了小說虛構的地點要素，使整部十首套詩
從僵化的思古懷古的氛圍中解放出來，而回歸到《紅樓夢》大旨談情的最
終主旨——以桃葉、楊妃、鶯鶯、麗娘等有情女性為主要題材，併入了懷
古體式的詩詞範例，由此更顯出了「情」之跨時代、跨地域的普世意義。

第三篇由方興未艾的索隱出發，探討文本中所隱含的遺民情結。曹雪
芹雖未親歷實境參與了鼎革之際的甲申之變，但是經由家族交往以及後記
憶的氛圍中仍可進行具有遺民情結的文學創作，將悼家族與悼前朝進行結
合，使得《紅樓夢》具有如孔尚任之《桃花扇》的遺民意識，並以書中流
離女性的形象為這些也經過了時代變遷而流離的遺民們賦以同情和感懷的
療癒。

此篇第三部分則將秦可卿之身分地位昇華至記憶女神的神位階級，以
太虛幻境中所貯藏的部冊作為對普天之下所有女性——甚至可說是明末遺
民們的身世譜牒，不僅達到了收藏管理的目的，也因為這些檔案而使得這
些沒沒無聞的邊緣女性——政權體制外的邊緣遺民們進行紀錄與再記憶，
由此這些檔案的歸納與整理便具有了使之被記憶的療癒效用。

最後兩節則是從明清承繼的角度，探看青樓／閨閣之分野以及「才女
文士化」的時代特徵。清代女性不僅繼承了類同於明代士大夫及女性才人
的遊藝活動，且因為受教育程度的提高而逐漸產生女性自有的獨我意識，
使得「性別遺恨」在「才女文士化」的表徵中逐漸明顯地展露出來。在蔚

為時代潮流的遊園活動之下，湘雲、黛玉及妙玉在聯詩以及作記的過程中，再度以「冷月葬花魂」來呼應前文傷嘆薄命流女的葬花行為，並於詩社興辦活動所玩賞的遊藝內，再次互文了第五回揭曉女兒不幸命運的判詞讖語，最後黛玉的花神身分出現，以創作的方式無形地又為這些不幸的薄命女們作救贖性的記憶療癒。最後一段以湘雲和探春的「性別扮裝」行為出發，闡析「性別遺恨」可能在她們身上發揮的作用。在文本內看來，湘雲外貌上的扮裝主要目的是為了興趣好玩以及娛樂性；但探春的內在扮裝則是寄寓了自己欲成為男兒一展抱負的不遇情志，「扮裝」在她們身上一拆為二，體現了「性別扮裝」行為的不同面向以及所蘊涉的意涵，為「才女名士化」的時代風氣作了不同角度的詮解與呼應。

　　旅行的意義是一種對自我生命的療癒。

　　曹雪芹藉由《紅樓夢》的創作行為，藉由文本內女性的可能移動動機與目的，發現了存在於個體／群體、虛構／現實之間的可能事實，如王國維對《紅樓夢》之評解：「夫美術之所寫者，非個人之性質，而人類全體之性質也。」[2]書中述及的女性移動行為，不僅是具體現實生活中各種類型女性的具體而微，而更是藉由書寫紀錄，對自我生命進行療癒，並寄存了欲被後世所流傳記憶的企盼渴望；藉由書寫，可以跨越生／死之間的侷限，由形下身體形軀的毀壞而進入形上精神靈魂的不滅，並突破時間地域的限制，以達成生命中的不朽。

---

[2] 俞曉紅：《王國維〈紅樓夢評論〉箋說》（北京：中華書局，2004 年），頁 138。

國家圖書館出版品預行編目(CIP) 資料

女子有行：《紅樓夢》的閨閣、遊歷敘事與「海
上」新意涵 / 汪順平著. -- 初版. -- 臺北市：
元華文創, 民107.12
　面；　公分
　ISBN 978-957-711-038-1(平裝)

1.紅學　2.研究考訂

857.49　　　　　　　　　　　　107018405

女子有行
──《紅樓夢》的閨閣、遊歷敘事與「海上」新意涵

汪順平　著

發 行 人：陳文鋒
出 版 者：元華文創股份有限公司
聯絡地址：100 臺北市中正區重慶南路二段 51 號 5 樓
電　　話：(02) 2351-1607
傳　　真：(02) 2351-1549
網　　址：www.eculture.com.tw
E - m a i l：service@eculture.com.tw
出版年月：2018（民 107）年 12 月 初版
定　　價：新臺幣 460 元

ISBN：978-957-711-038-1 (平裝)

總 經 銷：易可數位行銷股份有限公司
地　　址：231 新北市新店區寶橋路 235 巷 6 弄 3 號 5 樓
電　　話：(02) 8911-0825　　傳　　真：(02) 8911-0801